KB111001

도플갱어의 섬

| **일러두기** |

1. 이 책에서 번역한 작품들의 저본은 다음과 같다.
   * 에도가와 란포의 「심리시험」, 「지붕 속 산책자」, 「도플갱어의 섬(パノラマ島奇談)」은 『日本探偵小説全集 2』(東京創元社, 1984)을, 「검은 도마뱀」은 『江戸川乱歩推理文庫』(講談社, 1987)을 저본으로 삼았다.
2. 인명과 지명에 한해서 초출 시 괄호 안에 원문을 표기하였다.
3. 고유명사의 우리말 발음은 〈일본어 외래어 표기법〉을 따랐다.
4. 각주는 기본적으로 역자주이며, 원주는 본문에 표시하였다.

일본
추리소설 시리즈

④

도플갱어의 섬

에도가와 란포

채숙향 옮김

이상

차례

심리시험

에도가와 란포

1

 후키야 세이이치로(蕗屋清一郎)가 무슨 이유로 앞으로 써나갈 무서운 악행을 결심했는지, 그 동기에 대해서는 자세히 모른다. 또 설령 안다고 해도 이 이야기와는 별 관계가 없다. 그가 대부분 힘겹게 공부하면서 어느 대학에 다녔던 것을 보면 학비 마련에 어려움을 겪었나 싶기도 하다. 그는 보기 드문 수재인 데다가 노력파였기 때문에, 학비를 위해 시시한 돈벌이에 시간을 뺏겨 좋아하는 독서나 사색을 충분히 할 수 없는 게 유감스러웠던 건 확실하다. 하지만 그 정도의 이유로 인간은 그렇게 큰 범죄를 범하는 것일까. 어쩌면 그는 선천적인 악인이었을지도 모른다. 그리고 학비뿐만이 아니라 다른 다양한 욕망을 억누르지 못했던 것일지도 모른다. 어쨌든 그가 그 생각을 떠올린 지 벌써 반년이 지났다. 그동안 망설일 만큼 망설인 그는 생각을 거듭한 끝에 결국 해치우기로 결심한 것이다.

어느 순간 그는 우연한 계기로 동급생 사이토 이사무(斎藤勇)
와 친해졌다. 그게 일의 시작이었다. 처음에는 물론 아무 속셈도
없었다. 그러나 어느 순간부터 그는 어떤 희미한 목적을 안고 사
이토에게 접근했다. 그리고 접근해가면서 그 희미한 목적이 점
점 선명해지기 시작했다.

사이토는 1년쯤 전부터 야마노테(山の手)*의 어느 한적한 고
급 주택가에 있는 여염 하숙집에 방을 빌렸다. 그 집 주인은 관
리(官吏)의 미망인으로 이미 예순에 가까운 노파였는데, 남편이
남기고 간 여러 채의 셋집에서 나오는 이익으로 충분히 생활이
가능했다. 그럼에도 불구하고 불행히도 아이가 없었던 그녀는
'이제 믿을 건 돈뿐'이라며 확실한 지인에게 약간의 목돈을 빌
려주거나 하면서 조금씩 저금을 늘려가는 것을 최고의 즐거움
으로 삼았다. 사이토에게 방을 빌려준 것도 첫째, 여자들만 살면
위험하기 때문이라는 이유도 있었겠지만, 한편으로는 방값만큼
매월 저금이 늘어나리라는 계산을 하고 있었던 게 틀림없다. 그
리고 요즘 세상에 별로 들을 일이 없는 말이지만, 수전노의 심리
는 동서고금을 막론하고 마찬가지인 듯, 그녀는 표면적인 은행
예금 외에 막대한 현금을 자택의 어느 비밀 장소에 숨기고 있다
는 소문이었다.

후키야는 이 돈에 유혹을 느꼈던 것이다. 저 늙은이가 그런 큰

* 높은 지대에 있는 주택지

돈을 갖고 있어 봤자 무슨 가치가 있겠는가. 그 돈을 나처럼 미래가 유망한 청년의 학비에 사용하는 것이 지극히 합리적이지 않을까. 쉽게 말해 이것이 그의 논리였다. 그래서 그는 사이토를 통해 가능한 한 노파에 대해 많은 정보를 얻어내려고 했다. 그 큰돈을 숨긴 비밀 장소를 찾으려고 했다. 하지만 어느 날 사이토에게 우연히 그 숨긴 장소를 발견했다는 얘기를 듣기 전까지, 그의 생각은 별로 확실하지 않은 상태였다.

"이보게, 그 할머니치고는 칭찬할 만한 발상이야. 대개 돈을 숨기는 장소는 마루 밑이라든가 지붕 밑처럼 정해져 있는 법인데, 할머니의 장소는 좀 의외더라고. 안방 도코노마(床の間)*에 커다란 단풍 화분이 놓여 있는데, 바로 그 화분 속이라네. 돈을 숨긴 장소 말이야. 어떤 도둑도 설마 화분에 돈을 숨겨 놓았을 거라고는 알아채지 못할 테지. 할머니는 소위 천재 수전노인 셈이야."

그 이후 후키야의 생각은 조금씩 구체화되어 갔다. 노파의 돈으로 자신의 학비를 대체하는 경로 하나하나에 대한 모든 가능성을 계산에 넣고 나서 가장 안전한 방법을 생각해내려고 했다. 그건 예상보다 훨씬 힘든 작업이었다. 어떤 복잡한 수학문제도 이에 비하면 아무것도 아니었다. 그는 전에도 말했듯이 그 생각을 정리하는 데만 반년을 소비했던 것이다.

문제는 말할 것도 없이 어떻게 형벌을 피할 수 있는가에 있었다. 윤리적 책임, 즉 양심의 가책이라는 것은 그에게 별 문제가

---

* 일본 건축에서 객실인 다다미방의 정면에 바닥을 한 층 높여 만들어놓은 곳. 벽에는 족자를 걸고 바닥에 도자기나 꽃병 등을 장식해둔다.

아니었다. 그는 나폴레옹의 대규모 살인을 죄악이라고 생각하지 않고 오히려 찬미하는 것과 마찬가지로, 유능한 청년이 그 재능을 키우기 위해 관 속에 한 발을 들이민 늙은이를 희생양으로 삼는 것은 당연하다고 생각했다.

노파는 거의 외출을 하지 않았다. 종일 묵묵히 안방에 웅크리고 있었다. 가끔 외출할 때가 있어도 부재중에는 시골 출신 하녀가 그녀의 명을 받아 우직하게 망을 보았다. 후키야의 모든 고심에도 불구하고 노파의 경계에는 전혀 빈틈이 없었다. 노파와 사이토가 없을 때를 노려 이 하녀를 속여 심부름을 보내든지 하고 그 틈에 돈을 화분에서 훔쳐내면 어떨까, 후키야는 처음에 그런 식으로 생각해보았다. 그러나 그건 대단히 무모한 생각이었다. 만일 잠깐이라도 그 집에 혼자 있었던 사실이 알려지면 이미 그것만으로도 충분한 혐의를 받게 되지 않겠는가. 그는 이런 종류의 온갖 어리석은 방법을 떠올렸다 지우기를 반복하느라 꼬박한 달을 소비했다. 예를 들어 사이토나 하녀, 또는 보통 도둑이 훔친 것처럼 꾸미는 트릭이라든가 하녀가 혼자 있을 때 소리를 일절 내지 않고 몰래 들어가 그녀의 눈에 띄지 않게 훔쳐 내는 방법, 또 한밤중에 노파가 잠들어 있는 사이 일을 저지르는 방법 등, 그는 그밖에 생각할 수 있는 모든 경우를 생각했다. 그러나 어느 것이든 발각될 가능성이 다분했다.

아무래도 노파를 해치우는 것 외에는 방법이 없다. 그는 마침내 이 무서운 결론에 이르렀다. 노파의 돈이 어느 정도인지 잘 모르지만, 여러 가지 면에서 생각할 때 살인의 위험을 무릅쓰면서까지 집착할 정도로 대단한 금액인 것 같진 않다. 대수롭지 않은 돈을 위해 아무 죄도 없는 한 인간을 죽인다는 건 너무 잔혹한 게 아닐까. 그러나 설사 그것이 세상의 기준에서 봤을 때는 대단한 금액이 아니더라도 가난한 후키야에게는 충분히 만족할 수 있는 것이다. 뿐만 아니라 그의 생각에 따르면 문제는 금액의 많고 적음이 아니라 그저 범죄가 절대 발각되지 못하게 하는 일이었다. 이를 위해서는 어떤 큰 희생을 치러도 아무 상관이 없었다.

살인은 일견 단순한 절도보다 몇 배나 더 위험한 일처럼 보인다. 하지만 그건 일종의 착각에 불과하다. 물론 발각될 것을 예상하고 하는 일이라면 분명히 살인은 모든 범죄 중에서 가장 위험하다. 그러나 범죄의 경중보다 발각의 난이도를 기준으로 생각한다면 경우에 따라서는(가령 후키야와 같은 경우) 오히려 절도 쪽이 위험한 것이다. 이에 반해 악행의 목격자를 살해하는 방법은 잔혹한 대신 걱정이 없다. 예로부터 위대한 악인은 아무렇지도 않게 척척 살인을 행했다. 그들이 좀처럼 붙잡히지 않은 것은 오히려 이런 대담한 살인 덕분이 아니었을까.

그럼 노파를 해치운다고 했을 때 거기에는 과연 위험이 없을까. 이 문제에 부딪힌 후 후키야는 수개월 동안 생각을 계속했다. 그 오랜 시간 동안 그가 어떤 식으로 생각을 키워갔는지는 이야기가 진행됨에 따라 독자 여러분도 알게 될 테니 여기서는 생략하겠지만, 어쨌든 그는 보통 사람은 도저히 생각도 하지 못할 정도로 아주 미세한 부분까지 공들여 분석하고 종합한 결과, 먼지 한 터럭의 실수도 없는 절대 안전한 방법을 생각해냈다.

지금은 그저 때가 오기를 기다릴 뿐이었다. 하지만 그때는 의외로 빨리 왔다. 어느 날 사이토는 학교 일로 외출하고 하녀는 심부름을 나가 두 사람 모두 저녁까지 결코 귀가하지 않는다는 것을 확인할 수 있었다. 그것은 마침 후키야가 최후의 준비를 마친 날로부터 이틀이 지난 후였다. 그 최후의 준비라는 것은(이것만은 미리 설명해둘 필요가 있다) 이전에 사이토에게 예의 그 숨긴 장소를 들은 지 이미 반년이나 지난 오늘, 그것이 아직 그 당시 그대로인가를 확인하기 위한 어떤 행위였다. 그는 그날(즉 노파를 죽이기 이틀 전) 사이토를 찾아간 김에 처음으로 노파의 안방에 들어가 그녀와 이런저런 세상 돌아가는 이야기를 주고받았다. 그는 그 세상사를 서서히 한 가지 방향으로 마무리했다. 그리고 누차 노파의 재산, 그녀가 그것을 어딘가에 숨기고 있다는 소문이 있다는 이야기를 입에 올렸다. 그는 '숨긴다'는 말이 나올 때마다 넌지시 노파의 눈동자를 주시했다. 그러자 그의 예상대로 그녀의 시선은 그때마다 남몰래 도코노마의 화분(이미 그때는 단풍이 아니라 소나무로 바뀌어 있었지만)에 쏠렸던 것이다. 후키야는 그 일을 수차례 반복하면서 이제는 조금도 의심할 여지가 없다는 것을 확인할 수 있었다.

2

자, 드디어 당일이다. 그는 대학교 교복과 교모에 학생 망토를 착용하고 평범한 장갑을 끼고 목적지로 향했다. 그는 생각을 거듭한 끝에 결국 변장하지 않기로 결정했다. 만일 변장을 하게 되면 재료의 구입, 옷을 갈아입을 장소, 그밖에 여러 가지 점에서 범죄가 발각될 단서를 남기게 된다. 그건 그저 일을 복잡하게 할뿐, 조금도 효과가 없는 것이다. 범죄는 발각의 우려가 없는 범위 안에서 가능한 한 단순하고 또 분명하게 해야 한다는 것이 그의 철학이었다. 요컨대 목적지인 집으로 들어가는 장면을 누가 보지만 않으면 되는 것이다. 가령 그 집 앞을 지나갔다는 사실이 알려져도 그건 전혀 지장이 없다. 그는 종종 그 근처를 산책할 때가 있으니 당일도 산책을 했을 뿐이라고 발뺌할 수 있다. 동시에 그가 목적지인 집으로 가는 도중 지인이 그를 봤을 경우(이는 아무래도 계산에 넣어 두지 않으면 안 된다) 묘한 변장을 하고 있는 게 좋을지, 아니면 평소처럼 교복에 교모 차림으로 있는 게 좋을지는 생각해볼 필요도 없는 것이다. 범죄 시간 역시 기다리기만 하면 유리할 밤을 제쳐두고—사이토와 하녀가 모두 부재중인 밤이 있다는 걸 알면서도 그는 왜 위험한 낮을 골랐을까. 이것 역시 복장의 경우와 마찬가지로 범죄에서 불필요한 비밀성을 제거하기 위함이었다.

그러나 목적지인 집 앞에 섰을 때만큼은 제 아무리 그라도 보통 도둑처럼, 아니 어쩌면 그들 이상으로 벌벌 떨면서 전후좌우를 돌아보았다. 노파의 집은 양쪽 이웃집과 화단으로 경계가 나뉜 독채로, 양쪽에는 어느 부잣집 저택의 높은 콘크리트 담이 1정(町)*이나 쭉 이어져 있었다. 한적한 고급 주택가인지라 낮에도 가끔 사람의 왕래가 없을 때가 있다. 후키야가 그곳에 당도했을 때도 마침 길에는 강아지 한 마리 보이지 않았다. 그는 그냥 열면 엄청난 금속성의 소리가 나는 격자문을 아무 소리도 나지 않도록 살살 여닫았다. 그리고 현관 봉당에서 아주 낮은 목소리로(이것은 이웃집에 대한 경계다) 안내를 청했다. 노파가 나오자 그는 사이토에 대해 은밀히 할 이야기가 있다는 구실을 대고 안방으로 건너갔다.

자리에 앉자마자 노파는 "공교롭게도 하녀가 없어서"라고 양해를 구하며 차를 따르기 위해 일어났다. 후키야는 그때를 이제나 저제나 하고 기다리고 있었다. 그는 노파가 장지문을 열기 위해 살짝 몸을 굽혔을 때 느닷없이 뒤에서 달려들어 양팔로(장갑을 끼고 있긴 했지만 가능한 한 지문은 남기지 않으려고 했다) 힘껏 목을 졸랐다. 노파는 목에서 꿀꺽 하는 소리를 냈을 뿐 그다지 버둥거리지도 않았다. 단지 괴로운 나머지 허공을 움켜쥔 손끝이 거기 세워져 있던 병풍에 닿아 살짝 흠집을 냈다. 그건 세월의 때가 묻은 두 폭 짜리 접이식 금병풍으로 극채색의 육가선(六歌仙)**이 그려져 있었는데, 그 중 오노노 고마치(小野小町)*** 얼굴 부분이 무참히도 한 치가량 찢어진 것이다.

* 거리의 단위
** 헤이안(平安) 시대 초기 여섯 명의 와카(和歌)의 명인. 아리와라노 나리히라(在原業平), 승정 헨조(遍昭), 기센(喜撰) 법사, 오토모노 구로누시(大伴黑主), 분야노 야스히데(文屋康秀), 오노노 고마치(小野小町)
*** 헤이안 전기 9세기경의 여류 가인(歌人). 육가선의 한 명이자 절세 미녀로서도 유명해 다수의 일화가 있다.

노파의 숨이 끊어진 것을 확인한 그는 시체를 옆으로 치우고 나서 좀 신경이 쓰이는 듯 병풍이 찢어진 곳을 바라보았다. 그러나 잘 생각해보면 걱정할 건 조금도 없다. 이런 건 전혀 증거가 될 리 없는 것이다. 그래서 최종 목표인 도코노마로 간 그는 예의 그 소나무 밑동을 흙과 함께 화분에서 쑥 뽑아냈다. 예상대로 그 안에는 미농지로 싼 것이 들어 있었다. 그는 매우 침착하게 그 꾸러미를 풀고 오른쪽 주머니에서 대형 새 지갑 하나를 꺼내 지폐를 반 정도(족히 5천 엔은 있었다) 그 안에 넣더니 지갑을 원래 주머니에 넣고 남은 지폐는 미농지로 싸서 원래대로 화분 안에 숨겼다. 물론 이는 돈을 훔친 흔적을 감추기 위함이다. 노파의 저금액은 노파 본인밖에 몰랐기 때문에 그것이 반이 되었다고 한들 아무도 의심할 리가 없는 것이다.

그러고 나서 그는 거기 있던 방석을 둥글게 말아 노파의 가슴에 대고(이는 피가 튀지 않도록 조심하는 것이다) 왼쪽 주머니에서 잭나이프를 하나 꺼내 날을 열고 심장을 향해 쑥 찌르더니 한 번 확 도려낸 후 뽑아냈다. 그리고 같은 방석 천으로 나이프에 달라붙은 끈적끈적한 피를 깨끗이 닦아내고 원래 있던 주머니에 넣었다. 교살만으로는 소생할 우려가 있다고 생각했던 것이다. 즉, 그 옛날 목을 찔러 확실히 숨통을 끊는다는 식이다. 그럼 왜 처음부터 칼을 사용하지 않았을까. 그건 그렇게 했다가 혹시 자기 옷에 피가 튈지도 모른다는 걱정 때문이었다.

여기서 그가 지폐를 넣은 지갑과 흉기로 사용한 잭나이프에 대해 좀 설명해둬야 할 것 같다. 그는 그것들을 이 목적으로만 사용하기 위해 어느 길일에 노점에서 구매했다. 그는 그 길일 중 가장 붐빌 때를 노려 손님이 제일 북적대는 가게를 골랐다. 그리고 정가에 맞춰 내던지듯이 잔돈을 내밀며 물품을 가져가더니 상인은 물론 많은 손님들도 그의 얼굴을 기억할 여유가 없었을 정도로 재빨리 모습을 감췄다. 그리고 이 물품은 둘 다 매우 흔하고 아무런 표시도 없는 것이었다.

한편 후키야는 충분히 주의를 기울이며 조금의 단서도 남지 않은 것을 확인한 후 안방을 단속하는 것도 잊지 않고 천천히 현관으로 나왔다. 그는 거기서 구두끈을 묶으며 발자국에 대해 생각해보았다. 하지만 그 점은 더 걱정할 게 없었다. 현관의 봉당은 딱딱한 회반죽이고 바깥의 길은 연이은 화창한 날씨로 바싹 말라 있었다. 나머지는 이제 격자문을 열고 밖으로 나오는 일뿐이다. 하지만 여기서 일을 그르치면 모든 고심이 물거품이 된다. 그는 가만히 귀를 기울이며 끈기 있게 큰 길의 발소리를 들으려고 했다. ……소리 하나 없고 조용한 게 아무 기척도 나지 않는다. 어딘가 안에서 땅땅 거문고를 뜯는 소리가 지극히 한가롭게 들려올 뿐이다. 그는 큰 맘 먹고 조용히 격자문을 열었다. 그리고 태연하게, 이제 막 작별을 고한 손님 같은 얼굴을 하고 도로로 나왔다. 아니나 다를까 거기에는 인적이 없었다.

그 구획은 모든 길이 한적한 고급 주택가였다. 노파의 집에서 4, 5정 떨어진 곳에 한 신사(神社)의 돌담이 도로를 마주한 채 쭉 이어져 있었다. 후키야는 아무도 보지 않는 것을 확인한 후 그 돌담 틈새로 흉기인 잭나이프와 피가 묻은 장갑을 떨어뜨렸다.

그리고 항상 산책 때마다 들르던 부근의 작은 공원을 향해 어슬렁어슬렁 걸어갔다. 그는 공원 벤치에 앉아 아이들이 그네를 타며 노는 모습을 너무나도 편안한 얼굴로 바라보면서 오랜 시간을 보냈다.

돌아오는 길에 그는 경찰서에 들렀다.

"방금 이 지갑을 주웠습니다. 꽤 많이 들어 있는 것 같아서 신고합니다."

이렇게 말하면서 예의 지갑을 내밀었다. 그는 경찰의 질문에 대답하고 주운 장소와 시간(물론 그건 가능성이 있는 엉터리이다), 자신의 주소와 성명을(이것은 진짜) 대답했다. 그리고 인쇄된 종이에 그의 이름과 금액 등을 기입한 수취증서 같은 것을 받았다. 이는 과연 꽤 돌아가는 방법이긴 하지만 안전하다는 점에서는 최상이다. 노파의 돈은(반으로 나눈 건 아무도 모른다) 확실히 원래 있던 장소에 있기 때문에 이 지갑의 주인은 절대 나올 리가 없다. 일 년 후에는* 틀림없이 후키야의 손에 떨어지는 것이다. 그리고 누구 하나 눈치 볼 필요 없이 서슴없이 쓰면 된다. 그는 생각을 거듭한 끝에 이 수단을 채택했다. 만일 이걸 어딘가에 숨겨둔다면? 어떤 우연한 계기로 타인이 가로채지 말란 법도 없다. 직접 갖고 있을까? 그건 생각할 필요도 없이 위험한 일이다. 뿐만 아니라 이 방법을 따르면 만일 노파가 지폐 번호를 기록했다고 해도 전혀 걱정이 없는 것이다.(애당초 이 점은 최대한 조사해둬

---

* 지금과 마찬가지로 당시에도 법에 의해 2주간의 공고를 내고 공고 후 6개월이 지나도 권리자가 나타나지 않는 경우 그 유실물은 습득자가 소유권을 갖도록 되어 있었다.

서 거의 안심하고 있긴 했지만)

"자기가 훔친 물건을 경찰에 신고하는 놈이 있을 거란 생각은 아마 부처님도 못하실 거야."

그는 가까스로 웃음을 참으며 마음속으로 중얼거렸다.

다음날 하숙집 자기 방에서 평소와 다름없이 단잠에서 깨어난 후키야는 하품을 하면서 베개 맡에 배달되어 있던 신문을 펼쳐 사회면을 훑어보았다. 그는 거기서 의외의 사실을 발견하고 잠시 놀랐다. 하지만 그건 결코 걱정할 만한 일이 아니라 오히려 그의 입장에서는 예상치 못한 행복이었다. 즉 다시 말해, 친구인 사이토가 용의자로 거론된 것이었다. 혐의를 받은 이유는 그가 신분에 어울리지 않는 큰돈을 소지하고 있었기 때문이라고 한다.

"나는 사이토의 가장 친한 친구이니 이때 경찰에 출두해서 여러 가지로 캐묻는 게 자연스럽겠군."

후키야는 재빨리 옷을 갈아입고 서둘러 경찰서로 갔다. 그건 그가 어제 지갑을 신고한 곳과 같은 관청이다. 왜 지갑을 관할이 다른 경찰에게 신고하지 않았는가? 아니, 그 또한 그의 일류 무기교주의에 따라 일부러 한 일이다. 그는 넘치지도 부족하지도 않을 정도의 걱정스러운 얼굴을 하고 사이토를 만나게 해달라고 부탁했다. 그러나 그건 예상대로 허락되지 않았다. 그래서 그는 사이토가 혐의를 받은 이유를 이모저모 캐물으며 어느 정도 전후 사정을 알아낼 수 있었다.

후키야는 다음과 같이 상상했다.

어제 사이토는 하녀보다 먼저 집에 돌아왔다. 그건 후키야가 범행을 저지르고 떠난 지 얼마 되지 않아서였다. 그리고 당연히 노파의 시체를 발견했다. 그러나 바로 경찰에 신고하기 전에 그는 어떤 일을 떠올렸음에 틀림없다. 즉, 예의 그 화분이다. 만일 이것이 도둑의 짓이라면 어쩌면 저 안의 돈이 사라진 건 아닐까. 아마 그건 사소한 호기심에서였을 것이다. 그는 그곳을 뒤져 보았다. 하지만 의외로 돈 꾸러미가 확실히 있었던 것이다. 그걸 보고 사이토가 나쁜 마음을 먹은 건 실로 천박한 생각이지만 무리도 아니다. 돈을 숨긴 장소는 아무도 모르는 일, 노파를 죽인 범인이 훔쳤다는 해석을 내렸을 게 틀림없다. 이런 사정은 분명 누구라도 피하기 어려운 강한 유혹인 것이다. 그러고 나서 그는 어찌된 일인지, 경관의 이야기로는 시치미를 뚝 떼고 살인이 있었다는 사실을 경찰에게 신고했다고 한다. 하지만 이 얼마나 무분별한 짓인가. 그는 훔친 돈을 복대 사이에 넣은 채 태연히 있었던 것이다. 설마 그 장소에서 신체검사를 당하리라고는 상상하지 않은 듯.

"잠깐. 사이토는 도대체 어떤 식으로 변명할까? 경과에 따라서는 위험해지는 게 아닐까?" 후키야는 그것을 여러모로 생각해 보았다. 그는 돈이 발각되었을 때 "내 것이다"라고 대답했을지도 모른다. 과연 노파의 재산이 얼마나 되는지, 이를 어디에 숨겼는지는 아무도 모르기 때문에 일단은 그 변명도 성립할 것이다. 하지만 금액이 너무 많은 건 아닐까? 결국 그는 사실을 말하게 될 것이다. 하지만 재판소가 그것을 받아들일까? 그밖에 용의자가 나오면 모를까 어쨌든 그때까지 그를 무죄로 하는 일은 없을 것이다. 일이 잘 되면 그에게 살인죄를 물을지도 모른다. 그렇게 되면 만사형통인데, ……그런데 재판관이 그를 추궁하는 과정에서 여러 가지 사실이 밝혀지게 되겠지. 예를 들어 그가 돈을 숨긴 장소를 발견했을 때 나에게 말했다든가, 범행 이틀 전에 내가 노파의 방에 들어가 열심히 이야기를 했다는 것, 뿐만 아니라 내가 가난하고 학비를 마련하는 데도 어려움을 겪고 있다는 것 등.

그러나 이것들은 모두 후키야가 이 계획을 세우기 전에 미리 계산에 넣어둔 것이었다. 그리고 아무리 생각해봐도 사이토의 입에서 후키야에게 불리한 사실을 그 이상 끌어낼 수 있을 것 같진 않았다.

경찰서에서 돌아온 후키야는 늦은 아침 식사를 하고(그때 식사를 가져온 하녀에게 사건에 대해 이야기해주었다) 평소처럼 학교에 나갔다. 학교는 온통 사이토의 소문으로 시끄러웠다. 다소 득의양양해진 그는 그 소문의 중심이 되어 떠들었다.

3

그런데 독자 여러분, 탐정소설의 성격에 깊이 통달하신 여러분은 이야기가 결코 이걸로 끝이 아닐 거란 사실을 충분히 알고 계실 것이다. 바로 말 그대로이다. 사실 여기까지는 이 이야기의 전제에 불과하고, 작자가 부디 여러분께서 읽어주길 바라는 것은 이제부터의 일이다. 즉, 이처럼 꾸민 후키야의 범죄가 어떻게 발각됐는지, 그 경위에 대해서이다.

이 사건을 담당한 예심 판사는 유명한 가사모리(笠森) 씨였다. 그는 일반적인 의미에서 명판사였을 뿐만 아니라, 다소 특이한 취미를 갖고 있어서 더욱 유명했다. 그는 일종의 아마추어 심리학자로, 일반적인 방식으로는 도저히 판단을 내릴 수 없는 사건들에 대해서는 마지막에 그 풍부한 심리학적 지식을 이용하여 여러 차례 효과를 보았다. 그는 경력이 얕고 나이도 어렸지만 지방재판소의 예심 판사로서는 아까울 정도의 준재(俊才)였다. 모두가 이번 노파 살인 사건도 가사모리 판사의 손에 걸리면 문제없이 해결될 것이라고 생각했다. 당사자인 가사모리 씨 자신도 그렇게 생각했다. 평소처럼 이 사건도 예심 법정에서 죄다 조사하여 실제 공판에서 약간의 번거로움도 남지 않도록 처리하고자 했다.

그런데 취조를 진행함에 따라 이 사건의 어려운 면들이 점점 드러났다. 경찰서 같은 경우 단순히 사이토 이사무의 유죄를 주장했다. 가사모리 판사도 그 주장에 일리가 있다는 사실을 인정하지 않은 건 아니었다. 이는 다시 말해, 생전에 노파의 집에 출입한 흔적이 있는 자는 그녀의 채무자든 임차인이든 단순한 지인이든 남김없이 소환하여 면밀히 취조했음에도 불구하고 의심스러운 사람이 하나도 없는 것이었다. 후키야 세이이치로도 물론 그 중 한 사람이었다. 그밖에 용의자가 나타나지 않는 이상 가장 의심해야 할 사이토 이사무를 범인으로 판단할 수밖에 없다. 뿐만 아니라 사이토에게 가장 불리했던 것은 본디 소심한 성격의 그가 두말할 것도 없이 법정 분위기에 겁을 먹고 심문에 대해서도 또렷하게 대답하지 못했던 것이었다. 몹시 흥분한 그는 수차례 이전 진술을 번복하거나 당연히 알고 있을 사실을 잊어버리고 말하지 않는 게 좋은 불리한 진술을 하는 등 초조하면 초조할수록 점점 더 혐의가 깊어질 뿐이었다. 이는 그에게 노파의 돈을 훔쳤다는 약점이 있었기 때문이었다. 사이토는 상당히 머리가 좋은 편이라 그 일만 없었다면 아무리 소심하다고 해도 그런 경솔한 짓은 하지 않았을 텐데, 그의 입장은 실제로 동정할 만했다. 그럼 사이토를 살인범으로 인정할 것인가? 가사모리 씨는 어쩐지 그럴 자신이 없었다. 거기에는 그저 혐의가 있을 뿐이다. 본인은 물론 자백하지 않았고 그밖에 이렇다 할 확증도 없었다.

이렇게 사건으로부터 한 달이 지났다. 예심은 아직 종결되지 않았다. 판사는 조금 조급해지기 시작했다. 마침 그때 노파 살인을 담당하는 관할 경찰서장으로부터 그에게 한 가지 귀가 솔깃한 보고가 들어와 있었다. 그것은 사건 당일 노파의 집에서 그렇게 멀지 않은 동네에서 누군가 오천 이백 몇십 엔이 든 지갑 한 개를 습득했는데, 그 신고자가 용의자 사이토의 친구인 후키야 세이이치로라는 학생이었다는 사실을 담당자가 빠뜨리는 바람에 오늘까지 모르고 있었다. 하지만 그 큰돈의 유실자가 한 달이 지나도 나타나지 않는 걸 보면 거기에 뭔가 의미가 있는 게 아닐까 해서 만약을 위해 보고한다는 것이었다.

몹시 난감해하고 있던 가사모리 판사는 이 보고를 받고 한 줄기 광명을 본 것 같았다. 재빨리 후키야 세이이치로 소환 절차가 진행되었다. 그런데 후키야를 심문한 결과 판사의 의욕에도 불구하고 별 소득이 없어 보였다. 사건 당시 취조했을 때 왜 그런 큰돈을 습득한 사실을 보고하지 않았느냐고 심문하니, 그는 그것이 살인사건과 관계가 있을 거란 생각은 하지 않았기 때문이라고 대답했다. 이 대답에는 충분히 일리가 있었다. 노파의 재산은 사이토의 복대 속에서 발견되었기 때문에 그 밖의 돈, 특히 길에서 유실된 돈이 노파가 가진 재산의 일부라고 그 누가 상상할 수 있었겠는가.

그러나 이건 우연일까. 사건 당일 현장에서 그다지 멀지 않은 곳에서, 그것도 첫 번째 용의자의 친구인 남자가(사이토의 말에 따르면 그는 화분이 돈을 숨긴 장소라는 것도 알고 있었다) 이 큰돈을 습득했다. 이것이 과연 우연일까. 판사는 거기에서 뭔가 의미를 발견하려고 몸부림쳤다. 판사가 가장 유감스럽게 생각한 것은 노파가 지폐 번호를 기록해두지 않았던 것이다. 그것만 있으면 이 수상한 돈이 사건과 관계가 있는지 없는지 바로 판명될 텐데. "아무리 작은 것이라도 뭔가 하나 확실한 실마리를 잡을 수만 있다면 말이지." 판사는 모든 재능을 총동원하여 생각했다. 현장 취조도 몇 번이나 반복했다. 노파의 친족관계도 충분히 조사했다. 그러나 아무 소득도 없다. 그렇게 또 2주 정도가 헛되이 지나갔다.

단 하나의 가능성은, 판사는 이렇게 생각했다. 후키야가 노파의 저금을 반만 훔치고 나머지는 원래대로 숨겨둔 후, 훔친 돈을 지갑에 넣어 길에서 주운 것처럼 보이게 했다고 추정하는 것이다. 하지만 그런 바보 같은 일이 있을 수 있을까. 물론 그 지갑도 조사해봤지만 이렇다 할 실마리가 없다. 또 후키야는 태연하게 당일 산책하는 도중에 노파의 집 앞을 지나갔다고 하지 않았는 가. 범인이 이런 대담한 말을 할 수 있을까. 첫째, 가장 중요한 흉기의 행방을 모른다. 후키야의 하숙집을 수색한 결과 아무 것도 발견하지 못했던 것이다. 그러나 흉기에 대해서라면 사이토도 마찬가지가 아닌가. 그럼 도대체 누구를 의심해야 하는 것일까.

거기에는 확증이랄 것이 하나도 없었다. 서장의 말처럼 사이토를 의심하면 사이토 같기도 하다. 하지만 또 후키야를 의심하자고 들면 의심스럽지 않은 것도 아니다. 한 가지 확실한 것은 한 달 반의 모든 수색 결과 그들 두 사람을 제외하면 한 사람의 용의자도 존재하지 않는다는 것이었다. 모든 방법을 다 동원한 가사모리 판사는 드디어 최후의 수단을 쓸 때라고 생각했다. 그는 두 사람의 용의자에게 그가 예전부터 자주 성공했던 심리시험을 실시하기로 결심했다.

4

후키야 세이이치로는 사건 23일 후 첫 번째 소환을 받았을 때 담당 예심 판사가 유명한 아마추어 심리학자 가사모리 씨라는 사실을 알게 되었다. 그리고 당시 이 최후의 경우를 예상하고 적 잖이 당황했다. 제 아무리 대단한 후키야라도, 한 개인의 취미라고는 하나 일본에서 심리시험이라는 게 시행되고 있다고는 상상하지 못했던 것이다. 그는 다양한 책을 통해 심리시험이 무엇인지 지나칠 정도로 잘 알고 있었다.

큰 타격을 받고 이제 태연한 척하며 통학을 계속할 여유를 잃어버린 그는 아프다는 핑계를 대고 하숙집 방에 틀어박혔다. 그리고 오로지 이 난관을 어떻게 헤쳐 나가야 할지 생각했다. 살인을 실행하기 전에 그랬던 것과 마찬가지로, 혹은 그 이상으로 면밀하게 생각을 계속했다.

가사모리 판사는 과연 어떤 식의 심리시험을 시행할 것인가. 그건 도저히 미리 알 수 없다. 그래서 후키야는 아는 모든 방법을 떠올려 그 하나하나에 대해 뭔가 대책이 없을까 생각해보았다. 그러나 원래 심리시험이라는 게 허위 진술을 폭로하기 위해 만들어진 것이기 때문에 그것을 다시 속인다는 것은 이론상 불가능한 것 같기도 했다.

후키야의 생각에 의하면 심리시험은 그 성질에 따라 두 가지로 대별할 수 있었다. 하나는 순수한 생리상의 반응에 의한 것, 또 하나는 말을 통해 행해지는 것이다. 전자는 시험자가 범죄에 관련된 다양한 질문을 하여 피험자의 미세한 신체 반응을 적당한 장치를 통해 기록하고 일반적인 심문을 통해서는 도저히 알 수 없는 진실을 포착하려고 하는 방법이다. 가령 인간은 거짓말을 해도 말 또는 얼굴 표정에서 신경 그 자체의 흥분은 감출 수 없고 그것이 미세한 육체상의 징후로 나타나는 법이라는 이론에 기초하기 때문에, 그 방법으로는 예를 들어 자동운동기록장치(Automatograph) 등의 힘을 빌려 손의 미세한 움직임을 발견하는 방법, 특정한 수단을 통해 안구의 움직임을 확인하는 방법, 호흡운동기록기(Pneumograph)로 호흡의 깊이와 속도를 재는 방법, 맥파기록기(Sphygmograph)로 맥박의 세기와 속도를 재는 방법, 체적변동기록계(Plethysmograph)로 사지의 혈류량을 재는 방법, 검류계(Galvanometer)로 손바닥의 미세한 발한(發汗)을 발견하는 방법, 무릎 관절을 가볍게 쳐서 생기는 근육의 수축 정도를 보는 방법, 그밖에도 이와 비슷한 다양한 방법이 있다.

예를 들어 불시에 "네가 노파를 죽인 장본인이지?"라는 질문을 받은 경우, 그는 태연한 얼굴로 "무슨 근거로 그런 말을 하시는 겁니까?"라고 되물을 정도의 자신은 있다. 하지만 그때 부자연스럽게 맥박이 높아지거나 호흡이 빨라지진 않을까? 그걸 방지하는 것은 절대 불가능하지 않을까? 그는 다양한 경우를 가정하여 마음속으로 시험해보았다. 하지만 신기하게도 스스로 한 심문은 그것이 아무리 아슬아슬하고 불시의 즉흥적인 생각이어도 육체상의 변화를 부르는 것 같진 않았다. 물론 미세한 변화를 재는 도구가 있는 건 아니기 때문에 정확한 것은 말할 수 없지만, 신경의 흥분 그 자체를 느낄 수 없는 이상 그 결과인 육체상의 변화도 일어나지 않을 터였다.

그렇게 다양한 실험이나 측정을 계속하는 동안 후키야는 문득 어떤 생각에 부딪혔다. 그것은 연습이라는 것이 심리시험의 효과를 방해하는 건 아닐까, 바꿔 말해 같은 질문에 대해서도 첫 번째보다는 두 번째가, 두 번째보다는 세 번째가 신경의 반응이

미약해지는 건 아닐까 하는 것이었다. 즉, 익숙해지는 것이다. 이는 다른 여러 가지 경우를 생각해봐도 알 수 있듯이 상당히 가능성이 있다. 내 스스로 하는 심문에 반응이 없다는 것도 결국은 이와 마찬가지 이치로, 심문이 행해지기 전에 이미 예상이 되어 있기 때문임에 틀림없다.

그래서 그는 '사전' 속 몇 만이나 되는 단어를 하나도 남김없이 조사해보고, 조금이라도 심문당할 것 같은 단어를 모조리 다 썼다. 그리고 일주일이나 걸려서 그것에 대한 신경 '훈련'을 했다.

자, 다음으로는 말을 통해 시험하는 방법이다. 이것도 겁낼 건 없다. 아니 오히려 그것이 말이라서 더 속이기 쉽다. 여기에는 여러 가지 방법이 있지만, 가장 자주 시행되는 것은 정신분석가가 병자를 볼 때 사용하는 것과 같은 방법으로 연상진단이라는 것이다. '장지', '책상', '잉크', '펜' 같은 아무것도 아닌 단어를 몇 개씩 순서대로 읽어서 들려주고 가능한 한 빨리, 조금도 생각하지 않고 그 단어에서 연상된 단어를 말하게 하는 것이다. 예를 들어 '장지'라면 '창문', '문지방', '종이', '문' 등 다양한 연상이 있겠지만 뭐든 상관없다, 그때 문득 떠오른 단어를 말하게 한다. 그리고 그 의미 없는 단어들 사이에 '나이프'라든가 '피', '돈', '지갑' 같은 범죄와 관계된 단어를 눈치 채지 못하게 섞어두고 그것에 대한 연상을 알아보는 것이다.

이 노파 살인 사건을 예로 들어 말하면 먼저 가장 생각이 얕은 자는 '화분'이라는 단어에 대해 깜빡하고 '돈'이라고 할지도 모른다. 즉 '화분' 밑에서 '돈'을 훔친 게 가장 인상 깊게 남았기 때문이다. 그럼 그는 죄상을 자백한 셈이 된다. 하지만 생각이 좀 깊은 자라면, 가령 '돈'이라는 말이 떠올라도 그것을 억누르고, 예를 들면 '도자기'라고 대답할 것이다.

이러한 거짓에 대처하는 방법으로 두 가지가 있다. 하나는 한 바퀴 시험한 단어를 조금 시간을 두고 한 번 더 반복하는 것이다. 그러면 자연스럽게 나온 답은 대부분의 경우 앞뒤 차이가 없지만, 고의로 만든 답은 십중팔구는 처음과 달라진다. 예를 들어 '화분'에 대해서는 처음에는 '도자기'라고 대답하고, 두 번째는 '흙'이라고 대답하는 식이다.

또 한 가지 방법은 질문을 하고 나서 답을 얻기까지의 시간을 특정 장치에 의해 정확히 기록하고 그 속도에 따라 구분하는 것이다. 예를 들어 '장지'에 대해 '문'이라고 대답한 시간이 1초였음에도 불구하고 '화분'에 대해 '도자기'라고 대답한 시간이 3초나 걸렸다면(실제로는 이렇게 단순하지 않지만), 그건 '화분'을 듣고 맨 처음 나타난 연상을 억누르기 위해 시간이 걸린 것이므로 그 피험자는 수상하다고 판단하게 된다. 이런 시간의 지연은 당면한 단어에 나타나지 않고 그 다음에 오는 의미 없는 단어에 나타날 때도 있다.

또 범죄 당시의 상황을 구체적으로 이야기해주고 그것을 복창하게 하는 방법도 있다. 진짜 범인이라면 복창할 경우, 미세한 점에서 자기도 모르게 이야기를 통해 들은 것과 다른 진실을 무심코 입 밖에 내게 되는 법이다.(심리시험에 대해 아는 독자에게 너무 번거롭게 서술하고 있는 점을 사죄드려야 할 것 같다. 하지만 만일

이 이야기를 생략하면 그 밖의 독자에게는 이야기 전체가 애매해지기 때문에 어쩔 수 없다.)

이런 종류의 시험에는 앞의 경우와 마찬가지로 '연습'이 필요한 건 말할 필요도 없을 것이다. 하지만 그것보다 더 중요한 것은, 후키야의 표현을 빌리자면, 천진난만한 태도이다. 하찮은 기교를 부리지 않는 것이다.

'화분'에 대해서는 오히려 당연하게 '돈' 또는 '소나무'라고 대답하는 게 제일 안전한 방법이다. 왜냐하면 가령 후키야가 범인이 아니라고 해도 그가 판사의 취조 및 그 밖의 것을 통해 범죄 사실을 어느 정도까지 자세히 알고 있는 건 당연하기 때문이다. 그리고 화분 안에 돈이 있었다는 사실은 최근 받은 가장 심각한 인상임에 틀림없기 때문에, 연상 작용이 그런 식으로 이루어지는 건 지극히 당연한 게 아닐까.(또 이 수단에 의하면 현장의 모습을 복창하게 됐을 경우에도 안전한 것이다.) 단지 문제는 시간이다. 여기에는 역시 '연습'이 필요하다. '화분'이라고 하면 조금도 허둥거리지 않고 '돈' 또는 '소나무'라고 대답할 수 있도록 연습해 둘 필요가 있다. 그는 다시 이 '연습'을 위해 며칠을 소비했다. 이렇게 해서 준비는 완전히 마무리됐다.

한편으로 그는 또 하나 유리한 점을 계산에 넣고 있었다. 그것을 생각하면, 가령 예상하지 못한 심문을 접해도, 또 한 걸음 더 나아가 예상한 심문에 대해 불리한 반응을 보여도 전혀 두려워할 필요가 없었다. 왜냐하면 시험을 보는 것은 후키야 한 사람이 아니기 때문이다. 아무리 짚이는 데가 있다고 해도 과연 저 신경

과민의 사이토 이사무가 다양한 심문에 대해 허심탄회하게 반응할 수 있을까. 아마 그도 최소한 후키야와 비슷한 정도의 반응을 보이는 게 자연스럽지 않을까.

후키야는 이런 생각을 하면서 점점 안심하기 시작했다. 왠지 콧노래라도 부르고 싶은 기분이 들었다. 그는 지금 오히려 가사모리 판사의 호출을 기다리는 지경에까지 이르렀다.

5

가사모리 판사의 심리시험이 어떤 식으로 이루어졌을까. 거기에 신경질적인 사이토가 어떤 반응을 보였을까. 후키야가 어떻게 침착함을 되찾고 시험에 응했을까. 여기서 그 장황하고 번거로운 서술을 늘어놓는 건 삼가기로 하고, 바로 그 결과로 넘어가겠다.

심리시험이 시행된 다음날의 일이다. 가사모리 판사가 자택 서재에서 시험 결과가 적힌 서류를 앞에 두고 고개를 갸우뚱거리고 있던 차에 면회를 청하는 아케치 고고로(明知小五郎)의 명함이 전달되었다.

'D언덕의 살인사건'을 읽은 사람은 이 아케치 고고로가 어떤 남자인지 어느 정도 알고 계실 것이다. 그는 그 후 종종 곤란한 범죄사건과 관련하여 진귀한 재능을 드러내면서 전문가들은 물론 일반 대중들에게도 이미 당당히 인정받고 있었다. 가사모리 씨와도 한 사건을 계기로 친해지게 되었다.

하녀의 안내를 받은 아케치가 싱글거리는 얼굴로 판사의 서재에 들어섰다. 이 이야기는 'D언덕의 살인사건'으로부터 수년 후의 일로, 그도 이제 예전의 풋내기가 아니었다.

"꽤 열심이십니다."

아케치는 판사의 책상 위를 들여다보면서 말했다.

"이거야 원, 이번에는 정말 두 손 두 발 다 들었습니다."

판사가 방문객을 향해 몸을 돌리면서 대답했다.

"예의 노파 살인 사건 말씀이시군요. 심리시험 결과는 어땠습니까?"

아케치는 사건 이후 종종 가사모리 판사를 만나 자세한 사정을 듣고 있었다.

"아니, 결과는 명백합니다만…… 그게 어쩐지, 저는 뭔가 이해가 되질 않아요. 어제는 맥박 시험과 연상진단을 해봤는데 후키야 쪽은 거의 반응이 없는 겁니다. 애당초 맥박에서는 상당히 의심스러운 부분도 있었지만, 사이토에 비하면 문제도 되지 않을 정도로 사소합니다. 이걸 보세요. 여기엔 질문사항과 맥박 기록이 있습니다. 사이토는 실로 현저한 반응을 보이고 있죠. 연상시험에서도 마찬가지입니다. 이 '화분'이라는 자극어에 대한 반응시간을 봐도 알 수 있어요. 후키야는 다른 무의미한 말보다도 오히려 짧은 시간에 대답하고 있는데 사이토를 보세요, 6초나 걸리고 있잖아요?"

판사가 보여준 연상진단 기록은 아래와 같이 기록되어 있었다.

자극어	후키야 세이이치로		사이토 이사무	
	반응어	소요시간	반응어	소요시간
머리	털	0.9초	꼬리	1.2초
초록	파랑	0.7	파랑	1.1
물	탕	0.9	물고기	1.3
노래하다	창가(唱歌)	1.1	여자	1.5
길다	짧다	1.0	끈	1.2
○죽이다	나이프	0.8	범죄	3.1
배	강	0.9	물	2.2
창	문	0.8	유리	1.5
요리	양식	1.0	회	1.3
○돈	지폐	0.7	쇠	3.5
차갑다	물	1.1	겨울	2.3
병	감기	1.6	폐병	1.6
바늘	실	1.0	실	1.2
○소나무	분재	0.8	나무	2.3
산	높다	0.9	강	1.4
○피	흐른다	1.0	빨갛다	3.9
새롭다	오래되다	0.8	옷	2.1
싫다	거미	1.2	병	1.1
○화분	소나무	0.6	꽃	6.2
새	날다	0.9	카나리아	2.6
책	마루젠(丸善)	1.0	마루젠	1.3
○미농지	숨기다	0.8	소포	4.0
친구	사이토	1.1	이야기하다	1.8
순수	이성	1.2	말	1.7

상자	책장	1.0	인형	1.2
○범죄	살인	0.7	경찰	3.7
만족	완성	0.8	가정	2.0
여자	정치	1.0	여동생	1.3
그림	병풍	0.9	경치	1.3
○훔치다	돈	0.7	말	4.1

※ ○표시는 범죄에 관계된 단어. 실제로는 100개 정도 사용되고, 또 그것을 두 세트 또는 세 세트씩 준비해서 연속적으로 시험하지만, 위의 표는 알기 쉽도록 간단히 정리한 것이다.

"어때요, 정말 명료하죠?"

판사는 아케치가 기록을 훑어보길 기다리며 계속했다.

"이걸 보면 사이토는 고의로 여러 가지 잔꾀를 부리고 있어요. 제일 잘 알 수 있는 건 반응시간이 느린 건데, 그게 문제의 단어뿐만 아니라 그 다음에 오는 단어나 두 번째 단어까지 영향을 주고 있는 겁니다. 그리고 또 '돈'에 대해 '쇠'라고 하거나 '훔치다'에 대해 '말'이라고 하는 등, 꽤 무리한 연상을 하고 있어요. '화분'에 시간이 가장 오래 걸린 건 아마 '돈'과 '소나무'라는 두 개의 연상을 억누르기 위해 시간을 들였기 때문이겠지요. 그에 반해 후키야 쪽은 지극히 자연스럽습니다. '화분'에 '소나무'라든가 '미농지'에 '숨기다', '범죄'에 '살인'이라고 하는 것처럼, 만일 범인이라면 반드시 숨겨야 할 것 같은 연상을 아무렇지도 않게, 게다가 짧은 시간에 대답하고 있습니다. 그가 살인을 저지른 본인이면서 이런 반응을 보인 거라면 어지간한 저능아임에 틀림없습니다. 하지만 실제로 그는 대학생이고, 또 상당한 수재니까요."

"그런 식으로 볼 수도 있겠네요."

아케치는 뭔가를 계속 생각하면서 대답했다. 그러나 판사는 그의 의미심장한 표정은 조금도 눈치 채지 못한 채 이야기를 계속했다.

"하지만 말이죠. 이걸로 이제 후키야는 의심할 게 없지만, 시험 결과가 이렇게 확실한 데도 불구하고 사이토가 과연 범인인가에 대해서는 아무래도 확신이 서질 않는 겁니다. 딱히 예심에서 유죄판결을 내렸다고 해도 그게 최후의 결정이 되는 건 아니고, 뭐 이 정도로도 충분하지만, 아시다시피 저는 지기 싫어하는 성격이라서요. 공판에서 내 생각이 뒤집히면 화가 나요. 그런 이유로 사실 아직 결단을 내리지 못하고 있는 형편입니다."

"이거 정말 재밌네요."

아케치가 기록을 손에 들고 이야기를 시작했다.

"후키야와 사이토 모두 상당한 노력파라던데, '책'이라는 단어에 대해 둘 다 '마루젠(丸善)'*이라고 대답한 부분은 성격이 잘 드러나 있네요. 더 재미있는 건 후키야의 대답은 모두 어딘가 모르게 물질적이고 이지적인 데 반해, 사이토의 대답은 아무래도 부드러운 데가 있지 않습니까? 서정적이네요. 예를 들어 '여자', '옷', '꽃', '인형', '경치', '여동생' 같은 대답은 굳이 말하자면 센티멘털하고 연약한 남자를 떠올리게 합니다. 그리고 사이토는 분명히 병약합니다. '싫다'에 '병'이라고 대답하고 '병'에 '폐병'

* 1869년 창업한 양서(洋書), 문구류 등의 판매점. 특히 전전(戰前)에는 양서를 구하는 서점의 대명사였다.

이라고 대답하지 않았습니까? 평소 폐병에 걸린 게 아닐까 두려워하고 있다는 증거예요."

"그렇게 볼 수도 있군요. 연상진단이란 건 생각하면 생각할수록 여러 가지 재미있는 판단이 나오는군요."

아케치는 조금 어조를 바꿔 말했다.

"그런데…… 판사님은 심리시험의 약점에 대해 생각해본 적이 있으십니까? 데 퀴로스(C. Bernaldo de Quiros)는 심리시험의 제창자 뮌스터베르크(Hugo Munsterberg)의 생각을 비평하면서 이 방법은 고문을 대신하기 위해 고안된 것이지만, 그 결과는 역시 고문과 마찬가지로 무고한 이를 죄에 빠뜨리고 유죄인 자를 놓치는 경우가 있다고 하고 있습니다. 뮌스터베르크 자신도 어딘가에서 심리시험의 진짜 효능은 용의자가 특정 장소, 사람, 혹은 물건에 대해 알고 있는지 없는지를 찾아내는 경우에 한해 확정적이지만, 그 밖의 경우에는 다소 위험하다는 식의 내용을 썼습니다. 판사님께 이런 이야기를 하는 건 공자 앞에서 문자 쓰기일지도 모르겠습니다. 하지만 이건 확실히 중요한 점인 것 같은데요."

"그야 안 좋은 경우를 생각하면 그렇겠죠. 물론 저도 그건 알고 있습니다."

판사는 약간 불쾌한 얼굴로 대답했다.

"하지만 그 안 좋은 경우가 의외로 주위에 없다고도 할 수 없으니까요. 이렇게 말할 수는 없을까요? 예를 들어 신경이 매우 과민한 무고한 남자가 어떤 범죄 혐의를 받았다고 가정해 봅시다. 그 남자는 범죄 현장에서 체포되었고 범죄사실도 잘 알고 있습니다. 이런 경우에 그는 과연 심리시험에 대해 태연하게 있을 수 있을까요? '아, 이건 나를 시험하는 것이로구나, 어떻게 대답하면 의심받지 않을까'라는 식으로 흥분하는 게 당연하지 않을까요? 따라서 그런 상황 아래 행해진 심리시험은 데 퀴로스의 말처럼 소위 '무고한 자가 죄에 걸려들게' 되는 건 아닐까요?"

"사이토 이사무 말이군요. 뭐, 그건 저도 왠지 그렇게 느꼈습니다. 아까도 말했지만 그래서 아직 결론을 내지 못하고 있는 거 아니겠습니까?"

판사는 점점 더 괴로운 표정을 지었다.

"그럼 그런 식으로 생각했을 때 사이토가 무죄라고 한다면(애당초 돈을 훔친 죄는 피할 수 없겠지만) 도대체 누가 노파를 죽인 걸까요……"

판사는 아케치의 이 말을 이어받아 거칠게 물었다.

"그럼 당신은 그것 말고 범인의 또 다른 목표가 있다는 겁니까?"

"있습니다."

아케치가 싱긋 웃으며 대답했다.

"저는 이 연상시험의 결과를 볼 때 후키야가 범인이라고 생각합니다. 그러나 아직 확실하게 그렇다고 말할 순 없습니다. 그 남자는 이미 귀가했겠군요. 어떻습니까? 넌지시 그를 여기로 부를 수 없을까요? 그렇게 하면 제가 반드시 진상을 밝혀내 보이겠습니다."

"뭐라고요? 거기에 뭔가 확실한 증거라도 있는 겁니까?"

판사는 적잖이 놀라 물었다.

아케치는 별로 우쭐해 하는 기색도 없이 그의 생각을 자세히 이야기했다. 그리고 그것이 판사를 완전히 감탄하게 만들었다.

판사는 아케치의 요청을 받아들여 후키야의 하숙집으로 심부름꾼을 보냈다.

'친구 사이토씨는 드디어 유죄가 결정되었다. 그에 관해 이야기하고 싶은 것도 있으니, 수고스럽겠지만 내 사택까지 오셨으면 한다.'

이것이 호출의 구실이었다. 마침 학교에서 돌아온 후키야는 그 말을 듣고 재빨리 사택을 찾았다. 제 아무리 대단한 그라도 이 반가운 소식에는 상당히 흥분해 있었다. 너무 기쁜 나머지 거기에 무서운 함정이 있는 것을 전혀 알아차리지 못했다.

6

가사모리 판사는 사이토를 유죄로 결정한 이유를 대강 설명한 후 이렇게 덧붙였다.

"당신을 의심해서 정말 미안합니다. 오늘은 사실 그에 대한 사죄도 할 겸 사정을 잘 이야기하려고 오시게 했습니다."

그리고 후키야를 위해 홍차를 가져오라고 시키는 등, 지극히 편안한 모습으로 잡담을 시작했다. 아케치도 이야기에 가세했다. 판사는 그를 아는 변호사인데 죽은 노파의 유산 상속자가 대금 징수 등을 의뢰한 남자라고 소개했다. 물론 반은 거짓말이지만, 친척회의 결과 노파의 조카가 시골에서 올라와 유산을 상속받게 된 것은 사실이었다.

세 사람 사이에서는 사이토의 소문을 비롯한 여러 가지 화제가 거론되었다. 완전히 마음을 놓은 후키야는 그중에서도 가장 말을 잘 하는 사람이었다.

그러는 사이 어느새 시간이 흘러 창밖으로 땅거미가 지기 시작했다. 후키야는 문득 그 사실을 깨닫고 돌아갈 준비를 하며 말했다.

"그럼 이만 실례하겠습니다. 그밖에 다른 용건은 없으십니까?"

"오오, 까맣게 잊어버릴 뻔했네."

아케치가 쾌활하게 말했다.

"아니, 어떻게 되든 상관없는 일인데요. 마침 기회가 있으니 겸사겸사, ……알고 계신지 모르겠는데, 그 살인이 있었던 방에 두 쪽짜리 금병풍이 있었습니다. 그런데 거기 약간 흠집이 생긴 게 문제가 됐어요. 즉 그 병풍은 할머니 것이 아니라 돈을 빌려주고 담보로 맡아 두었던 물건인데, 소유주는 살인이 일어났을 때 생긴 흠집이 틀림없으니 변상하라는 겁니다. 그런데 할머니 조카는, 이 사람이 또 할머니를 닮아 구두쇠라 말이죠, 원래 있었던 흠집일지도 모른다며 좀처럼 응하질 않아요. 사실 별 것 아닌 문제로 손을 놓고 있습니다. 애당초 그 병풍은 꽤 값어치가 있는 물건인 것 같긴 하지만요. 그런데 당신은 자주 그 집에 출입하셨으니 그 병풍도 아마 알고 계시겠지만, 이전에 흠집이 있"

었는지 혹시 기억에 없으신가요? 어떻습니까? 병풍 같은 거 별로 주의해서 보지 않으셨겠죠. 실은 사이토에게도 물어봤는데 그 양반이 지금 몹시 흥분한 상태라 잘 모르는 겁니다. 또 하려는 고향으로 돌아가버려서 편지로 물어봐도 요령부득이고, 좀 난처한 상황입니다……"

병풍이 저당잡힌 물건이었다는 것은 사실이지만 그 밖의 내용은 물론 지어낸 이야기에 불과했다. 후키야는 병풍이라는 말에 자기도 모르게 마음이 조마조마했다.

그러나 잘 들어보니 아무것도 아닌 일이어서 그는 완전히 안심했다. '뭘 벌벌 떠는 거야. 사건은 이미 수습됐잖아.' 그는 어떤 식으로 대답해줄까 살짝 고민했지만, 여느 때와 마찬가지로 있는 그대로 하는 게 제일 좋은 방법인 것 같았다.

"판사님은 잘 아시겠지만, 제가 그 방에 들어간 건 딱 한 번뿐입니다. 그것도 사건 이틀 전에 말이죠."

그는 능글맞게 웃으면서 말했다. 이런 식으로 말하는 게 너무나도 유쾌했다.

"하지만 그 병풍이라면 기억하고 있습니다. 제가 봤을 때 확실히 흠집 같은 건 없었습니다."

"그렇습니까. 틀림없겠죠? 오노노 고마치 얼굴 근처에 아주 살짝 흠집이 있을 뿐입니다."

"맞다 맞다, 생각났습니다."

후키야는 정말 지금 생각이 난 척하며 말했다.

"그건 육가선의 그림이었습니다. 오노노 고마치도 기억납니다. 하지만 만약에 그때 흠집이 있었다면 못 봤을 리가 없습니다. 왜냐면 극채색된 고마치의 얼굴에 흠집이 있었다면 한 눈에 알 수 있을 테니까요."

"그럼 귀찮으시겠지만 증언을 해주실 수는 없을까요? 병풍 소유주라는 사람이 어찌나 욕심이 많은지 이야기가 마무리되질 않아요."

"네, 그렇게 하고 말고요, 언제든지 편하실 때 말씀하세요."

후키야는 다소 우쭐해져서 변호사로 믿고 있는 남자의 부탁을 승낙했다.

"고마워요."

아케치는 덥수룩하게 자란 머리를 손가락으로 휘저으며 기쁜 듯이 말했다. 이는 그가 다소 흥분했을 때 나오는 일종의 버릇이다.

"사실 저는 처음부터 당신이 병풍에 대해 알고 계신 게 틀림없다고 생각했습니다. 즉, 어제 실시한 이 심리시험 기록 속에서 '그림'이라는 질문에 대해 당신은 '병풍'이라는 특별한 대답을 하고 있습니다. 이겁니다. 하숙집에는 병풍 같은 게 놓여 있지 않고 당신은 사이토 외에 딱히 친한 친구도 없는 것 같으니, 이건 결국 노파의 방에 있는 병풍이 어떤 이유에선가 당신에게 특별히 깊은 인상을 준 것이라고 상상한 거죠."

후키야는 다소 놀랐다. 그건 확실히 이 변호사가 말한 대로였다. 하지만 그는 어제 왜 병풍 같은 말을 입에 올렸던 걸까. 그리고 신기하게도 지금까지 전혀 그 사실을 깨닫지 못했다니, 이건 위험한 게 아닐까. 그러나 어떤 점이 위험한 걸까. 그때 그는 그

흠집을 잘 살펴보고 그것이 어떤 단서도 되지 않는다는 것을 확인해두지 않았던가. 뭐야, 괜찮아. 그는 한차례 생각해보고 나서야 겨우 안심했다.

그러나 사실 그는 지나칠 만큼 명백한 대실수를 했다는 것을 전혀 깨닫지 못했다.

"그렇군요, 저는 전혀 알아채지 못했지만, 확실히 말씀하신 대로입니다. 관찰력이 상당히 뛰어나시네요."

후키야는 어디까지나 무기교주의를 잊지 않고 태연하게 대답했다.

"뭐, 우연히 알게 된 겁니다."

변호사인 척하는 아케치가 겸손하게 말했다.

"근데 알아챘다고 하시니 실은 한 가지가 더 있는데, 아니, 결코 걱정하실 만한 일은 아닙니다. 어제 연상시험 중에는 여덟 개의 위험한 단어가 포함되어 있었는데요, 당신은 실로 완벽하게 그것을 통과했습니다. 사실 지나치게 완벽할 정도입니다. 조금이라도 켕기는 게 있다면 이렇게는 하지 않을 테니까요. 그 여덟 개의 단어에는 동그라미가 쳐져 있지요. 이겁니다."

아케치는 기록이 적힌 종잇조각을 보여줬다.

"그런데 이 단어들에 대한 당신의 반응시간은 다른 무의미한 단어보다, 전부 아주 근소하긴 하지만 빨라져 있습니다. 예를 들어 '화분'에 대해 '소나무'라고 대답하는데 겨우 0.6초밖에 걸리지 않았다. 이는 드물게 솔직한 일이죠. 이 30개의 단어 중에서 제일 연상하기 쉬운 건 일단 '초록'에 대한 '파랑' 같은 것일 텐데, 당신은 그것조차 0.7초가 걸렸으니까요."

후키야는 몹시 불안해지기 시작했다. 이 변호사는 도대체 무엇을 위해 이런 요설(饒舌)을 늘어놓고 있는 것일까.

호의인가 아니면 악의인가. 뭔가 깊은 꿍꿍이가 있는 게 아닐까. 그는 전력을 기울여 그 의미를 파악하려고 했다.

"'화분'이나 '미농지', '범죄'를 비롯한 문제의 8개 단어가 결코 '머리'라든가 '초록' 같은 평범한 단어보다 연상하기 쉽진 않을 겁니다. 그럼에도 불구하고 당신은 그 어려운 연상 쪽을 오히려 빨리 대답하고 있어요. 이것은 어떤 의미일까요? 제가 알아챈 점은 이 부분입니다. 당신의 마음을 한 번 맞춰볼까요? 어떻습니까? 이것도 나름대로 재밌을 겁니다. 하지만 만약에 틀렸다면 용서해주시길."

후키야는 몸이 부들부들 떨렸다. 그러나 무엇 때문에 그런지는 스스로도 알지 못했다.

"당신은 심리시험의 위험한 점을 알고 미리 준비했을 겁니다. 범죄와 관련된 말에 대해 저렇게 말하면 이렇게, 라는 식으로 확실한 복안이 준비되어 있었겠지요. 아니, 저는 결코 당신의 방식을 비난하는 건 아닙니다. 실제로 심리시험이라는 건 경우에 따라 매우 위험한 법이지요. 유죄인 사람을 용서하고 무고한 자에게 죄를 뒤집어씌울 때가 없다고 단언할 수는 없으니까요. 하지만 너무 세심하게 준비한 나머지, 물론 특별히 빨리 대답할 생각은 없었겠지만, 그 말만 빨라져버린 겁니다. 이는 분명 엄청난 실수였습니다. 그저 대답이 늦어지는 것만 걱정한 당신은 너무 빨라지는 것 역시 위험하다는 사실을 조금도 깨닫지 못했던 거죠. 애당초 그 시간차는 너무 근소해서 어지간히 주의 깊은 관찰자가 아니면 놓치고 말았겠지만 말입니다. 어쨌든 날조라는 건 어딘가에 파탄이 있기 마련입니다."

아케치가 후키야를 의심한 논거는 오로지 여기에 있었다.

"그러나 당신은 왜 '돈'이나 '살인', '감추다'처럼 혐의를 받기 쉬운 말을 골라 대답한 걸까요? 말할 필요도 없겠지요. 그 부분이 바로 당신의 솔직한 점입니다. 만일 당신이 범인이라면 결코 '미농지'라는 질문에 '감추다'라는 식으로는 대답하지 않을 테니까요. 그런 위험한 말을 태연하게 대답할 수 있다는 건 양심의 가책을 받을 게 전혀 없다는 증거입니다. 어때요, 그렇죠? 제가 말한 대로죠?"

후키야는 말하는 이의 눈을 조용히 응시했다. 어떻게 된 일인지 피할 수가 없었다. 그리고 코에서 입 주변에 걸친 근육이 경직된 탓에 웃고 울고 놀라는 표정을 지을 수 없는 느낌이 들었다.

물론 입을 열 수도 없었다. 만약에 무리해서 입을 열려고 했다면 틀림없이 바로 공포의 외침이 터져 나왔을 것이다.

"이 솔직함, 즉 잔꾀를 부리지 않는 것이 당신의 현저한 특징입니다. 저는 그걸 알았기 때문에 그런 질문을 한 것입니다. 흠, 아시겠습니까? 예의 병풍에 대한 이야기입니다. 저는 당신이 물론 솔직하게 있는 그대로 대답해주실 것을 믿어 의심치 않았습니다. 실제로도 말씀하신 대로였지만요. 그럼 가사모리 씨에게 묻겠습니다, 문제의 육가선 병풍은 언제 그 노파의 집으로 반입

된 건가요?"

아케치는 시치미를 뗀 얼굴로 판사에게 물었다.

"범죄사건 전날입니다. 즉 지난달 4일입니다."

"앗, 전날이라고요? 그게 정말입니까? 이상하네요. 지금 후키야 군은 사건 전전날, 즉 3일에 그 병풍을 그 방에서 봤다고 확실하게 말하지 않았습니까? 아무리 생각해도 말이 안 되는군요. 당신들 중 한쪽이 틀린 게 아니라면."

"후키야 군이 뭔가 착각을 하는 것이겠지요."

판사가 히죽히죽 웃으면서 말했다.

"4일 저녁까지 그 병풍은 진짜 소유주가 갖고 있었던 게 확실합니다."

아케치는 깊은 흥미를 갖고 후키야의 표정을 관찰했다. 그 얼굴은 당장이라도 울 것 같은 계집애의 얼굴처럼 묘하게 일그러져 있었다.

이것이 아케치가 처음부터 계획했던 함정이었다. 그는 사건 이틀 전에 노파의 집에는 병풍이 없었다는 것을 판사에게 들어 알고 있었던 것이다.

"이거야 원, 곤란한 상황이 됐군요."

아케치는 자못 난처한 목소리로 말했다.

"이건 이미 돌이킬 수 없는 대실수입니다. 왜 당신은 보지도 않은 걸 봤다는 식으로 말한 겁니까? 당신은 사건 이틀 전부터 한 번도 그 집에 가지 않았을 거 아닙니까? 특히 육가선 그림을 기억했던 건 치명적입니다. 아마 당신은 진짜를 말해야지, 진짜를 말해야지 하다 자기도 모르게 거짓말을 하고 말았을 겁니다. 네, 그렇죠? 사건 이틀 전 그 방에 들어갔을 때 당신은 거기에 병풍이 있는지 없는지에 주목했을까요? 물론 주목하지 않았을 겁니다. 실제로 그건 당신의 계획과 아무 관계도 없었고, 만일 병풍이 있었다고 해도 아시다시피 그건 세월의 때가 묻은 칙칙한 색조인지라 다른 여러 가지 도구 속에서 특별히 눈에 띄었을 리가 없으니까요. 따라서 당신이 지금 사건 당일 그 방에서 본 병풍이 이틀 전에도 똑같이 거기에 있었을 것이라고 생각한 건 지극히 자연스러운 일입니다. 또 저는 그렇게 생각하게끔 질문을 했고요. 이건 일종의 착각 같은 것인데, 잘 생각해보면 우리에게 일상적으로 흔히 있는 일입니다. 그러나 만일 보통 범죄자였다면 결코 당신처럼 대답하진 않았을 겁니다. 그들은 무엇이든 숨기기만 하면 된다고 생각하니까요. 그런데 제가 유리했던 건 당신이 평범한 재판관이나 범죄자보다 10배, 20배는 더 뛰어난 머리를 갖고 있었다는 거죠. 즉 당신은 급소를 건드리지 않는 한, 최대한 명백하게 말하는 게 오히려 안전하다는 신념을 갖고 있었던 겁니다. 나의 허를 찌르려는 상대의 의표를 거꾸로 찌르는 방식이지요. 그래서 저는 그 의표를 또 다시 거꾸로 찔러보았던 것입니다. 설마 당신은 이 사건과 아무 관계도 없는 변호사가 당신에게 자백을 받기 위해 덫을 놓으리라곤 상상도 하지 않았을 겁니다. 하하하하."

얼굴이 새파랗게 질린 후키야는 이마 언저리에 땀을 흠뻑 흘린 채 잠자코 있었다. 그는 이렇게 된 이상, 변명하면 할수록 약

점을 드러낼 뿐이라고 생각했다.

그는 머리가 좋은 만큼 자신의 실언이 얼마나 확실한 자백이었는지를 잘 이해했다. 그의 머릿속에서는 묘하게도 어릴 적부터 일어난 여러 가지 사건이 주마등처럼, 눈앞이 어지러울 만큼 나타났다 사라졌다.

긴 침묵이 이어졌다.

"들립니까?"

아케치가 잠시 후 말했다.

"자, 사각거리는 소리가 나고 있죠? 저건 말이죠, 조금 전부터 옆방에서 우리의 문답을 기록하고 있는 소리입니다. ……이보게, 이제 괜찮으니 그걸 들고 이쪽으로 와주지 않겠나?"

그러자 장지문이 열리고 서생 차림의 한 남자가 손에 서양식 종이 다발을 들고 나왔다.

"그걸 한 번 읽어 주시게나."

아케치의 명령에 따라 그 남자는 처음부터 낭독했다.

"그럼 후키야 씨, 여기에 서명하고 지장이면 충분하니 날인해주지 않겠습니까? 설마 싫다고는 하지 않겠죠? 아까 병풍에 대해서라면 언제든지 증언해주겠다고 약속하지 않았습니까? 애당초 이런 식의 증언일 거라고는 상상도 하지 않았겠지만."

후키야는 여기서 서명을 거부한들 아무 소용이 없다는 걸 충분히 알고 있었다. 그는 아케치의 놀랄 만한 추리도 더불어 승인하는 의미로 서명 날인했다. 그리고 지금은 완전히 다 포기한 사람처럼 고개를 숙이고 있었다.

아케치는 마지막으로 설명했다.

"앞에서도 말씀드렸다시피…… 뮌스터베르크는 심리시험의 진짜 효능이 용의자가 특정 장소나 사람, 또는 물건에 대해 알고 있는지를 시험하는 경우에 한해 확정적이라고 말하고 있습니다. 이번 사건을 예로 들어 말하면 바로 후키야 씨가 병풍을 봤는지의 여부가 거기에 해당하겠지요. 이 점을 제외한다면 백 가지 심리시험도 아마 소용이 없을 겁니다. 어쨌든 상대방은 후키야 씨처럼 뭐든지 예상해서 면밀하게 준비하는 남자니까요. 그리고 하나 더 말씀드리고 싶은 건 심리시험이라는 게 반드시 책에 쓰인 대로 일정한 자극어를 사용하고 일정한 기계를 준비해야 가능한 것이 아니라는 겁니다. 지금 제가 실험해 보여드린 것처럼 지극히 일상적인 대화를 통해서도 충분히 가능합니다. 예로부터 명판관, 예를 들면 오오카 에치젠노카미(大岡越前守)*와 같은 사람은 모두 최근에 심리학이 발명한 방법을 무의식적으로 잘 응용하고 있으니까요."

---

* 본명은 오오카 다다스케(大岡忠相. 1677~1752). 에도시대 중기의 다이묘(大名)로 일본의 전설적인 명판관으로 유명하다.

지붕 속 산책자

에도가와 란포

1

아마 그건 일종의 정신병일 수도 있습니다. 고다 사부로(鄕田三郞)는 어떤 놀이를 하고 어떤 직업을 가져봐도 사는 게 전혀 재밌지 않았습니다.

학교를 나오고 나서―그 학교도 일 년에 며칠 나갔는지 손에 꼽을 정도만 출석했습니다―그가 할 수 있을 만한 일은 닥치는 대로 다 해봤습니다. 하지만 일생을 걸기에 충분하다 싶은 일은 아직 한 번도 만난 적이 없는 것입니다. 어쩌면 그를 만족시키는 직업은 이 세상에 존재하지 않을지도 모릅니다. 길어야 일 년, 짧으면 한 달 정도의 주기로 그는 여러 직업을 전전했습니다. 그리고 이제 단념한 건지 더 이상 다음 직업을 찾지 않았습니다. 글자 그대로 아무 것도 하지 않은 채 재미도 없는 하루하루를 보냈습니다.

노는 것도 마찬가지였습니다. 가루타(かるた),* 당구, 테니스, 수영, 등산, 바둑, 장기뿐만 아니라 각종 도박에 이르기까지, 도 저히 여기에는 다 쓸 수 없을 정도입니다. 오락백과사전 같은 책 까지 사들여 여기저기 찾아다니며 놀이라는 놀이는 죄다 시도 해보았지만, 직업과 마찬가지로 이렇다 할 게 없어 그는 항상 실 망할 수밖에 없었습니다. 하지만 이 세상에는 어떤 사람도 평생 질리지 않을 '여자'와 '술'이라는 멋진 쾌락이 있지 않은가? 여러 분은 분명히 그렇게 말씀하실 겁니다. 하지만 우리의 고다 사부 로는 신기하게도 그 두 가지에 흥미를 느끼지 않았습니다. 술은 체질에 안 맞는지 한 방울도 마시지 않았고 여자는, 물론 그런 욕망이 없는 건 아니어서 주색잡기도 꽤 했지만, 그렇다고 이것 때문에 삶의 보람을 느낄 정도는 절대 아니었습니다.

"이런 재미없는 세상에서 오래 사느니 차라리 죽어버리는 게 낫겠어."

걸핏하면 그는 그런 생각을 했습니다. 하지만 그런 그도 생명 을 소중히 여기는 본능만은 갖고 있었는지 25세인 오늘날까지 "죽자 죽자" 하면서도 결국 죽지 못하고 살아가고 있었습니다.

친가로부터 매달 얼마간의 생활비를 보조받을 수 있는 그는 일을 그만둬도 딱히 생활이 곤란하진 않습니다. 어쩌면 그런 안 도감이 그를 이렇게 제멋대로 굴게 만들었는지도 모릅니다. 그 는 그 보조금으로 그나마 약간이라도 재미있게 사는 데 절치부

* 정초에 가족끼리 즐기는 일본 전통 카드놀이

심했습니다. 예를 들어 직업이나 놀이와 마찬가지로 빈번하게 숙소를 바꾸는 것도 그 중 하나였습니다. 그는 약간 과장해서 말하면 도쿄의 하숙집이란 하숙집은 하나도 남김없이 알고 있었습니다. 한 달, 혹은 2주만 지나면 금세 다른 하숙집으로 거처를 옮겼기 때문입니다. 물론 그 사이에는 방랑자처럼 여행을 하며 걸었던 적도 있습니다. 또 신선처럼 산속에 들어가본 적도 있습니다. 하지만 도시 생활에 익숙해진 그는 도저히 외로운 시골에 오래 있을 수 없었습니다. 잠깐 여행을 떠났나 싶다가도 어느새 그는 도시의 등불과 혼잡에 이끌리듯이 도쿄로 돌아오곤 했습니다. 그리고 그때마다 하숙집을 바꾼 것은 말할 것도 없습니다.

그가 이번에 옮긴 집은 도에이칸(東榮館)이라는 곳으로, 이제 막 지어서 아직 벽에 습기도 마르지 않은 새 하숙집이었는데, 여기서 그는 한 가지 기가 막힌 즐거움을 발견했습니다. 그리고 이한 편의 이야기는 그 새로운 발견과 관련된 어느 살인사건을 다루고 있습니다. 하지만 이야기를 그쪽으로 진행시키기 전에 주인공인 고다 사부로가 아마추어 탐정 아케치 고고로—이 이름은 아마 알고 계실 거라고 생각합니다—와 아는 사이가 되면서 지금까지 전혀 깨닫지 못했던 '범죄'라는 것에 새로운 흥미를 느끼게 된 경위에 대해 조금 이야기를 해줘야 할 것 같습니다.

두 사람이 알게 된 건 어느 카페에서 우연히 합석하게 되면서부터였습니다. 그때 동행했던 사부로의 친구가 아케치와 아는 사이라 두 사람을 소개해주었는데, 사부로는 그때 아케치의 총명해 보이는 용모와 말솜씨, 몸가짐 등에 완전히 매료되어 그 후로 종종 그를 찾아가게 되었고, 때로는 고고로가 먼저 사부로의 하숙집에 놀러 오는 사이가 된 것입니다. 아케치의 입장에서는 어쩌면 사부로의 병적인 성격에—일종의 연구대상으로서—흥미를 느꼈을지도 모르지만, 사부로는 아케치가 들려주는 매력적인 다양한 범죄담을 별 뜻 없이 즐기고 있었습니다.

동료를 살해하여 그 시체를 실험실 아궁이에서 재로 만들어 버리려고 했던 웹스터(John White Webster) 박사의 이야기, 여러 나라 언어에 통달하고 언어학상의 위대한 발견까지 한 유진 에어램(Eugene Aram)의 살인죄, 소위 보험 살인마이자 동시에 뛰어난 문예평론가였던 웨인라이트(Thomas Griffiths Wainewright)의 이야기, 아이의 볼기 살을 달여 양부의 문둥병을 고치려고 했던 노구치 오사부로(野口男三郎)의 이야기, 뿐만 아니라 숱한 여자들을 아내로 삼은 뒤 죽였던 소위 푸른 수염 랑드류(Henri Desire Landru)라든가 암스트롱(Herbert Rouse Armstrong) 같은 잔혹한 범죄담들이 무료함에 지쳐 있던 고다 사부로를 얼마나 기쁘게 했던지. 아케치의 뛰어난 말솜씨를 듣고 있으면 그 범죄 이야기들이 마치 요란한 극채색의 에마키모노(絵巻物)*처럼 끝을 알 수 없는 매력을 갖고 사부로의 눈앞에 다양한 모습으로 떠오르는 것이었습니다.

아케치를 알고 나서 두세 달 동안 사부로는 이 세상의 무미건조함을 거의 잊은 것처럼 보였습니다. 그는 범죄에 관한 다양

* 일본의 이야기, 전설 등을 그림으로 그린 두루마리

한 서적을 사들여 매일매일 그것을 읽는 데 열중했습니다. 그 서적들 중에는 포(Edgar Allan Poe)라든가 호프만(Ernst Theodor Amadeus Hoffmann), 가보리오(Emile Gaboriau)나 보아고베(Fortune Du Boisgobey) 외에도 여러 가지 탐정소설 등이 섞여 있었습니다. "아아, 세상에는 아직 이렇게 재밌는 게 있었단 말인가?" 그는 책의 마지막 페이지를 덮을 때마다 휴우 한숨을 쉬며 그런 생각을 했습니다. 그리고 가능하다면 자신도 그 범죄 이야기의 주인공처럼 눈부시고 요란한 놀이(?)를 해보고 싶다는 엉뚱한 생각까지 하게 되었습니다.

그러나 아무리 사부로라도 법률상의 죄인이 되는 것만큼은 싫었습니다. 그는 아직 부모님이나 형제, 친척 지인들의 비탄과 모욕을 무시하면서까지 즐거움에 빠질 용기는 없었던 것입니다. 그 책들에 의하면 어떤 교묘한 범죄라도 반드시 어딘가에 파탄이 있어 그것을 계기로 범죄가 발각되고, 극히 소수의 예를 제외하면 평생 경찰의 눈을 피하는 건 완전히 불가능해 보입니다. 그는 그게 두려울 뿐이었습니다. 그의 불행은 세상 어떤 일에도 흥미를 느끼지 못하면서 하필 '범죄'에만 말로 다 할 수 없는 매력을 느끼는 것이었습니다. 그리고 더더욱 불행한 일은 발각이 두려워서 그 '범죄'를 실행하지 못하는 것이었습니다.

그래서 그는 한 차례 손에 들어온 책을 다 읽더니 이번에는 '범죄'를 흉내 내기 시작했습니다. 흉내이기 때문에 물론 처벌을 두려워할 필요는 없습니다. 예를 들면 이런 것이었습니다.

그는 벌써 예전에 질려버린 저 아사쿠사(浅草)에 다시 흥미를 느끼게 되었습니다. 장난감 상자를 모조리 쏟아낸 뒤 그 위에 색색의 진한 그림물감을 흩뿌린 듯한 아사쿠사의 유원지는 범죄 기호자에게 더없이 훌륭한 무대였습니다. 그는 거기에서 활동사진 극장들 사이에 한 사람이 겨우 지나갈 정도로 좁고 어두운 골목이나 아사쿠사에도 이런 여유가 있구나 싶은 정도로 묘하게 텅 빈 공동화장실 뒤쪽의 공터를 즐겨 돌아다녔습니다. 그리고 범죄자가 같은 패거리와 통신이라도 하는 양 백묵으로 그 주변 벽에 화살표를 그리며 돌아다니거나 부자처럼 보이는 통행인을 발견하면 자기가 소매치기라도 된 것 같은 기분으로 끝까지 그 뒤를 미행해보기도 하고, 묘한 암호문을 쓴 종잇조각을―거기에는 항상 무서운 살인에 관한 사항 등을 적어 놓습니다―공원 벤치의 널빤지 사이에 끼워두고 나무그늘에 숨어서 누군가가 그것을 발견할 때까지 기다리는 등, 그밖에도 이와 비슷한 여러 가지 놀이를 하면서 혼자 즐거워했습니다.

그는 또 자주 변장을 하고 이 동네 저 동네를 떠돌아 다녔습니다. 노동자나 거지가 되어보기도 하고 학생이 되어보기도 했는데, 여러 가지 변장 중에서도 여장을 하는 것이 그의 병적인 취미를 가장 충족시켜주었습니다. 이를 위해 그는 옷이나 시계를 팔아 마련한 돈으로 고가의 가발이나 여자의 헌옷을 사 모았습니다. 그리고 오랜 시간 공을 들여 좋아하는 여자의 모습이 완성되면 머리에서부터 외투를 푹 뒤집어쓰고 이슥한 밤에 하숙집 입구를 나서는 것입니다. 그리고 적당한 장소에서 외투를 벗고 한적한 공원을 어슬렁거리거나 이제 끝날 때가 된 활동사진 극장으

로 들어가 일부러 남자 쪽 자리(男子席)*에 몰래 들어가 보는 등, 결국 아슬아슬한 장난까지 해보는 것입니다. 그리고 복장에 의한 일종의 착각 때문에 마치 자기가 달기 오햐쿠(姫妃のお百)**나 이무기 오요시(蟒蛇お由)*** 같은 독부라도 된 기분으로 여러 남성들을 자유자재로 희롱하는 모습을 상상하며 기뻐했습니다.

이런 '범죄' 흉내는 어느 정도 그의 욕망을 만족시켜주고 때로는 재미있는 사건을 일으키면서 그 당시에는 충분히 위로가 되기도 했지만, 흉내는 어디까지나 흉내입니다. 위험성이 없는 만큼—관점에 따라 '범죄'의 매력이란 바로 그 위험성에 있는 것이기 때문에—흥미도 떨어지고, 언제까지고 그를 기뻐 어쩔 줄 모르게 만드는 힘은 없었습니다. 겨우 3개월이 지났을 뿐인데 어느덧 그는 이 즐거움과 멀어지게 되었습니다. 그리고 그렇게나 매료되었던 아케치와도 점점 소원해졌습니다.

2

이상의 이야기를 통해 독자 여러분께서 고다 사부로와 아케치 고고로의 관계, 또 사부로의 범죄 기호벽 등을 이해하셨으리

---

* 1917년 '활동사진 진흥업 단속 규칙'에 의해 영화관에서는 독신 남녀가 다른 자리에 앉도록 되어 있었다.
** 에도 후기 고단(講談)과 실록물 등에서 독부로 선전된 여성
*** 3세 세가와 조코(三世瀬川如皐)의 가부키 대본 「이무기 오요시(蟒蛇お由)」의 등장인물로 미인계로 악인을 속이고 남편의 원수를 갚는다.

라 생각합니다. 그럼 본론으로 돌아가 도에이칸이라는 신축 하숙집에서 고다 사부로가 어떤 즐거움을 발견했는가에 대해 이야기하겠습니다.

도에이칸의 완성을 애타게 기다린 사부로가 맨 먼저 그곳으로 이사했을 때는 그가 아케치와 교제를 맺은 지 일 년도 더 지난 후였습니다. 따라서 이제 '범죄' 흉내에도 완전히 흥미를 잃었지만 그렇다고 그것을 대신할 거리도 없어, 그는 매일매일 지루한 시간을 보내고 있었습니다. 도에이칸에 이사 왔을 당시에는 그래도 새 친구가 생기면서 그 지루함을 다소 잊고 있었지만, 인간이라는 존재는 얼마나 지루하기 짝이 없는 생물인지. 어딜 가도 그저 똑같은 표정과 똑같은 말로 서로 똑같은 사상을 반복하여 발표하는 것입니다. 모처럼 하숙집을 바꿔 새로운 사람들을 접해봤지만 일주일이 채 지나기도 전에 그는 또다시 끝을 알 수 없는 권태 속으로 깊이 가라앉고 말았습니다.

그렇게 도에이칸으로 이사 온 지 10일 정도 지난 어느 날의 일입니다. 너무 지루한 나머지 그는 문득 기묘한 생각을 떠올렸습니다.

그의 방에는—그건 2층에 있었는데요—싸구려 도코노마 옆에 1칸짜리 벽장이 붙어 있고 그 내부에는 윗미닫이틀과 문지방 딱 중간 정도에 상하로 나눠진 튼튼한 선반이 벽장을 꽉 채우고 있었습니다. 그는 그 하단 쪽에 몇 개의 고리짝을 넣고 상단에는 이불을 얹기로 했는데, 일일이 거기서 이불을 빼내 방 한가운데에 까는 대신 시종일관 선반 위에 침대처럼 이불을 쌓아두고 졸리면 그곳에 올라가 자는 게 어떨까? 그는 그런 생각을 한 것입니다. 이것이 지금까지의 하숙집이었다면 설령 벽장 안에 똑같은 선반이 있다고 해도 벽이 매우 더럽거나 천장에 거미집이 쳐져 있어서 그 안에 들어가 잘 마음은 들지 않았겠지만, 이제 막만들어진 이 벽장은 매우 깨끗하고 천장도 새하얀데다가 노랗게 칠해진 매끄러운 벽에는 얼룩 한 점 없었습니다. 그리고 선반모양 때문이기도 하겠지만, 전체적인 느낌이 어쩐지 배 안의 침대와 비슷해서 묘하게도 거기서 한 번 자보고 싶은 유혹마저 느껴졌습니다.

그래서 그는 당장 그날 밤부터 벽장 안에 들어가 자기 시작했습니다. 이 하숙집은 방마다 내부에서 문단속을 할 수 있도록 되어 있어 하녀 등이 무단으로 들어올 일도 없었기 때문에 그는 안심하고 이 기행을 계속할 수 있었습니다. 그런데 거기서 자보니기대 이상으로 느낌이 좋았습니다. 네 장의 이불을 쌓고 그 위에사뿐히 드러누워 얼굴 위 바로 2척쯤 되는 곳에 위치한 천장을바라보면 다소 기이한 기분이 들었습니다. 맹장지를 완전히 닫고 그 틈새로 새어나오는 실 같은 불빛을 보고 있으면 왠지 탐정소설 속 인물이라도 된 것 같은 기분이 들어 유쾌합니다. 또 실눈을 뜨고 거기서 마치 도둑이 남의 방을 엿보듯이 여러 가지 격정적인 장면을 상상하면서 자기 방을 바라보는 것도 흥미로웠습니다. 때때로 그는 낮부터 벽장에 들어가 1칸 3척짜리 직사각형 상자 같은 벽장 속에서 좋아하는 담배를 뻐끔뻐끔 피우면서부질없는 망상에 빠질 때도 있었습니다. 그럴 때는 닫힌 맹장지

틈으로 벽장 안에서 불이라도 난 게 아닌가 싶을 만큼 흰 연기가 엄청나게 새어나오는 것이었습니다.

그런데 2, 3일 동안 이 기행을 계속하면서 그는 또다시 묘한 사실을 깨닫게 되었습니다. 싫증을 잘 내는 그는 2, 3일 정도 지나자 이제 벽장 침대에 흥미를 잃고 무료해져서 벽장 벽이나 자면서 손이 닿는 천장 판자에 낙서 같은 걸 하고 있었습니다. 그런데 문득 깜빡하고 못을 박지 않았는지 정확히 머리 위에 있는 반자널 한 장이 왠지 흔들거리는 것 같았습니다. 어떻게 된 일인가 싶어 손으로 세게 밀어보니 무난히 위쪽으로 빠지긴 하는데, 신기하게도 그 손을 떼자, 못질을 한 자리는 하나도 없는데 마치 스프링 장치처럼 원래대로 돌아가버립니다. 마치 누군가가 위에서 꽉 누르고 있는 듯한 느낌입니다.

어, 혹시 이 반자널 위에 뭔가 생물이, 가령 커다란 구렁이 같은 게 있는 건 아닐까, 사부로는 갑자기 으스스한 기분이 들기 시작했습니다. 하지만 그대로 도망치기도 아쉬워서 다시 시험 삼아 손으로 눌러보니 쿵하고 묵직한 감촉이 느껴질 뿐만 아니라 반자널을 움직일 때마다 그 위에서 뭔가 데굴데굴 구르는 둔중한 소리가 나는 게 아닙니까? 점점 더 이상한 기분이 듭니다. 그래서 그는 과감하게 힘껏 그 반자널을 밀어보았습니다. 그러자 그 순간 와르르 소리가 나며 위에서 뭔가가 떨어졌습니다. 그는 순간적으로 옆으로 확 비켜섰기 때문에 괜찮았지만, 만약 그렇지 않았다면 그 물체에 맞아 큰 부상을 입을 뻔했습니다.

"뭐야, 시시하군."

뭔가 특이한 거라도 있으면 좋을 텐데 하고 적잖이 기대했던 그로서는 그 떨어진 물건을 보고 기가 막히지 않을 수 없었습니다. 그건 작은 누름돌 같은 단순한 자갈에 불과했습니다. 잘 생각해보면 별로 이상할 것도 없습니다. 전등을 다는 인부가 천장 안으로 기어들어갈 통로를 위해 반자널을 일부러 한 장만 떼어내고 쥐 같은 것이 벽장으로 들어오지 않도록 그곳을 돌멩이로 눌러 놓았던 것입니다.

그건 정말이지 뜻밖의 희극이었습니다. 하지만 그 희극이 인연이 되어 고다 사부로는 어떤 멋진 즐거움을 발견하게 된 것입니다.

그는 잠시 자기 머리 위에 열려 있는, 마치 동굴 입구 같기도 한 그 천장 구멍을 바라보았습니다. 그런데 문득 타고난 호기심이 발동하여 도대체 천장 안은 어떻게 되어 있을까, 조심조심 그 구멍에 머리를 넣어 사방을 둘러보았습니다. 그건 때마침 아침에 일어난 일로, 지붕 위에는 이미 태양이 내리 쬐고 있는지 마치 크고 작은 무수한 탐조등을 비추고 있기라도 한 것처럼, 곳곳의 틈새로 가느다란 태양 광선이 지붕 속 빈 공간에 가득 들어와 있어 그곳은 생각보다 밝았습니다.

우선 눈에 띄는 것은 큰 뱀처럼 두껍고 구부러진 채 세로로 길게 놓여 있는 용마루입니다. 아무리 밝다고 해도 지붕 속이기 때문에 그렇게 멀리까지 조망할 수는 없었습니다. 게다가 실제로 길기도 했지만 하숙집 건물이 좁고 긴 탓에 그 용마루는 맞은편이 흐릿해 보일 정도로 멀리까지 이어져 있는 듯합니다. 그리고 그 용마루와 직각을 이루며 큰 뱀의 늑골에 해당하는 수많은 들보가 지붕의 경사를 따라 양쪽으로 쑥쑥 튀어나와 있습니다. 그것만으로도 상당히 웅장한 풍경인데, 거기에 천장을 받치기 위해 들보에서 가느다란 봉이 무수히 드리워져 있어 마치 종유동굴의 내부를 보는 듯한 느낌을 자아냅니다.

"이거 멋진데."

일단 지붕 속을 돌아본 사부로는 무심코 그렇게 중얼거렸습니다. 병적인 그는 세상의 일반적인 흥밋거리에는 매력을 느끼지 않았습니다. 오히려 보통 사람들에게는 하찮게 보이는 이런 사물에 이루 말할 수 없는 매력을 느끼는 것입니다.

그날부터 그의 '지붕 속 산책'이 시작되었습니다. 그는 밤낮을 가리지 않고 시간만 나면 도둑고양이처럼 살금살금 용마루와 들보 위를 걸었습니다. 다행히 지어진 지 얼마 안 된 집이라 지붕 속 하면 으레 따라오는 거미집도 없고, 아직 그을음이나 먼지도 전혀 쌓이지 않았으며, 쥐가 더럽힌 흔적조차 없었습니다. 따라서 옷이나 손발이 더러워질 염려는 없는 것입니다. 그는 셔츠 한 장을 걸친 채 지붕 속을 마음껏 누볐습니다. 때마침 절기도 봄이어서 지붕 속이라고 해봤자 별로 덥지도 춥지도 않았습니다.

3

도에이칸은 하숙집에서 흔히 볼 수 있듯이 중앙에 있는 정원을 둘러싸고 사각으로 방이 늘어서 있는 방식으로 지어졌습니다. 따라서 지붕도 그런 모양으로 쭉 이어져 있어 막다른 곳이 없었습니다. 그의 방 지붕 속에서 출발하여 한 바퀴 빙 돌면 다시 그의 방 위로 돌아오게 되어 있습니다.

아래쪽 방은 매우 엄중하게 벽으로 막혀 있고 그 출입구에는 문단속을 위한 쇠장식까지 달려 있지만, 일단 지붕 속에 올라가 보니 그곳은 얼마나 개방적인 상태인지 모릅니다. 누구의 방 위를 걸어다니든 자유인 것입니다. 만일 그럴 마음만 있다면 사부로의 방과 마찬가지로 돌멩이로 눌러 둔 자리가 군데군데 있기 때문에, 그곳을 통해 타인의 방으로 숨어 들어가 도둑질을 할 수도 있습니다. 복도를 통과하여 도둑질을 하는 것은 네모난 건물의 각 방면에 남의 눈이 있을 뿐만 아니라, 언제 어느 때 투숙인이나 하녀가 그곳을 지나갈지 알 수 없어 매우 위험하지만, 지붕 속 통로라면 절대 그럴 위험이 없습니다.

그리고 또 여기서는 내 마음대로 타인의 비밀을 엿볼 수도 있습니다. 신축이라곤 해도 하숙집은 날림 공사를 한 탓에 천장 도처에 틈새가 있습니다.—방 안에 있으면 알 수 없지만 어두운 지붕 속에서 보면 그 틈새가 의외로 크다는 데 깜짝 놀라게 됩니다—드물게는 옹이 구멍마저 있는 것입니다.

지붕 속이라는 이 굴지의 무대를 발견한 고다 사부로의 머리에는 어느새 잊어버렸던 저 범죄 기호벽이 다시 뭉게뭉게 피어 올랐습니다. 이 무대라면 틀림없이 그 당시 시험해봤던 것보다 훨씬 자극이 강한 '범죄 흉내'가 가능할 것이다, 그렇게 생각하니 그는 이제 즐거워서 견딜 수가 없었습니다. 이렇게 가까운 곳에 이렇게 재미있는 놀이가 있다는 걸 왜 오늘날까지 깨닫지 못했을까요? 마물(魔物)처럼 어둠의 세계를 돌아다니며 20명에 가까운 도에이칸 2층의 모든 투숙인이 가진 비밀을 차례차례 엿본다는 것만으로도 사부로는 이미 충분히 유쾌했습니다. 그리고 오랜만에 삶의 보람마저 느꼈습니다.

그는 또 이 '지붕 속 산책'을 더욱 흥미롭게 만들기 위해 복장부터 진짜 범인처럼 차려입는 것을 잊지 않았습니다. 몸에 딱 달라붙는 진한 갈색의 수제 셔츠, 같은 색의 타이츠—될 수 있으면 옛날 활동사진에서 본 여도적 프로테아(女賊プロンテア)*처럼 새카만 셔츠를 입고 싶었지만 공교롭게도 그런 건 없어서 일단 참기로 하고—버선을 신고 장갑을 끼고—천장 속은 전부 대충 다듬은 목재뿐이라 지문을 남길 걱정 같은 건 거의 없지만—그리고 손에는 권총을…… 들고 싶지만 그것도 없기 때문에 손전등을 들기로 했습니다.

낮과는 달리 새어나오는 광선의 양이 극히 적은 심야에, 한치 앞도 분간할 수 없는 어둠 속을 소리가 나지 않도록 주의하며 살금살금 용마루를 타고 가니, 왠지 뱀이라도 되어 굵은 나무줄기

---

* 1913년 프랑스에서 제작된 인기 활극영화. 1913년 12월 일본에서 개봉되었다.

를 기어 다니는 기분이 들어 스스로 생각해도 묘하게 무서워집니다. 하지만 그 무서움이 어찌된 일인지 그에게는 소름이 끼칠 만큼 기쁜 것입니다.

이렇게 며칠 동안 그는 기뻐 어쩔 줄 모르며 '지붕 속 산책'을 계속했습니다. 그 사이에는 예상했던 것처럼 그를 즐겁게 하는 여러 가지 사건이 있어 그것만 기록해도 충분히 한 편의 소설이 완성될 정도입니다. 그러나 이 이야기의 주제와는 직접 관계가 없기 때문에, 아쉽지만 간단히 두세 가지 예를 이야기하고 마치겠습니다.

천장으로 엿본다는 것이 얼마나 기묘하고 흥미로운 일인지는 실제로 해본 사람이 아니면 상상도 할 수 없을 것입니다. 설사 그 아래에서 특별한 사건이 일어나지 않아도, 아무도 보지 않는다는 믿음 아래 그 본성을 드러내는 인간을 관찰하기만 해도 충분히 재미있었습니다. 주의깊게 살펴본 결과, 어떤 사람들은 옆에 타인이 있을 때와 혼자 있을 때 행동거지는 물론 그 얼굴 표정까지 완전히 다르다는 사실을 발견하고 그는 적잖이 놀랐습니다. 또 평소 옆에서 같은 높이를 유지하며 보는 것과 달리 천장에서는 바로 위에서 내려다보기 때문에 눈의 각도가 달라지고 정상적인 방은 상당히 이상하게 보입니다. 인간은 정수리와 양 어깨 쪽이, 책장, 책상, 장롱, 화로 등은 그 위쪽 면만이 주로 눈에 들어옵니다. 그리고 벽은 거의 보이지 않고 그 대신 모든 물건의 뒤에는 다다미가 가득 펼쳐져 있는 것입니다.

아무 일이 일어나지 않아도 이런 재미가 있는데다가 거기에

는 때때로 우스꽝스럽고 비참한, 또는 엄청난 광경이 전개되고 있습니다. 평소 과격한 반자본주의 논의를 토해내는 회사원이 아무도 보지 않는 곳에서는 방금 받은 승급 사령(辭令)을 몇 번이고 서류가방에 넣었다 뺐다 하면서 내내 흐뭇하게 바라보는 광경, 평상복으로 오메시(お召し)* 기모노를 흐트러뜨리며 부질없이 호사스러운 모습을 보여주는 한 투기꾼이 정작 잠자리에 들 때는 낮 동안 자못 무심하게 입고 있던 그 기모노를 여자처럼 조심스럽게 접어서 이부자리 아래쪽에 깔아둘 뿐만 아니라 얼룩이라도 묻은 것 같으면 그것을 정성껏 입으로 핥으며—오메시 등의 작은 얼룩은 입으로 핥아내는 게 제일 좋다고 합니다—일종의 클리닝을 하는 광경, 모 대학 야구 선수라는 여드름투성이 청년이 운동선수답지 않게 겁쟁이여서 하녀에게 보내는 연애편지를 다 먹은 저녁 밥상 위에 올려놨다가 다시 집어넣었다가 또 다시 올려놓는 등 주저하며 같은 일을 반복하는 광경, 그 중에는 대담하게 매춘부(?)를 불러들여 여기에 쓰기 꺼려질 만한 어처구니없는 광태(狂態)를 연출하는 광경까지, 아무도 신경 쓰지 않고 실컷 볼 수 있었습니다.

사부로는 또 투숙인과 투숙인 사이에 벌어지는 감정의 갈등을 연구하는 데 흥미를 갖게 되었습니다. 같은 인간이 상대에 따라 태도를 다양하게 바꿔가는 모습, 방금까지 웃는 얼굴로 이야기를 나눴던 상대를 옆방에 와서는 마치 불구대천의 원수라도

---

* 바탕이 오글쪼글한 기모노용 견직물

되는 것처럼 욕하는 자가 있는가 하면, 박쥐처럼 어느 쪽에 가도 그때그때 적당히 말로 넘기면서 뒤에서 날름 혀를 내미는 자도 있습니다. 그리고 그 대상이 여자 투숙인—도에이칸 2층에는 한 여자 미술 학도가 있었습니다—일 경우 한층 더 흥미로워집니다. '사랑의 삼각관계' 같은 게 아닙니다. 오각, 육각의 복잡한 관계가 손에 잡힐 듯이 보일 뿐만 아니라 경쟁자들은 아무도 모르는 당사자의 진의를 제삼자인 '지붕 속 산책자'만 확실히 알 수 있는 게 아닙니까? 옛날이야기 중에 가쿠레미노(隱れ蓑)*라는 게 있는데, 지붕 속 사부로는 소위 그 가쿠레미노를 입은 것과 마찬가지였습니다.

만일 타인의 반자널을 떼어내고 그곳에 숨어들어 여러 가지 장난을 칠 수 있다면 한층 더 재밌었겠지만, 사부로에게는 그럴 용기가 없었습니다. 거기에는 사부로의 방과 마찬가지로 세 칸에 한 곳 정도의 비율로 돌멩이를 눌러 놓은 도피로가 있어서 숨어들어가는 건 문제가 없었습니다. 하지만 언제 방 주인이 돌아올지 모르고, 그게 아니더라도 창문이 모두 투명한 유리창인지라 밖에서 발견될 위험도 있고, 또 반자널을 떼어내고 벽장 안으로 내려가 장지문을 열고 방에 들어갔다가 다시 벽장 선반을 기어올라 원래 있던 지붕 속으로 돌아가는 동안 소리가 나지 않을 거란 장담은 할 수 없습니다. 그것을 복도나 옆방에서 눈치 채면 그때는 끝장인 것입니다.

---

* 입으면 모습이 보이지 않게 된다는 상상의 도롱이

그런데 어느 한밤중의 일이었습니다. 사부로는 한 바퀴 '산책'을 마치고 자기 방으로 돌아가기 위해 들보 사이를 타고 넘어가고 있었는데, 정원을 사이에 두고 그의 방과 정확히 맞은편 건물의 한쪽 구석 천장에서 문득 지금까지 눈치 채지 못했던 희미한 틈새를 발견했던 것입니다. 직경 2치 정도의 구름 모양으로, 실보다 가느다란 광선이 새어나가고 있었습니다. 뭔가 싶어서 조용히 손전등을 켜고 살펴보니 그건 상당히 커다란 나무옹이로, 반 이상 주변 판자에서 벌어져 있었지만 나머지 반이 겨우 이어져 있어 아슬아슬하게 옹이 구멍이 되지 않을 수 있었던 것입니다. 하지만 손끝으로 살짝 비집기만 하면 쉽게 떨어질 것 같았습니다. 그래서 사부로는 다른 틈새로 아래를 보면서 방주인이 이미 자고 있는 것을 확인한 후, 소리가 나지 않도록 주의하면서 천천히 마침내 그것을 떼어냈습니다. 다행히도 떼어내고 보니 술잔 모양의 옹이 구멍은 아래쪽이 좁아져 있어 그 나무옹이를 원래대로 채워놓기만 하면 아래로 떨어질 일도 없고, 거기에 이런 커다란 구멍이 있다는 것을 아무도 알아챌 수 없는 상태였습니다.

이거 괜찮은데 하면서 그 옹이 구멍으로 아래를 들여다보았습니다. 다른 틈새들이 세로는 길어도 폭은 기껏해야 1부 안팎이라 부자유스러운 것과 달리, 이건 아래의 좁은 쪽도 직경 1치 이상은 되는지라 방의 전경을 넉넉하게 조망할 수 있습니다. 사부로는 자기도 모르게 옆길로 빠져 그 방을 바라보게 되었습니다. 그런데 그 방은 우연히도 사부로가 도에이칸의 투숙인 중에서 주는 것 없이 가장 미워하는 치과의학교 졸업생이자 현재는 어느 치과의사의 조수로 일하고 있는 엔도(遠藤)라는 남자의 방이었습니다. 엔도는 몹시 밋밋하고 불쾌하기 짝이 없는 얼굴을 한층 더 밋밋하게 한 채 바로 내 얼굴 아래서 자고 있었습니다. 엄청나게 꼼꼼한 남자인 듯, 방안은 다른 어느 투숙인의 방보다 더 깔끔하게 정돈되어 있습니다. 책상 위 문방구의 위치, 책장 안에 서적을 진열한 모습, 이불을 깔아놓은 모습, 외국 물건이기라도 한 건지 머리맡에 늘어놓은 낯선 모양의 자명종, 칠기로 된 엽궐련 상자, 색유리로 된 재떨이, 어느 것을 봐도 그 물건의 주인공이 참으로 깔끔한 걸 좋아하는, 찬합 구석구석을 이쑤시개로 쑤실 것 같은 신경질적인 사람이라는 걸 증명하고 있습니다. 또 엔도 본인의 자는 모습도 정말 얌전했습니다. 단지 그 광경에 어울리지 않는 것은 그가 입을 크게 벌린 채 천둥처럼 코를 골고 있다는 것이었습니다.

사부로는 뭔가 더러운 것이라도 보는 것처럼 눈썹을 찡그리며 엔도의 자는 얼굴을 바라보았습니다. 그의 얼굴은 단정하다면 단정합니다. 과연 그가 스스로 퍼뜨리고 다니는 말처럼 여자들이 좋아하는 얼굴일지도 모릅니다. 그러나 이 얼마나 멍청하고 길쭉한 얼굴입니까. 진한 머리털, 전체적으로 긴 얼굴에 비해 유독 좁은 후지산(富士山) 모양의 이마, 짧은 눈썹, 가느다란 눈, 시종 웃고 있는 듯한 눈 꼬리의 주름, 긴 코, 그리고 유별나게 커다란 입. 사부로는 이 입이 도무지 마음에 들지 않았습니다. 코 아랫부분부터 단을 이루며 위턱과 아래턱이 봉긋하게 앞쪽으로 튀어 나와 있고, 창백한 얼굴과 묘하게 대조를 이루며 커다란 자주색 입술이 활짝 벌어져 있습니다. 그리고 비후성비염이기라도 한 건지, 시종일관 코가 막혀 있어 그 커다란 입을 떡 벌리고 호흡을 하는 것입니다. 자면서 코를 고는 것 역시 콧병 탓이겠지요.

사부로는 항상 엔도의 얼굴만 보면 왠지 이렇게 등이 근질근질해지고 그의 밋밋한 뺨을 갑자기 후려갈기고 싶은 기분이 들었습니다.

4

그렇게 엔도의 자는 얼굴을 보는 사이에 사부로는 문득 기묘한 생각을 했습니다. 그건 그 옹이 구멍으로 침을 뱉으면 커다랗게 벌어진 엔도의 입 속으로 멋지게 들어가지 않을까 하는 것이었습니다. 왜냐면 그의 입은 마치 끼워 맞추기라도 한 것처럼 옹이 구멍 바로 아래쪽에 있었기 때문입니다. 사부로는 타이츠 아래 입고 있던 팬티끈을 빼내 그것을 옹이 구멍 위에 수직으로 늘어뜨렸습니다. 그리고 한쪽 눈을 끈에 바싹 대고 마치 총이라도 조준하는 것처럼 시험해 보았는데, 신기한 우연입니다. 끈과 옹이 구멍, 그리고 엔도의 입이 완벽하게 한 점으로 보이는 것입니다. 즉, 옹이 구멍에서 침을 뱉으면 반드시 그의 입으로 떨어질 거라는 사실을 알 수 있었습니다.

그러나 설마하니 정말 침을 뱉을 수도 없는 노릇입니다. 사부로는 옹이 구멍을 원래대로 메워두고 물러가려고 했지만, 그때 느닷없이 언뜻 무서운 생각이 그의 머리를 스쳤습니다. 그는 자기도 모르게 지붕의 어둠 속에서 새파랗게 질린 채 부들부들 떨었습니다. 그건 바로 아무 원한도 없는 엔도를 살해해야겠다는 생각이었습니다.

그는 엔도에게 아무 원한도 없을 뿐만 아니라 서로 알게 된 지 2주도 채 되지 않았습니다. 게다가 우연히 두 사람이 같은 날 이사한 것을 계기로 두세 번 서로의 방을 찾아갔을 뿐, 특별히 깊은 관계가 있는 것도 아닙니다. 그럼 왜 그런 엔도를 죽이려는 생각을 한 것일까. 아까도 말했듯이 그의 용모나 언동이 때려주고 싶을 만큼 어쩐지 마음에 들지 않는다는 것도 약간은 영향을 미쳤을 것입니다. 하지만 사부로가 이런 생각을 한 가장 큰 동기는 상대방에게 있는 게 아니라 그저 살인행위 그 자체에 흥미가 있었던 것입니다. 아까부터 이야기한 것처럼 사부로의 정신 상태는 매우 변태적이어서 범죄 기호벽이라고도 해야 할 병을 갖고 있었습니다. 그 범죄 중에서도 그가 가장 매력을 느낀 것이 살인죄였기 때문에 이런 생각이 드는 것이 결코 우연은 아닙니다. 단지 지금까지는 수차례 살의를 일으킬 때가 있어도 죄가 발각될 것이 두려워서 한 번도 실행에 옮길 생각을 한 적이 없었을 뿐입니다.

그런데 지금 엔도의 경우는 전혀 의심을 받지 않고, 발각의 우려 없이 살인이 이루어질 것 같습니다. 나만 위험하지 않다면 설사 상대방이 생면부지의 인간이라도 사부로에게 그런 점은 아무 상관이 없는 것입니다. 오히려 그 살인행위가 잔학하면 할수록 그의 비정상적인 욕망은 한층 더 충족되었습니다. 그럼 왜 엔도의 경우만 살인죄가 발각되지 않는가―적어도 사부로가 왜 그렇게 믿고 있었는가―하면 거기에는 다음과 같은 사정이 있었습니다.

도에이칸으로 이사 온 지 4, 5일이 됐을 때였습니다. 사부로는 이제 막 친해진 같은 하숙집 사람과 근처 카페에 간 적이 있습니다. 그때 같은 카페에 엔도도 와 있어서 세 사람은 한 테이블에 모여 술을―술을 싫어하는 사부로는 커피였지만―마셨습니다. 셋 다 꽤 기분이 좋아져 같이 하숙집으로 돌아왔는데, 얼마 안 되는 술에 만취한 엔도는 "자, 제 방으로 오세요."라며 두 사람을 억지로 그의 방에 끌어들였습니다. 혼자 신이 난 엔도는 밤이 깊은 것도 상관하지 않고 하녀를 불러 차를 내오게 하더니 카페에서부터 시작된 애인 자랑을 반복하는 것이었습니다―사부로가 그를 싫어하게 된 건 그날 밤부터입니다―그때 엔도는 새빨갛게 붉어진 입술을 할짝할짝 핥으면서 몹시 흐뭇한 표정으로 이런 말을 했습니다.

"그 여자와는 말이죠, 한 번 정사(情死)를 시도한 적이 있습니다. 아직 학교에 있던 시절인데, 저희 학교는 의학교잖아요. 약을 손에 넣는 건 문제가 없어요. 그래서 두 사람이 쉽게 죽을 수 있을 만큼의 모르핀을 준비해서, 들어보세요, 시오바라(鹽原)에 갔다니까요."

그렇게 말하면서 그는 휘청휘청 일어나 벽장이 있는 곳으로 가서 장지문을 덜컥 열더니 안에 쌓여 있던 어느 고리짝 바닥에서 아주 작은, 새끼손가락 손끝 정도 크기의 갈색 병을 찾아와 두 사람에게 내미는 것이었습니다. 병 안에는 바닥 언저리에 아주 소량의 반짝반짝 빛나는 가루가 들어 있습니다.

"이겁니다. 이 만큼만 있어도 충분히 두 사람이 죽을 수 있어요. ……하지만 여러분, 다른 사람에게 이런 사실을 말하면 안 됩니다."

그의 애인 자랑은 더욱 더 길게 그칠 줄 모르고 이어졌습니다. 그런데 사부로는 지금 우연히도 그때 들은 독약을 생각해낸 것입니다.

"천장 옹이 구멍에서 독약을 떨어뜨려 살인을 한다! 이 얼마나 기상천외하고 멋진 범죄인가."

그는 이 묘책을 떠올리고 기분이 좋아 어쩔 줄 몰랐습니다. 잘 생각해보면 그 방법은 너무 드라마틱한 만큼 가능성이 낮다는 걸 알 수 있습니다. 그리고 또 특별히 이런 수고스러운 일을 하지 않아도 그밖에 얼마든지 쉽게 살인하는 방법이 있었을 텐데, 이 이상한 발상에 현혹된 그는 다른 걸 생각할 여유가 없었습니다. 그리고 이제 그의 머리에는 그저 이 계획에 대한 적당한 구실만이 연이어 떠오르는 것입니다.

우선 약을 훔칠 필요가 있었습니다. 하지만 그건 문제없습니다. 엔도의 방을 찾아가 정신없이 이야기를 하다 보면 그 사이에 변소에 가든지 하느라 그가 자리를 뜰 때가 있을 것입니다. 그 사이에 예전에 본 고리짝에서 작은 갈색 병을 꺼내기만 하면 되는 것입니다. 엔도가 시종일관 그 고리짝 밑바닥을 검사할 리 없으니 2, 3일 안에는 눈치 챌 일도 없을 것입니다. 설령 눈치 챘다고 한들 그런 독약을 갖고 있는 게 이미 위법이기 때문에 표면화될 리도 없고, 또 잘만 하면 누가 훔쳐갔는지도 알 수 없습니다.

그렇게 하지 않고 그냥 천장으로 잠입하는 게 편하지 않을까요? 아니, 그건 위험합니다. 앞에서도 이야기했듯이 언제 방주인이 돌아올지 모르고, 유리 미닫이 밖에서 누군가 보게 될 우려도 있습니다. 무엇보다 엔도의 방 천장에는 사부로의 방처럼 돌멩이로 눌러 놓은 도피로가 없습니다. 어떻게 못질을 한 반자널을 떼어내고 잠입하는 위험한 일을 할 수 있겠습니까.

손에 넣은 가루약을 물에 녹여서 콧병 때문에 시종 활짝 벌어져 있는 엔도의 커다란 입 안으로 떨어뜨려 넣으면 그걸로 충분한 것입니다. 단지 걱정은 엔도가 잘 마셔줄까 하는 점인데, 뭐 그것도 괜찮습니다. 왜냐하면 약이 지극히 소량인지라 진하게 녹여두면 단 몇 방울로도 충분해서 숙면을 취하고 있을 때라면 눈치도 못 챌 정도일 것입니다. 또 눈치 챘다고 해도 아마 토해낼 틈 같은 건 없을 겁니다. 그리고 사부로는 모르핀이 쓴 약이라는 것도 알고 있었습니다. 하지만 쓰다고 해도 분량이 얼마 되지 않고, 또 설탕 같은 걸 섞어두면 결코 실패할 염려는 없습니다. 아무도 천장에서 독약이 내려올 거라는 상상은 하지 않을 테니 엔도가 순간적으로 그것을 눈치 챌 리가 없습니다.

그러나 독이 잘 들을지, 엔도의 체질에 비해 양이 너무 많거나 또는 너무 적거나 해서 그저 괴롭기만 하고 완전히 죽지 않는 경우가 생기진 않을지가 문제입니다. 물론 그렇게 되면 매우 유감스럽겠지만, 그래도 사부로의 신상에 위험이 닥칠 염려는 없습니다. 왜냐하면 옹이 구멍은 원래대로 덮개를 덮을 것이고, 천장 밑에도 아직 먼지 하나 쌓이지 않았으니 아무 흔적도 남지 않습니다. 지문은 장갑으로 가려 놓았습니다. 설령 천장에서 독약을 떨어뜨렸다는 걸 알게 돼도 누구의 짓인지 알 수 있을 리가 없습니다. 특히 그와 엔도가 작금의 교제를 통해 원한을 가질 만한 사이가 아니라는 건 주지의 사실이기 때문에 그에게 혐의가 갈 리 없는 것입니다. 아니, 거기까지 생각하지 않아도 숙면중인 엔도가 약이 떨어진 방향 등을 알 수 있을 리가 없습니다.

이것이 사부로가 지붕 속에서, 또 방으로 돌아오고 나서 생각해낸 뻔뻔한 핑계였습니다. 설사 이상의 모든 사항이 잘 풀린다고 해도 그밖에 한 가지 중대한 착오가 있다는 사실을 독자들은 이미 눈치 채셨을 것입니다. 하지만 그는 실행에 착수할 때까지 신기하게도 그 사실을 전혀 눈치 채지 못했습니다.

5

사부로가 적당한 때를 노려 엔도의 방을 방문한 것은 그로부터 4, 5일이 지났을 때였습니다. 물론 그 사이에 그는 이 계획에 대해 생각하고 또 생각한 끝에 위험하지 않다는 걸 확인할 수 있었습니다. 뿐만 아니라 여러 가지 새로운 생각을 추가하기도 했습니다. 예를 들면 독약이 든 병을 처리하는 방법도 그 중 하나입니다.

만일 순조롭게 엔도를 살해한다면 그는 그 병을 옹이 구멍을 통해 아래로 떨어뜨리기로 했습니다. 그렇게 함으로써 그는 이중의 이익을 얻을 수 있습니다. 먼저 만약에 발견될 경우, 중대한 실마리가 될 그 병을 은닉하는 수고를 할 필요가 없습니다. 또 한편으로 죽은 사람 옆에 독약 용기가 떨어져 있으면 누구나 엔도가 자살했다고 생각할 게 틀림없습니다. 그리고 그 병이 엔도 자신의 물건이라는 사실은 언젠가 사부로와 같이 엔도의 애인 자랑을 들었던 남자가 잘 증명해줄 것입니다. 또 유리한 점은 엔도가 매일 밤 문단속을 단단히 하고 자는 것이었습니다. 입구는 물론 창문도 안에서 쇠장식으로 막아 놓아서 외부에서는 절대 들어올 수 없습니다.

그날 사부로는 대단한 인내심을 발휘하여 얼굴만 봐도 신물이 나는 엔도와 오랜 시간 잡담을 나눴습니다. 이야기하는 동안 그는 수차례 넌지시 살의를 비추며 상대방을 겁주고 싶은 위험천만한 욕망을 가까스로 참았습니다. '조만간 증거가 하나도 남지 않는 방법으로 너를 죽여줄 거야. 그렇게 계집애처럼 재잘재잘 떠는 것도 이제 얼마 남지 않았어. 지금 실컷 떠들어두는 게 좋을 거야.' 사부로는 끊임없이 움직이는 상대의 커다란 입술을 바라보면서 마음속으로 그런 말을 반복했습니다. 이 남자가 곧 푸르뎅뎅한 시체가 될 거라고 생각하니 그는 유쾌해서 참을 수 없었습니다.

그렇게 이야기에 열중해 있는 사이, 아니나 다를까 엔도가 화장실에 가려고 자리를 떴습니다. 그때는 이미 밤 10시쯤 됐을까요, 사부로는 주위를 샅샅이 신경 쓰면서 유리창 밖도 충분히 살펴본 뒤 소리가 나지 않도록, 그러나 재빨리 벽장을 열어 고리짝 안에서 예의 약병을 찾기 시작했습니다. 언젠가 넣어둔 장소를 잘 봐두었던지라 찾는 데 힘이 들진 않았습니다. 하지만 역시 가슴이 두근거리고 겨드랑이 밑에서는 식은땀이 흘렀습니다. 사실 그의 이번 계획 중에서 가장 위험한 것은 이 독약을 훔치는 일이었습니다. 웬일로 엔도가 갑자기 돌아올지도 모르고, 또 누군가가 빈틈을 노리고 있을 수도 있으니까요. 하지만 그는 이렇게 생각했습니다. 만일 들킨다면, 혹은 들키지 않아도 엔도가 독약이 사라진 것을 발견한다면—그건 충분히 주의를 기울이면 바로 알 수 있는 일입니다. 특히 그에게는 천장 틈새라는 무기가 있기 때문에—살해를 단념하면 그만입니다. 단지 독약을 훔쳤다는 것만으로는 이렇다 할 죄도 되지 않으니까요.

어쨌든 결국 그는 일단 누구에게도 들키지 않고 감쪽같이 독약을 손에 넣을 수 있었습니다. 그래서 엔도가 화장실에서 돌아오자마자 슬며시 이야기를 마치고 자기 방으로 돌아갔습니다. 그리고 창문에는 단단히 커튼을 치고 입구는 잘 단속해둔 후 책상 앞에 앉아 설레는 마음으로 품속에서 귀여운 갈색 병을 꺼내 찬찬히 살펴보았습니다.

MORPHINUM HYDROCHLORICUM (0.g.)

아마 엔도가 썼겠지요. 작은 라벨에는 이런 글자가 쓰여 있습니다. 이전에 약물학 서적을 읽은 그는 모르핀에 대해 어느 정도 알고는 있었지만, 실물을 보는 건 지금이 처음이었습니다. 아마 그건 염산 모르핀일 것입니다. 병을 전등 앞에 대고 비춰보니 작은 숟가락의 반도 안 되는, 지극히 소량의 흰색 가루가 아름답게 반짝거리고 있습니다. 과연 이런 걸로 인간이 죽을까, 신기하게 여겨질 정도입니다.

사부로는 물론 그걸 달아볼 정밀한 저울이 없었기 때문에 분량에 관해서는 일단 엔도의 말을 신용할 수밖에 없었습니다. 술에 취했다고는 해도 그때 엔도의 태도와 말투는 결코 엉터리로 느껴지지 않았습니다. 게다가 라벨의 숫자도 사부로가 아는 치사량의 딱 두 배 정도이니 설마 틀리진 않을 것입니다.

그는 병을 책상 위에 놓고 옆에 준비해 둔 설탕과 깨끗한 물을 나란히 올려놓더니 약제사처럼 면밀하게 조합하기 시작했습니다. 하숙집 사람들은 모두 잠들었는지 주위는 인기척 하나 없이 고요합니다. 그런 가운데 성냥개비에 적신 깨끗한 물을 조심스럽게 한 방울 한 방울 병 속으로 떨어뜨리자 숨소리가 마치 악마의 한숨처럼 유독 무시무시하게 울려 퍼집니다. 그것이 사부로의 변태적인 기호를 얼마나 만족시켰는지 모릅니다. 그의 눈앞에는 걸핏하면 어두운 동굴 속에서 부글부글 거품을 내며 끓고 있는 독약 냄비를 바라보며 히죽히죽 웃고 있는, 옛날이야기속 무서운 요괴 같은 노파의 모습이 떠올랐습니다.

그렇지만 한편으로는 그때부터 지금까지 전혀 예기치 않았던 공포와 비슷한 어떤 감정이 그의 마음 한 구석에 끓어오르기 시작했습니다. 그리고 시간이 지남에 따라 조금씩 그것이 퍼져나가는 것입니다.

진실은 항상 드러나고 나쁜 짓은 항상 폭로된다, 사람의 아들은 역시 결국 탄로 나는 법이다.(MURDER CANNOT BE HIE LONG, A MAN'S SON MAY, BUT AT THE LENGTH TRUTH WILL OUT.)

누군가의 인용을 통해 기억하고 있던 셰익스피어의 그 불길한 문구가 눈앞이 아찔해지는 듯한 빛을 뿌리며 그의 뇌리에 박혀 지워지질 않습니다. 이 계획에는 절대 파탄이 없다고 그토록 믿으면서도 시시각각 커지는 불안을 그는 도저히 떨쳐낼 수가 없었습니다.

아무 원한도 없는 한 인간을 그저 재미삼아 죽이다니 그게 제정신으로 할 짓인가? 너는 악마에 홀린 것인가? 너는 미친 것인가? 너는 네 자신의 마음이 왠지 불안하고 두렵지는 않은가?

오랫동안 밤이 깊어가는 것도 모른 채, 조합을 마친 독약 병을 앞에 두고 그는 생각에 잠겨 있었습니다. 차라리 이 계획을 단념하자. 몇 번을 그렇게 결심했다 그만두었는지 모릅니다. 하지만 그는 도저히 살인의 유혹을 단념할 마음이 들지 않았습니다.

그런데 그런 생각을 하는 동안 문득 어떤 치명적인 사실이 그의 뇌리를 스쳤습니다.

"우후후후……"

갑자기 사부로는 웃겨서 참을 수가 없는 듯, 모두 잠들어 조용해진 주변을 의식하면서 웃기 시작했습니다.

"바보 같으니라고. 너는 정말 대단한 광대야! 그렇게 진지한 모습으로 이런 계획을 꾸미다니. 이제 네 마비된 머리로는 우연과 필연의 구별조차 불가능해진 건가? 엔도의 저 커다랗게 벌어진 입이 한 번 그 옹이 구멍 바로 아래 있었다고 해서 다음에도 똑같이 그곳에 있으리란 걸 어떻게 장담할 수 있지? 아니 오히려 그런 일은 있을 수가 없지 않나?"

그건 실로 우스꽝스럽기 짝이 없는 착각이었습니다. 그의 계획은 이미 그 출발점에서부터 큰 미망에 빠져 있었던 것입니다. 하지만 그건 그렇다 쳐도 그는 어째서 이런 자명한 사실을 지금까지 깨닫지 못한 걸까요? 정말 이상하다고 하지 않을 수 없습니다. 어쩌면 이는 자못 똑똑한 척하는 그의 두뇌에 중대한 결함이 있다는 증거가 아닐까요? 어쨌든 그는 이 발견을 통해 대단히 실망했지만, 동시에 다른 한편으로는 불가사의한 편안함을 느꼈습니다.

"덕분에 이제 난 무서운 살인죄를 저지르지 않아도 되겠군. 휴, 살았다."

말은 그렇게 했지만 그는 미련이 남았는지 그 다음날부터 '지붕 속 산책'을 할 때마다 예의 그 옹이 구멍을 열고 엔도의 동정을 살피는 일을 게을리 하지 않았습니다. 그건 첫째, 독약을 훔쳐낸 일을 엔도가 눈치 채진 않을까 하는 걱정 때문이기도 했지만, 또 어떻게든 지난번처럼 그의 입이 옹이 구멍 바로 아래쪽에 오진 않을까, 그 우연을 손꼽아 기다리고 있지 않았다고는 할 수 없습니다. 실제로 그는 '산책'을 할 때마다 셔츠 주머니에서 그 독약을 빼 놓은 적이 없었습니다.

6

어느 날 밤의 일—그건 사부로가 '지붕 속 산책'을 시작한 지 10일 정도 지났을 때였습니다. 10일씩이나 한 번도 들키지 않고 매일 수차례 지붕 밑을 돌아다녔던 그의 고심은 보통이 아닙니다. 면밀한 주의, 그런 흔한 말로는 도저히 표현할 수 없는 것이었습니다. —사부로는 또다시 엔도의 방 지붕 속을 서성거리고 있었습니다. 그리고 왠지 오미쿠지(おみくじ)*라도 뽑는 심정으로 길인지 흉인지, 오늘이야말로 어쩌면 길이 아닐까? 어떻게든 길이 나오기를, 신에게 이렇게 기원까지 하면서 예의 옹이 구멍을 열어보았습니다.

그러자 아아, 그의 눈이 어떻게 된 건 아닐까요? 거기에는 언젠가 봤을 때와 조금도 다르지 않은 모습으로, 코를 골고 있는 엔도의 입이 정확히 옹이 구멍 아래 와 있는 게 아닙니까. 사부로는 몇 번이고 눈을 비비며 다시 보고 또 팬티 끈을 뽑아 눈대중까지 해봤지만 틀림없습니다. 끈과 구멍과 입이 정확히 일직

* 신사(神社)나 절에서 참배자가 길흉을 점쳐 보는 제비

선상에 있는 것입니다. 그는 자기도 모르게 소리를 지를 뻔한 것을 겨우 참았습니다. 드디어 그때가 왔다는 기쁨과 무어라 표현할 수 없는 공포, 그 두 가지가 교차된 일종의 이상한 흥분 때문에 그는 어둠 속에서 새파랗게 질려 있었습니다.

그는 주머니에서 독약 병을 꺼내 떨리는 손끝을 홀로 조용히 다잡으며 그 마개를 뽑고 끈으로 대충 가늠한 뒤—아, 그때의 도저히 형용할 길 없는 심정!—몇 방울을 똑똑. 그게 다였습니다. 그는 후다닥 눈을 감아버렸습니다.

"눈치 챘나? 눈치 챘어. 분명히 눈치 챘다고. 그리고 당장이라도, 아이고, 금방 큰 소리로 고함을 지르겠지."

그는 양손이 비어 있다면 귀도 막고 싶을 정도였습니다.

그러나 그런 그의 걱정에도 불구하고 엔도는 가타부타 말이 없습니다. 독약이 입 안으로 떨어진 걸 똑똑히 봤으니 그건 확실합니다. 하지만 정적은 어떻게 된 걸까요? 사부로는 조심조심 눈을 떠 옹이 구멍을 들여다보았습니다. 그러자 엔도는 입을 우물거리며 양손으로 어깨를 문지르나 싶더니, 마침 그게 끝난 참이었을 겁니다. 또다시 쿨쿨 잠이 들고 말았습니다. 흔히 아이 낳기를 걱정하는 것보다 실제로 낳는 것이 쉽다고들 합니다. 잠이 덜 깬 엔도는 무서운 독약을 삼킨 것을 조금도 눈치 채지 못했던 것입니다.

사부로는 꼼짝도 하지 않고 불쌍한 피해자의 얼굴을 뚫어져라 쳐다보았습니다. 그게 얼마나 길게 느껴지던지, 사실은 20분도 지나지 않았는데 그에게는 두세 시간이나 그러고 있었던 것 같았습니다. 그때 엔도가 갑자기 눈을 떴습니다. 그리고 윗몸을 일으켜 몹시 신기한 듯이 방안을 둘러보았습니다. 현기증이라도 나는 건지 고개를 흔들어보거나 눈을 비벼보기도 하고 잠꼬대처럼 의미 없는 말을 중얼거리는 등, 미친 사람처럼 보이는 행동을 합니다. 그러다 겨우 잠자리에 다시 누웠는데, 이번에는 자꾸 몸을 뒤척였습니다.

이윽고 몸을 뒤척이는 힘이 점점 약해지고 이제 더 이상 움직이지 않나 했더니 그 대신 천둥처럼 코를 골기 시작했습니다. 내려다보니 마치 술이라도 취한 것처럼 얼굴이 새빨개지고 코끝과 이마에는 구슬 같은 땀이 방울방울 솟아 있습니다. 숙면 중인 그의 몸속에서 지금 참으로 무시무시한 사투가 벌어지고 있을지도 모릅니다. 그런 생각을 하니 소름이 끼치는 것 같습니다.

그런데 잠시 후 그토록 빨갛던 안색이 서서히 식으면서 종잇장처럼 하얘지는가 싶더니 순식간에 새파랗게 변해갑니다. 그리고 어느새 코고는 소리가 그치고 어쩐지 들숨 날숨의 횟수가 줄어들기 시작했습니다. ……갑자기 가슴 부분이 꼼짝도 하지 않길래 드디어 끝인가 했더니 잠시 후 생각이 난 것처럼 다시 입술이 바르르 떨리면서 둔탁한 호흡이 돌아오곤 합니다. 그런 일이 두세 차례 반복되다가, 그걸로 끝이었습니다. ……이제 그는 움직이지 않았습니다. 베개에서 툭 떨어진 얼굴에는 우리가 사는 세계의 것과는 전혀 다른, 일종의 미소가 떠올라 있습니다. 그는 마침내 소위 '부처'가 된 것일까요?

숨을 참으며 손에 땀을 쥐고 그 모습을 바라보던 사부로는 처음으로 휴우 한숨을 쉬었습니다. 드디어 그는 살인자가 된 것입니다. 그건 그렇고 이 얼마나 편안한 죽음입니까? 그의 희생자는 소리 한 번 지르지 않고, 고민의 표정조차 짓지 않고 코를 골면서 죽어갔습니다.

"뭐야. 살인이 이렇게 어이없는 건가?"

사부로는 어쩐지 실망하고 말았습니다. 상상의 세계에서는 더할 나위 없이 매력적이었던 살인이 막상 해보니 다른 일상다반사와 별반 다르지 않았던 것입니다. '이 상태라면 앞으로 몇 명이든 죽일 수 있겠어.' 그런 생각을 하면서 한편으로 맥이 빠진 그의 마음에는 형용할 수 없는 두려움이 서서히 엄습하고 있었습니다.

사부로는 어두운 지붕 속, 가로 세로로 교차된 괴물 같은 용마루와 들보, 그 안에서 도마뱀붙이처럼 천장 밑에 달라붙어 인간의 시체를 바라보고 있는 자신의 모습이 갑자기 무서워지기 시작했습니다. 이상하게 목덜미가 오싹해져서 귀를 기울여보니 문득 어딘가에서 천천히 자신의 이름을 부르는 느낌마저 듭니다. 엉겁결에 옹이 구멍에서 눈을 떼어 어둠 속을 둘러봐도 오랫동안 밝은 곳을 들여다보고 있었던 탓일까요? 눈앞에는 크고 작은 노란색 고리 같은 것이 잇달아 나타났다 사라져갑니다. 가만히 보고 있자니 그 고리 뒤에서 유별나게 커다랗던 엔도의 입술이 불쑥 나타날 것 같기도 합니다.

그래도 그는 처음에 계획한 일만큼은 일단 틀림없이 실행했습니다. 옹이 구멍으로 약병─그 안에는 아직 몇 방울의 독약이 남아 있었습니다—을 던져 떨어뜨리는 것, 그 흔적인 구멍을 막는 것, 만일 천장 아래에 뭔가 흔적이 남아 있진 않은지 손전등을 켜고 살펴보는 것, 그리고 더 이상 빠뜨린 게 없다는 걸 알게 되자 그는 급히 서둘러 용마루를 따라 자기 방으로 돌아갔습니다.

"드디어 이걸로 끝이다."

머리도 몸도 묘하게 마비되어 어쩐지 건망증이라도 발동한 듯한 불안한 마음을 일부러 격려하듯이, 그는 벽장 안에서 옷을 입기 시작했습니다. 하지만 그때 문득 깨달은 것은 예의 눈대중에 사용했던 팬티끈을 어떻게 했는가 하는 것입니다. 혹시 깜박하고 거기 놓고 온 건 아닐까. 그렇게 생각하면서 그는 황망하게 허리춤을 뒤져 보았습니다. 아무래도 없는 것 같습니다. 그는 점점 더 당황하여 온몸을 뒤져보았습니다. 그러자, 어째서 이런 걸 잊어버렸던 걸까요? 팬티끈은 셔츠 주머니 속에 잘 넣어둔 게 아닙니까. 휴 다행이다, 라고 한시름 놓고 주머니 속에서 그 끈과 손전등을 꺼내려는데 놀랍게도 그 안에는 그것 말고도 다른 물건이 들어 있었습니다. ……독약 병의 작은 코르크 마개가 들어 있었던 것입니다.

그는 좀 전에 독약을 떨어뜨릴 때 나중에 잃어버리면 큰일이라고 생각해서 그 마개를 일부러 주머니에 넣어 두었는데, 그것을 깜빡하고 병만 아래로 떨어뜨리고 온 것 같습니다. 사소한 것이지만 이대로 두면 범죄가 발각되는 원인이 될 수 있습니다. 그는 불안한 마음을 달래며 다시 현장으로 돌아가 그것을 옹기구멍으로 떨어뜨리고 와야 했습니다.

그날 밤 사부로가 잠자리에 든 것은—이미 그때는 경계를 위해 더 이상 벽장에서 자지 않았는데—오전 3시쯤이었습니다. 하지만 완전히 흥분한 그는 좀처럼 잠이 오지 않았습니다. 마개 떨어뜨리는 걸 잊었을 정도라면 그밖에도 뭔가 실수했을지 모른다는 생각을 하니 그는 더 이상 침착할 수 없었습니다. 그래서 복잡한 머리를 억지로 가라앉히고 그날 밤의 행동을 순서대로 하나하나 떠올려가면서 어딘가 실수가 없었는지 살펴보았습니다. 하지만 적어도 그의 머리로는 아무것도 발견할 수 없습니다. 아무리 생각해봐도 그의 범죄에는 전혀 실수가 없는 것입니다.

그는 그렇게 결국 날이 밝을 때까지 생각을 계속했습니다. 그런데 잠시 후 아침 일찍 일어난 하숙집 사람들이 세면실로 가기 위해 복도를 걸어가는 발소리가 들리기 시작하자, 그는 벌떡 일어나 갑자기 외출 준비를 하기 시작했습니다. 그는 엔도의 시체가 발견될 때를 두려워하고 있었습니다. 그때 어떤 태도를 취해야 할까요? 혹시라도 나중에 의심받을 만한 기묘한 행동을 해서는 안 됩니다. 그래서 그는 그 사이에 외출해 있는 것이 제일 안전하다고 생각한 것입니다. 하지만 아침밥도 먹지 않고 외출하는 건 더더욱 이상하지 않겠습니까? '아아, 그렇지, 그런 걸 깜박하면 어쩌자는 거야?' 그 사실을 깨달은 그는 다시 이불 속으로 기어들어갔습니다.

그리고 아침식사까지 두 시간 남짓한 시간을 사부로는 얼마나 벌벌 떨며 보냈는지 모릅니다. 다행히도 그가 급히 서둘러 식사를 마치고 하숙집에서 달아날 때까지는 아무 일도 일어나지 않았습니다. 그렇게 하숙집을 나선 그는 그저 시간을 보내기 위해 정처 없이 이 동네 저 동네를 떠돌아 다녔습니다.

7

결국 그의 계획은 멋지게 성공했습니다.

그가 점심 때 쯤 밖에서 돌아왔을 때 이미 엔도의 시체는 치워지고 경찰의 현장 검사도 완전히 끝나 있었습니다. 들어보니 예상대로 누구 하나 엔도의 자살을 의심하는 자가 없고, 경찰들도 그저 형식적인 조사를 하고 바로 돌아갔다는 것이었습니다.

단지 엔도가 왜 자살했는지 그 원인은 전혀 알지 못했지만, 그의 평소 소행으로 미뤄볼 때 아마 치정관계일 것이라는 데 모두의 의견이 일치했습니다. 실제로 최근 어떤 여자에게 실연을 당했다는 사실까지 드러났습니다. 사실 "실연당했어"는 엔도 같은 남자에게 일종의 입버릇 같은 것으로 대단한 의미가 있을 리 없지만, 그것 말고는 원인이 없어서 결국 그렇게 결론이 난 것이었습니다.

뿐만 아니라 원인이 있든 없든 그가 자살했다는 것에는 한 점의 의혹도 없었습니다. 입구와 창문 모두 내부에서 문단속이 되어 있었고 머리맡에 굴러다니던 독약 용기가 그의 소지품이었다는 것도 밝혀졌기 때문에 더 이상 의심해보려고도 하지 않았습니다. 천장에서 독약을 떨어뜨린 건 아닐까, 그런 식의 어처구니없는 의심을 하는 사람은 아무도 없었습니다.

그래도 왠지 완전히 안심할 수 없었던 사부로는 그날 하루 종일 벌벌 떨고 있었는데, 이윽고 하루 이틀 지남에 따라 점점 안정을 되찾은 건 물론, 끝내는 자신의 솜씨를 자랑스러워할 여유까지 생겼습니다.

"나도 참 대단해. 이것 봐, 누구 하나 여기 이 하숙집에 무서운 살인범이 있다는 사실을 눈치 채지 못하잖아."

그는 이런 식이라면 처벌받지 않은 숨겨진 범죄가 세상에 얼마나 많을지 짐작하기 어렵다고 생각했습니다. '하늘은 엄정하여 악인에게는 반드시 천벌을 내린다'*니, 그건 틀림없이 예로부터 위정자들이 내린 선언, 혹은 인간들의 미신에 불과한 것으로, 사실상 교묘하게 잘만 하면 어떤 범죄라도 영원히 드러나지 않을 수 있는 것이다, 그는 그런 식으로도 생각했습니다. 하지만 아무래도 밤에는 엔도의 시체가 눈앞에 아른거리는 것 같아 왠지 무서웠습니다. 그래서 그날 밤 이후 그는 예의 '지붕 속 산책'도 중지한 상황이었지만, 그건 그저 마음속의 문제일 뿐 결국은 잊어버리게 됩니다. 실제로 죄가 발각되지만 않으면 그걸로 충분하지 않을까요?

그런데 엔도가 죽은 지 딱 3일째 되는 날이었습니다. 막 저녁 식사를 마친 사부로가 이쑤시개로 이를 쑤시며 콧노래를 부르고 있는데 난데없이 오랜만에 아케치 고고로가 찾아 왔습니다.

* 노자(老子)의 「천망회회소이불실(天網恢恢疎而不失)」에서 인용

"이보게."

"오랜만일세."

그들은 자못 친한 듯이 이렇게 인사를 주고받았지만, 사부로 의 입장에서는 때가 때인 만큼 이 아마추어 탐정의 방문이 그다 지 유쾌하진 않았습니다.

"이 하숙집에서 독을 마시고 죽은 사람이 있다지?"

아케치는 자리에 앉자마자 사부로가 피하고 싶어 하는 그 일 을 화제에 올렸습니다. 아마 누군가에게 자살 이야기를 들은 그 는 다행히 같은 하숙집에 사부로가 있잖아, 하며 타고난 탐정적 흥미 때문에 찾아온 것이 틀림없습니다.

"아아, 모르핀 말이군. 나는 그 소동이 일어났을 때 마침 그 자리에 있지 않아서 자세한 건 모르지만, 아무래도 치정관계인 듯해."

사부로는 그 화제를 피하고 싶은 마음을 들키지 않으려고 자기도 그 일에 흥미가 있는 듯한 표정으로 이렇게 대답했습 니다.

"도대체 어떤 남자였는데?"

그러자 금세 또 아케치가 물었습니다. 그리고 잠시 동안 그들 은 엔도의 사람 됨됨이에 대해, 사인에 대해, 자살 방법에 대해 문답을 이어갔습니다. 처음에 사부로는 정말 벌벌 떨면서 아케 치의 질문에 대답했지만, 익숙해짐에 따라 점점 뻔뻔해져 결국 은 아케치를 놀려주고 싶은 기분마저 들었습니다.

"당신은 어떻게 생각해? 혹시 이건 타살이 아닐까? 뭐 딱히

근거가 있는 건 아니지만, 자살이 분명하다고 믿었던 게 사실은 타살이기도 하는 경우가 왕왕 있으니 말이야."

어때, 아무리 명탐정이라도 이것만은 모를 거야, 라고 마음속으로 비웃으면서 사부로는 이런 말까지 해보았습니다.

그는 그 사실이 너무나도 유쾌했습니다.

"아직 뭐라 말하기 어렵군. 나도 실은 어떤 친구에게 이 이야기를 들었을 때 사인이 좀 애매하다는 느낌이 들었어. 어때? 엔도 군의 그 방을 보러 갈 수는 없을까?"

"문제없어."

사부로는 오히려 득의양양하게 대답했습니다.

"옆방에 엔도의 고향 친구가 있거든. 엔도 아버님이 그에게 짐 보관을 부탁하셨다네. 자네 이야기를 하면 틀림없이 기꺼이 보여줄 거야."

그래서 두 사람은 엔도의 방으로 가게 되었습니다. 그때 복도를 앞장서서 걸으면서 사부로는 문득 묘한 느낌에 사로잡혔습니다.

'범인이 직접 탐정을 살인 현장으로 안내하다니, 이런 일은 과거에도 없었고 앞으로도 없을 거야.'

히죽히죽 웃음이 나려는 것을 그는 겨우 참았습니다. 사부로가 아마 한 평생 이렇게 흐뭇함을 느낀 적은 없을 것입니다. '어이, 두목' 스스로에게 그런 응원이라도 해주고 싶을 만큼 특출난 악당다운 모습이었습니다.

엔도의 친구―그 사람은 기타무라(北村)라고, 엔도가 실연했다는 증언을 한 남자입니다―는 아케치의 이름을 잘 알고 있어 흔쾌히 엔도의 방을 열어주었습니다. 오늘 오후에야 엔도의 아버지가 시골에서 올라와 임시매장을 마친 탓에 방 안에는 그의 소지품이 아직 꾸려지지도 않은 채 놓여 있습니다.

엔도의 변사가 발견된 것은 기타무라가 회사로 출근한 후였다고 하니 발견한 순간의 모습은 잘 모르는 듯했지만, 다른 사람에게 들은 것 등을 종합하여 그는 상당히 자세히 설명해주었습니다. 사부로도 정말 제삼자처럼 그에 대해 나불나불 소문 같은 걸 늘어놓았습니다.

아케치는 두 사람의 설명을 들으면서 너무나도 전문가다운 눈초리로 방 안 여기저기를 둘러보았는데, 문득 책상 위에 놓인 자명종을 보고 무슨 생각을 했는지 오랫동안 그것을 바라보고 있었습니다. 어쩌면 그 진기한 장식이 그의 시선을 잡아끌었을지도 모릅니다.

"이건 자명종이군요."

"그렇습니다."

기타무라는 수다스럽게 대답했습니다.

"엔도의 자랑입니다. 그는 꼼꼼한 남자여서 시계가 아침 6시에 울리도록 매일 밤 빠뜨리지 않고 이것을 감아두었습니다. 저도 항상 옆방 벨소리에 잠이 깼을 정도입니다. 엔도가 죽은 날도 그랬습니다. 그날 아침에도 역시 이 시계가 울렸기 때문에 설마 그런 일이 일어나리라고는 상상도 하지 않았던 겁니다."

그 말을 들은 아케치는 길게 자란 머리털을 손가락으로 이리저리 긁으면서 뭔가 아주 열성적인 모습을 보였습니다.

"그날 아침에 자명종이 울린 건 틀림없겠죠?"

"네, 그건 틀림없습니다."

"당신은 그 일을 경찰에게 말씀하지 않으셨습니까?"

"아니오, ……하지만 왜 그런 걸 물으시죠?"

"왜라니, 묘하지 않습니까? 그날 밤에 자살하려고 결심한 사람이 내일 아침에 울릴 자명종을 감아둔다는 게 말입니다."

"정말 그러고 보니 이상하네요."

기타무라는 멍청하게도 이 점을 알아차리지 못하고 있었던 듯합니다. 그리고 아케치가 하는 말이 무엇을 의미하는지도 아직 확실히 이해하지 못하는 모습이었습니다. 하지만 그것도 결코 무리는 아닙니다. 입구를 단속해둔 것, 독약 용기가 죽은 사람 옆에 떨어져 있던 것, 그밖에 대략적인 사정이 엔도의 자살을 의심의 여지가 없는 것처럼 보이게 했기 때문입니다.

그러나 이 문답을 들은 사부로는 마치 발밑이 갑자기 무너지기 시작하는 듯한 놀라움을 느꼈습니다. 그리고 이런 곳에 아케치를 데리고 온 자신의 어리석음을 후회하지 않을 수 없었습니다.

아케치는 그러고 나서 더욱더 면밀하게 방 안을 살피기 시작했습니다. 물론 천장도 간과할 리 없습니다. 그는 반자널을 한 장 한 장 두드려 보며 사람이 출입한 흔적이 없는지를 조사하고 다녔습니다. 하지만 제 아무리 아케치라도 옹이 구멍으로 독약을 떨어뜨리고 그곳을 다시 원래대로 막아둔다는 새로운 수법은 눈치 채지 못한 듯합니다. 반자널이 한 장도 벗겨져 있지 않다는 것을 확인하자 그 이상의 천착은 없었고 사부로는 안도했습니다.

어쨌든 결국 그날은 별다른 발견도 없이 끝났습니다. 아케치는 엔도의 방을 다 보더니 다시 사부로의 방으로 돌아가 잠시 잡담을 나눈 후 아무 일 없이 돌아갔습니다. 단, 그 잡담 사이에 다음과 같은 문답이 있었던 것을 빠뜨릴 수는 없습니다. 왜냐하면 이것은 일견 지극히 하찮아 보여도 사실 이 이야기의 결말과 가장 중대한 관련을 갖고 있기 때문입니다.

그때 아케치는 소맷자락에서 꺼낸 에어십(airship)*에 불을 붙이면서 갑자기 생각난 것처럼 이런 말을 했습니다.

"자네는 아까부터 전혀 담배를 피우지 않는 것 같은데, 끊은건가?"

그 말을 듣고 보니 과연 사부로는 요 2, 3일 그토록 좋아하는 담배를 마치 잊어버린 것처럼 한 번도 피우지 않았던 것입니다.

"이상하네. 완전히 잊어버리고 있었어. 게다가 자네가 그렇게 피우고 있어도 전혀 피우고 싶지 않아."

"언제부터?"

"생각해보니 2, 3일 피우지 않은 것 같군. 그래, 여기 있는 시키시마(敷島)**를 산 게 확실히 일요일이었으니까, 벌써 꼬박 3일 동안 한 대도 피우지 않은 거야. 도대체 무슨 일이지?"

"그럼 딱 엔도가 죽은 날부터로군."

* 1900년부터 1939년까지 발매된 일본의 담배 상표
** 1904년부터 1943년까지 발매된 일본의 담배 상표

그 말을 들은 사부로는 자기도 모르게 깜짝 놀랐습니다. 설마 엔도의 죽음과 그가 담배를 피우지 않은 것 사이에 인과관계가 있을 것 같진 않아서 그 자리에서는 그저 웃으며 넘겼지만, 나중에 생각해보니 그건 결코 웃고 지나갈 만한 무의미한 일이 아니었습니다. —그리고 이렇게 담배를 싫어하는 경향은 신기하게도 그 후 계속되었습니다.

8

그 당시에 사부로는 예의 자명종에 대한 일이 왠지 마음에 걸려 밤에도 안심하고 잘 수가 없었습니다. 설령 엔도가 자살한 게 아니라는 사실이 알려져도 그가 하수인으로 의심받을 만한 증거는 하나도 없을 테니 그렇게 걱정하지 않아도 될 것 같았지만, 그걸 아는 사람이 저 아케치라고 생각하니 좀처럼 안심할 수가 없었습니다.

하지만 그로부터 2주 정도는 아무 일 없이 지나갔습니다. 걱정했던 아케치는 그 후 한 번도 찾아오지 않았습니다.

"휴우, 이걸로 드디어 대단원인가."

사부로는 드디어 마음을 놓게 되었습니다. 그리고 가끔 무서운 꿈에 시달릴 때가 있긴 해도 대체적으로는 유쾌한 날을 보낼 수 있었습니다. 특히 그를 기쁘게 한 것은 그 살인죄를 저지른 이후 신기하게도 지금까지 전혀 흥미롭지 않았던 여러 가지 놀이가 재미있어진 것입니다. 그래서 그는 이때쯤엔 매일 같이 집 밖으로 놀러 다녔습니다.

어느 날이었습니다. 사부로는 그날도 밖에서 밤을 새고 10시쯤 집에 돌아왔는데, 자려고 이불을 꺼내기 위해 별 생각 없이 스윽 벽장 장지문을 열었을 때였습니다.

"악"

그는 갑자기 무섭게 소리를 지르더니 두세 걸음 비틀거리며 뒷걸음질을 쳤습니다.

그는 꿈을 꿨던 걸까요? 아니면 미치기라도 한 건 아닐까요? 그 벽장 안에는 죽은 엔도의 머리가 머리카락을 흐트러뜨린 채 어두컴컴한 천장에 거꾸로 매달려 있었습니다.

사부로는 일단 도망치려고 입구 근처까지 갔지만, 어쩐지 다른 걸 잘못 본 게 아닐까 싶기도 해서 조심조심 되돌아가 한 번 더 살며시 벽장 안을 들여다보았습니다. 그랬더니 웬걸, 잘못 보기는커녕 이번에는 그 머리가 갑자기 방긋 웃는 게 아닙니까?

사부로는 다시 악 하고 소리를 지르며 한 달음에 입구로 가 장지문을 열고 다짜고짜 밖으로 도망치려고 했습니다.

"고다 군, 고다 군."

그 모습을 보더니 벽장 안에서는 자꾸 사부로의 이름을 부르기 시작합니다.

"나야, 나. 도망가지 않아도 돼."

그건 엔도의 목소리가 아니라 들어본 적이 있는 다른 사람의 목소리였습니다. 겨우 멈춰 선 사부로는 조심스럽게 뒤돌아보았습니다. 그러자 이전에 사부로가 종종 그랬던 것처럼 벽장 천장에서 내려온 것은 뜻밖에도 아케치 고고로였습니다.

"미안, 놀라게 해서 미안하네."

벽장에서 나온 양복 차림의 아케치가 싱글벙글 웃으면서 말합니다.

"자네 흉내를 좀 내봤어."

그건 정말 유령 따위보다 훨씬 더 현실적이고 무서운 일이었습니다. 아케치는 분명히 모든 걸 알아버린 게 틀림없습니다.

그때 사부로의 심정은 정말 뭐라고도 형용할 수 없었습니다. 모든 것이 머릿속에서 풍차처럼 돌아가기 시작합니다. 오히려 생각할 게 아무것도 없을 때처럼 그저 멍하니 아케치의 얼굴을 바라보기만 할 뿐입니다.

"본론으로 들어가서, 이건 자네 셔츠 단추겠지?"

아케치는 너무나도 사무적인 말투로 말을 꺼내며 작은 자개 단추를 든 손을 사부로의 눈앞에 내밀었습니다.

"다른 하숙집 사람들에게도 수소문해봤지만, 이런 단추를 잃어버린 사람은 아무도 없어. 아아, 그 셔츠군. 저런, 두 번째 단추가 떨어져 있질 않은가?"

깜짝 놀라 가슴을 보니 과연 단추가 하나 떨어져 있습니다. 사부로는 그것이 언제 떨어졌는지 조금도 알아차리지 못했습니다.

"모양도 같고, 틀림없군. 그런데 이 단추를 어디서 주웠다고 생각하나? 지붕 속이야. 그것도 저 엔도의 방 위에서 말이네."

그건 그렇다 쳐도 사부로는 왜 단추 같은 걸 떨어뜨리고 알아차리지 못했던 걸까요? 게다가 그때 손전등으로 충분히 살펴보지 않았습니까?

"엔도는 자네가 죽인 거 아닌가?"

아케치는 천진난만하게 방긋 웃으면서—이런 경우 그게 더욱 으스스하게 느껴집니다—사부로의 어쩔 줄 모르는 눈을 들여다보며 못을 박듯이 말했습니다.

사부로는 이제 끝장이라고 생각했습니다. 설령 아케치가 어떤 교묘한 추리를 세워 왔다고 해도 그저 추리만이라면 얼마든지 항변할 여지가 있습니다. 하지만 이런 예상하지 못한 증거물을 들이밀면 어쩔 도리가 없습니다.

사부로는 당장이라도 울음을 터뜨릴 것 같은 어린아이 같은 표정으로 언제까지고 입을 다문 채 우두커니 서 있었습니다. 때때로 부옇게 흐려지는 눈앞에는 묘하게도 아주 먼 옛날, 예를 들면 초등학교 시절 일 같은 것이 환영처럼 떠오르곤 했습니다.

그로부터 2시간 쯤 지난 후, 그들은 여전히 처음 모습을 유지하며 그 오랜 시간 동안 거의 자세조차 흐트러뜨리지 않은 채 사부로의 방에서 대면하고 있었습니다.

"진상을 털어놔줘 고맙네."

마지막으로 아케치가 말했습니다.

"나는 결코 자네를 경찰에 고발하거나 하진 않을 거야, 그저 내 판단이 맞는지 그걸 확인하고 싶었던 거니까. 자네도 알다시피 내 관심은 그저 '진실을 안다'는 데 있기 때문에 그 이상의 일은 사실 아무래도 상관없네. 그리고 말이지, 이 범죄에는 증거라고 할 게 하나도 없어. 셔츠 단추, 하하……, 그건 내 트릭이야. 뭔가 증거품이 없으면 자네가 들어줄 것 같지 않아서 말이지. 요전에 자네를 찾아왔을 때 그 두 번째 단추가 떨어진 걸 알게 돼서 좀 이용해본 거라네. 아니, 이건 내가 단추 가게에 가서 사온 거야. 단추가 언제 떨어졌는지는 아무도 잘 눈치 채지 못하고, 또 자네는 흥분한 상태일 테니까 아마 효과가 있을 것 같아서 말이지.

내가 엔도의 자살을 의심하기 시작한 건 자네도 알다시피 그 자명종 때문이네. 그 후에 이곳 관할 경찰서장을 찾아가 이곳에 임검(臨檢)한 한 형사에게 자세히 당시 상황을 들을 수 있었어. 그런데 그 이야기에 따르면 모르핀 병이 담배 상자 안에 나뒹굴고 있어서 내용물이 궐련에 쏟아져 있었다는 거야. 경찰들은 이 사실에 별다른 주의를 기울이지 않았던 것 같은데, 생각해보면 대단히 기묘한 일이지 않은가? 듣기로 엔도는 아주 꼼꼼한 남자였다고 하고, 차근차근 잠자리에 들어가 죽을 준비까지 한 자가 독약병을 담배 상자 안에 뒀을 뿐만 아니라 내용물을 흘린다는 건 왠지 부자연스럽지 않은가 말이야.

그래서 나는 점점 의심이 깊어졌는데, 문득 자네가 엔도가 죽은 날부터 담배를 피우지 않게 됐다는 사실을 깨달았네. 이 두 가지 사항은 우연의 일치라고 하기엔 좀 기묘하지 않은가? 그때 나는 자네가 이전에 범죄 흉내를 내며 즐거워했던 일을 떠올렸네. 자네에게는 변태적인 범죄 기호벽이 있었지.

나는 그 이후 자주 이 하숙집에 와서 자네 모르게 엔도의 방을 살펴봤네. 그리고 범인의 통로는 천장밖에 없다는 사실을 알게 됐어. 그래서 자네의 소위 '지붕 속 산책'을 통해 이 하숙집 사람들의 모습을 살펴보기로 했네. 특히 자네 방 위에서는 수차례 오랫동안 웅크리고 앉아 있었지. 그리고 자네의 그 초조해 하는 모습을 죄다 엿봤던 거야.

파면 팔수록 모든 사정이 자네를 지목하고 있었어. 하지만 유감스럽게도 확증이랄 게 하나도 없는 거야. 그래서 내가 그런 연극을 생각해낸 거라네, 하하하하하. 그럼 이만 실례하지. 아마 더 이상 볼 수 없겠군. 왜라니, 그야 자네가 자수할 결심을 굳혔기 때문이지."

사부로는 아케치의 이런 트릭에 대해서도 더 이상 아무 감정이 생겨나질 않았습니다. 그는 아케치가 떠나가는 걸 알면서도 모르는 척하며 '사형을 당할 때 기분은 도대체 어떨까?' 그저 그런 생각에 멍하니 잠겨 있었습니다.

그는 옹이 구멍으로 독약 병을 떨어뜨렸을 때 그것이 어디로 떨어졌는지 보지 않은 것 같았지만, 사실은 궐련에 독약이 쏟아진 것까지 확실히 보고 있었습니다. 그리고 그 사실이 의식 속으로 파고 들어가 그가 정신적으로 담배를 싫어하게 만들었던 것입니다.

도플갱어의 섬

에도가와 란포

1

같은 M현에 사는 사람이라도 대부분은 알아차리지 못했을 것입니다. I만이 태평양을 향해 나오려고 하는 S군 남단에, 다른 섬들로부터 멀리 떨어진 채 마치 녹색 만두를 엎어 놓은 것 같은 모양의 직경 2리 남짓한 작은 섬이 떠 있습니다. 지금은 무인도나 마찬가지라 근처 어부들이 가끔 내키면 가보는 정도로, 돌보는 이도 거의 없습니다. 특히 그 섬은 어느 곳 맨 끝의 거친 바다에 고립되어 있어서 바다가 어지간히 잔잔해지지 않는 한 일단 작은 어선으로는 가까이 가는 것도 위험했고, 또 위험을 무릅쓰면서까지 접근할 정도의 장소도 아닙니다. 그 지방 사람들은 흔히 오키노시마(沖の島) 섬이라고 부르는데, 언제쯤부터인가 섬 전체를 M현 제일의 부호인 T시의 고모다(菰田) 일가가 소유하게 되었습니다. 이전에는 그 집안 소속 어부들 중 좀 별난 사람

들이 그곳에 오두막을 짓고 살기도 하고 그물 말리는 곳이나 창고 등으로 사용했던 적도 있었습니다. 그런데 몇 년 전 그것이 완전히 철거되더니 갑자기 그 섬 위에서 이상한 작업이 시작된 것입니다. 수십 명의 토목 인부, 또는 정원사 등의 무리가 별도로 편성된 모터보트를 타고 날마다 섬 위로 모여들기 시작했습니다. 어디서 가져오는 것인지 다양한 모양을 한 큰 바위, 수목, 철골, 목재, 수많은 시멘트 등이 섬으로 잇달아 운반되었습니다. 그리고 마을에서 떨어진 거친 바다 위에 목적을 알 수 없는 공사, 토목 사업도 정원 조경도 아닌 공사가 시작된 것입니다.

오키노시마 섬이 속한 군(郡)에는 정부 철도는 물론 사설 경편철도(軽便鉄道),[*] 당시는 승합차조차 다니지 않았습니다. 특히 섬과 마주한 해안은 100가구도 안 되는 작은 어촌이 드문드문 흩어져 있을 뿐이고 그 사이에는 사람도 다니지 않는 깎아지른 듯한 벼랑이 우뚝 솟아 있어서 소위 문명에서 격리된, 완전히 외진 곳입니다. 그래서 그런 특이한 대작업이 시작돼도 그 소문은 마을에서 마을로 전해질 뿐, 멀리 갈수록 어느새 옛날이야기가 되고 말았습니다. 가령 근처 도시에 그 소식이 들려와도 기껏해야 지방신문의 3면을 달구는 정도로 끝나버렸던 것입니다. 하지만 만일 이것이 도시 가까이에서 일어난 사건이었다면 웬걸, 틀림없이 대단한 센세이션을 불러일으켰을 것입니다. 그 작업은 그 정도로 괴상했습니다.

---

* 궤도가 좁고 규모가 작은 철도

부근의 어부들 역시 이상하게 여기지 않을 수 없었습니다. 무슨 필요와 목적이 있어서 오가는 사람도 없는 저 외딴 작은 섬에 비용을 아끼지 않고 흙을 파고, 나무를 심고, 담을 쌓고, 집을 짓는 것일까. 설마 고모다 일가 사람들이 호기심에서 저 불편하고 작은 섬에 살고자 할 리도 없을 것이고, 그렇다고 저런 곳에 유원지를 만드는 것도 이상하다, 혹시 고모다가의 당주는 머리가 이상해지기라도 한 걸까, 라는 식의 소문이 돌았습니다. 이런 소문에는 또 한 가지 이유가 있었습니다. 당시 고모다가의 가장은 지병으로 간질을 앓고 있었는데, 그 병이 심해져 얼마 전에 죽었다는 소식이 전해지고 근방에 소문이 자자했을 만큼 성대한 장례식을 치렀습니다. 그런데 신기하게도 그 사람이 다시 살아났고, 다시 살아난 후에는 성격이 180도 달라져서 때때로 비상식적이고 광기어린 행동을 한다는 소문이 그 일대 어부들에게까지 퍼져 있었습니다. 그래서 이번 공사 역시 그 때문이 아닐까 하는 의구심을 품게 되었던 것입니다.

어쨌든 사람들의 의혹—그렇다고 도시까지 소문이 자자할 정도는 아니고—속에서 정체를 알 수 없는 사업은 고모다가 당주의 직접적인 지도 아래 순조롭게 진척되었습니다. 석 달, 넉 달이 지남에 따라 섬 전체를 둘러싸고 마치 만리장성 같은 괴이한 토담이 완성되었고, 내부에는 연못, 강, 언덕, 계곡, 그리고 그 중앙에 거대한 철근 콘크리트로 된 신기한 건물까지 만들어졌습니다. 그 광경이 얼마나 기괴했는지, 또 웅장하고 아름다웠는지는 시간이 한참 흐른 후에 이야기할 기회가 있을 것 같으니 여기서는 생략하겠지만, 그것이 만일 완벽하게 완성되었다면 얼마나 멋졌을까요? 양식 있는 사람이라면 틀림없이 눈앞에 펼쳐지는 반쯤 황폐해진 오키노시마 섬의 풍경을 보면서 충분히 그런 짐작을 할 수 있을 것입니다. 하지만 불행하게도 겨우 완성되나 싶던 이 대사업은 생각지도 못한 사건 때문에 좌절되고 말았습니다.

그 이유에 대해서는 극히 일부 사람만이 확실히 알고 있습니다. 어떻게 된 건지 일이 비밀에 부쳐진 것입니다. 그 사업의 목적, 성질, 그것이 좌절된 이유가 일체 애매하게 묻히고 말았습니다. 외부에 알려진 것은 그저 사업이 좌절됐을 즈음 고모다가의 당주와 그 부인이 이 세상을 떠났고, 불행히도 그들 사이에 대를 이를 자식이 없었기 때문에 지금은 친척들이 그 재산을 상속했다는 것뿐이었습니다. 그들의 사인에 대해서도 여러 가지 소문이 없진 않았지만 단순한 소문에 그쳐 결국 막연하게 마무리되었고, 따라서 경찰의 주의를 끌 정도는 아니었습니다. 섬은 그후에도 틀림없는 고모다가의 소유지였지만, 황폐해진 사업은 찾아오는 사람 하나 없이 그대로 방치되었습니다. 인공 숲과 화원은 거의 원래 모습을 잃고, 잡초는 이리저리 무성하게 자라나고, 철근 콘크리트로 된 기괴한 거대 원기둥들도 비바람을 맞으며 어느새 원형을 잃어버리고 말았습니다. 그곳으로 나무와 석재 등을 운반하기 위해 상당한 비용이 들긴 했지만 그것을 도시로 가져가 매각하려면 오히려 운임이 더 듭니다. 그래서 황폐한 상태이긴 해도 나무 하나 돌 하나도 원래 장소에 그대로 있습니다. 따라서 지금도 여러분이 여행의 불편을 감수하고 M현 남단을 방문하여 거친 바다를 헤치고 오키노시마 섬에 상륙한다면, 거기서 분명 대단히 불가사의한 인공 풍경의 흔적을 발견할 수 있을 것입니다. 그것은 일견 매우 광대한 정원에 지나지 않지만, 어떤 사람은 거기서 뭔가 일종의 터무니없는 계획, 혹은 예술을 느낄 수 있을 것입니다. 동시에 그 사람은 그 일대에 넘치는 원념(怨念)이랄까 귀기(鬼氣)랄까, 어쨌든 일종의 전율에 휩싸이지 않을 수 없을 것입니다.

거기에는 실로 도저히 믿을 수 없는 이야기가 한 바탕 있습니다. 그 일부는 고모다 일가와 가까운 사람들에게는 공공연한 비밀이 된, 그리고 정말 내밀한 부분은 딱 두세 사람밖에 모르는 참으로 신기한 이야기입니다. 만일 여러분이 제 말을 믿어주신다면, 그리고 이 황당무계해 보이는 이야기를 끝까지 들어주신다면 이제부터 그 비밀 이야기를 시작하겠습니다.

2

이야기는 M현과는 멀리 떨어진 이 도쿄에서 시작됩니다. 도쿄 야마노테의 한 학생촌에 유아이칸(友愛館)이라는 살풍경한 하숙집이 있었는데, 그곳에서 가장 살풍경한 방에 서생(書生)도 불한당도 아닌, 그럼에도 불구하고 연배는 서른을 훨씬 넘긴 듯한 히토미 히로스케(人見広介)라는 이상한 남자가 살고 있었습니다. 그는 오키노시마 섬의 대토목공사가 시작되기 5, 6년 전에 한 사립대학을 졸업한 이후로 쭉 직업을 구하지 않고 있었습니다. 그렇다고 이렇다 할 확실한 수입이 있는 것도 아닌 상태로 하숙집과 친구를 애먹이는 생활을 계속하다 결국 유아이칸으로 흘러들어와, 그 대토목공사가 시작되기 1년 전까지 그곳에서 살았습니다.

그는 스스로 철학과 출신이라 칭했지만 그렇다고 철학 강의를 들은 건 아닙니다. 한때는 정신없이 문학에 몰두하여 그 방면의 서적을 찾아다니나 싶더니 어떨 때는 터무니없이 엉뚱한 건축과 교실 등에 나가 열심히 청강을 하기도 했습니다. 그러다가도 사회학, 경제학 등에 깊이 관여하거나 유화 도구를 사들여 화가 흉내를 내는 등 엄청난 변덕쟁이였습니다. 금방 싫증을 내는 성격의 그는 딱히 깨우친 과목도 없이 무사히 학교를 졸업한 게 신기할 정도였습니다. 따라서 만일 그가 뭔가 배운 게 있다면 그건 결코 학문의 정도가 아니라 이른바 사도(邪道)의 학문, 기묘하게 한쪽에 치우친 것이 틀림없습니다. 바로 그런 이유로 학교를 졸업한 지 5, 6년이나 지났지만 아직 취직도 하지 못하고 우물쭈물하고 있는 것입니다.

애당초 히토미 히로스케에게는 뭔가 직업을 갖고 평범한 생활을 영위한다는 식의 신통한 생각이 없었습니다. 사실 그는 이 세상을 경험하기 전부터 이 세상에 완전히 질려 있었습니다. 그 이유는 일단 타고난 병약함 때문일 것입니다. 아니면 청년기 이후 시달려온 신경쇠약 때문일지도 모릅니다. 어쨌든 아무 의욕도 생기지 않는 것입니다. 모든 인생사가 그저 머릿속으로 상상만 해도 충분합니다. 뭐든지 '별 게 없는' 것입니다. 그래서 그는 항상 지저분한 하숙방에서 뒹굴면서 어떤 실무자도 일찍이 경험한 적 없는 자기만의 꿈을 꿨습니다. 한마디로 그는 극단적인 몽상가였던 것입니다.

그럼 그렇게 모든 세상사를 내던지고 도대체 무슨 꿈을 꾸었는가 하니, 그건 그 자신의 이상향, 무가유향(無何有鄕)*의 상세한 설계에 대해서였습니다. 그는 학교에 있을 때부터 플라톤 이래 수십 종의 이상국 이야기, 무가유향 이야기를 참으로 열심히 탐독했습니다. 그리고 그 책의 저자들이 실현할 방법이 없는 그들의 몽상을 문자에 의탁하여 세상에 발표함으로써 최소한의 기분 전환을 했던 모습을 상상하며 일종의 공명을 느끼고, 이를 통해 그 자신도 조금이나마 위로받을 수 있었던 것입니다. 그는 그 저서들 중에서 정치경제 차원의 이상향에 대해서는 거의 무관심했습니다. 그의 마음을 사로잡은 것은 지상 낙원, 미(美)와 꿈의 나라로서의 이상향이었습니다. 그 때문에 카베(Etienne Cabet)의 '이카리아 이야기(Voyage en Icarie 1840)'보다는 모리스(William Morris)의 '무가유향 소식(News from Nowhere)'이, 모리스보다는 에드거 포(Edgar Allan Poe)의 '애른하임의 땅(The Domain of Arnheim)'이 한층 더 그를 끌어당기는 것이었습니다.

그의 유일한 몽상은 음악가가 악기를 통해, 화가가 캔버스와

* 인위적인 것이 없는 자연 그대로의 세계

물감을 통해, 시인이 글자를 통해 다양한 예술을 창조하는 것과 마찬가지로, 이 대자연의 산천초목을 재료로 돌 한 개, 나무 한 그루, 꽃 한 송이, 또는 거기에 어지럽게 날아다니는 그 지역의 새, 짐승, 벌레류에 이르기까지 생명을 가진 모든 생물, 매초 매시간 자라나는 그 생물들을 재료로 하여 거대한 하나의 예술을 창작하는 것이었습니다. 신에 의해 만들어진 이 대자연에 만족하지 않고 자신의 개성을 통해 그것을 자유자재로 변경하고 미화하여 거기에 그의 독특한 예술적 대이상을 표현하는 것이었습니다. 바꿔 말하면 스스로가 신이 되어 자연을 새롭게 만들어 내는 것이었습니다.

그의 생각에 의하면 예술은 어떻게 보느냐에 따라 자연에 대한 인간의 반항, 즉 있는 그대로의 모습에 만족하지 않고 거기에 인간 각자의 개성을 부여하고픈 욕구의 표현인 것입니다. 따라서 음악가는 있는 그대로의 바람 소리, 파도 소리, 동물의 울음 소리 등에 만족하지 않고 그들 자신의 소리를 창조하려 노력하고, 화가의 작업은 모델을 단순히 있는 그대로 그려내는 게 아니라 그것을 그들 자신의 개성에 따라 바꾸고 미화하는 데 있으며, 시인이 단순한 사실의 보도자, 기록자가 아니라는 건 말할 필요도 없습니다. 그러나 소위 이 예술가들은 왜 악기나 물감, 글자 같은 간접적이고 비효과적이며 매우 귀찮은 수단에 만족하고 있는 걸까요? 왜 그들은 이 대자연 자체에 착안하지 않는 걸까요? 그리고 직접 대자연 그 자체를 악기로, 물감으로, 글자로 삼아 구사하지 않는 걸까요? 그게 전혀 불가능한 일이 아니라는 증거로 실제 조원술과 건축술이 어느 정도까지는 자연 그 자체를 구사하고, 변경하고, 미화하고 있지 않습니까? 그것을 한층 더 예술적이고 대대적으로 실행하는 건 불가능한 일일까요? 히토미 히로스케는 이렇게 의심하는 것이었습니다.

그래서 그는 앞서 언급한 여러 가지 유토피아 이야기나 그 가공할 문자 유희들보다는 좀 더 실제적인, 그 안에 있는 것은 어느 정도 그런 이상을 실현한 것처럼 보이는 역사 속 제왕들의―주로 폭군들의―화려한 업적에 훨씬 더 매력을 느꼈습니다. 예를 들어 이집트의 피라미드, 스핑크스, 그리스, 로마의 성곽류 혹은 종교적인 대도시, 중국에서는 만리장성과 아방궁, 일본에서는 아스카(飛鳥)* 이래 불교적인 대건축물, 금각사(金閣寺)와 은각사(銀閣寺), 그리고 단순히 그 건축물만이 아니라 그것을 창조한 영웅들의 유토피아적인 심사(心事)를 상상할 때 히토미 히로스케의 가슴은 요동치기 시작했습니다.

'만약에 나에게 막대한 부가 주어진다면'

이는 어느 유토피아 작가가 사용한 저서의 표제인데, 히토미 히로스케 또한 항상 같은 탄성을 흘렸습니다.

"만약에 내가 다 쓸 수 없을 만큼의 거금을 손에 넣을 수 있다면 말이지. 우선 광대한 토지를 매입하고, 그건 어디로 하면 좋

* 불교 미술이 눈부시게 발전했던 7세기 전반을 중심으로 하는 일본의 역사 시대

을까? 수백 수천의 사람을 동원하여 평소 내가 생각하던 지상낙원, 미의 나라, 꿈의 나라를 만들어 보일 텐데."

거기에는 이런 것도 하고 저런 것도 하고, 한 번 공상을 시작하면 끝이 없습니다. 그는 항상 머릿속으로 이상향을 완벽하게 만들지 않으면 직성이 풀리지 않았습니다.

그러나 정신을 차려보면 열중해서 만들었던 건 그저 한낮의 꿈, 공중누각에 불과하고 현실의 그는 보기에도 딱한, 그날 먹을 빵도 걱정해야 하는 가난한 일개 서생일 뿐입니다. 그리고 그의 재주로는 설사 평생을 허비하며 힘닿는 데까지 일해본들 불과 수만 엔의 돈조차 모으기 어려울 것 같습니다.

어차피 그는 '꿈꾸는 남자'였습니다. 한 평생 그렇게 꿈속에서는 기뻐 어쩔 줄 모르는 미에 취해 있으면서, 현실 세계에서는 지저분한 두 평 남짓한 하숙방을 뒹굴며 따분한 매일을 보내야 합니다. 이 얼마나 비참한 대비입니까?

그런 남자는 대부분 예술에 빠져 거기서 최소한의 안식처를 찾는 법인데, 무슨 업보인지 그는 비록 예술적인 경향이 있다고 해도 가장 현실적인 경우에 해당했습니다. 그래서 지금 말하는 그의 몽상 외에는 어떤 예술도 그의 흥미를 끌지 못했고 또 타고난 재능도 없었습니다.

만약에 그의 꿈이 실현 가능한 것이라면 그건 정말 세상 어느 것과도 비교할 수 없는 대사업, 대예술임에 틀림없습니다. 그런 까닭에 한 번 이 몽상의 경지를 헤맨 그가 세상의 그 어떤 사업이나 오락, 또 예술조차 전혀 무가치한 것, 하잘것없는 것으로 보는 것도 무리는 아니었습니다.

그러나 그렇게 모든 일에 흥미를 잃은 그도 먹고 살기 위해서는 약간의 일을 하지 않으면 안 됩니다. 그래서 그는 학교를 나온 이래 싸구려 번역 하청이나 옛날이야기, 드물게는 성인 소설 같은 것을 써서 그것을 잡지사에 여기저기 가져가 간신히 그날의 생계를 꾸리고 있었습니다. 처음에는 그래도 예술에 흥미도 좀 있고, 마치 예로부터 유토피아 작가들이 그랬듯이 이야기의 형태로 그의 몽상을 발표하는 것에도 적잖은 위로를 받을 수 있었습니다. 그래서 어느 정도는 열심히 그런 일을 계속했지만, 번역과는 별도로 그가 쓰는 창작물은 이상하게 잡지사의 평이 좋지 않았습니다. 그도 그럴 것이 그의 작품은 자신의 무가유향을 여러 가지 형식으로 아주 미세한 점까지 공들여 묘사한 것에 불과했습니다. 말하자면 독선적이고 지루하기 그지없는 것이었기 때문에 그건 무리도 아니라고 해야 할 것입니다.

그런 이유로 모처럼 정성을 다해 완성한 창작물을 잡지 편집자가 묵살하는 일도 한두 번이 아니었습니다. 게다가 그의 성격이 그저 문자 유희 같은 걸로 만족하기엔 너무 탐욕스러웠기 때문에 그는 소설 쪽에서 전혀 두각을 나타내지 못했습니다. 그렇다고 그것마저 그만둬버리면 당장 그날의 생활이 곤란한지라 어쩔 수 없이 남의 밑에서 변변찮은 문인 생활을 계속할 수밖에 없었습니다.

그는 한 장에 50전짜리 원고를 쓰면서 틈틈이 그의 몽상향을 스케치하거나 그곳에 지을 건축물의 설계도 같은 것을 몇 장씩 그렸다 찢기를 반복했습니다. 그리고 자신의 몽상을 마음껏 실현할 수 있었던 역사 속 제왕들의 사적을 한없이 선망하며 마음에 그려보는 것이었습니다.

3

이제 이야기는 히토미 히로스케가 그렇게 무기력한 나날을 보내던 어느 날—그날은 앞서 말한 저멀리 떨어진 섬에서 대토목공사가 시작되기 1년 쯤 전에 해당하는데—참으로 멋진 행운이 날아든 것에서부터 시작됩니다. 그것은 행운이라는 말로 다 표현할 수 없을 만큼 대단히 기괴하여, 오히려 두려워해야 할 것 같으면서도 동화처럼 매혹적인 일이었습니다. 그 기쁜 소식(?)을 접한 그는 잠시 후 무언가에 생각이 미친 순간, 아마 그 누구도 일찍이 경험하지 못했을 불가사의한 환희를 맛보았습니다. 그리고 그 다음에는 너무나도 공포스러운 생각에 이가 덜덜거릴 정도의 전율을 느꼈던 것입니다.

그 소식을 갖고 온 사람은 대학시절 그의 동급생이었던 신문기자였습니다. 어느 날 그 남자가 오랜만에 히로스케의 하숙집을 찾아와 무슨 이야기를 하다가, 물론 그로서는 아무 생각 없이 문득 그 일을 꺼냈습니다.

"참, 넌 아직 모르겠지만 바로 2, 3일 전에 자네 형님이 돌아가셨어."

"뭐?"

그때 히토미 히로스케는 상대방의 이상한 말에 무심코 이런 식으로 반문하지 않을 수 없었습니다.

"이봐, 벌써 잊어버린 거야? 예의 유명한 자네 분신 말이야, 한 쪽 쌍둥이. 고모다 겐자부로(菰田源三郎)."

"아아, 고모다. 그 거부 고모다 말이구나. 놀랍군. 대체 무슨 병으로 죽은 거야?"

"통신원에게 원고를 받아 왔어. 그에 따르면 지병인 간질 때문인 것 같아. 발작이 일어난 후 다시 일어나지 못했다니까. 아직 마흔 소리도 못 들었는데 불쌍하게 됐지 뭐."

뒤이어 신문기자는 이런 말을 했습니다.

"그건 그렇고, 나는 새삼 감탄했네. 얼마나 똑같이 생겼는지 몰라, 자네랑 그 남자 말이야. 원고와 같이 고모다의 최근 사진을 보내 왔는데, 그걸 보니 그로부터 5, 6년이 지났지만 자네들은 오히려 학생 시절 이상으로 비슷해. 저 사진의 콧수염 부위에 손가락을 대고 자네의 그 안경을 씌우면 완전히 똑같다니까."

이 대화를 통해 독자 여러분은 이미 상상하셨겠지만, 대학시절 동급생인 가난한 서생 히토미 히로스케와 M현 제일의 부호 고모다 겐자부로는 신기하게도 다른 학생들이 쌍둥이라는 별명이 붙었을 만큼 얼굴 생김새부터 체격, 목소리에 이르기까지 세로로 두 쪽을 낸 참외처럼 꼭 닮은 것입니다. 동급생들은 그들의 나이차 때문에 고모다 겐자부로를 쌍둥이 형, 히토미 히로스케를 동생이라 부르며 무슨 일이 있을 때마다 두 사람을 놀리려고 했습니다. 놀림을 받으면서도 그들은 그 별명이 결코 거짓이 아니라는 것을 스스로 인정하지 않을 수 없었습니다. 이런 일이 간혹 있다고는 하지만 그들처럼 쌍둥이도 아닌데 쌍둥이로 착각할 정도로 닮았다는 것은 좀 드문 일이었습니다. 특히 그것이 나중에 정말 놀랄만한 기이한 사건으로 이어진 걸 생각하면 그 무서운 인연에 몸서리치지 않을 수 없습니다.

그들은 둘 다 별로 교실에 얼굴을 내밀지 않는 편이었고, 히토미 히로스케는 가벼운 근시로 시종일관 안경을 썼습니다. 또 두 사람은 얼굴을 마주칠 기회가 적었고, 얼굴을 마주친들 한 쪽은 안경을 써서 멀리서도 충분히 구별할 수 있었기 때문에 이렇다 할 일은 일어나지 않았습니다. 하지만 긴 학창 시절을 보내며 우스갯소리가 될 만한 일이 한두 번은 있었습니다. 그 정도로 그들은 매우 닮았던 것입니다.

소위 그 쌍둥이 중 하나가 죽었다고 하니 히토미 히로스케 입장에서는 다른 동창생의 부고를 접했을 때보다 조금 더 놀랄 수밖에 없었습니다. 하지만 그는 당시부터 지나치게 닮았다는 이유로 마치 자신의 그림자 같은 고모다에게 오히려 혐오감을 가졌던지라 그 부고에 슬픔을 느낄 정도는 아니었습니다. 그건 슬픔이라기보다는 놀라움, 놀라움이라기보다는 뭔가 기묘하게 섬뜩한, 정체를 알 수 없는 예감 같은 것이었습니다.

그 후 신문기자가 다시 세상 돌아가는 이야기를 한참 떠들다 돌아갈 때까지, 그는 그것이 무엇인지 전혀 깨닫지 못했습니다. 하지만 혼자가 되고 나서 묘하게 머리에 남아 있는 고모다의 죽음에 대해 이모저모 생각하던 그는 잠시 후 어떤 말도 안 되는 공상이 퍼져가는 소나기구름처럼 그의 머릿속에서 빠르고 불길하게 뭉게뭉게 피어올랐던 것입니다. 새파랗게 질린 그는 이를 악문 채 끝내 덜덜 떨면서 언제까지고 한 곳에 가만히 앉아 점점 확실하게 정체를 드러내는 그 생각을 응시하고 있었습니다. 한때는 너무 무서운 나머지 점점 끓어오르는 묘계를 억누르려고 애썼지만, 멈추기는커녕 오히려 누르면 누를수록 만화경처럼 선명하게 그 악계(惡計)의 한 장면 한 장면이 떠오르기 시작했습니다.

4

그가 그런 소위 미증유의 흉계를 생각해내기에 이른 한 가지 중대한 동기는 M현의 고모다 지방에 일반적으로 화장이라는 것이 없고, 특히 고모다가 같은 상류계급에서는 더더욱 화장을 꺼리기 때문에 반드시 매장을 할 거라는 점에 있었습니다. 그 일은 재학 시절 고모다 자신의 입을 통해서도 들어 잘 알고 있었습니다. 그리고 또 하나는 고모다의 사인이 간질 발작 때문이었다는 것이었습니다. 이것 또한 그의 어떤 기억을 불러일으켰습니다.

히토미 히로스케는 다행인지 불행인지 이전에 하트만(Franz Hartmann), 부쉬(Eugene Bouchut), 켐프너(Friederike Kempner) 같은 사람들이 쓴 죽음에 관한 책을 탐독한 적이 있었습니다. 특히 가사(假死) 매장에 대해서는 상당한 지식을 갖고 있어서 간질에 의한 죽음이 얼마나 불확실하고 생매장할 위험성이 큰지 잘 알고 있었습니다. 많은 독자 분들은 아마 에드거 앨런 포의 '때 이른 매장(The Premature Burial)'이라는 단편을 읽으신 적이 있을 것입니다. 그리고 가사 매장의 무서움을 충분히 알고 계실 것입니다.

"산 채로 매장된다는 것은 이전에 인류의 운명에 떨어진 극단적인 불행(바톨로뮤의 대학살*과 기타 역사상의 전율할 만한 사건) 중에서 의심할 여지없이 가장 무서운 것이다. 그리고 이 일이 종종, 매우 종종 이 세상에서 일어나고 있는 것은 세상 물정을 좀 아는 사람이라면 부정할 수 없다. 생과 사를 구분하는 경계는 고작 막연한 그림자인 것이다. 어디서 생이 끝나고 어디서 죽음이 시작되는지 그 누가 정할 수 있을까. 질병에 따라서는 생명의 외부적 기관이 모조리 휴지될 때가 있다. 또 이런 경우 이 휴지 상태는 그저 중지에 불과하다. 불가해한 기제의 일시적 정지에 지나지 않는 것이다. 따라서 잠시 후에는(그것은 몇 시간일 때도 있는가 하면 며칠일 때도, 혹은 몇십 일일 때도 있다) 눈에 보이지 않는 불가사의한 힘이 작용하여 작은 톱니바퀴, 큰 톱니바퀴가 마법처럼 다시 움직이기 시작한다."

그리고 간질이 그런 질병 중 하나라는 사실은 다양한 책에 제시된 실례를 볼 때 의심할 여지가 없습니다. 가령 그는 어찌된

---

* 1527년 8월 24일 생 바르테르미(바톨로뮤는 영어식 발음) 축일에 파리의 카톨릭 교도가 위그노파 교도 약 2000명 이상을 학살한 사건

일인지 이전에 미국의 '생매장 방지 협회'* 발간물이 발표한 가사를 일으키기 쉬운 몇 종류의 질병에도 간질 항목이 확실히 포함되어 있던 것을 잘 기억하고 있었습니다.

그는 수많은 가사 매장 실례를 읽으면서 얼마나 기묘한 느낌에 사로잡혔는지 모릅니다. 말로 표현할 수 없는 그 느낌에 비하면 공포라든가 전율 같은 말은 흔하다 못해 너무 평범하게 여겨질 정도였습니다. 예를 들어 임산부가 너무 빨리 매장되어 묘지 안에서 되살아나고, 되살아났을 뿐만 아니라 그 어둠 속에서 분만까지 하여 울부짖는 젖먹이를 안은 채 괴로워하다 죽은 이야기 등은(아마 그녀는 나오지 않는 젖을 피투성이 젖먹이의 입에 물리고 있기도 했겠지요) 그에게 강렬한 인상을 주어 언제까지고 기억속에 남아 있었습니다.

그러나 간질 역시 그런 위험을 동반하는 병이라는 사실을 무슨 이유로 그렇게 확실히 기억했는지 히토미 히로스케 스스로는 조금도 눈치 채지 못했습니다. 하지만 인간의 무시무시한 마음을 생각해볼 때 그는 그 책들을 읽으며 그와 꼭 빼닮은, 한 쪽 쌍둥이라는 소리까지 들을 만큼 큰 부자였던 고모다 역시 간질 환자라는 사실을 무의식중에 의식하고 있었던 게 아닐까요? 앞서 말한 대로 타고난 몽상가인 히토미 히로스케는 두루두루 생

---

* 의학이 발달하지 않았던 시대에 의식 불명에 빠진 것을 사망했다고 오진하여 산 채로 매장될 위험을 우려하자 관 속에서 소생했을 때 종을 울리게 하는 식의 고안을 제창했던 모임. 알렉산더 와일더라는 사람에 의해 19세기 후반 미국에서 조직되었다고 한다.

각하기 좋아하는 기질의 소유자였기 때문에, 비록 확실한 의식은 없었다고 해도 거기에 생각이 미치지 않을 리는 없었을 것입니다.

그렇다면 몇 년 전 그의 마음 속 깊은 곳에 남몰래 뿌려졌던 씨앗이 지금 고모다의 죽음을 만나 비로소 확실한 형태를 드러냈다고 볼 수도 있습니다. 어쨌든 그렇게 그가 온몸에서 바작바작 스며 나오는 식은땀을 느끼면서 그날 밤새 눕지도 못하고 계속 앉아 있는 동안, 처음에는 마치 동화나 꿈같았던 좀처럼 보기 드문 악계가 조금씩 현실성을 띠기 시작하더니 끝내는 손만 대면 무조건 이루어지는 지극히 당연한 일처럼 여겨지기 시작했습니다.

"바보 같은 생각이야. 아무리 나와 그 녀석이 닮았다고 해도 그런 말도 안 되는…… 실제로 말도 안 되는 일이야. 인류가 시작된 이래 이런 바보 같은 생각을 한 사람이 한 명이라도 있었을까? 흔히 탐정소설 같은 데서 한 쪽 쌍둥이가 다른 한 쪽을 대신해서 1인2역을 하는 이야기를 읽기도 하지만, 그마저도 일단 실제로는 있을 수 없는 일이야. 하물며 지금 내가 생각하는 악계는 실로 광기 어린 망상이잖아. 쓸데없는 생각은 그만하고 넌 네 분수에 맞게 평생 실현 불가능한 유토피아 꿈이나 꾸도록 해."

몇 번이나 그렇게 생각하며 너무나도 무서운 망상을 떨쳐내려고 시도했지만, 그 후에는 금세 또 생각이 바뀌었다.

"하지만 생각해보면 이렇게 쉽고 조금의 위험도 따르지 않는 계획은 거의 없지. 비록 아무리 힘들고 위험을 무릅쓰더라도 만약 성공하면 네가 그렇게나 열망했던 이상향, 오랜 세월 오로지 그것만을 꿈꿔온 네 몽상을 위한 자금을 감쪽같이 손에 넣을 수 있지 않을까? 그때의 즐거움과 기쁨은 과연 어떨까? 이 세상엔 이제 질렸어. 어차피 평생 출세하긴 글렀지. 설령 그로 인해 목숨을 잃는다고 한들 아쉬울 게 뭐가 있겠어. 사실 목숨을 잃기는 커녕 사람 하나 죽이지 않고 세상에 해를 끼치는 나쁜 짓을 저지르는 것도 아니야. 그저 '나'라는 존재를 교묘히 말살해서 고모다 겐자부로의 대역을 수행하기만 하면 되는 거야. 그리고 역사상 그 누구도 시도한 적 없는 자연의 개조, 풍경의 창작, 즉 터무니없이 거대한 하나의 예술품을 만들어내야 하지 않을까? 그야말로 낙원을, 지상 천국을 창조해야 하지 않겠어? 내가 양심의 가책을 받을 일이 뭐가 있어. 또 고모다의 유족 입장에서도 그렇게 한 번 죽은 줄 알았던 가장이 다시 살아나 준다면 기쁠지언정 무슨 원한이 있겠어. 넌 그게 엄청나게 나쁜 짓인 것처럼 믿고 있지만 생각해봐, 이렇게 하나하나 결과를 음미하면 나쁜 짓이라기보다는 오히려 좋은 일이지 않을까?"

그렇게 이치를 따져보니 과연 논리정연하고 실행상에 조금의 파탄도 없으며 또 양심의 가책을 받을 일이 거의 없다고 해도 좋을 정도였습니다.

이 계획을 실행하는 데 있어서 무엇보다 유리했던 것은 양친은 이미 예전에 돌아가시고 고모다 겐자부로의 가족이라고 해봤자 딱 한 사람, 그의 젊은 아내가 있을 뿐 나머지는 몇 명의 고용인이 전부라는 사실이었습니다. 다만 그에게는 도쿄의 어느 귀족에게 시집을 간 여동생이 있고 그런 부잣집이라면 고향에도 필시 많은 친척이 있겠지만, 그 사람들이 죽은 겐자부로와 꼭 닮은 히토미 히로스케라는 남자가 있다는 사실을 알 리가 없습니다. 또 어떤 기회로 소문 정도는 들었다고 해도 설마 이렇게까지 닮았을 거라고는 상상하지 못할 것이고, 게다가 그 남자가 겐자부로의 대리가 되어 나타난다는 생각은 꿈에도 할 리가 없습니다. 그리고 신기하게도 그는 태생적으로 연기에 능한 남자이기도 했습니다. 두려운 사람은 겐자부로의 버릇을 세세한 데까지 알고 있을 그의 아내뿐인데, 이것도 조심하기만 하면, 특히 부부 사이의 대화 같은 걸 가능한 한 피한다면 아마 눈치 챌 일은 없을 것입니다. 게다가 한 번 죽은 사람이 살아 돌아왔기 때문에 다소 용모나 성질이 달라졌어도 비정상적인 사건 때문에 그렇게 됐다고 치면 그리 신기해할 일도 없을 것입니다.

이렇게 그의 생각은 점점 미세한 부분으로 들어가기 시작했습니다. 상세한 사정들을 이리저리 생각해보면서 이 어마어마한 계획은 한 걸음 한 걸음 현실성과 가능성을 더해가는 것 같았습니다. 남은 것은—이것이야말로 그의 계획에 있어 최대 난관임에 틀림없는데—어떻게 그 자신의 신병을 말살하는가, 또 어떻게 고모다의 소생을 진짜처럼 꾸미는가, 그와 관련하여 진짜 고모다의 시체를 어떻게 처분하는가 하는 점이었습니다.

이런 엄청난 악행을(그 자신이 아무리 변호하려고 해도) 꾸밀 정도였으니 그는 천성적으로 소위 간사한 꾀에 능했다고도 할 수 있을 것입니다. 그렇게 이리저리 깊은 집념을 갖고 한 가지 일을 생각하는 동안 그것들의 가장 곤란한 점도 무난히 해결할 수 있었습니다. 그걸로 충분하다고 생각하면서도 그는 미세한 부분에 대해 이미 생각했던 것을 한 번 더 생각했습니다. 드디어 한 점의 빈틈도 없다는 결론에 이르자, 마지막으로 그것을 실행할 것인가 하는 큰 결심을 해야 할 때가 찾아왔습니다.

5

온몸의 피가 머리에 쏠린 느낌입니다. 그렇게 되니 오히려 지금 생각중인 계획이 얼마나 무서운 것인지도 잊어버린 채 거의 하루 밤낮을 꼬박 생각하고 다듬은 그는 결국 그것을 실행하기로 결심했습니다. 나중에 떠올리니 당시의 심정은 마치 몽유병 같아서 이제 실행에 착수한다고 해도 묘하게 공허한 느낌이었습니다. 그렇게 큰일이 왠지 한가한 유람이라도 떠나는 듯한 기분, 하지만 어딘가 마음 한 구석에 지금 이 상황은 사실 꿈이고 꿈의 저편에 또 하나의 진짜 세계가 기다린다는 의식이 도사리고 있는 듯한 이상한 기분이 이어졌습니다.

앞서 말한 대로 그의 계획은 두 가지 중요한 부분으로 나뉘어 있었습니다. 첫 번째는 나, 즉 히토미 히로스케라는 인간을 이 세상에서 없애버리는 것인데, 그 일을 시작하기에 앞서 일단 고모다의 저택이 있는 T시로 급히 달려가 과연 고모다가 땅에 묻혔는지, 그 묘지에 잘 숨어들어갈 수 있을지, 고모다의 젊은 부인은 어떤 인물인지, 하인들의 기질은 어떤지, 그런 점들을 알아 둘 필요가 있었습니다. 그 결과 만일 이 계획에 파탄을 가져올 위험이 보인다면 그때 비로소 실행을 단념해도 늦진 않을 것입니다. 아직 되돌릴 여지는 있었습니다.

그러나 물론 그가 지금 모습 그대로 T시에 나타나는 일은 삼가지 않으면 안 됩니다. 그 모습이 히토미 히로스케라는 게 알려져도, 혹은 고모다 겐자부로라고 착각해도 그의 계획에는 어차피 둘 다 치명타였습니다. 그래서 그는 특유의 변장을 하고 T시로 첫 번째 여행을 떠나기로 했습니다.

그의 변장 방법은 실로 간단했습니다. 지금까지의 안경을 버리고 그다지 눈에 띄지 않는 모양이지만 커다란 크기의 색안경을 끼고, 한 쪽 눈을 중심으로 눈썹에서부터 뺨에 걸쳐 크게 접은 거즈를 대고, 입에는 볼을 볼록하게 만드는 솜을 넣고, 역시눈에 띄지 않는 콧수염을 붙이고, 머리를 5푼* 길이로 자른다. 그게 다였습니다. 그러나 그 효과는 실로 놀라워서 출발 도중 전차안에서 친구를 만나도 전혀 알아차리지 못했을 정도였습니다. 인간의 얼굴 중에서 가장 두드러지는 것, 각자의 개성을 가장 많이 드러내는 것은 두 눈임에 틀림없습니다. 그 증거로 손바닥으로 코에서부터 위쪽을 가렸을 때와 아래쪽을 가렸을 때 그 효과는 완전히 다릅니다. 앞의 경우에는 어쩌면 사람을 착각할 수도 있지만, 뒤의 경우에는 금세 그 사람을 알아보는 것입니다. 그래

* 1푼은 약 3mm

서 그는 먼저 두 눈을 가리기 위해 색안경을 사용했습니다. 그러나 색안경은 거의 완벽하게 눈의 표정을 감춰주는 대신, 그것을 쓰고 있는 사람이 어딘지 모르게 수상해 보입니다. 이 느낌을 없애기 위해 그는 한쪽 눈에 거즈를 대고 눈병환자로 가장했습니다. 이렇게 하면 동시에 눈썹과 뺨의 일부를 가릴 수 있어 일거양득이기도 합니다. 또 머리 모양을 극단적으로 바꾸고 복장에 신경을 쓰면 이제 7할 정도는 변장의 목적을 달성할 수 있는데, 그는 거듭 세심한 주의를 기울여 입 안에 솜을 넣어 뺨에서부터 턱에 이르는 선을 바꾸고, 수염을 붙임으로써 입의 특징을 가리기로 했습니다. 거기다 걷는 모습까지 바꿀 수 있다면 히토미 히로스케는 거의 사라져버리는 것입니다. 그는 변장에 관해 평소 자신만의 견해를 갖고 있었는데, 가발이나 안료(顔料)를 사용하는 것은 수고스러울 뿐만 아니라 오히려 남의 이목을 끄는 결점이 있어 아무래도 실용적이지 않지만, 이런 간단한 방법을 사용하면 일본인도 변장이 불가능하진 않다고 믿었습니다.

그는 그 다음날 하숙집에는 생각할 게 있어 잠시 하숙집을 떠나 여행을 간다, 갈 곳은 정해지지 않았다, 소위 방랑 여행인데 처음에는 이즈(伊豆)반도 남쪽으로 갈 생각이라고 알린 뒤 작은 가방을 하나를 손에 들고 출발했습니다. 그리고 도중에 필요한 물건을 사고 사람의 왕래가 없는 길가에서 지금 말한 변장을 마친 뒤 곧장 도쿄역으로 달려갔습니다. 가방은 잠시 맡겨두고 T시의 두세 정거장 전 역까지 가는 표를 사더니 3등차의 인파 속으로 숨어들었습니다.

T시에 도착한 그는 그로부터 이틀, 정확하게 말하면 만 하루 밤낮 동안 그만의 독특한 방법으로 정말 기민하게 수소문하며 돌아다닌 끝에 결국 목적을 이룰 수 있었습니다. 그 자세한 내용은 너무 장황해서 여기서는 생략하겠지만, 어쨌든 조사 결과 그의 계획이 결코 불가능하지 않다는 것이 밝혀졌습니다.

　그리하여 그가 다시 도쿄역으로 되돌아온 것은 예의 신문기자의 이야기를 들은 날로부터 3일째, 고모다 젠자부로의 장례식이 행해진 날로부터 6일째 되는 밤 8시에 가까운 시간이었습니다. 그는 늦어도 젠자부로가 죽은 지 10일 이내에는 그를 소생시킬 생각이었기 때문에 남은 4일 동안 대단히 바쁘다고 하지 않을 수 없었습니다. 그는 먼저 잠시 맡겼던 가방을 찾은 뒤 역 화장실에 들어가 예의 변장을 제거하고 원래의 히토미 히로스케로 돌아갔습니다. 그리고 서둘러 그길로 레이간지마(靈岸島)* 증기선 선착장으로 갔습니다. 이즈를 오가는 배는 오후 9시 출발. 그것을 타고 어쨌든 이즈반도 남쪽을 향하는 것이 그의 예정된 행동이었습니다.

　부랴부랴 대합실로 달려가니 배에서는 이미 승선을 알리는 종소리가 울려 퍼지고 있었습니다. 표는 2등실, 행선지는 시모다(下田)항, 가방을 메고 컴컴한 부두를 달리던 그가 튼튼한 널다리를 건너 해치로 들어가자마자 부웅 하고 출항을 알리는 기적이 울렸습니다.

* 현 도쿄도 주오구(中央区) 신카와(新川)의 옛 명칭

6

다행히도 5평 정도 되는 선미의 2등실에는 먼저 온 손님이 딱 두 명 있을 뿐이었습니다. 게다가 두 사람 모두 시골 사람인 듯 서지*로 된 기모노에 서지로 된 하오리(羽織)** 차림으로, 얼굴은 햇빛에 그을려 옹골차 보이는 대신 머리 회전은 매우 둔할 것 같은 중년 남성들이었습니다.

히토미 히로스케는 잠자코 선실에 들어가 먼저 온 손님들과 멀리 떨어진 구석 쪽에 자리를 잡고 이제 한잠 자볼까 하는 모습으로 비치된 담요 위에 누웠습니다. 그러나 잠이 올 리 없는 그는 등을 돌린 채 가만히 두 남자의 모습을 살피고 있었습니다. 덜컹덜컹 쿵, 덜컹덜컹 쿵, 신경을 자극하는 기관의 진동이 전신에 전해져 옵니다. 철제 격자로 둘러싼 희미한 전등 빛이 그의 그림자를 담요 위에 길게 드리우고 있습니다. 뒤에서는 서로 아는 사이인지 앉아서 조용히 이야기하는 남자들의 목소리가 기관 소리와 뒤섞여 묘하게 졸음을 유도하는 나른한 리듬을 만들어냅니다. 게다가 바다는 잔잔한 듯 파도 소리도 낮고 흔들림도 거의 느껴지지 않을 정도입니다. 그렇게 가만히 누워 있으니 2, 3일 동안의 흥분이 서서히 가라앉으면서 그 빈 공간으로 말로 표현할 수 없는 불안감이 자욱하게 피어오르기 시작했습니다.

* 빗방향으로 능조직(綾組織)을 나타낸 복지용 직물류의 총칭
** 위에 입는 짧은 겉옷

'아직 늦지 않았어. 빨리 단념하도록 해. 되돌릴 수 없게 되기 전에 빨리 단념하는 게 좋아. 너는 꿋꿋하게 너의 광적인 망상을 실행하는 거야? 정말 농담이 아니라고? 도대체 네 정신 상태는 멀쩡한 거야? 혹시 어딘가 잘못된 건 아니고?'

시간과 함께 그의 불안은 더해 갔습니다. 그러나 그가 이 거대한 매력을 어떻게 떨쳐버릴 수 있을까요. 불안해하는 마음에 대해 그의 또 하나의 마음이 설득을 시작합니다. 뭐가 불안하다는 거야? 어디에 실수가 있단 거지? 지금까지 계획한 일을 이제 와서 단념하려고? 그리고 그의 머릿속에는 그의 계획 하나하나가 미세한 부분에 이르기까지 차례차례 나타났습니다. 그중 어느 하나에도 실수는 없어 보였습니다.

문득 정신을 차리니 어느새 두 손님이 이야기하는 소리는 그치고, 그 대신 서로 다른 곡조의 코 고는 소리가 방 저편에서 들려오고 있었습니다. 몸을 뒤척이며 실눈을 떠봤더니 남자들은 씩씩하게 대자로 뻗은 채 흐뭇한 얼굴로 깊은 잠이 든 것입니다.

누군가 성급하게 그의 실행을 재촉하는 게 느껴졌습니다. 기회가 왔다는 생각이 그의 잡념을 바로 잠재워버렸습니다. 그는 뭔가의 명령을 따르는 것처럼 일말의 주저함도 없이 머리맡에 놓인 가방을 열어 그 밑바닥에서 옷 조각 하나를 꺼냈습니다. 그것은 이상한 모양으로 찢어진 5~6치 정도의 낡은 무명천이었습니다. 그는 그것을 움켜쥐더니 원래대로 가방 덮개를 덮고 몰래 갑판으로 나왔습니다.

이미 시간은 11시를 넘기고 있었습니다. 초저녁에 이따금 선실을 오가던 보이나 선원들도 각자의 침실로 돌아갔는지 그 주변에 사람의 모습이라곤 보이지 않습니다. 앞쪽의 한 단 높은 상단 갑판에는 필시 조타수가 철야로 망을 보고 있겠지만, 지금 히토미 히로스케가 서 있는 곳에서는 그마저도 보이지 않습니다. 뱃전에 다가가니 물보라를 일으키며 너울거리는 거대한 파도, 선미에 띠를 두른 야광충의 인광(燐光), 눈앞에 다가오는 미우라(三浦)반도의 거대한 검은 그림자, 명멸하는 어촌의 등불, 그리고 하늘에는 먼지처럼 무수한 작은 별들이 배의 항로를 따라 느린 회전을 계속하고 있습니다. 들리는 것은 둔중한 기관 소리와 뱃전에 부서지는 파도 소리뿐입니다.

이 정도라면 일단 그의 계획이 발각될 걱정은 없습니다. 다행히도 때는 봄의 끝자락, 바다는 잠든 것처럼 고요합니다. 저멀리 희미하게 보이는 육지는 서서히 배 쪽으로 다가옵니다. 이제 남은 건 그 육지와 배가 가장 근접하게 될 장소를 기다리는 것뿐입니다.(그는 자주 이 항로를 지나간 적이 있어 거기가 어디쯤인지 잘 알고 있었습니다.) 그리고 남의 눈에 띄지 않도록 불과 몇 정(町)*의 해상을 헤엄쳐 건너가기만 하면 되는 것이었습니다.

그는 먼저 어둠 속에서 뱃전을 찾아 돌아다니다 난간 외부에 못이 나와 있는 곳을 발견했습니다. 그 못에 좀 아까 들고 온 가스리(絣)** 천 조각을 바람에 날아가지 않도록 꽉 걸어놓고 돛 뒤

* 거리의 단위로 1정은 약 109미터
** 물감이 살짝 스친 것 같은 부분을 규칙적으로 배치한 무늬. 또는 그런 무늬가 있는 직물

에 숨어 맨살에 딱 한 장 걸치고 있던 지금의 천 조각과 같은 모양의 낡은 겹옷을 벗었습니다. 그리고 소매 안 지갑과 변장 도구가 떨어지지 않도록 잘 싸서 허리띠로 그것을 등에 단단히 묶었습니다.

"자, 이제 됐다. 추위만 좀 견디면 돼."

그는 돛 뒤에서 기어 나와 한 번 더 그 주위를 돌아보며 아무도 보고 있지 않다는 걸 확인했습니다. 그리고 거대한 도마뱀처럼 뱃전을 향해 갑판 위를 기어가 스르르 난간을 넘어갔습니다. 소리를 내지 않도록 뭔가에 매달려 뛰어들 것, 스크루에 휘말리지 않도록 조심할 것, 이 두 가지는 그가 이미 몇 번이나 생각해 둔 것이었습니다. 그러기 위해서는 배가 수로를 지날 때, 방향 회전을 위해 속도를 늦췄을 때가 가장 적합합니다. 또한 그때가 육지에도 가장 가깝습니다. 그래서 그는 뱃전의 한 그물에 매달려 언제라도 뛰어들 수 있도록 준비하면서 이제나 저제나 그 방향으로 회전하기만을 기다렸습니다.

신기하게도 이 격정적인 상황 속에서 그의 마음은 대단히 냉정해져 있었습니다. 어차피 움직이는 배에서 바다로 뛰어들어 건너편 기슭까지 헤엄쳐 가는 것은 딱히 죄악이라고 할 수도 없고 거리도 짧아서 헤엄칠 자신도 있으니 크게 위험할 게 없다는 건 알고 있었지만, 그것 역시 그의 거대한 음모를 위한 하나의 예비행위라고 볼 때 그의 기질상 불안을 느끼지 않을 리가 없었습니다. 그럼에도 불구하고 이처럼 매우 냉정하고 침착하게 행동할 수 있었던 것은 참으로 신기한 일입니다. 그는 나중에 계획에 착수한 이래 하루하루 대담하고 뻔뻔해져 갔던 자신의 심정을 돌아보며 그 격렬한 변화에 크나큰 놀라움을 맛보았는데, 그가 이렇게 뱃전에 매달렸을 때의 심정이 어쩌면 그 시초였을지도 모릅니다.

이윽고 배가 목적한 곳에 가까워지면서 와르르 하고 조타기의 쇠사슬 소리가 났습니다. 그러더니 배는 방향을 바꾸기 시작했고 동시에 속도도 느려지기 시작했습니다.

"지금이다!"

그래도 그물에서 떨어질 때는 역시 심장이 철렁 내려앉았습니다. 그는 손을 떼는 동시에 온몸에 힘을 주며 뱃전을 찼습니다. 몸을 평평하게 만들어 가능한 한 먼 곳으로, 마치 물에 올라탄 모습으로 소리를 내지 않도록 미끄러져 들어가는 방법을 취했습니다.

풍덩 하는 물소리, 몸에 확 스미는 냉기, 상하좌우로 밀려오는 해수의 힘, 아무리 발버둥 쳐도 물 위로 떠오르지 않는 답답함, 그러나 그 속에서 그는 마구 물을 젓고 또 물을 차면서 조금이라도 스크루에서 멀어지는 것을 잊지 않았습니다.

어떻게 뱃전의 소용돌이에서 헤엄쳐 나올 수 있었는지, 그리고 아무리 바다가 잔잔했다고 해도 마비될 것처럼 차가운 물속을, 아무리 몇 정밖에 안 되는 거리라고 해도 어떻게 견뎌낼 수 있었는지, 훗날 생각해봐도 그는 이 불가사의한 힘을 도저히 이해할 수 없었습니다.

다행히도 그렇게 계획의 첫 번째 단계를 멋지게 완수한 그는 지칠 대로 지친 몸을 어딘지도 모르는 어촌의 어두운 해변에 내던졌습니다. 거기서 날이 밝기를 기다렸다가 아직 채 마르지 않은 옷을 입고, 변장을 하고, 마을 사람들이 일어나서 나오기 전에 요코스카(橫須賀)로 보이는 방향을 향해 걷기 시작했습니다.

7

어젯밤까지 히토미 히로스케였던 남자는 하루 동안 환승역인 오후나(大船)의 싸구려 여관에 있었습니다. 그리고 다음날 오후 때마침 밤에 T시에 도착하는 기차를 골라 타고 역시 변장한 모습으로 3등칸의 손님이 되었습니다. 여러분은 이미 눈치 채셨겠지만, 그가 이렇게 귀중한 하루를 할 일 없이 보낸 것은 그의 자살 연기가 무사히 목적을 달성했는지 알아내고자 그 기사가 실린 신문이 나올 때까지 기다리기 위해서였습니다. 그리고 그가 드디어 T시로 들어갔다는 것은 히토미 히로스케의 계략대로 신문이 그의 자살을 보도했다는 사실을 뜻합니다. '소설가의 자살'이라는 표제로(그도 죽은 덕분에 남들에게 소설가로 불릴 수 있게 되었습니다), 작긴 했지만 어느 신문에나 그의 자살 기사가 실려 있었습니다. 비교적 자세히 보도한 신문에는 남겨진 가방 안에 한 권의 잡기장이 있어 거기에 히토미 히로스케라는 서명과 함께 세상을 비관하는 문구가 적혀 있었다, 바다로 뛰어들 때 뱃전 못에 그의 옷으로 보이는 천 조각이 걸려 남아 있었다고, 죽은 이의 신병이나 자살 동기 등이 분명하게 적혀 있었습니다. 즉 그의 계획은 감쪽같이 성공한 것입니다.

다행히도 그에게는 이 위장 자살극 때문에 울 만한 친척도 없었습니다. 물론 그의 고향에는 형도 있고(재학 당시 그는 그 형에게 학비를 받았는데, 최근에는 형이 먼저 그를 버린 상황이었습니다) 친척도 두세 명 있었습니다. 따라서 그 사람들이 그의 갑작스러운 죽음을 들어서 알게 된다면 조금은 애석해 하고 슬퍼하기도 하겠지만, 그 정도의 일은 처음부터 각오한 것이기도 했습니다. 그건 그에게는 별로 괴로울 일도 아니었습니다.

그보다 그는 자기 자신을 말살해버린 후 느낀, 말로 표현할 수 없는 불가사의한 감정에 푹 빠져 있었습니다. 그는 이미 국가 호적에 올라가 있지도 않고 이 넓은 세상에 단 한 사람 기댈 곳도 없거니와 친구도 없습니다. 게다가 이름조차 없는 곳의 한 이방인이었습니다. 그렇게 되니 자신의 전후좌우에 앉아 있는 승객들, 창문으로 보이는 연도(沿道)의 경치, 한 그루의 나무, 집 한 채까지도 지금까지와는 전혀 다른 별세계처럼 느껴졌습니다. 그것은 언뜻 매우 상쾌한, 마치 갓 태어난 듯한 기분이었지만, 또 다른 면에서는 이 세상에 혼자뿐인 외톨이 남자가 앞으로 분에 넘치는 대사업을 완수해야 한다는 형용하기 어려운 외로움 때문에 끝내 눈물이 차오르는 것을 도저히 막을 수 없었습니다.

그러나 그의 감회와는 상관없이 기차는 역에서 역으로 계속해서 달리고 이윽고 밤이 되어 목적지 T시에 도착했습니다. 이

전에 히토미 히로스케였던 남자는 역을 나와 그 길로 즉시 고모다가의 보리사(菩提寺)*로 갔습니다. 다행히 절은 시 외곽에 있는 들 한복판에 자리 잡고 있어서 이미 9시가 지난 그 시간에는 오가는 사람도 없고 절 사람들만 주의하면 일이 발각될 걱정은 없습니다. 또 부근에는 옛 모습 그대로의 개방적인 농가가 흩어져 있어 그곳의 헛간에서 괭이를 훔치기에도 편리했습니다.

논두렁길을 따라 세워진 성긴 울타리를 헤치고 들어가면 그곳이 바로 문제의 묘지였습니다. 캄캄한 밤이긴 했지만 대신 별이 선명하게 빛나고 있었고, 예전에 와서 대체적인 방향을 봐두었기 때문에 고모다 겐자부로의 무덤을 찾아내는 데는 아무 어려움도 없었습니다. 그는 거기서부터 본당 쪽으로 다가가 닫힌 덧문 틈으로 안을 엿보았습니다. 그곳은 아무 소리도 없이 고요했고 외진 장소인데다가 아침 일찍 일어나는 절 사람들은 이미 잠이 든 것 같았습니다.

이 정도면 괜찮겠다 싶었던 그는 처음 논두렁길로 되돌아가 부근의 농가를 돌아다니며 어렵지 않게 한 자루의 괭이를 손에 넣었습니다. 내내 고양이처럼 발소리를 죽이고 어둠 속에 몸을 숨겨가며 움직이느라 시간이 많이 걸린 탓에 겐자부로의 묘지로 돌아왔을 때는 이미 11시가 다 되어 있었습니다. 그의 계획에는 안성맞춤인 시간입니다.

시커먼 어둠 속에서 그는 괭이를 휘두르며 참으로 무시무시

---

* 조상 대대의 위패를 안치하여 명복을 비는 절

한 무덤 파기를 시작했습니다. 새 무덤인지라 파헤치는 건 어렵지 않았지만, 그 아래 감춰져 있는 것을 상상하면 말로 표현하기 힘든 두려움 때문에 며칠 사이에 다소 경험이 쌓이고 탐욕에 정신이 나간 그로서도 전율을 느끼지 않을 수 없었습니다. 하지만 지금은 뭘 생각할 여유도 없습니다. 열 번쯤 괭이로 내려쳤나 싶더니 벌써 관 뚜껑이 나타났습니다.

이제 와서 주저앉아 있을 순 없습니다. 그는 온몸의 용기를 짜내어 그 어둠 속에서도 희끄무레하게 보이는 나무판자 위의 흙을 치우고 판자와 판자 사이에 괭이 끝을 받쳐 영차 하고 힘을 주었습니다. 그러자 끼익…… 하고 뼛속까지 울리는 듯한 소리를 내며, 그러나 어렵지 않게 뚜껑이 열렸습니다. 그 순간 주변의 흙이 무너지면서 부슬부슬 관 밑바닥으로 떨어지는 것조차 어쩐지 살아 있는 자의 소행 같아서 그는 수명이 줄어드는 느낌마저 들었습니다. 뚜껑이 열리자마자 형언하기 어려운 이상한 냄새가 그의 코를 찔렀습니다. 죽은 지 7, 8일이나 됐기 때문에 겐자부로의 시체는 이미 썩기 시작한 게 틀림없습니다. 그는 시체를 보기 전에 먼저 그 이상한 냄새에 움츠러들 수밖에 없었습니다.

묘지를 별로 무서워하지 않는 그는 그때까지 생각보다 태연하게 일을 계속할 수 있었습니다. 하지만 이제 관 뚜껑을 열고 또 하나의 자신이라 해도 좋을 고모다의 시체와 얼굴을 마주하자 비로소 뭔가 정체를 알 수 없는 그림자 같은 것이 영혼의 밑바닥에서부터 서서히 치밀어 오는 느낌이 들면서 으악 하고 갑자기 도망치고 싶을 정도의 공포가 덮쳐왔습니다. 그것은 결코 유령의 공포 같은 게 아니라 좀 더 기이한 공포, 굳이 말하자면 현실적인 공포라고 해야 할까요? 그것만으로는 이루 다 표현할 수 없지만, 예를 들어 어둠 속 연회장에서 혼자 촛불로 자기 얼굴을 거울에 비출 때와 비슷한, 아니 그것보다 몇 배는 더 무서운 느낌이었습니다.

침묵의 별이 총총한 밤하늘 아래 수많은 사람들이 우두커니 서 있는 것 같은 석탑, 그 한 가운데 뻐끔히 입을 벌린 시커먼 구덩이. 으스스한 지옥도를 닮은 모습은 저절로 그 그림 속 인물이 된 기분이 들게 합니다. 그리고 그 구덩이 밑바닥에서, 살짝 봐서는 식별이 불가능한 어둠 속에 누워 있는 죽은 이는 다름 아닌 자기 자신이었습니다. 죽은 이의 얼굴을 식별할 수 없다는 점이 한층 공포를 더했습니다. 구덩이 밑바닥에 희미하게 하얀 수의가 보이고 거기서부터 솟아 있는 죽은 이의 목은 어둠 속에 묻혀 선명하지는 않지만 오히려 그로 인해 더 무섭게 느껴집니다. 어쩌면 우연히도 그의 계획이 사실을 예견하여 고모다는 정말로 아직 죽지 않았으며 무덤을 파헤친 탓에 그가 다시 살아나고 있을지도 모릅니다. 그런 말도 안 되는 망상까지 하게 되는 것입니다.

그는 몸속에서 솟구쳐 오르는 전율을 지그시 억누르며 이제는 거의 마음을 싹 비웠습니다. 그리고 구덩이 가장자리로 포복해 가더니 그 바닥 쪽으로 양손을 뻗어 과감하게 죽은 이의 몸을 더듬어보았습니다. 맨 처음 손에 닿은 것은 삭발한 머리 부분인 듯 전면에 꺼슬꺼슬하게 자잘한 털이 느껴졌습니다. 피부를 만져보니 묘하게 말랑말랑해서 조금 세게 밀면 스르르 피부가 벗겨질 것 같습니다. 그 섬뜩함에 깜짝 놀라 손을 떼고 잠시 두근거리는 가슴을 진정시킨 후 다시 손을 뻗어 만진 것은 죽은 이의 입인 듯 딱딱한 치아가 느껴집니다. 그 치아와 치아 사이에 맞물려 있는 것은 아마 솜이겠지요, 부드럽긴 해도 썩고 있는 피부의 감촉과는 다릅니다. 조금 대담해진 그는 계속해서 입 주변을 이리저리 더듬다가 신기하게도 고모다의 입이 생전의 10배나 되는 크기로 벌어져 있다는 사실을 알게 되었습니다. 좌우로는 마치 반야의 가면(般若面)*처럼 어금니가 완전히 드러날 정도로 찢어져 있고, 상하로는 잇몸이 느껴질 정도로 벌어져 있습니다. 결코 어두워서 드는 착각이 아닙니다.

그것이 또 그를 마음속 깊은 곳에서부터 떨게 만들었습니다. 이는 결코 죽은 이가 그의 손을 물어버릴지도 모른다는 식의 공포가 아닙니다. 죽은 이의 폐가 운동을 정지하고 나서도 입만으로 호흡하려고 하자 그 주변의 근육이 극도로 오그라들면서 입술을 밀어내며 입을 열었고, 결국 이것이 살아 있는 인간은 도저히 불가능할 만큼 큰 입을 만들어버렸다는, 참으로 무시무시한 단말마의 정경이 그의 눈앞에 어른거렸던 것입니다.

이전의 히토미 히로스케는 이 경험만으로도 이미 기력과 근성이 다한 느낌이었습니다. 게다가 그 물렁물렁하게 썩은 시체를 구덩이에서 꺼내고, 또 꺼낸 후에는 그것을 처분하기 위해 훨

* 반야(般若)의 탈을 닮은 무서운 얼굴. 특히 질투에 미친 여성의 얼굴을 비유

씬 더 무서운 일을 해내야 한다고 생각하니, 그는 자신의 계획이 무모하기 짝이 없는 것이었다는 사실을 새삼 느끼지 않을 수 없었습니다.

8

이전의 히토미 히로스케가 비록 큰 재산에 눈이 뒤집혔어도 여러 가지 걱정을 견뎌낼 수 있었던 것은 아마 그 또한 여느 범죄자와 마찬가지로 일종의 정신병자였기 때문일 것입니다. 뇌 어딘가가 고장 나 있어 특정한 경우나 사항에 대해서는 신경이 마비된 게 틀림없습니다. 범죄의 공포가 일정 수준을 넘으면 마치 귀마개를 한 것처럼 모든 소리가 들리지 않게 되어 소위 양심의 귀가 막히게 됩니다. 그 대신 악에 관한 이지(理智)가 잘 갈린 면도칼처럼 비정상적으로 예리해지면서 사람의 재주가 아니라 마치 정밀한 기계장치인가 싶을 정도로 어떤 미세한 점도 놓치지 않고 물처럼 냉정하고 침착하게, 자기 생각대로 실행할 수 있는 것입니다.

그가 지금 고모다 겐자부로의 썩어가는 시체를 만진 순간 그 공포가 극한에 다다르고 다행히도 이 불감상태가 다시 그를 덮쳤습니다. 그는 이제 전혀 주저하는 기색 없이 기계인형처럼 무심하게, 한 치의 실수도 없이 정확하게 차례대로 그의 계획을 실행해 갔습니다.

고모다의 시체는 아무리 들어 올리려고 해도 다섯 손가락 사이로 주르륵 흘러내렸습니다. 그는 막과자 가게 할머니가 물속에서 우무를 건져 올리는 듯한 기분으로 가능한 한 시체를 손상시키지 않도록 주의하면서 겨우 무덤 밖으로 꺼냈습니다. 하지만 그 일을 끝냈을 때 시체의 얇은 피부가 마치 해파리로 만든 장갑처럼 그의 양손바닥에 밀착되어 아무리 털어내도 쉽게 떨어지려고 하지 않았습니다. 평소의 히로스케였다면 그 정도의 공포만으로도 이미 만사를 팽개치고 도망쳤을 것입니다. 하지만 그는 별반 놀란 기색도 없이 다음 순서를 진행했습니다.

이어서 그는 고모다의 시체를 없애버려야 했습니다. 히로스케 자신을 이 세상에서 완전히 지워버리는 일은 비교적 쉬웠지만, 한 인간의 시체를 남의 눈에 띄지 않도록 처리하는 일은 매우 어려운 일임에 틀림없습니다. 물에 빠뜨리든 땅에 묻든, 어떻게 해도 시체가 떠오르거나 파헤쳐지지 않으리란 법이 없고, 만일 겐자부로의 뼈 한 조각이라도 남의 눈에 띈다면 모든 계획이 허사로 돌아갈 뿐만 아니라 그는 무서운 죄명을 뒤집어써야 합니다. 따라서 그는 첫날밤부터 이 점에 대해 가장 골치를 앓아가며 이런저런 생각에 빠졌던 것입니다.

그러나 난제의 열쇠는 항상 제일 가까운 곳에 있는 법입니다. 결국 그가 떠올린 묘계는 고모다의 옆 무덤에는 아마도 고모다 일가 조상의 뼈가 잠들어 있을 테니 그것을 발굴하여 그곳에 고모다의 시체를 함께 두자는 것이었습니다. 왜냐하면 고모다가에는 아마 조상의 묘를 파헤칠 만한 불효자는 영원히 태어나지 않을 것이고, 또 설령 무덤 이전이라는 사태가 벌어져도 그때 히로스케는 그의 꿈을 실현하고 세상을 떠났을 것이기 때문입니다. 그렇지 않더라도 뿔뿔이 흩어진 뼈가 하나의 무덤에서 두 사람 분량이 나와 봤자 아무도 모르는 먼 옛날에 묻힌 고인과 나의 악계를 어떻게 연관시킬 수 있겠어, 그는 이렇게 믿었습니다.

옆 무덤을 다시 파는 일은 땅이 딱딱해진 탓에 다소 힘이 들었지만, 땀으로 범벅이 되어 부지런히 일하는 사이에 그럭저럭 뼈 같은 것을 찾아낼 수 있었습니다. 관은 물론 흔적도 없이 썩어버렸습니다. 그저 뿔뿔이 흩어진 백골이 작게 뭉쳐진 채 별빛을 받아 희미하게 보일 뿐입니다. 그렇게 되자 이제 악취는커녕 인간의 뼈라는 느낌이 완전히 사라져 마치 청정한 하얀 광물처럼 느껴졌습니다.

파헤쳐진 두 개의 무덤과 한 인간의 썩은 고기를 앞에 두고 그는 어둠 속에 잠시 멈춰 있었습니다. 정신을 가다듬고 더욱더 머리 회전을 치밀하게 하기 위해서입니다. 정신 똑바로 차려야 해. 아무리 사소한 것이라도 절대 허술하게 해선 안 돼. 그는 치열하게 머리를 굴리면서 어둠 속 어슴푸레한 것을 둘러보았습니다.

잠시 후 그는 조금의 감동도 없이 겐자부로의 시체에서 흰 수의를 벗겨내고 양손 손가락에서 반지 세 개를 잡아 뺐습니다. 그리고 수의로 반지를 싸서 품속에 쑤셔 넣더니 발밑에 구르고 있는 알몸의 살덩어리를 자못 귀찮은 듯 손과 발을 사용하여 새로 판 무덤구덩이 속으로 던져 넣었습니다. 그리고 네 발로 기면서 손바닥으로 그 주위의 지면을 만져가며 그 어떤 작은 증거품도 떨어져 있지 않은 것을 확인했습니다. 그리고 괭이를 들고 무덤 구덩이를 원래대로 메운 뒤 묘석을 세우고 새 흙 위에는 미리 치워둔 풀과 이끼를 빈틈없이 늘어놓는 것이었습니다.

"이 정도면 됐어. 불쌍하지만 고모다 겐자부로는 나 대신 영원히 이 세상에서 사라졌어. 그리고 여기 있는 내가 드디어 진짜 고모다 겐자부로가 된 거야. 히토미 히로스케는 이제 어디에도 없어."

이전의 히토미 히로스케는 의기양양하게 별이 총총한 하늘을 우러러 보았습니다. 그에게는 그 어둠 속 창공과 은가루 같은 무수한 작은 별들이 장난감처럼 귀엽고, 어쩐지 작은 목소리로 그의 앞날을 축복하는 것처럼 느껴졌습니다.

한 개의 무덤이 파헤쳐지고 그 안의 시체가 사라졌다, 이 사실만으로도 사람들이 충분히 기절초풍할 일입니다. 게다가 바로 옆 또 하나의 무덤이 파헤쳐지다니, 그런 간편하고 대담한 트릭을 부릴 거라고 누가 감히 상상할 수 있겠습니까. 게다가 그 기절초풍할 사람들 사이로 수의를 입은 고모다 겐자부로가 나타나려고 하는 것입니다. 그러면 사람들의 관심은 즉시 무덤에서 멀어져 그의 불가사의한 소생에 집중되겠지요. 나머지는 그의 연기가 얼마나 뛰어날지에 달려 있습니다. 그리고 그런 연기라면 그에게 넘치도록 충분한 승산이 있었습니다.

이윽고 하늘은 조금씩 푸른빛을 더해가고 총총한 별들은 서서히 그 빛이 흐려지면서 여기저기서 닭 우는 소리가 들리기 시작했습니다. 그 어스름 속에서 그는 최대한 신속하게 고모다의 무덤을 마치 죽은 이가 소생하여 안에서부터 관을 부수고 기어 나온 것처럼 꾸몄습니다. 그리고 발자국을 남기지 않도록 주의하면서 원래 있던 울타리 틈을 통해 논두렁으로 빠져 나와 괭이를 처리하고 원래 변장한 모습 그대로 서둘러 마을 쪽으로 갔습니다.

9

그리고 한 시간쯤 후 그는 무덤에서 소생한 남자가 비틀거리며 집을 찾아가던 중에 3분의 1도 못 가 숨이 찬 나머지 길가에 쓰러진 것처럼, 어느 수풀 뒤에 흙투성이 수의 차림으로 드러누워 있었습니다. 때마침 밤새 물 한 모금 입에 대지 않고 계속 일하느라 적당한 초췌함이 배어 있는 얼굴은 그의 연기를 한층 더 그럴싸하게 만들어주었습니다.

당초 계획은 시체를 처리하면 바로 수의로 갈아입고 절의 부엌에 도착해 그곳 덧문을 똑똑 두드릴 생각이었지만, 시체를 보니 이 지방의 관습인 듯 케케묵은 체발(剃髮) 의식에 의해 머리와 수염이 모두 깨끗하게 깎여 있어서 그 또한 마찬가지로 머리를 깎아둘 필요가 있었습니다. 그래서 변두리 상가에서 철물상을 찾아내 면도칼 한 자루를 산 그는 숲속에 숨어 스스로 머리를 잘라야 했습니다. 그건 예의 교묘한 변장을 풀기 전이었기 때문에 이발소에 들어가도 의심받을 가능성은 거의 없었지만, 이른 아침인지라 이발소는 아직 가게를 열지 않았고, 또 만일을 생각하는 조심성 때문에 면도칼을 사기로 한 것이었습니다.

그렇게 빡빡 머리를 민 뒤 수의로 갈아입고, 죽은 이의 손에서 빼낸 반지를 끼고, 벗은 옷가지와 그 밖의 것들을 숲속 움푹 팬 땅에서 불태워 그 재를 처리했을 때는 이미 태양이 높이 솟아 있었습니다. 숲 밖의 큰 길에는 계속 간간히 오가는 사람들이 보입니다. 이제 와서 은신처에서 나와 절로 돌아갈 수도 없는 그는 어쩔 수 없이 찾아내기 힘들 것 같지만 큰 길에서 별로 멀진 않은 수풀 뒤에 기절한 것처럼 누워 있을 수밖에 없었습니다.

큰길을 따라 흐르는 작은 개울에 잎사귀가 촘촘한 관목이 가지를 늘어뜨린 채 빽빽이 들어차 있고, 거기서부터 쭉 숲을 이루며 키가 큰 소나무와 삼나무가 드문드문 자라고 있습니다. 그는 길에서 보이지 않도록 조심하면서 관목 건너편에 몸을 밀착하고 숨을 죽인 채 누워 있었습니다. 그리고 관목 틈새로 큰 길을 지나가는 시골 사람들의 발을 바라보며 마음이 차분해진 그는 다시 괴상한 기분이 들기 시작했습니다.

"이걸로 계획은 다 이루어졌어. 이제 누군가가 나를 발견해주기만 하면 돼. 하지만 그저 이것만으로, 바다를 헤엄치고 무덤을 파헤치고 머리를 민 정도로 저 수 천만 엔의 막대한 재산이 과연 내 것이 되는 걸까? 이건 너무 싱겁잖아. 어쩌면 난 터무니없는 광대 짓을 하고 있는 건 아닐까? 세상 사람들은 다 알면서도 반쯤 재미로 일부러 모르는 척하고 있는 건 아닐까?"

이렇게 감정이 격해지면 완전히 마비되는 범인의 신경이 조금씩 되살아나기 시작했습니다. 그리고 그 불안은 이윽고 시골 아이들이 미친 사람처럼 보이는 수의 차림의 그를 발견하고 소란을 피우기에 이르자 더욱더 격렬해졌습니다.

"얘들아, 이것 좀 봐, 누군가 자고 있어."

숲속 놀이터로 들어가려던 너덧 명의 아이들 중 하나가 문득 흰 수의 차림의 그를 발견하고 깜짝 놀라 한 걸음 뒤로 물러나더니 속삭이는 목소리로 다른 아이들에게 말했습니다.

"뭐지, 저건. 미친 사람이야?"

"죽은 사람이야, 죽은 사람."

"가까이 가봐, 봤어?"

"봤어? 봤어?"

흐릿한 줄무늬에 지저분하고 검게 윤이 나는 깡똥한 무명천 기모노를 입은 10살 전후의 개구쟁이들이 저마다 속삭이며 조심스럽게 그를 향해 다가왔습니다.

퍼런 콧물을 줄줄 흘리는 촌스런 꼬마들이 마치 뭔가 진귀한 구경거리라도 되는 듯 그를 들여다보는 우스꽝스러운 광경을 상상하니 그는 더욱더 불안하고 화가 나기도 했습니다. '정말 광대가 따로 없군. 설마 시골 꼬마들이 맨 먼저 발견하리라곤 생각도 못했어. 이제 이 녀석들에게 실컷 장난감 취급을 당하다 기묘한 망신을 당하면 그걸로 끝인 건가?' 그는 거의 절망하지 않을 수 없었습니다.

하지만 그렇다고 일어나서 아이들에게 호통을 칠 수도 없고,

상대방이 누구든 간에 그는 실신한 척하고 있을 수밖에 없었습니다. 따라서 점점 대담해진 아이들이 결국 그의 몸에 손을 대더라도 그는 꾹 참아야 합니다. 어찌나 어처구니가 없던지 죄다 포기하고 벌떡 일어나 껄껄 웃어버리고 싶은 심정이었습니다.

"있지, 아버지에게 말하고 와."

그 중 한 아이가 숨을 헐떡거리면서 속삭였습니다.

"그래, 그러자."

그러자 다른 아이들도 중얼거리면서 허둥지둥 어디론가 달려가 버렸습니다. 그들은 각자의 부모에게 신기한 행려자에 대해 보고하러 간 것이었습니다.

얼마 되지 않아 큰길 쪽에서 사람들 소리가 시끄럽게 들려오고 몇 명의 농민들이 달려와 저마다 소리를 지르면서 그를 안아 올려 간호하기 시작했습니다. 소문을 듣고 모인 사람들이 구름처럼 그의 주위를 둘러쌌고 소동은 점점 커졌습니다.

"앗, 고모다 나리 아니야?"

얼마 후 그 중에 겐자부로와 면식이 있는 자가 있었는지, 크게 외치는 소리가 들렸습니다.

"맞아, 맞아."

두세 사람이 그 말에 호응했습니다. 그러자 많은 사람들 중에는 이미 고모다가의 묘지에서 일어난 변고를 들어 알고 있는 자도 있어서 "고모다 나리가 무덤에서 소생했다"는 웅성거림이 하나의 큰 기적이 되어 시골 사람들의 입에서 입으로 전해져 갔습니다.

고모다가라고 하면 T시 부근에서는, 아니 M현 전체에 걸쳐 그 고장의 자랑일 만큼 손꼽히는 대자산가입니다. 그 당주가 한 번 땅에 묻혔다가 10일이나 지난 후에 관을 부수고 되살아났다는 건 그들에게 까무러칠 만큼 놀라운 대이변임에 틀림없습니다. T시의 고모다가에 이 변고를 알리는 자, 절로 달려가는 자, 의사에게 달려가는 자, 거의 온 마을 사람들이 만사 다 팽개치고 총출동하여 난리가 난 것입니다.

이전의 히토미 히로스케는 그제야 겨우 그가 한 일에 대한 반응을 볼 수 있었습니다. 이 정도면 그의 계획은 반드시 꿈으로만 끝날 것 같지 않습니다. 이제 드디어 그가 자신 있는 연기를 할 때가 온 것입니다. 그는 여러 사람들이 둘러서서 지켜보는 가운데 마치 방금 정신이 든 것처럼 번쩍 눈을 떴습니다. 그리고 뭐가 뭔지 모르겠다는 표정으로 멍하니 사람들의 얼굴을 둘러보았습니다.

"앗, 정신이 들었다. 나리, 정신이 드십니까?"

그 모습을 보더니 그를 안고 있던 남자가 그의 귓가에 입을 대고 큰 소리로 외쳤습니다. 그와 동시에 무수한 얼굴들이 벽을 이뤄 우르르 그의 위로 쏟아지고 농민들의 지독한 입 냄새가 코를 찔렀습니다. 그들의 무수한 눈동자 속에는 전부 소박한 성의가 넘치고 있었고 조금이라도 그의 정체를 의심하는 자는 없었습니다.

하지만 히로스케는 상대방이 어떻든 간에 미리 생각해둔 연기 순서를 바꾸려고 하지 않았습니다. 그저 묵묵히 사람들의 얼굴을 바라보는 동작 외에는 꼼짝도 하지 않았습니다. 그렇게 모든 것을 끝까지 확인할 때까지는 의식이 몽롱한 척하며 입을 여는 위험을 피하려고 했던 것입니다.

그러고 나서 그가 고모다가 안방으로 옮겨지기까지의 경위는 장황하니 생략하겠습니다. 하지만 마을에서는 고모다가의 총지배인 및 하인들, 의사 등을 실은 자동차가 급히 달려오고, 보리사에서는 주지와 불목하니,* 경찰서에서는 서장을 비롯한 두세 명의 경관, 그밖에도 변고를 들은 고모다가와 관련된 사람들이 마치 위문이라도 하듯이 잇달아 이 마을의 변두리 숲을 향해 모여드는 상황이었습니다. 부근 일대는 전쟁통이 따로 없었는데 이것만 봐도 고모다가의 명망과 세력의 위대함을 충분히 엿볼 수 있었습니다.

그 사람들 품에 안겨 지금은 자신의 집이기도 한 고모다 저택으로 가는 동안, 그리고 그가 이제껏 본 적도 없는 거실에 놓인 홀륭한 침구에 누운 뒤에도, 그는 맨 처음 세운 계획을 꿋꿋이 지켜 벙어리처럼 입을 다문 채 끝내 한마디도 하려고 하지 않았습니다.

10

그의 묵언수행은 그로부터 약 1주일 정도 집요하게 이어졌습니다. 그 사이에 그는 이부자리 속에서 귀를 쫑긋 세우고 눈을

* 절에서 밥을 짓고 물을 긷는 일을 맡아서 하는 사람

반짝이며 고모다가의 모든 관계, 사람들의 기풍, 저택 안의 분위기를 이해한 뒤 거기에 자신을 동화시키고자 노력했습니다. 겉으로 보기엔 반쯤 의식을 잃은 반생반사의 병자처럼 꼼짝 않고 이부자리 속에 누워 있으면서도, 그의 머리만은 50마일의 속력으로 질주하는 자동차를 운전하는 것처럼 기민하고 신속하게, 또 정확하게 불꽃을 튀기며 회전하고 있었습니다.

의사의 진단은 대체로 그가 예상했던 대로였습니다. 고모다가를 드나드는 그 의사는 T시에서도 손에 꼽히는 명의라는데, 그는 이 불가사의한 소생을 카타랩시(Catalapsy)*라는 애매한 학술용어를 통해 해결하려고 했습니다. 그는 죽음을 진단하는 일이 얼마나 어려운지 다양한 실례를 들어 설명하고 그의 사망진단이 결코 실수가 아니었다는 것을 변명했습니다.

그는 안경 너머로 히로스케의 머리맡에 늘어선 친척들을 둘러보며 간질과 카타랩시의 관계, 그것과 가사(假死)의 관계 등을 어려운 학술용어를 써가며 장황하게 설명했습니다. 친척들은 그 설명을 들으며 잘 모르지만 나름대로 만족하는 것 같았습니다. 본인이 다시 살아 돌아왔기 때문에 설령 그 설명이 충분하지 않다고 해도 별로 불평을 할 이유는 없었습니다.

의사는 불안과 호기심이 뒤섞인 표정으로 조심스럽게 히로스케의 몸을 살폈습니다. 그리고 모든 걸 알았다는 표정을 지었지만, 사실은 감쪽같이 히로스케의 술수에 걸려든 것입니다. 이 경

* 사지가 경직되고 자극에 반응하지 않으며 맥박이나 호흡이 완만해지고 피부는 창백해지는 상태

우 자기가 내린 오진으로 마음이 가득 찬 의사는 그걸 변명하는데만 정신을 뺏겨 환자의 신체에 다소 변화가 있다는 걸 인식해도 그것을 깊이 생각할 여유는 없습니다. 또 설령 그가 히로스케를 의심할 수 있었다고 해도, 그것이 겐자부로의 대역이라는 말도 안 되는 생각이 어떻게 떠오르겠습니까? 한 번 죽은 자가 소생할 정도의 대변고가 일어났기 때문에 그 소생한 자의 몸에 어떤 변화가 나타났다고 한들 특별히 이상해 할 것도 없습니다. 전문가로서 그렇게 생각하는 것도 결코 무리가 아닙니다.

사인이 발작적 간질(의사는 그것을 카타렙시라고 명명했는데)이기 때문에 내장에는 이렇다 할 이상도 없고, 쇠약해졌다고 해도 대수롭지 않으니 식사 같은 것도 그저 영양에 주의하면 그걸로 충분했습니다. 따라서 히로스케의 꾀병은 정신이 몽롱한 척 입을 다물고 있는 것 외에는 전혀 힘들 게 없어 지극히 편안했습니다. 그럼에도 불구하고 집안사람들의 간병은 참으로 극진했습니다. 의사는 매일 두 번씩 문안을 오고, 두 사람의 간호사와 몸종은 머리맡에 하루 종일 붙어 있고, 쓰노다(角田)라는 총지배인 노인과 친척들은 쉴 새 없이 상태를 보러 옵니다. 그 사람들이 모두 나지막한 목소리로 발소리를 죽이고 자못 걱정스러운 것처럼 행동하는 것이 히로스케는 어처구니가 없고 우스꽝스러워서 견딜 수가 없었습니다. 그는 지금까지 점잖은 척하던 세상이 마치 철없는 어린 아이의 소꿉장난과 비슷하다는 사실을 절감하지 않을 수 없었습니다. 나만이 몹시 대단해 보이고 다른 고모다가의 사람들은 버러지처럼 시시하고 하찮은 존재로 느껴졌습니다. '뭐야, 이런 거였군.' 그건 오히려 실망에 가까운 느낌이었습니다. 그는 이 경험을 통해 역사 속 영웅이나 대범죄자들의 우쭐한 심정을 상상할 수 있었습니다.

그러나 그 중에도 단 한 사람, 좀 꺼림칙하고 다루기 벅차다고 해야 할까요, 어쩐지 그를 불안하게 만드는 인물이 있었습니다. 그건 다름 아닌 자신의 아내, 즉 죽은 고모다 겐자부로의 미망인이었습니다. 치요코라는 이름의 아직 22살밖에 되지 않은 어린애에 불과하지만, 여러 가지 이유에서 그는 그 여자를 두려워하지 않을 수 없었습니다.

고모다의 부인이 아직 젊고 아름다운 사람이라는 것은 이전에도 T시에 와서 대충 알고 있었지만, 흔히 멀리서 보는 것보다 가까이서 보는 게 더 낫다는 말의 전형에 속하는 여자인 듯, 매일 볼수록 점점 그 매력을 더해가는 것입니다. 당연히 그녀는 제일 부지런한 간병인이었는데, 가려운 곳을 긁어주는 그 훌륭한 간호를 통해 죽은 겐자부로와 그녀 사이가 얼마나 두터운 애정으로 맺어져 있었는지 충분히 짐작할 수 있었습니다. 그만큼 히로스케로서는 일종의 기묘한 불안을 느끼지 않을 수 없습니다. '이 여자에게 방심하면 안 돼. 내 사업 최대의 적은 이 여자임에 틀림없어' 그는 어느 순간 이를 악물고 꾹 참듯이 스스로에게 경고해야 했습니다.

히로스케는 겐자부로가 되어 그녀와 처음으로 대면했던 광경을 그 후로도 오랫동안 잊을 수 없었습니다. 수의 차림의 그를 태운 자동차가 고모다가 문 앞에 도착하자 누군가 제지하기라도 했는지 치요코는 문 밖으로 쉽게 나오지 못했습니다. 너무나도 뜻밖의 큰 사건에 오히려 기절초풍하여 이는 덜덜 떨리고 가슴은 두근거리는 상태였습니다. 그런 가운데 역시 새파랗게 질린 몸종들과 함께 문 안의 긴 돌길을 허둥지둥 걸어 다니고 있었는데, 자동차 안의 히로스케를 보더니 웬일인지 한 순간 경악해하는 표정을 지었습니다. 그리고 (그는 그 모습을 보고 얼마나 간담이 서늘했던지요) 아이처럼 울상이 되어 자동차가 현관에 도착할 때까지 꼴사나운 모습으로 차문에 기대어 질질 끌려가듯이 달려갔던 것입니다.

그녀는 그의 몸을 현관에 내려놓길 애타게 기다리다 그 위에 매달려 오랫동안, 보다 못한 친척들이 그녀를 그의 몸에서 떼어낼 때까지 꼼짝도 하지 않고 울고 있었습니다. 그 사이에 그는 멍한 표정으로 속눈썹을 하나하나 셀 수 있을 만큼 가까이 다가온 그녀의 얼굴을 가만히 보고 있어야 했습니다. 속눈썹은 눈물에 부풀고 안색은 덜 익은 복숭아처럼 창백합니다. 하얀 솜털이 빛나는 뺨 위를 눈물의 강이 어지럽게 흘러내리고 부드러운 연분홍빛 입술은 마치 웃는 것처럼 일그러져 있습니다. 그뿐만이 아닙니다. 위쪽까지 드러난 그녀의 팔이 그의 어깨에 매달리면서 물결치는 가슴 골은 그의 가슴을 녹였고 독특하면서도 은은한 향기마저 그의 코를 간질였습니다. 그때 느낀 기묘한 기분을 그는 영원히 잊을 수 없었습니다.

11

히로스케가 치요코에게 느끼는 이루 말할 수 없는 공포는 날이 갈수록 깊어졌습니다.

그가 꼬박 잠자리에 누워 있었던 일주일 사이에도 무시무시한 위기는 몇 번이고 그를 덮쳤습니다. 예를 들면 어느 날 한밤중에 히로스케가 괴로운 악몽에 시달리며 신음하다 문득 눈을 떴습니다. 그런데 그 악몽의 주인공은 옆방에서 자고 있다가 언제 그의 방으로 들어왔는지 잠결에 흐트러진 요염한 머리를 그의 가슴 위에 얹고 얌전하게 흐느껴 울고 있었습니다.

"치요코, 치요코, 그렇게 걱정할 거 없어. 보다시피 나는 이렇게 몸도 마음도 튼튼한, 지금까지와 똑같은 겐자부로야. 자, 이제 그만 울고 평소의 귀여운 미소를 보여줘."

그는 무심코 그런 말을 지껄일 뻔했지만 간신히 이를 참고 아무 것도 모르는 모습으로 자는 척해야 했습니다. 이런 기이한 입장은 제 아무리 히로스케라도 이제껏 예상하지 못한 부분이었습니다.

어쨌든 그는 예정된 계획에 따라 4, 5일째 경부터 대단히 정교한 연기를 통해 조금씩 말을 하기 시작하고, 격동(激動)으로 인해 일시 마비되었던 신경이 서서히 눈을 뜨게 되는 모습을 지극히 자연스럽게 연기해 갔습니다. 그는 며칠 동안 잠자리에 있으면서 보고 들은 것, 또는 그 후에 유추할 수 있었던 점만 겨우 생각난 척하고 그밖에 아직 살피지 못한 많은 점들은 일부러 언급하지 않았습니다. 그러다 상대방이 그 이야기를 꺼내면 얼굴을 찡그리며 도저히 생각나지 않는 척 했습니다. 그는 이 연기를 자연스럽게 하기 위해 미리 며칠 동안 고생스럽게 입을 다물고 있었는데, 그 예상은 적중하여 가령 자명한 일을 깜박 잊어버리거나 앞뒤가 맞지 않는 이야기를 해도 사람들은 조금도 의심하지 않고 오히려 그의 불행한 정신 상태를 가엽게 여겼습니다.

그는 그렇게 가짜 바보인 척하면서 실수할 때마다 어떻게든 기억해두는 방법을 통해 눈 깜짝할 사이에 고모다가 안팎의 다양한 관계에 익숙해질 수 있었습니다. 그때 일단 이 정도면 괜찮다는 의사의 진단이 내려지고 그가 고모다가에 들어온 지 딱 2주째에는 완쾌를 축하하는 성대한 행사가 열렸습니다. 그는 그 술자리에서도 거기에 모인 친척들, 고모다가에 소속된 각종 사업의 수뇌부와 총지배인을 비롯한 주요 고용인들의 허물없는 잡담의 이면에서 엄청난 지식을 얻을 수 있었습니다. 그리고 그 행사 다음날부터 그는 드디어 그의 커다란 이상을 실현하기 위한 첫걸음을 내딛을 결심을 했습니다.

"나도 이제 그럭저럭 원상태로 돌아온 듯하네. 그래서 좀 생각해둔 바도 있고 하니, 이 기회에 내 밑에 있는 다양한 사업과 전답, 어장 등을 한 바퀴 돌아보고 싶군. 그렇게 내 희미한 기억을 확실히 하고 나서 고모다가의 재정에 대해 좀 더 조직적인 계획을 세워보려고 하네. 아무쪼록 준비를 좀 해주게."

그는 이른 아침부터 총지배인 쓰노다를 불러 이런 의향을 전달했습니다. 그리고 그날 당장 쓰노다와 하인 두세 명을 데리고 현내 일대에 산재한 그의 영지로 여행을 떠났습니다. 쓰노다 노인은 지금까지 소극적이었던 주인의 적극적인 모습에 눈이 휘둥그레질 만큼 놀랐습니다. 일단은 건강을 해치면 안 된다고 조언했지만 히로스케의 일갈에 금세 움츠러들어 순순히 주인의 명령을 따를 수밖에 없었습니다.

그는 몹시 서둘러 시찰을 다녔음에도 불구하고 넉넉히 한 달을 소비했습니다. 그 한 달 동안 그는 그가 소유한 끝없는 전답, 사람도 다니지 않는 숲, 광대한 어장, 제재소, 가다랑어포 공장, 각종 통조림 공장, 그밖에 고모다 일가가 대부분을 투자한 각종 사업을 순시하면서 자신의 어마어마한 재산에 새삼 놀라지 않을 수 없었습니다.

그가 이 여행을 통해 무엇을 관찰하고 무엇을 느꼈는지 자세한 내용을 일일이 여기에 기록할 여유는 없지만, 어쨌든 그가 소유한 재산은 일전에 쓰노다 노인이 보여준 장부상의 평가액대로, 아니 그 이상이라는 사실을 충분히 확인할 수 있었습니다.

그는 가는 곳마다 융숭한 환대를 받았습니다. 그러면서 어떻게 하면 그 부동산과 영리사업을 가장 유리하게 처분하여 현금화할 수 있을지, 어느 것을 먼저 처분하고 어느 것을 나중에 처분해야 가장 세상의 주목을 덜 받을지, 혹은 어느 공장 지배인은 상대하기 벅찰 것 같고 어느 삼림 관리인은 머리가 나빠 보이니 저 공장보다는 이 삼림에서 먼저 손을 떼자든지, 부근에 그것이 매물로 나오기를 기다리는 삼림 경영자는 없는지, 그는 그런 점들에 대해 여러모로 노심초사했습니다. 동시에 그는 편안한 길

동무가 된 것을 계기로 쓰노다 노인과 사이좋게 지내는 데 전력을 기울였습니다. 그리하여 끝내는 재산 처분을 상담할 정도로 그의 마음을 누그러뜨리는 데 성공했습니다.

그렇게 여행을 계속하는 동안 히로스케는 어느새 인위적으로 아무 것도 하지 않아도 완벽하게 타고난 백만장자 고모다 겐자부로가 되어 갔습니다. 그의 사업 관리자들은 두말없이 그의 앞에 머리를 조아리며 의심하는 기색조차 보이지 않았습니다. 연고가 있는 각 지방 관계자나 여관 등지에서는 마치 주군을 맞이하는 것처럼 소란을 떨었는데, 거기에 그의 얼굴을 직시하는 무례한 자는 하나도 없습니다. 또 가끔 죽은 겐자부로와 잘 아는 게이샤 등이 "오랜만이네요"라고 어깨를 두드리거나 하면 그는 점점 더 대담해졌습니다. 대담해지면 대담해질수록 연기가 능숙해지는 그는 이제 정체를 간파당하지 않을까 하는 걱정 따위는 거의 잊어버린 모습으로, 오히려 그가 이전에 히토미 히로스케라는 이름의 가난한 서생이었다는 사실이 거짓말인 것 같은 느낌마저 들었습니다.

이 놀랄 만한 처지의 변화가 그를 더할 나위 없이 기쁘게 한 건 말할 필요도 없을 것입니다. 그러나 그 느낌은 기쁘다기보다 차라리 어이가 없다고 해야 할까, 아니 어이가 없다기보다는 어쩐지 가슴이 텅 빈 듯했습니다. 마치 구름을 타고 날고 있는 것 같기도 하고 꿈을 꾸는 것 같기도 한 느낌. 한없이 초조해 하면서도 한편으로는 태연자약한 듯한, 뭐라 형언할 수 없는 심정이었습니다.

그의 계획은 이렇게 착착 진행되었습니다. 하지만 악마는 그가 예상하고 방비했던 쪽에서는 나타나지 않았습니다. 그 이면에 있는, 제 아무리 대단한 그도 미처 생각하지 못했던 방면에서 흐릿했던 모습을 점점 선명하게 드러내며 서서히 그의 마음에 파고들기 시작했습니다.

12

온갖 환대 속에 대단히 만족스러운 여행을 하면서도, 히로스케는 걸핏하면 두려움과 그리움으로 뒤범벅이 된 채 저택에 남겨진 치요코의 모습을 마음속에 그렸습니다. 저 눈물 젖은 솜털의 매력이 그의 마음을 사로잡고 그녀의 팔에서 남몰래 느꼈던 희미한 감촉이 밤마다 꿈 속에서 그의 영혼을 전율케 했습니다.

치요코가 겐자부로의 아내라는 점을 생각할 때 그녀를 사랑하는 건 겐자부로가 된 히로스케에게 이제 당연한 일입니다. 또 그녀 쪽에서도 물론 그것을 원하고 있을 것입니다. 그러나 그렇게 쉽게 이루어지는 바람인 만큼 히로스케의 마음은 더욱더 괴로웠습니다. 하룻밤이 지난 후 어떤 무시무시한 파탄이 일어난다고 해도 몸과 마음은 물론 그의 평생 꿈까지 그녀 앞에 내던지고 차라리 그대로 죽어버릴까, 그런 무분별한 생각을 품기도 했습니다.

하지만 그가 처음 계획을 세웠을 때는 설마 치요코의 매력이 이렇게나 깊숙히 그의 마음을 파고들 것이라고는 상상도 하지 못했습니다. 따라서 만일의 위험을 대비하여 치요코는 이름뿐인 아내로, 가능한 한 그의 주변에서 멀리 둘 생각이었습니다. 그건 설령 얼굴이나 모습, 목소리 등이 겐자부로와 똑같은 그가 그걸로 겐자부로와 절친한 사람들을 속이는 데는 성공한다고 해도, 무대 의상을 벗고 분장을 제거한 규방에서 죽은 겐자부로의 아내 앞에 적나라한 그의 모습을 드러내는 것은 아무리 생각해봐도 너무 무모한 일이기 때문입니다. 치요코는 분명히 겐자부로의 작은 버릇이나 신체 구석구석의 특징을 손바닥 들여다보듯이 훤히 알고 있을 것입니다. 따라서 히로스케의 몸 한 구석에 조금이라도 겐자부로와 다른 부분이 있다면 그의 가면은 즉시 벗겨질 것입니다. 결국 그로 인해 그의 음모가 완전히 폭로되지 않으리란 법도 없으니까요.

"치요코가 아무리 매력적이라고 해도 치요코 단 한 사람을 위해 네가 평생 품어온 커다란 이상을 버릴 수 있어? 만일 그 이상을 실현할 수 있다면 거기엔 일개 부인의 매력과는 비교도 할 수 없을 만큼 강렬한 도취의 세계가 널 기다리고 있지 않을까? 자, 생각해봐. 네가 평소 환상 속에 그렸던 이상향의 일부분만이라도 떠올려봐. 그에 비하면 인간계의 사랑 같은 건 너무나도 하찮고 거론할 가치도 없는 바람이 아닐까? 눈앞의 미혹에 빠져 모처럼의 고생을 물거품으로 만들어서는 안 돼. 넌 더 큰 욕망을 가졌잖아?"

그렇게 현실과 꿈의 경계에 선 그는 물론 꿈을 버릴 순 없었

습니다. 하지만 너무나도 강력한 현실의 유혹 때문에 이중 삼중
의 딜레마에 빠져 남모르는 고민을 감내해야 했습니다.

결국 반평생의 꿈이 가진 매력과 범죄가 발각될지도 모른다
는 공포가 치요코를 단념하게 만들었습니다. 그리고 그 슬픔을
달래기 위해, 쓸쓸해 보이는 치요코의 슬픈 얼굴을 그의 뇌리에
서 지우기 위해, 그것이 본래 목적이라도 한 것처럼 그는 오로지
그의 사업에만 몰두했습니다.

시찰에서 돌아온 그는 먼저 눈에 띄지 않는 주식 종류를 몰래
처분토록 한 뒤 그것을 갖고 이상향 건설 준비에 착수했습니다.
새로 고용한 화가, 조각가, 건설기사, 토목기사, 조경가 등이 매
일같이 그의 저택에 몰려들었고 그의 지휘에 따라 참으로 신기
한 설계가 시작되었습니다. 그와 동시에 한 쪽에서는 막대한 양
의 수목, 화초, 유리판, 석재, 시멘트, 철재 등의 주문서, 혹은 주
문 대리인을 저멀리 남양(南洋)까지 보내고 수많은 인부, 목수,
정원사 등이 각지에서 속속 소집되었습니다. 그 중에는 소수의
전기공이나 잠수부, 조선공 등도 섞여 있었습니다.

신기한 건 그때부터 그의 저택에 몸종도 하녀도 아닌 젊은 여
자들이 매일 새롭게 고용됐다는 것인데, 얼마 후엔 그녀들의 방
을 마련하기가 곤란할 정도로 그 수를 더해갔습니다.

이상향 건설 장소는 수차례 변경된 끝에 결국 S군 남단에 있
는 고립된 섬으로 결정되었습니다. 그와 동시에 설계 사무소는
섬 위에 세워진 급조된 가건물로 이전했습니다. 기술자를 비롯
한 직공, 토목공, 또 정체를 알 수 없는 여자들도 모두 그 섬으로

계속 옮겨갔습니다. 주문한 모든 재료가 속속 도착함에 따라 섬 위에서는 드디어 기묘한 대공사가 시작되었습니다.

고모다가의 친척을 비롯하여 각종 사업의 주도자들이 이 폭거를 잠자코 보고 있을 리가 없습니다. 사업이 진척됨에 따라 그들은 설계에 종사하는 기술자들 사이에 섞여 매일같이 히로스케의 응접실에 밀어닥쳤습니다. 그들은 소리 높여 히로스케의 무모함을 질책하고 정체를 알 수 없는 토목 사업을 중지할 것을 요구했습니다. 하지만 그건 히로스케가 이 계획을 처음 떠올렸을 때 이미 예상했던 일입니다. 그는 이 계획을 위해서라면 고모다 일가 전 재산의 대부분을 내던질 각오가 서 있었습니다. 친척이라고 해봤자 모두 고모다보다는 아랫사람뿐이고 재산에도 현격한 차이가 있기 때문에 어쩔 수 없는 경우에는 아낌없이 거액의 부를 나눠줌으로써 간단히 그들의 입을 막을 수 있었습니다.

그리고 여러 의미에서 전투 같은 일 년이 지나갔습니다. 그 사이에 히로스케가 얼마나 고생했는지, 몇 번이나 사업을 포기하려다 간신히 참았는지, 아내 치요코와의 관계가 얼마나 회복하기 어려운 상태에 빠졌는지, 그 점들은 이야기의 속도를 높이기 위해 모두 독자 여러분의 상상에 맡기겠습니다. 그리고 모든 위기를 구원해준 것은 한마디로 말해 고모다가에 축적된 엄청난 부의 힘이었다는 것, 돈의 힘 앞에서 불가능한 일은 없었다는 것만 말씀드리기로 하지요.

13

그러나 모든 난관을 극복하고 모든 사람들을 함구하게 만든 고모다가의 막대한 부도 단 한 사람, 치요코의 애정 앞에서는 아무 힘을 갖지 못했습니다. 비록 그녀의 친정은 히로스케의 상투적인 수법에 의해 회유되었을지언정, 그녀 자신의 가눌 수 없는 슬픔은 어떻게도 위로할 방법이 없었습니다.

소생한 이후 남편의 성격이 이상해졌다는 이 수수께끼 같은 사실을 이해할 수 없었던 그녀는 속마음을 터놓을 사람도 없는 슬픔을 그저 꾹 참고 견딜 수밖에 없었습니다.

남편의 폭거에 의해 고모다가의 재정이 위험에 처해 있는 것도 물론 마음에 걸렸지만, 그녀로서는 그런 물질적인 것보다 단지 그녀로부터 멀어진 남편의 애정을 어떻게 하면 되돌릴 수 있을까, 왜 그 사건을 기점으로 그때까지 그렇게 격렬했던 남편의 애정이 갑자기 딴 사람이 된 것처럼 완전히 식어버렸을까. 밤낮으로 계속 그 생각만 하는 것이었습니다.

'저 분이 나를 보는 눈 속에는 소름이 끼칠 것 같은 빛이 느껴져. 하지만 그건 결코 나를 미워하시는 눈이 아니야. 그러기는커녕 저 눈 속에서는 지금까지 한 번도 보지 못한, 첫사랑처럼 순수한 애정마저 느껴져. 그런데 그와는 정반대로 나를 대하는 저 야속한 모습은 도대체 어떻게 된 걸까? 그런 무시무시한 사건이 있었으니 기질이나 체질이 이전과 달라졌다고 해도 이상할 건 하나도 없지만, 요즘처럼 내 얼굴만 보면 마치 무서운 사람이 다가오기라도 한 것처럼 도망가려고만 하시니 정말 이상해. 그렇게 내가 싫으면 과감하게 헤어지면 그만인데 그렇게는 하지 않으시잖아, 무뚝뚝한 말 한마디 건네지 않으시면서, 아무리 숨기려 해도 눈빛만은 언제나 나를 향해 달려들 것처럼 불가사의한 집착을 보여주시니. 아아, 난 어떻게 하면 좋을까?'

히로스케의 입장도 그럴 만했지만 그녀의 입장 또한 실로 기이하다고 하지 않을 수 없었습니다. 또 히로스케에게는 사업이라는 커다란 위안거리가 있어 매일 대부분의 시간을 그쪽에 할애할 수 있었지만 치요코에게는 그런 것이 없었습니다. 오히려 친정에서는 남편의 행적에 대해 어떻게 된 거냐고 아내로서 그녀의 무력함을 나무랍니다. 그것만으로도 충분히 진저리가 났습니다. 그녀를 위로해주는 것이라곤 친정에서 함께 온 유모 할멈뿐입니다. 남편의 사업, 심지어 남편조차 그녀와 전혀 관계가 없으니 그 외로움과 안타까움은 무엇과도 비교할 수 없었습니다.

말할 것도 없이 히로스케는 치요코의 이 슬픔을 지나치리만큼 잘 알고 있었습니다. 그는 대부분 섬의 사무실에 머물렀지만 가끔 저택에 돌아와도 치요코와 묘하게 거리를 두었고, 허물없는 이야기를 나누기는커녕 밤에도 새삼스럽게 각 방에서 자는 상황이었습니다. 그러자 밤에는 대부분 옆방에서 치요코가 숨이 끊어질 것처럼 소리 죽여 우는 기척이 나고, 거기에 위로의 말 한마디 건네지 못하는 히로스케 또한 습관적으로 울고 싶은 심정이었습니다.

아무리 음모가 폭로될 것을 두려워했다고 해도, 대단히 부자연스러운 이 상태가 이럭저럭 1년이나 이어진 것은 정말 불가사의한 일이었습니다. 하지만 1년이 그들에게는 최대한의 한계였습니다. 결국 뜻밖의 일을 계기로 그들 사이에는 불행한 파탄의 날이 찾아왔습니다.

그 날은 섬의 공사가 거의 완성되고 토목, 조경 쪽 일이 일단락되었다고 하여 주요 관계자들이 고모다 저택에 모여 술자리를 가졌습니다. 드디어 그의 바람이 이뤄질 날이 다가왔다는 이유로 히로스케는 몹시 기분이 좋아 떠들어댔고 젊은 게이샤들도 거기에 박자를 맞춰 흥청거리느라 자리를 파한 것은 12시를 넘긴 시간이었습니다. 그 자리에서 시중을 들던 여러 마을의 게이샤와 어린 게이샤들이 물러나고 손님들 중 몇몇은 고모다 저택에 머무는가 하면 그 후에 또 어딘가로 모습을 감추는 자도 있었습니다. 썰물이 빠져 나간 듯 술잔이나 쟁반이 어질러져 있는 가운데 혼자 만취해서 곯아떨어진 것은 히로스케, 그리고 그걸 돌본 사람이 그의 아내 치요코였습니다.

다음날 아침 의외로 7시쯤 일찍 일어나 있던 히로스케는 그 감미로운 추억과 말로 표현하기 힘든 회한에 요동치는 가슴을 안고 몇 번이고 주저한 끝에 살금살금 치요코가 거처하는 방으로 들어갔습니다. 그리고 거기서 창백한 얼굴로 우두커니 앉아 입술을 깨물고 가만히 허공을 응시하는, 마치 다른 사람 같은 치요코의 모습을 발견했습니다.

"치요코, 무슨 일이야?"

그는 내심 거의 절망하면서도 겉으로는 아무렇지도 않은 듯

이렇게 말을 건넸습니다. 그러나 그가 반쯤 예상했던 대로 그녀는 변함없이 허공을 응시한 채 대답할 생각조차 하지 못했습니다.

"치요코……"

그는 다시 한 번 불러보려다가 문득 입을 다물었습니다. 치요코의 쏘아보는 듯한 시선과 부딪쳤기 때문입니다. 그는 그 눈을 본 것만으로도 모든 사실을 알게 되었습니다. 생각했던 대로 그의 신체에는 죽은 겐자부로와 다른 어떤 특징이 있었고 치요코는 어젯밤 그것을 발견한 것입니다.

한순간 그녀가 깜짝 놀라 그에게서 떨어지더니 몸이 굳어진 채 죽은 듯 꼼짝도 하지 않게 된 것을 그는 어렴풋이 기억하고 있었습니다. 그때 그녀는 어떤 사실을 깨달았던 것입니다. 그리고 오늘 아침부터 저렇게 창백한 얼굴로 그 무시무시한 의혹을 점점 굳히고 있었습니다. 그는 처음부터 그녀를 얼마나 경계했는지 모릅니다. 일 년이라는 긴 시간 동안 불타는 연정을 꾹 참고 견뎠던 건 모두 이런 파탄을 피하고 싶었기 때문이 아니겠습니까? 그랬던 그가 단 하룻밤의 방심 때문에 결국 되돌릴 수 없는 실수를 저지르게 되다니 이제 끝장입니다. 그녀의 의혹은 앞으로 서서히 깊어지겠지만 결코 풀리지 않을 것입니다. 그녀가 그것을 혼자만의 가슴에 묻어둔다면 별로 두려울 게 없지만 어떻게 남편의 진정한 적, 고모다가의 횡령자를 이대로 보고 넘길 수 있겠습니까? 머지않아 이 일은 당국의 귀에 들어갈 것입니다. 그리고 계속해서 유능한 탐정이 조사의 손길을 뻗는다면 언젠가 진상이 폭로되는 건 시간 문제입니다.

'아무리 술에 취했다지만 이 무슨 되돌릴 수 없는 짓을 해버린 거냐. 이 일을 어떻게 처리할 거냐고.'

히로스케는 아무리 후회해도 지나치지 않았습니다.

그들 부부는 그렇게 치요코의 방에서 마주한 채 둘 다 한마디도 하지 않고 오랫동안 서로를 노려보았습니다. 끝내 치요코는 두려움을 견디지 못한 듯 간신히 입을 열었습니다.

"죄송하지만 몸 상태가 몹시 안 좋아요. 이대로 혼자 있게 해주세요."

그러고 나서 갑자기 그 자리에 푹 엎드리는 것이었습니다.

14

히로스케가 치요코를 살해할 결심을 한 것은 그 일이 있은 지 딱 4일째 되는 날이었습니다.

치요코는 한 때 그를 향해 격렬한 적의를 품었습니다. 하지만 다시 잘 생각해보니 설사 어떤 확증을 봤다고 해도 저 분이 겐자부로가 아니라면 도대체 이 세상에 저렇게 꼭 닮은 인간이 있을 수 있을까요? 그야 이리저리 찾아보면 이 넓은 일본에 완전히 똑같은 외모를 가진 사람이 없다고는 할 수 없을 것입니다. 하지만 만에 하나 그렇게 꼭 닮은 사람이 있다고 해도 그 사람이 때마침 겐자부로의 무덤에서 살아 돌아오다니, 그건 마치 요술이

나 마법 같은 일로 요령 좋게 흉내 낼 수 있는 일은 아닌 것 같습니다. '이건 어쩌면 나의 부끄러운 착각이 아닐까'라는 생각이 들자 그런 경망한 행동을 보인 것이 남편에게 미안하게 느껴지기도 했습니다.

그러나 또 한편으로 소생 이후 완전히 달라진 남편의 기질, 정체를 알 수 없는 섬의 대공사, 그녀에 대한 묘한 거리감, 그리고 그 피할 수 없는 확실한 증거를 죽 늘어놓고 생각하면 역시 아무래도 수상했습니다. 혼자 끙끙 앓지 말고 차라리 다 털어놓고 상담해보는 게 좋지 않을까 하는 생각도 들었습니다.

그날 밤 이후 히로스케는 너무 걱정이 된 나머지 병 핑계를 대고 저택에 틀어박혔습니다. 그 상태로 섬 공사장에도 가지 않고 치요코의 일거수일투족을 몰래 감시하면서 그녀의 심적 동향을 대충 간파할 수 있었습니다. 그리고 이 정도면 괜찮을 것 같아 일단 안심하긴 했지만, 그 후에 그녀가 그의 신변에 관한 일체를 몸종에게 맡긴 채 한 번도 그의 곁에 오려고 하지 않고 말도 제대로 하지 않는 모습을 보면 역시 방심할 수가 없었습니다. 어떤 일을 계기로 그 비밀이 외부로 샌 건 아닐까, 아니 비록 외부로 새진 않아도 그 사이에 집안 하인들 사이에 퍼진 건 아닐까 하는 생각에 점점 초조해졌습니다. 히로스케는 4일 동안 거듭 망설인 끝에 결국 그녀를 살해하기로 마음을 굳혔습니다.

그날 오후 그는 치요코를 그의 방으로 불러 자못 태연한 척하면서 이런 말을 꺼냈습니다.

"몸 상태도 괜찮은 것 같으니 나는 이제 다시 섬으로 나갈까

해. 이번에는 공사가 다 완료될 때까지 돌아오지 않으려고. 그래서 그동안 당신도 그쪽에 가서 얼마간 함께 지냈으면 좋겠는데, 어때? 기분 전환 삼아 가보는 건. 또 내 이상한 일이 이제 대충 완성돼서 당신에게 한 번 보여주고 싶기도 하고."

그러자 치요코는 역시 의심 많은 태도를 바꾸지 않고 이런저런 구실을 대면서 그의 권유를 거절하려고만 하는 것입니다. 그는 그런 그녀를 으르고 달래가며 30여 분 동안 입이 닳도록 설득한 끝에 결국 반쯤 위압적으로 그녀를 수긍하게 만들었습니다. 그녀는 히로스케를 의심하고 두려워하면서도 한편으로는 그 사람이 설령 겐자부로가 아닐지라도 그에게 애착을 느끼고 있었던 게 틀림없습니다. 그런데 가겠다고 하고 나서는 또 할멈을 데리고 가느니 마느니 하며 한 바탕 입씨름을 한 끝에 결국 할멈도 데려가지 않고 그와 치요코 둘이서만 그날 오후 열차를 타기로 이야기를 마무리했습니다. 애당초 누구를 데려가지 않아도 섬에 가면 여자들이 많이 있기 때문에 어떤 불편도 있을 리가 없었습니다.

덜컹거리는 기차에 몸을 싣고 한 시간쯤 해안을 따라가니 종점인 T역에 도착했습니다. 거기서부터 준비한 모터보트를 타고 거친 파도를 가르며 한 시간을 더 가니 이윽고 목적지인 섬에 도착했습니다.

치요코는 오랜만에 남편과 둘이서 하는 여행에 알 수 없는 공포를 느꼈지만, 한편으로는 기묘한 즐거움도 느끼면서 부디 요전날 밤의 일은 자신의 착각이기를 기도했습니다. 다행히도 평소와 달리 남편은 기차 안이나 배 위에서 묘하게 상냥하고 말이 많았습니다. 이모저모 그녀를 챙겨주거나 창밖을 가리키며 지나가는 풍경을 즐기는 모습이 그녀에게는 예전의 밀월여행을 떠올리게 할 정도로 묘하게 그립고 달콤하게 느껴졌습니다. 어느새 그 무서운 의심도 잊어버린 모습의 그녀는 비록 내일 무슨 일이 일어나든 그저 이 즐거움이 조금이라도 오래 가길 바랄 뿐이었습니다.

오키노시마 섬에 다가간 배는 해변에서 20칸쯤 떨어진 곳에 떠 있는 거대한 브이 모양의 시설물에 정박합니다. 브이의 표면에는 사방으로 2칸 정도의 철판이 깔려 있고 그 중앙에 배의 승강구 같은 작은 구멍이 나 있습니다. 두 사람은 배에서 널다리를 건너 그 브이 위에 내려섰습니다.

"여기서부터 한 번 더 섬 위를 잘 봐둬. 저 바위산처럼 우뚝 솟아 있는 건 모두 콘크리트로 만든 벽이야. 밖에서 보면 섬의 일부일 뿐이지만 그 내부에는 멋진 게 감춰져 있거든. 그리고 바위산 위에 맨 윗부분만 보이는 높은 발판이 있을 거야. 그것만 완성되지 않아서 아직 공사중인데, 저곳에는 공중 정원이라고 해서 아마 거대한 천상의 화원이 생길 거야. 그럼 이제부터 내 꿈의 나라로 안내하지. 겁낼 거 하나도 없어. 이 입구로 내려가면 바다 밑을 지나 바로 섬 위로 나갈 수 있거든. 자, 손을 잡아 올려줄 테니 내 뒤를 따라와."

히로스케는 상냥하게 말하며 치요코의 손을 잡았습니다. 치요코와 마찬가지로 그 역시 둘이서 손을 맞잡고 이 바다 밑을 건

넌다고 생각하니 왠지 기뻤습니다. 결국 그녀를 자기 손으로 죽여야 한다고 생각하면서도 그녀의 부드러운 살결이 주는 감촉은 한층 더 사랑스럽고 정답게 느껴졌습니다.

승강구로 들어가 수직으로 뚫린 어두운 구멍을 5, 6칸쯤 내려가자 그곳은 보통 건물의 복도 정도의 넓이로 옆으로 쭉 터널 같은 길이 나 있습니다. 그곳으로 내려가 한 걸음 내딛자마자 치요코는 자기도 모르게 앗 하고 소리를 지르고 말았습니다. 그곳은 상하좌우 모두 해저를 조망할 수 있는 유리로 된 터널이었던 것입니다.

콘크리트 틀에 온통 두꺼운 판유리를 끼우고 외부에 강한 전등을 설치하여 머리 위, 발 아래, 좌우 전부 2, 3칸 반경으로 신기한 바다 속 광경을 손바닥 들여다보듯이 바라볼 수 있습니다. 미끈미끈한 검은 암석, 거대한 동물의 갈기처럼 엄청나게 흔들리는 다양한 해초, 육지에서는 상상도 못할 온갖 잡다한 종류의 유영하는 어류, 8개의 발을 자동차처럼 펼치고 섬뜩한 돌기를 부풀린 채 유리판에 달라붙은 대왕 문어, 물속의 거미처럼 바위 표면에서 꿈틀거리는 새우, 그것들이 물속에서 강렬한 불빛을 받으면서 희미하게 움직입니다. 저멀리 숲처럼 검푸른 곳에 정체를 알 수 없는 괴물들이 우글거리는 듯한 그 악몽 같은 광경은 육지에서는 전혀 상상도 할 수 없는 느낌이었습니다.

"어때, 놀랍지? 하지만 이건 아직 입구에 불과해. 이제 건너편으로 가면 좀 더 재밌는 걸 볼 수 있을 거야."

히로스케는 너무 섬뜩한 나머지 안색이 창백해진 치요코를 위로하면서 자못 의기양양하게 설명했습니다.

15

이 무슨 운명의 장난인 것일까요? 고모다 겐자부로 행세를 하는 히토미 히로스케와 그의 아내이면서 아내가 아닌 치요코의 참으로 신기한 밀월여행이 시작되었습니다. 이렇게 두 사람은 히로스케가 만들어낸 소위 그의 꿈의 나라이자 지상낙원을 떠돌았습니다.

두 사람은 서로 한없는 애착을 느끼면서도 히로스케는 한편으로 치요코를 없애려는 계획을 꾸미고 치요코는 히로스케에 대해 깊은 의혹을 품고 있었습니다. 서로의 기분을 탐색하면서도 그런 모습이 결코 서로에게 적의를 불러일으키지 않고 신기하게도 달콤하고 그리운 느낌을 자아냈습니다.

히로스케는 걸핏하면 살인을 단념하고 치요코와의 이 이상한 사랑에 몸과 마음을 다 바칠까 하는 생각까지 하며 갈피를 잡지 못할 때가 있었습니다.

"치요코, 외롭지 않아? 이렇게 나랑 둘이서만 바다 밑을 걷는 거 말이야. ……무섭지 않아?"

그는 문득 그런 말을 해보았습니다.

"아니요, 조금도 무섭지 않아요. 저 유리 너머로 보이는 바다 속 풍경은 상당히 으스스하지만, 당신이 옆에 있어주신다고 생각하면 전 하나도 무섭지 않아요."

그녀는 다소 응석을 부리듯이 그에게 바싹 붙어서 이렇게 대답했습니다. 어느새 저 무시무시한 의심을 잊고 그녀는 지금 그저 눈앞의 즐거움에 취해 있기라도 한 것일까요?

유리 터널은 신기한 곡선을 그리며 뱀처럼 끊임없이 계속되었습니다. 수백 개의 전등 빛이 비추고 있어도 바다 속의 탁한 어둠은 어떻게 할 방법이 없습니다. 짓누르는 것처럼 으스스하고 차가운 공기, 저멀리 으르렁거리며 머리 위로 밀려오는 파도, 유리 너머 검푸른 세계에서 꿈틀거리는 생물들, 그것들은 모두 이 세상의 경치가 아니었습니다.

치요코는 앞으로 나아감에 따라 맨 처음 느꼈던 맹목적인 전율이 서서히 경이로움으로 바뀌고 좀 더 익숙해지니 이제 꿈처럼 환상적인 해저의 좁은 길이 주는 불가사의한 매력에 도취되기 시작했습니다.

전등 빛이 닿지 않는 먼 곳의 물고기들은 여름 밤 수면 위를 어지럽게 날아다니는 반딧불처럼 그 눈만이 종횡무진 사방으로 혜성 같은 꼬리를 끌고 수상한 인광을 발산하며 스쳐 지나가고 있습니다. 그것이 전등 빛을 따라 유리판에 다가갈 때 등불 아래 빛과 어둠의 경계를 넘어 서서히 다양한 모양과 다채로운 색상을 드러내는 신기한 광경을 무엇에 비유하면 좋을까요? 거대한 입은 바로 정면을 향하고 꼬리와 지느러미도 움직이지 않은 채 소형 잠수함처럼 스윽 하고 물살을 가릅니다. 안개 속 어렴풋한 모습이 순식간에 커지면서 잠시 후 활동사진 속 기차처럼 이쪽 얼굴에 부딪힐 것처럼 가까이 다가옵니다.

유리로 된 길은 상하좌우로 굽이치며 섬 연안 수십 칸에 걸쳐 계속되었습니다. 꼭대기까지 올라갔을 때는 해수면과 유리 천정이 닿을락말락하면서 전등의 힘을 빌리지 않아도 주변의 모습을 손바닥 들여다보듯이 볼 수 있었습니다. 그리고 끝까지 내려갔을 때는 수백 개의 전등불이 고작 1, 2척 사이를 희끄무레하게 비춰낼 뿐 그 너머에는 지옥의 어둠이 끝없이 이어졌습니다.

바다 근처에서 자라 익숙해질 대로 익숙해진 그녀이지만 이렇게 가까이서 해저를 여행한 적은 당연히 처음이었습니다. 따라서 그 신기함, 표독스러움, 불쾌함, 그럼에도 불구하고 묘하게 사람을 끌어들이는 속세를 벗어난 아름다움, 이렇게 무서울 만큼 선명한 해저 별세계에 그녀가 형용할 수 없는 유혹을 느낀 건 정말 무리도 아니었습니다. 그녀는 육지에서 건조되어 말라비틀어진, 아무 감동도 일으키지 않았던 각종 해초들이 호흡하고, 성장하고, 서로 애무하고, 투쟁하고, 이해할 수 없는 말로 이야기를 나누는 모습을 목격하고 그들의 모습이 너무 신기한 나머지 몸이 움츠러들 지경이었습니다.

갈색 다시마가 이룬 대삼림, 폭풍우 치는 숲에서 가지 끝이 서로 얽히듯이 그들은 해수의 미동에 조용히 흔들리고 있습니다. 썩어 문드러져 구멍이 난 얼굴처럼 섬뜩한 구멍쇠미역, 미끈거리는 피부를 벌벌 떨며 볼품없는 손발을 허우적거리는 커다란 거미 같은 다시마, 물 속 선인장 같은 감태, 대형 야자수와도 비교할 만한 큰잎모자반, 불쾌한 회충의 숙모쯤 되는 끈말, 푸른 불길처럼 타오르는 녹조류, 청각채로 가득한 대평원, 그것들이 군데군데 약간의 바위 표면만을 남긴 채 빈틈없이 해저를 덮어 그 뿌리 쪽이 어떤 모습인지, 그곳에 어떤 무시무시한 생물이 살고 있는지 알 수 없습니다. 그저 윗부분의 잎사귀만이 무수한 뱀의 머리처럼 서로 엉켜 붙어 으르렁거리는 모습을 검푸른 바다 너머로 희미한 전등 빛을 통해 바라보는 것입니다.

어떤 장소에는 대학살의 흔적인가 싶을 만큼 검붉은 핏빛으로 물든 숲처럼 우거진 바닷말, 빨간 머리의 여자가 머리를 흐트러뜨린 모습의 보라털, 닭발 모양의 새발, 거대한 붉은 지네처럼 보이는 지누아리가 있습니다. 그중에서도 유달리 섬뜩한 것은 맨드라미 화단을 해저에 빠뜨렸나 의심스러운 선홍색의 갈래곰보 한 무더기로, 캄캄한 해저에서 붉은 색을 봤을 때 느낀 무시무시함은 육지에서 도저히 상상할 수 없는 것입니다.

또 앞에서도 말한 수십 수백 마리의 반딧불이 무수한 뱀 혓바닥처럼 뒤엉킨 색색의 괴상한 풀숲을 가르며 우르르 어지럽게 날아다니다 전등 불빛이 비추는 영역으로 들어와 각각 환등 그림처럼 불가사의한 모습을 드러냅니다. 맹악한 형상의 괭이상어와 두톱상어가 점막으로 된 핏기 없는 흰 배를 내보이며 도오리마(通り魔)*처럼 잽싸게 시야를 가로지르고, 때로는 깊은 원한이 담긴 눈을 번뜩이며 유리벽으로 돌진하여 그것을 물어뜯으려고 합니다. 그때 유리판 건너편에 밀착된 그들의 탐욕스러워 보이

---

* 만나는 사람에게 재해를 끼치고는 순식간에 지나가 버린다는 마물

는 두툼한 입술은 마치 침을 튀겨가며 창녀를 협박하는 불량배의 뒤틀린 입술 같아서 치요코는 자기도 모르게 몸서리를 칠 정도였습니다.

작은 상어류를 해저의 맹수에 비유한다면 그 유리로 된 길에 나타나는 어류 중 가오리 등은 물에 서식하는 맹조와 비교할 만하고 붕장어, 곰치류는 독사로 볼 수 있을 것입니다. 살아 있는 어류라고 해봤자 기껏해야 수족관 유리 상자 안에서 본 게 다인 육지 사람들은 이 비유가 너무 과장됐다고 생각할지도 모릅니다. 그러나 먹어봤자 별 소용이 없을 것 같은 수수한 느낌의 새우가 바다 속에서는 어떤 형상을 보여주는지, 또 새우의 사촌뻘쯤 되는 붕장어가 해조 사이를 누비며 얼마나 섬뜩한 곡선운동을 하는지, 실제 바다 속에 들어가 그 모습을 본 사람이 아니라면 상상도 할 수 없는 것입니다.

만약에 미(美)가 공포에 물들었을 때 한층 더 깊이를 더하는 것이라면 이 세상에 해저 경치만큼 아름다운 것은 없을 것입니다. 적어도 치요코는 이 첫 경험에 의해 이제껏 경험해본 적 없는 몽환적인 미의 세계를 접한 느낌이 들었습니다. 어둠 속 저편에서 뭔가 거대한 것이 움직이는 기척이 납니다. 뒤이어 두 개의 인광이 흐려짐과 동시에 전등불 속에서 선명한 줄무늬의 두동가리돔이 서서히 그 웅장한 모습을 드러냈습니다. 그러자 그녀는 무의식중에 탄성을 지르며 공포와 환희로 인해 새파랗게 질린 얼굴로 남편 소매에 매달렸을 정도였습니다.

창백하게 빛나는 풍만한 덮개 모양의 체구와 욱일기(旭日旗)

의 선처럼 두껍게 옆으로 가로지르는 두 개의 솔, 선명한 흑갈색 줄무늬, 그것들이 전등불을 받아 거의 금색으로 빛나는 것입니다. 요부처럼 채색한 커다란 눈, 튀어나온 입술, 그리고 등지느러미 한 줄이 전국시대(戰国時代) 무장의 투구 장식과 비슷한 모양으로 눈부시게 돋아나 있습니다. 그것이 몸을 크게 너울거리면서 유리판으로 다가오더니 방향을 바꿔 유리판을 따라 아슬아슬하게 그녀의 눈앞에서 헤엄치기 시작하자 그녀는 다시 탄성을 지르지 않을 수 없었습니다. 그녀는 그것이 캔버스 위에서 화가가 만들어내는 도안이 아니라 한 마리의 생물이라는 사실이 경이로웠던 것입니다. 장소가 장소인 만큼 으스스한 해초와 검푸르게 가라앉은 물을 배경으로 희미한 전등불에 의지하여 그 모습을 바라봤습니다. 그녀의 놀라움은 결코 과장된 것이 아니었습니다.

앞으로 나아감에 따라 그녀는 이제 물고기 한 마리에 놀라고 있을 여유가 없었습니다. 계속해서 유리판 밖에서 수많은 어류가 그녀를 맞이했습니다. 그 선명함, 섬뜩함, 그리고 아름다움, 자리돔, 병치돔, 황줄돔, 아홉동가리, 어떤 것은 금보랏빛으로 빛나는 줄무늬, 어떤 것은 물감으로 물들인 듯한 얼룩무늬, 만약에 이런 표현이 허락된다면 그건 실로 전율할 만한 악마의 아름다움 그 자체였습니다.

"아직 멀었어, 내가 당신에게 보여주고 싶은 건 이제부터야. 내가 온갖 충언에도 귀를 기울이지 않고 전 재산을 바쳐 평생을 허비해가며 시작한 일이야. 아직 전부 완성되진 않았지만, 내가 만들어낸 예술품이 얼마나 훌륭한지 누구보다 먼저 당신이 봤으면 해. 그리고 당신의 비평을 듣고 싶어. 아마 당신은 내 일의 가치를 알아주지 않을까. ……자, 여기를 좀 봐봐, 이렇게 보면 바다 속이 또 다르게 보여."

히로스케는 열정을 담아 속삭였습니다.

그의 손가락이 가리킨 곳은 지름 3치쯤 되는 유리판 아래쪽이 묘하게 부풀어 오른, 마치 다른 유리를 끼워 넣은 듯한 모습입니다. 히로스케가 권하는 대로 치요코는 등을 굽혀 조심스럽게 그곳에 눈을 갖다 댔습니다. 처음에는 시야 전체에 떼구름 같은 것이 펼쳐져 뭐가 뭔지 알 수 없었지만, 이리저리 초점을 맞추는 사이에 이윽고 그 건너편에 무시무시한 게 꿈틀거리고 있는 것을 확실히 알 수 있었습니다.

16

거기에서는 한 아름은 될 것 같은 암석이 데굴데굴 구르는 지면에서 마치 비행선의 가스 주머니를 세로로 한 듯한 갈색 주머니가 몇 개씩 위로 솟아오르고 있었습니다. 그것들은 물살에 흔들거리고 있었습니다. 너무 신기한 나머지 잠시 들여다보고 있는데 큰 주머니 뒤쪽의 물이 이상하게 술렁거린다 싶더니 그림에서 보는 태고의 비룡처럼 무시무시하고 거대한 짐승이 주머니를 헤치고 나오듯이 느릿느릿 기어 나왔습니다. 깜짝 놀란 그녀는 왠지 자석에 빨려 들어간 느낌으로 몸을 뒤로 뺄 힘도 없었지만, 동시에 이게 무슨 일인지 조금씩 알아가기 시작한 터라 다소 안심한 바도 있어서 그대로 그 신기한 생물을 계속 보고 있었습니다. 정면 얼굴 크기가 비행선 가스 주머니의 몇 배나 되는 괴물이 얼굴 전체가 가로로 정확히 둘로 찢어질 정도의 거대한 입을 뻐끔거리고 있습니다. 그리고 마치 비룡처럼 등 위로 높이 불거진 몇 개의 돌기를 흔들면서 뼈마디가 울퉁불퉁한 짧은 다리로 한발 한발 이쪽으로 다가옵니다. 그것이 그녀의 눈앞에 접근했을 때의 공포, 정면에서 보면 거의 얼굴만 있는 짐승입니다. 짧은 다리 바로 위에 입이 뚫려 있고 코끼리처럼 가느다란 눈이 바로 등의 돌기와 닿아 있습니다. 피부는 매우 거칠고 울퉁불퉁하며 그 위에 보기 흉한 반점이 검게 도드라진, 그것이 거의 작은 산 같은 크기로 그녀의 눈에 생생하게 비춰졌습니다.

"여보, 여보……"

그녀는 겨우 눈을 떼더니 습격을 당한 것처럼 남편 쪽을 돌아보았습니다.

"괜찮아, 무서워할 거 없어. 그건 도수가 높은 확대경이야. 지금 당신이 본 건 말이지, 자 이렇게 이 보통 유리로 들여다 봐봐, 저런 자그마한 물고기일 뿐이야. 이건 씬벵이라고 하는 건데, 아귀의 일종이지. 저 녀석은 저렇게 지느러미가 변형된 다리로 바다 밑을 기어다닐 수도 있어. 아, 저 주머니 같은 거 말이야? 저건 보다시피 해초의 일종인데 와타모(わたも)라고 한다는군. 주

머니 모양을 하고 있지. 자, 더 저쪽으로 가보자. 좀 전에 뱃사람들에게 지시해두었으니 시간을 잘 맞춰서 조금만 더 가면 틀림없이 재밌는 걸 볼 수 있을 거야."

남편의 설명을 듣고 나서도 무서운 것을 보고 싶은 그 기묘한 유혹에 저항하기 어려운 치요코는 두 번이고 세 번이고 히로스케의 이 장난 같은 렌즈 장치를 다시 들여다보지 않을 수 없었습니다.

그러나 마지막으로 그녀를 가장 놀라게 한 것은 그런 잔꾀를 부리는 렌즈 장치나 흔해 빠진 해초, 어패류가 아니라 그것들보다 몇 배나 더 농염하고 선명한, 그리고 어쩐지 으스스한 것이었습니다.

잠시 걷는 동안 그녀는 저멀리 머리 위에서 희미한 소리라기보다 일종의 파동 같은 것을 느꼈습니다. 그리고 어떤 예감이 문득 그녀의 발을 멈추게 했습니다. 그러자 아주 커다란 물고기 같은 것이 무수한 작은 거품을 길게 늘어뜨리며 어두운 물속을 빠져 나갔습니다. 그리고 묘하게 매끈하고 하얀 그 몸을 놀라운 속도로 전등 불빛에 반짝 비추는가 싶더니 먹이를 탐내는 듯 촉수를 움직이고 있는 무성한 해초 사이로 모습을 감춰버렸습니다.

"여보……"

그녀는 또다시 남편의 팔에 매달리지 않을 수 없었습니다.

"자, 저 해초가 있는 곳을 봐봐."

히로스케는 그녀를 격려하듯이 속삭였습니다.

불타는 양탄자 같은 붉은 바닷말로 뒤덮인 바닥 한 곳이 이상하게 흐트러지면서 진주처럼 윤기가 도는 물거품이 무수히 솟아올랐습니다. 잘 살펴보니 그 물거품이 솟아오르는 주위에는 창백하고 매끈한 어떤 물체가 광어의 모습을 하고 해저에 달라붙어 있었습니다.

잠시 후 다시마로 착각할 정도로 검은 머리카락이 안개처럼 천천히 흔들리며 흐트러지고 그 아래로 하얀 이마와 웃는 두 눈, 그리고 이를 드러낸 붉은 입술이 잇달아 나타났습니다. 엎드려서 얼굴만 정면을 향한 모습 그대로 그녀는 서서히 유리판 쪽으로 다가오는 것이었습니다.

"놀랄 거 없어. 저건 내가 고용한 잠수에 능한 여자야. 우리를 마중하러 와준 거야."

비틀거리며 쓰러질 것 같았던 치요코를 안아 올리며 히로스케가 설명합니다. 치요코는 숨을 헐떡이며 어린아이처럼 외치는 것입니다.

"어머, 깜짝 놀랐어요. 이런 바다 밑에 인간이 있다니요."

해저의 나체녀는 유리판 쪽으로 오더니 떠오르는 것처럼 두둥실 솟아올랐습니다. 머리 위로 소용돌이치는 검은 머리, 괴로운 듯이 일그러진 미소, 드러난 유방, 몸 전체에 빛나는 물거품, 그런 모습으로 그녀는 안쪽의 두 사람과 나란히 유리벽에 손을 기댄 채 느릿느릿 걷기 시작하는 것이었습니다.

두 사람은 유리를 사이에 두고 인어가 이끄는 대로 나아갔습니다. 해저의 좁은 길은 앞으로 나아감에 따라 이리저리 꺾여 있었습니다. 또 곳곳에 일부러 의도한 것인지 우연인지 신기하게도 유리가 일그러져 있어 그 부분을 통과하는 바다에서 나체녀의 몸이 정확히 둘로 갈라지기도 하고, 머리만 몸통에서 떨어져 허공을 날기도 하고, 얼굴만 이상하게 크게 확대되기도 했습니다. 지옥인지 극락인지 알 수는 없지만, 어쨌든 이 세상 밖의 불가사의한 악몽처럼 끝없이 전개되었습니다.

그러나 곧 물속에서 견디기 어려워진 인어는 폐에 담고 있던 공기를 휴우 하고 뱉어냈습니다. 그리고 그 어마어마한 한 떼의 거품이 저멀리 허공으로 사라질 때 마지막 미소를 남기며 손발을 지느러미처럼 움직이더니 훨훨 승천하기 시작했습니다. 개구쟁이가 발을 동동 구르는 것처럼 공중에서 두 다리가 허우적거립니다. 이윽고 하얀 발바닥만이 저멀리 머리 위에 나부끼게 되었고 결국 나체녀의 모습은 시야에서 사라졌습니다.

17

이 이상한 해저 여행으로 인해 치요코의 마음은 상투적인 인간계를 벗어나 어느새 끝없는 몽환경을 떠돌기 시작했습니다. T시, 거기에 있는 고모다가의 저택, 그리고 그녀의 친정 사람들 모두 먼 옛날의 꿈처럼 느껴져서 부모 자식, 부부, 주인, 하인과 같은 인간계의 관계는 안개처럼 의식 밖에서 희미해졌습니다. 그곳에서는 영혼을 파고드는 고혹적인 인외경(人外境)과 그 사람이 진짜 남편이든 아니든 그저 몸도 마음도 마비될 것 같은 눈앞에 있는 한 이성에 대한 사모의 정만이 캄캄한 밤하늘을 선명하게 밝히는 불꽃처럼 그녀의 마음을 차지하고 있었습니다.

"자, 이제 좀 어두운 길을 지날 거야. 위험하니 손을 잡아주지."

이윽고 유리로 된 길이 끊기는 곳에 이르자 히로스케는 상냥하게 말하며 치요코 쪽을 돌아보았습니다.

"네."

치요코는 그의 손에 의지했습니다.

그리고 길은 갑자기 어두워지더니 암석을 깎아낸 동굴 같은 곳으로 구부러집니다. 한 사람이 겨우 지나갈 수 있을 정도의 좁은 길입니다. 이제 지상으로 나가는 건지 아니면 여전히 바다 밑 바위굴인지 전혀 상황을 모르는 치요코는 무섭다고 생각하면 더할 나위 없이 무서웠지만, 그보다는 손을 꽉 잡은 남자의 팔힘이 너무 흐뭇한 나머지 어둠의 공포 따위에 마음을 기울일 여유가 없었습니다.

그 어둠 속을 더듬어가며, 치요코의 느낌으로는 10정쯤 걸었나 싶었을 때였습니다. 사실은 몇 칸의 거리밖에 되지 않았지만 갑자기 시야가 트이고 거기에는 그녀가 자신도 모르게 탄성을 지를 만큼 참으로 웅대한 경치가 펼쳐져 있었습니다.

눈에 보이는 건 온통 일직선으로 놓인 엄청난 계곡입니다. 눈앞의 양쪽 기슭에는 하늘을 찌를 것 같은 절벽이 계속하여 이어지고 그 사이에는 미동 하나 없는 짙푸른 물이 약 0.5정 정도 되는 폭으로 저멀리까지 채워져 있습니다. 그것은 일견 천연의 대계곡처럼 보이지만, 자세히 관찰하면 그 모든 것이 인공적으로 이루어졌다는 것을 알 수 있습니다. 그렇다고 거기에 조금이라도 보기 흉한 수정의 흔적 같은 게 남아 있다는 건 아닙니다. 그런 의미가 아니라 천연의 풍경이라고 하기엔 이 계곡이 지나치게 다듬어져 있고 불순물이 하나도 없다는 것입니다. 물에는 먼지 한 점 떠 있지 않고 단애(斷崖)에는 잡초 한 포기조차 나 있지 않습니다. 마치 양갱을 자른 것처럼 매끄러운 암색의 바위는 끝없이 이어지고 그 어둠이 물에 비쳐 물 또한 옻칠을 한 것처럼 까맣습니다. 따라서 좀 전에 시야가 트였다는 것도 결코 흔히 이야기하듯이 밝게 확 트인 게 아닙니다. 계곡 안은 안개가 낄 정도로 넓고 절벽은 올려다 볼 정도로 높지만 그것이 대체로 요부의 화장처럼 요염하게 어두웠습니다. 밝은 곳이라곤 절벽과 절벽 사이의 좁은 공간 위로 가늘게 보이는 하늘뿐, 그것도 평지에서 보는 것처럼 밝은 게 아니라 낮 동안에도 해질녘처럼 회색빛 하늘에 별만 반짝이는 것입니다. 게다가 더 이상한 것은 양쪽 끝이 막힌 이 계곡이, 계곡이라기보다는 오히려 대단히 깊고 가늘고 긴 연못이라고 해야 할 것 같은데, 한쪽은 지금 두 사람이 나온 해저로 이어진 통로가 있는 곳, 다른 한쪽은 저멀리 부옇게 보이는 반대쪽의 이상한 계단밖에 없다는 것입니다. 그 계단은 양쪽 단애가 서서히 좁아지면서 합쳐진 곳에 구름 속으로 들어갈까 싶을 정도로 수면에서 일직선으로 우뚝 솟은 곳, 유일하게 새하얗게 보이는 신기한 돌계단을 말하는 것입니다. 그것이 주위의 온통 시커먼 풍경 속에서 멋지게 일직선을 그으며 폭포처럼 내려오는 모습은 그 단순한 구도로 인해 한층 더 숭고해 보였습니다.

치요코가 이 웅대한 경치에 홀려 있는 동안 히로스케가 뭔가 신호를 보냈나 봅니다. 문득 정신이 들어 보니 언제 어디서 나타났는지 아주 커다란 백조 두 마리가 목을 꼿꼿이 세우고 풍만한 가슴 언저리에 두세 줄의 완만한 파문을 만들며 얌전히 두 사람이 서 있는 물가를 향해 다가왔습니다.

"어머, 백조가 정말 크네요."

치요코가 탄성을 자아냄과 거의 동시의 일이었습니다. 백조한 마리의 목 언저리에서 아름다운 여성의 목소리가 들려오는 듯했습니다.

"자, 타세요."

그러자 히로스케는 치요코가 놀랄 틈도 없이 그녀를 안아 그 앞에 떠 있던 백조의 등에 싣더니 자기도 나머지 백조에 올라타는 것이었습니다.

"놀랄 거 하나도 없어, 치요코. 이들도 다 내 종자들이거든. 자, 백조들아, 우리 두 사람을 저쪽 돌계단이 있는 곳까지 데려가다오."

사람의 말을 할 정도의 백조니 틀림없이 주인의 명령도 이해할 것입니다. 그녀들은 가슴을 나란히 하고 칠흑 같은 수면에 순백의 그림자를 흘려보내며 조용히 헤엄치기 시작합니다. 치요코는 너무 신기한 나머지 어안이 벙벙할 뿐이었습니다. 하지만 이윽고 정신이 들고 보니 그녀의 허벅지 아래로 꿈틀거리는 것은 결코 물새의 근육이 아니라 깃털에 뒤덮인 인간의 근육이라는 사실을 확인할 수 있었습니다. 아마 한 여자가 백조옷 안에 엎드려 누워서 손과 발로 물살을 가르며 헤엄치고 있겠지요.

물컹거리는 부드러운 어깨와 엉덩이의 살집, 기모노를 통해 전해지는 피부의 온기, 그것들은 모두 젊은 여성인 것처럼 느껴졌습니다.

그러나 치요코는 더 이상 백조의 정체를 파악할 겨를도 없이 더 기괴하고 화려한 광경에 눈이 휘둥그레져야 했습니다.

백조가 2, 30칸쯤 나아갔을 때 물 밑에서 그녀 옆으로 두둥실 떠오른 것이 있었습니다. 떠오르자마자 백조와 나란히 헤엄치면서 그녀를 향해 어깨를 비틀면서 방긋 웃는 그 얼굴은 틀림없이 좀 전에 해저에서 그녀를 놀라게 했던 그 인어 여인이었습니다.

"어머, 당신은 좀 전의 그 분이군요."

그러나 말을 걸어도 인어는 얌전하게 웃을 뿐 조금도 대답하려 하지 않습니다. 그저 상냥하게 인사하면서 조용히 헤엄칠 뿐입니다. 그리고 놀랍게도 인어는 결코 그녀 한 사람이 아니라 어느새 두 사람 세 사람, 똑같은 모습의 젊은 나체녀들의 숫자가 늘어나더니 순식간에 한 무리의 인어군단을 이루었습니다. 어떤 이들은 잠수하고, 어떤 이들은 튀어 오르고, 어떤 이들은 서로 장난을 칩니다. 두 마리의 백조와 앞서거니 뒤서거니 하며 가다가도 평영으로 헤엄을 치더니 아득히 저멀리서 솟아올라 손짓을 하는 등 어두운 절벽과 칠흑 같은 물을 배경으로 실 한 오라기 걸치지 않은 요염한 그림자를 남기며 즐겁게 노는 모습은 그리스 신화를 소재로 한 명화를 보는 기분입니다.

이윽고 백조가 길 중간쯤까지 왔을 때 물속의 인어에게 호응하듯이 저멀리 절벽 정상에 푸른 하늘을 가로지르며 몇몇 나체녀들의 모습이 나타났습니다. 그녀들은 얼마나 수영의 달인들인지 잇달아 깊은 수면을 겨냥하여 그곳에서 뛰어내리는 것입니다. 어떤 이는 거꾸로 머리카락을 흐트러뜨리며, 어떤 이는 무릎을 껴안고 빙빙 돌면서, 어떤 이는 양손을 뻗어 활처럼 몸을 젖힌 채 다양한 자태로 바람에 흩날리는 꽃잎처럼 검은 암벽에서 떨어져 내려와 물보라를 일으키며 물 속 깊이 가라앉았습니다.

그리고 수많은 육체에 둘러싸인 채 두 마리의 백조는 조용히 돌계단 아래 도착했습니다. 가까이 가서 보니 수백 계단일 수도 있는 순백의 돌계단은 하늘을 압도하며 우뚝 솟아 있어 올려다보기만 해도 몸이 근질거렸습니다.

18

"나, 도저히 여긴 못 올라가겠어요."

백조 등에서 지상으로 내려선 치요코는 겁에 질려 이렇게 말했습니다.

"무슨 소리야? 생각만큼 그렇게 무섭지 않아. 내가 손을 잡아줄 테니까 올라가봐. 절대 위험하지 않으니까."

"하지만······"

치요코가 주저하는 사이에 히로스케는 아랑곳하지 않고 그녀의 손을 잡고 돌계단을 오르기 시작했습니다. 그리고 어어 하는 사이에 이미 20계단 정도나 올라가버린 것입니다.

"어때, 하나도 안 무섭지? 자 이제 단숨에 올라가는 거야."

그리고 두 사람은 한 계단 한 계단 계단을 올라갔습니다. 그런데 신기하게도 금세 정상까지 올라가보니 아래서 봤을 때는 수백 계단일 것 같았던, 마치 하늘까지 닿을 것 같았던 계단이 실제로는 백 계단도 될까 말까한 정도로 결코 그렇게 높지 않았습니다. 그런 게 왜 그렇게 보였는지, 아무리 겁이 많아서 든 착각이라고 해도 그 차이가 너무 큰 탓에 치요코는 이를 이상하게 여기지 않을 수 없었습니다. 나중에 알게 됐지만 좀 아까 해저에서 아귀를 태고의 괴물로 착각했던 것 같은 것과 비슷한 환각이 이 섬 전체에 충만한 것 같은 느낌이 들었습니다. 그 때문에 한층 더 경치가 아름다운 것 같기도 했고 지금 본 계단 높이의 차이도 그 중 하나인 듯했습니다. 그러나 그녀는 히로스케에게 자세한 설명을 듣기 전까지 그것이 어떤 이유에 의한 것인지 전혀 알지 못했습니다.

어쨌든 그들은 지금 계단 끝에 위치한 고지에 서서 전방을 바라보았습니다.

그곳에는 잔디로 덮인 좁은 경사로가 있어 그곳을 내려가면 길은 곧장 울창한 대삼림으로 이어집니다. 뒤돌아보면 거대한 배 모양을 한 계곡이 시커먼 입을 벌리고 있고 그 우울한 단애의 밑바닥에는 지금 그들을 데려다준 두 마리의 백조가 새하얀 휴지처럼 떠 있는 모습을 불안하게 바라볼 수 있습니다. 그리고 전방은 또 다시 음습하고 어두운 숲입니다. 그 두 개의 특이한 풍경 사이를 구분하는 이 약간의 잔디는 늦봄 오후의 햇살을 가득 받아 환하게 불타오르고 아지랑이에 흔들리는 잔디 위를 하얀 나비가 이리저리 낮게 날고 있습니다. 치요코는 그 기이한 대상에 부자연스러운 아름다움 같은 것을 느끼지 않을 수 없었습니다.

보이는 건 온통 늙은 삼나무가 이룬 거대한 삼림과 떼구름이 뭉게뭉게 솟아오르는 모습뿐입니다. 가지와 가지가 교차되고, 나뭇잎과 나뭇잎이 겹치고, 양지는 금빛으로 빛나고 그늘은 깊은 바닷물처럼 거무죽죽하게 탁해지면서 얼룩덜룩 신기한 가로줄 무늬를 드러내고 있습니다. 그리고 이 숲이 대단한 건 잔디밭에 서서 가만히 그 전체 모습을 바라보는 동안 서서히 보는 이의 마음에 끓어오르는 어떤 이상한 감정 때문이었습니다. 그런 감정을 불러일으키는 것은 하늘을 뒤덮고 짓누르는 듯한 숲의 웅장함에도 있을 것입니다. 혹은 또 싹트기 시작하는 어린잎이 발산하는 저 압도적인 짐승의 향기에도 있을 것입니다. 그러나 주의 깊은 관찰자라면 그것 말고도 틀림없이 숲 전체에 가해진 악마의 조작이라고도 해야 할 것을 결국 깨닫게 될 것입니다. 이 거대한 삼림은 참으로 이상한 요마(妖魔)의 모습을 띠고 있었습니다. 아주 신경질적으로 조작의 흔적을 감춰두었기 때문에 그것은 지극히 희미하게만 보이지만, 희미하면 희미할수록 오히려 그 공포의 깊이와 크기는 더해가는 것 같습니다. 혹시 이 숲은 자연 그대로의 숲이 아니라 극도로 대규모의 인공적인 조작이 가해진 건 아닐까요?

치요코는 이 풍경들을 보면서 그녀의 남편 겐자부로의 마음 속에 이런 무시무시한 취미가 숨겨져 있었다는 생각은 전혀 하지 못하고 지금 태연하게 그녀와 나란히 서 있는 남편을 닮은 한 남자를 의심하는 마음만 점점 깊어지기 시작했습니다. 하지만 그녀의 이런 이상한 심리를 어떻게 이해해야 할까요? 그녀는 시시각각 깊어져가는 무서운 의혹과 함께 한편으로는 그 정체를 알 수 없는 인물에 대한 사모의 정 또한 점점 견디기 힘들게 깊어짐을 느꼈습니다.

"치요코, 왜 멍하니 있는 거야? 당신, 또 이 숲을 겁내고 있는 건 아니겠지? 다 내가 만든 거야. 하나도 무서워할 거 없어. 자, 내일 이 나무 아래 우리의 유순한 하인이 애타게 우릴 기다리고 있을 거야."

히로스케의 말에 문득 주위를 둘러보니 숲 입구의 한 삼나무 밑동에 누가 타고 왔다 버렸는지 털에 윤기가 자르르한 당나귀가 매여 있고 연신 풀을 뜯고 있습니다.

"우리는 이 숲으로 들어가야 해요?"

"암, 그렇고말고. 아무 걱정할 거 없어. 이 당나귀가 안전하게 우리를 안내해줄 거야."

그리고 두 사람은 장난감 같은 당나귀 등에 올라타고 깊이를 헤아릴 수 없는 어두운 숲으로 이어졌습니다.

숲속에서는 층층이 겹쳐진 나뭇잎 때문에 하늘을 볼 수 없었지만 그래도 완전히 어둡지는 않아 해질녘 희미한 빛이 안개처럼 피어올랐기 때문에 앞이 보이지 않을 정도는 아니었습니다.

거목의 줄기는 큰 가람의 둥근 기둥처럼 늘어서 있고 그 기둥머리를 지나 푸른 잎으로 된 아치가 이어지면서 바닥에는 온통 융단 대신 삼나무 낙엽이 두텁게 깔려 있었습니다. 숲속의 모양새는 마치 유명한 대사원의 예배당과 비슷했는데, 그보다 몇 배는 더 신비롭고 유현(幽玄)하며 대단하게 느껴졌습니다.

하지만 산과 나무 아래로 난 이 숲길의 조화와 균형은 도저히 자연의 계획이 따라잡을 수 없는 것입니다. 예를 들어, 끝없이 넓은 삼림이 전부 삼나무 거목만으로 이루어져 있고 그밖에는 잡목 한 그루나 잡초 한 줄기도 보이지 않는 점, 수목의 간격과 배치에 남모르는 주의가 두루 미쳐 괴이한 미를 자아내고 있는 점, 그 아래를 지나는 좁은 길의 곡선이 참으로 신기하게 굽이치며 지나가는 이의 마음에 어떤 이상한 감정을 불러일으키는 점 등은 확실히 자연을 능가하는 작자의 창의력을 보여주고 있습니다. 혹시 나뭇잎 아치의 그 상쾌한 균형이나 낙엽 깔린 바닥을 밟는 감촉에도 모두 세심한 노력이 가미되어 있는 건 아닐까요?

주인을 태운 두 마리의 당나귀는 두텁게 깔린 낙엽 덕분에 발소리를 전혀 내지 않고 조용히 무성한 나무들이 만든 어두운 그늘을 더듬어 갑니다. 날짐승도 울지 않고 죽음과 같은 고요함이 숲 전체를 지배하고 있습니다. 하지만 안으로 점점 깊숙이 들어감에 따라 그 정적을 더욱 고조시키기라도 하는 것처럼 보이지 않는 머리 위 가지 끝에서 가지 끝에 부딪히는 바람 소리로 착각할 만큼 둔중한 음향이, 예를 들어 파이프 오르간 소리와 비슷한 기이한 음악이 유현한 곡조를 타고 요란하게 들리기 시작합니다.

작은 체구의 두 사람은 당나귀 등 위에서 고개를 숙인 채 한 마디도 하지 않습니다. 무심한 당나귀는 묵묵히 앞으로 나아갑니다.

좀 더 가니 숲의 모양이 조금씩 바뀌기 시작하는 게 느껴집니다. 지금까지 한결 같이 어두컴컴했던 숲속에 어디서부턴가 은색 빛이 비추기 시작한 것입니다. 낙엽이 반짝반짝 빛나고 눈앞에 보이는 거목의 가지가 온통 한쪽 면만 눈부시게 빛을 반사하고 있습니다. 반은 은색으로 빛나고 반은 칠흑 같은 커다란 원기둥이 끝없이 계속되는 광경은 대단히 멋졌습니다.

"이제 숲이 끝나는 건가요?"

치요코는 꿈에서 깬 것처럼 가라앉은 목소리로 물었습니다.

"아니야, 저 건너편에 늪이 있어. 우리는 이제 거기로 갈 거야."

그리고 그들은 잠시 후 그 늪 근처에 이르렀습니다. 늪은 그림 속 도깨비불 모양으로, 한쪽 물가는 둥글고 반대쪽 물가는 불꽃처럼 세 군데가 깊숙이 들어가 있어 거기에 수은처럼 무거운 물이 고여 있습니다. 고요한 수면에는 검푸른 삼나무 고목의 그림자가 드리워 있고, 군데군데 푸른 하늘도 약간 비추고 있습니다. 거기에는 더 이상 좀 전의 음악도 들려오지 않습니다. 모든 것이 침묵하고 모든 것이 정지한 상태로, 만상(萬象)은 깊은 잠에 빠져 있습니다.

두 사람은 그 정숙함을 깨지 않으려는 듯 조용히 당나귀에서 내려 말없이 물가로 걸어갔습니다. 저쪽 물가의 돌출된 부분에는 이 숲에서 유일하게 오래된 동백나무 몇 그루가 제각각 10자쯤 되는 짙푸른 껍질에 점점이 피를 머금은 듯한 꽃을 흐드러지게 피우고 있습니다. 그리고 놀랍게도 그 꽃 뒤쪽 약간 어두컴컴한 공터에 한 아름다운 처녀가 유백색 피부를 드러낸 채 나른하게 누워 있는 것입니다. 이끼를 깔개 삼아 턱을 괴고 엎드려 늪을 응시하고 있습니다.

"어머, 저런 곳에……"

치요코는 자기도 모르게 소리를 질렀습니다.

"조용히 해."

히로스케는 처녀를 놀라게 하지 않으려는 듯 신호를 하며 그녀의 목소리를 저지했습니다.

처녀는 보는 사람이 있다는 걸 아는지 모르는지 여전히 방심한 모습으로 늪의 표면을 지켜보고 있습니다. 숲속의 늪, 물가의 동백, 엎드려 있는 무심한 나부(裸婦), 이 지극히 단순한 배합이 얼마나 멋진 효과를 보여주고 있는지 모릅니다. 만일 이게 우연이 아니라 의도된 구도라면 히로스케는 참으로 뛰어난 화가라고 해야 할 것입니다.

두 사람은 오랫동안 물가에 서서 이 꿈 같은 광경을 멍하니 바라보았는데 이 긴 시간동안 소녀는 꼬고 있던 풍만한 다리를 반대로 한 번 더 꼬았을 뿐 어딘가 나른한 분위기로 계속 늪을 응시하고 있었습니다. 이윽고 히로스케가 치요코를 재촉하여 당나귀를 타고 그곳을 떠나려고 하자 소녀의 바로 위에 피어 있던 유달리 큰 동백꽃 한 송이가 마치 액체가 떨어지듯 뚝 떨어지더니 소녀의 포동포동한 어깨를 타고 수면 위로 미끄러져 내렸습니다. 하지만 그 과정이 너무나도 조용해서 늪도 알아채지 못한 건지 동백꽃은 늪에 한 줄기의 파문도 그리지 않았고 거울 같은 수면은 여전히 미동조차 없었습니다.

19

두 사람은 또 얼마 동안 당나귀를 타고 태고의 숲속을 지나갔는데, 숲은 아무리 가도 끝날 줄을 몰랐습니다. 어디로 가야 여기서 나갈 수 있는지, 다시 처음 들어온 입구로 돌아가려고 해도 어떻게 가야 할지 모르는 분위기로, 무심한 당나귀가 걸어가는 대로 맡겨둬도 좋을지 적잖이 불안하게 느껴지기 시작했습니다.

하지만 이 섬의 풍경이 신기한 것은 가는가 싶더니 돌아오고, 올라가나 싶더니 내려오고, 땅 밑이 바로 산꼭대기이거나 나도 모르는 사이에 광야가 좁은 길로 바뀌는 등, 각양각색의 마법 같은 설계 때문입니다. 이 경우에도 숲이 가장 깊어지면서 여행자의 마음에 형용할 수 없는 불안이 싹트기 시작할 즈음에는 오히려 머지않아 숲이 끝난다는 사실을 보여주고 있었습니다.

지금까지 적당한 간격을 유지했던 거목들의 줄기가 눈치 채지 못할 만큼 서서히 좁아지면서 어느새 그것이 층층의 벽처럼 빈틈없이 밀집해 있는 곳까지 왔습니다. 거기에는 이제 푸른 잎의 아치 같은 건 없습니다. 멋대로 자란 가지와 잎이 지상까지 늘어지고 어둠은 한층 짙어져 거의 지척을 분간하기 어려웠습니다.

"자, 당나귀를 버리자. 그리고 내 뒤를 따라 와."

히로스케는 먼저 당나귀에서 내려 치요코의 손을 잡고 그녀가 내려오는 것을 도와주더니 갑자기 전방의 어둠을 향해 돌진했습니다. 나무줄기에 몸이 끼고 가지와 잎들이 앞길을 차단하는 가운데 길이 아닌 길로 기어들어가 두더지처럼 전진했습니다. 그리고 잠시 이리 밀리고 저리 밀리는 사이에 갑자기 두둥실 몸이 가벼워졌습니다. 문득 정신을 차리고 보니 그곳은 이미 숲이 아니라 화창하게 빛나는 햇살, 보이는 건 온통 탁 트인 푸른 잔디밭입니다. 신기한 일이지만 어디를 둘러봐도 숲 같은 건 그림자도 보이지 않았습니다.

"어머, 내 머리가 어떻게 된 건가요?"

치요코는 괴로운 듯 관자놀이를 누르며 도움을 청하듯이 히로스케를 돌아보았습니다.

"아니, 당신 머리 탓이 아니야. 이 섬의 여행자는 언제든지 이런 식으로 하나의 세계에서 다른 세계로 발을 들여놓게 돼 있어. 나는 이 작은 섬 안에 몇 가지 세계를 만들려고 계획했어. 당신, 파노라마*가 뭔지 알아? 일본에서는 내가 아직 초등학생일 때 크게 유행한 구경거리 중 하나야. 구경하려면 먼저 캄캄한 통로를 지나야 해. 그리고 그 통로를 벗어나 시야가 확 트이게 되면 거기에 하나의 세계가 있는 거야. 지금까지 구경꾼들이 생활

---

* 반구형의 돔 안쪽에 배경을 그리고 그 바로 앞에 원근법을 응용한 크고 작은 여러 가지 인형이나 모형을 배치하여 마치 옥외의 넓은 풍경을 보고 있는 듯한 착각을 불러 일으키는 장치

했던 곳과는 전혀 다른 하나의 완전한 세계가 아득히 이어져 있는 거지. 이게 얼마나 대단한 속임수인지 몰라. 파노라마관 밖에는 전차가 달리고, 물건을 파는 노점상이 이어지고, 상가가 줄지어 서 있어. 어제도 오늘도 내일도 마을 사람들은 항상 그곳을 오가고 있지. 늘어선 상가들 중에는 내 집도 보여. 하지만 일단 파노라마관 안으로 들어가면 그것들이 모조리 사라져버리고 넓디넓은 만주 평야가 저멀리 지평선까지 이어져 있는 게 아니겠어? 그리고 그곳에는 보기에도 무시무시한 결사 항전이 벌어지고 있는 거야."

히로스케는 잔디가 깔린 들판의 아지랑이를 헤치고 걸으면서 이야기를 계속했습니다. 치요코는 꿈을 꾸는 듯한 기분으로 연인의 뒤를 쫓았습니다.

"건물 밖에도 세계가 있어. 건물 안에도 세계가 있지. 그리고 두 세계가 각각 다른 땅과 하늘, 지평선을 갖고 있는 거야. 파노라마관 밖에는 확실히 평소 낯익은 거리가 있어. 하지만 파노라마관 안에서는 어느 방향을 둘러봐도 그 그림자조차 없고 만주 평야가 저멀리 지평선까지 이어지고 있는 거야. 즉, 거기에는 평야와 거리라는 이중의 세계가 존재해. 적어도 그런 착각을 불러일으키지. 그 방법이란 건 당신도 알다시피 경치를 그린 높은 벽으로 관람석을 둥글게 둘러싸고 그 앞에 진짜 땅이나 수목, 인형을 장식한 뒤 진짜와 그림의 경계를 가능한 한 식별할 수 없도록 하고 천정을 감추기 위해 관람석의 차양을 깊게 만드는 것, 단지 그것뿐이야. 나는 언젠가 이 파노라마를 발명했다는 프랑스인의 이야기를 들은 적이 있는데, 그에 따르면 적어도 최초 발명한 사람의 의도는 이 방법을 통해 하나의 새로운 세계를 창조하는 데 있었다고 해. 마치 소설가가 종이 위에, 혹은 배우가 무대 위에 제각각 하나의 세계를 만들어내려고 하는 것처럼 그 또한 그 사람 특유의 과학적인 방법을 통해 저 작은 건물 안에 끝없이 넓은 별세계를 창작하려고 시도한 거지."

그리고 히로스케는 손을 들어 아지랑이와 풀의 훈김 저편으로 어렴풋이 보이는 푸른 광야와 창공의 경계를 가리켰습니다.

"이 넓은 잔디밭을 보고 당신은 뭔가 기이한 느낌에 사로잡히지 않았어? 이 작은 섬 위에 있는 평야치곤 지나치게 넓은 것 같지 않아? 봐봐. 여기서부터 저 지평선 근처까지 확실히 수 마일은 떨어져 있어. 사실 저멀리 지평선 바로 앞에 바다가 보일 리 없잖아. 게다가 이 섬 위에는 지금 지나온 숲이나 여기 보이는 평야 이외에도 각각 수 마일은 족히 될 것 같은 각양각색의 풍경이 만들어져 있어. 내가 하는 말이 무슨 뜻인지 알겠어? 그러니까 나는 이 섬 위에 제각각 독립된 몇 개의 파노라마를 만든 거야. 우리는 지금까지 바다 속이나 골짜기의 밑바닥, 숲속 어두컴컴한 길만 지나 왔어. 그건 파노라마관 입구의 어두운 길에 해당하는 걸지도 몰라. 지금 우리는 봄날의 햇살과 아지랑이, 풀의 훈김 속에 서 있어. 이건 그 어두운 길에서 나왔을 때 느껴지는, 꿈에서 깬 듯한 상쾌한 느낌에 걸맞지 않을까? 그리고 이제부터 우리는 드디어 파노라마 왕국으로 들어가는 거야. 하지만 내가 만든 파노라마는 보통 파노라마관처럼 벽에 그린 그림이 아니야. 자연을 왜곡하는 구릉의 곡선과 세심한 광선의 안배, 초목 암석의 배치를 통해 정교하게 인공의 흔적을 감추고 내 생각대로 자연의 거리를 신축시켰어. 지금 빠져나온 저 거대한 삼림이 그 중 하나야. 저 숲의 진짜 넓이를 말해줘도 당신은 결코 믿지 않을 거야. 그 정도로 좁아. 저 길은 그걸 깨닫지 못하도록 정교한 곡선을 그려서 몇 번이고 되돌아가게 돼 있고, 좌우에 보였던 끝도 없는 삼나무 숲은 당신이 믿었던 것처럼 모두 똑같은 거목이 아니라 멀리 있는 건 불과 높이 1칸 정도의 작은 삼나무 묘목 숲이었을 거야. 그 전에 우리가 올라온 하얀 돌계단도 마찬가지야. 아래서 올려다봤을 때는 구름 속 가교처럼 높게 보였지만 사실은 백 계단 남짓에 불과해. 당신은 아마 눈치 채지 못했겠지만 저 돌계단은 연극의 배경도구처럼 위로 갈수록 좁아져 있는데다가 계단 하나하나도 사람들이 눈치 채지 못할 정도로 위로 갈수록 높이나 깊이가 짧아져 있어. 또 양쪽 암벽의 경사에 안배를 해두었기 때문에 아래서 보면 그렇게 높게 보이는 거야."

그러나 그런 내막에 대한 설명을 들어도 환영의 힘이 너무나도 강해서 치요코의 마음에 새겨진 불가사의한 인상은 조금도 수그러들지 않았습니다. 그리고 현재 눈앞에 펼쳐져 있는 드넓은 광야의 끝은 역시 지평선 저편으로 사라졌다고밖에 생각할 수 없었습니다.

"그럼 이 평야도 실제로는 그런 식으로 좁은 건가요?"

그녀는 반신반의한 표정으로 물었습니다.

"바로 그거야. 눈치 채지 못할 정도의 경사로 주위가 높아져 있어서 그 뒤의 다양한 것을 숨기고 있는 거지. 하지만 좁다고 해도 직경 5, 6정 정도는 돼. 더 큰 효과를 내기 위해 그 평범한 공터를 끝없이 보여준 게 다야. 하지만 단지 그만큼의 안배가 이렇게 멋진 꿈을 창조해냈다니, 당신은 지금 설명을 듣고서도 이 대평원이 겨우 5, 6정의 공터에 불과하다고는 도저히 믿을 수가 없을 거야. 만든 나조차도 지금 이렇게 아지랑이로 인해 파도처럼 흔들리는 지평선을 바라보고 있으면, 정말 끝도 없는 광야 속에 남겨진 것 같은 더할 나위 없는 불안과 신기함에 달콤한 애수를 느끼지 않을 수 없어. 보이는 건 온통 탁 트인 하늘과 풀이야. 우리에게는 지금 그게 세계의 전부인 거야. 이 초원은 소위 오키노시마 섬 전체를 덮고 저멀리 I만에서 태평양을 향해 펼쳐지면서 그 끝은 저 푸른 하늘로 이어져 있어. 서양의 명화라면 여기에 엄청나게 많은 양떼와 목동이 그려져 있겠지. 혹은 저 지평선 근처를 한 무리의 집시가 긴 뱀처럼 줄지어 묵묵히 걸어가는 모습을 상상할 수도 있어. 한쪽에 석양을 마주한 그들은 아주 긴 그림자가 초원 위를 조용히 이동해가는 것처럼 보이기도 하겠지. 하지만 여기 어디에도 사람 하나, 동물 한 마리, 고목 한 그루 보이지 않아. 푸른 사막 같은 이 평야는 그런 명화보다 우리에게 훨씬 더 감동을 주는 게 아닐까? 어떤 유구한 것이 무서운 힘으로 우리에게 다가오는 건 아닐까?"

치요코는 아까부터 파랗다기보다 오히려 잿빛으로 보이는 너무나도 넓은 하늘을 바라보고 있었습니다. 그리고 어느 사이에 흘러넘친 눈물을 감추려고도 하지 않았습니다.

"이 잔디가 깔린 들판에서부터 길이 두 개로 갈라져 있어. 하나는 섬의 중심으로, 또 하나는 그 주위를 둘러싸고 늘어서 있는 몇 개의 경치를 향해 가는 길이야. 진짜 코스는 우선 섬 주위를 한 바퀴 돌고 마지막에 중심으로 들어가는 건데, 오늘은 시간도 없고 그 경치들은 아직 완전히 완성되지도 않았으니 우리는 여기서부터 바로 중심 화원으로 가도록 하지. 당신도 그곳이 제일 마음에 들 거야. 하지만 이 평야에서 바로 화원으로 이어지면 너무 싱거운 느낌이 들 수도 있어. 다른 몇 가지 경치에 대해서도 당신에게 대충 이야기해두는 게 좋을 것 같아. 화원으로 가는 길까지는 아직 2, 3정 정도 남았으니 잔디밭을 걸으면서 그 신기한 경치들에 대한 내용을 당신에게 설명하도록 하지.

당신은 조경술에서 말하는 토피어리가 뭔지 알아? 기하학적인 모양이나 동물, 천체 등을 본떠 회양목이나 사이프러스 같은 상록수를 조각처럼 깎아 다듬는 것을 말하는 거야. 한 경치에는 그런 다양하고 아름다운 토피어리가 끝도 없이 늘어서 있어. 거기에는 웅대한 것, 섬세한 것, 모든 직선과 곡선의 교차가 신기한 오케스트라를 연주하고 있지. 그리고 그 사이사이에는 역사상 유명한 조각이 무섭게 떼를 지어 밀집해 있어. 게다가 그게 죄다 진짜 인간이야. 화석이 된 것처럼 입을 꾹 다물고 있는 나체 남녀가 일대 군집을 이루고 있는 거지. 파노라마 섬의 여행자는 이 끝없이 넓은 벌판에서 갑자기 그곳으로 들어갔다가 온통 인간과 식물의 부자연스러운 조각들만이 계속되는 광경을 접하고 숨이 막힐 것 같은 생명력의 압박을 느낄 거야. 그리고 그곳에서 이루 말할 수 없는 괴이한 아름다움을 발견하는 거지.

또 한 세계에는 생명이 없는 철제 기계만이 밀집해 있어. 끊임없이 윙윙 회전하는 검은 괴물의 무리야. 그 원동력은 섬 지하에서 일으키고 있는 전기인데, 그곳에 늘어서 있는 건 증기기관이라든가 전동기 같은 흔해 빠진 게 아니라 꿈에 나올 것 같은 일종의 불가사의한 기계력의 상징인 거야. 용도를 무시하고 크기를 전도시킨 철제기계가 나열되어 있는 거지. 산더미 같은 실린더, 맹수처럼 으르렁거리는 커다란 태양, 새카만 톱니들이 서로 맞물리는 거대한 톱니바퀴의 투쟁, 괴물의 팔과 비슷한 진동 레버(oscillating lever), 광인의 춤 같은 스피드 버너(speed burner), 종횡무진 교차하는 샤프트 로드(shaft rod), 폭포 같은 벨트의 흐름, 혹은 베벨 기어(bevel gear), 웜 앤드 웜 휠(worm and worm wheel), 벨트 플레이(belt pulley), 체인 벨트(chain belt), 체인 휠(chain wheel), 그것들이 전부 새카만 표면에 비지땀을 흘려가며 광인처럼 무턱대고 회전하고 있는 거야. 당신은 박람회의 기계관을 본 적이 있겠지? 그곳에는 기술자나 안내인, 파수꾼 등이 있고 범위도 한 건물 안으로 한정되어 있어. 그곳의 기계는 모두 정해진 용도로 만들어진 필요한 것뿐이지만, 내 기계국은 광대한 세계, 끝없는 한 세계가 온통 무의미한 기계로 뒤덮여 있는 거야. 그리고 그곳은 기계 왕국이기 때문에 다른 인간이나 동식물은 그림자도 보이지 않아. 지평선을 덮고 홀로 움직이는 거대한 기계의 평원, 그곳에 들어간 하찮은 인간이 무엇을 느낄지는 당신도 상상할 수 있겠지.

그밖에 아름다운 건축물로 채워진 거대한 시가지와 맹수, 독뱀, 독나비의 정원, 분수나 폭포, 시냇가, 다양한 물의 유희를 나열한 물보라의 세계도 이미 설계는 완성됐어. 어느 틈에 그 각각의 세계들을 밤마다 꿈을 꾸듯이 다 본 여행자는 끝으로 소용돌이치는 오로라와 숨이 막힐 것 같은 향기, 만화경 같은 화원, 화려한 조류와 즐겁게 노는 인간의 몽환적인 세계로 들어가는 거야. 여기서는 보이지 않지만 파노라마 섬에 대한 나의 안목은 지금 섬 중앙에 건축 중인 대형 원기둥 정상에 있는 화원에서 섬 전체를 조망한 미관(美觀)에 있어. 거기서는 섬 전체가 하나의 파노라마야. 각각의 파노라마가 모여 또 하나의 전혀 다른 파노라마가 생긴 거지. 이 작은 섬 위에 몇 개의 우주가 서로 겹치고 엇갈리며 존재하는 거야. 우리는 이제 이 평야의 출구로 오고 말았군. 자, 손을 잡아. 우리는 또 잠시 좁은 길을 지나야 해."

광야의 어떤 곳에 가까이 가서 보지 않으면 알 수 없을 잘록한 부분이 있었는데, 그곳에는 무성하게 우거진 잡초를 가르고 나가는 길이 있었습니다. 그 안으로 살짝 내려가니 잡초가 점점 더 무성해지면서 어느새 두 사람의 전신을 덮어버리고, 길은 또 분간할 수 없는 어둠 속으로 이어졌습니다.

20

그곳에는 어떤 신기한 장치를 해둔 걸까요? 아니면 또 그저 치요코의 환각에 불과했던 걸까요? 잠시 어둠을 지나 지금 한 경치에서 또 하나의 경치로 나가는 것이 어쩐지 꿈만 같았습니다. 하나의 꿈에서 또 다른 꿈으로 이동할 때 느껴지는 그 모호한 기분, 바람을 타고 있는 것 같기도 하고 그 사이에 완전히 의식을 잃은 것 같기도 한 이상한 기분 말입니다. 따라서 그 하나하나의 경치는 평면을 완전히 색다르게 만든 느낌, 가령 3차원의 세계에서 4차원의 세계로 비약한 느낌으로, 눈 깜짝할 사이에 지금까지 봐온 지상이 모양이나 색채, 냄새에 이르기까지 전혀 다른 것으로 바뀌어 있었습니다. 그건 정말 꿈같은 느낌, 혹은 활동사진의 이중 인화 같은 느낌입니다.

그리고 히로스케는 그것을 화원이라고 칭했지만, 지금 두 사람의 눈앞에 나타난 세계는 일반적으로 화원이라는 단어에서 연상할 수 있는 그 어떤 것도 아닙니다. 유백색으로 가라앉은 하늘과 그 아래에 신기한 파도처럼 오르내리는 거대한 구릉의 표면이 온통 봄의 백화(百花)에 의해 짓무른 것에 불과합니다. 그러나 그 엄청난 규모와 하늘색, 그리고 구릉의 곡선과 난잡한 백화에 이르기까지 모두 이루 말할 수 없을 만큼 자연과 거리가 먼 인공적인 모습이어서, 그 세계에 발을 들여놓은 자는 잠시 멍하니 멈춰 서 있을 수밖에 없었습니다.

언뜻 보기에 단조로워 보이는 이 경치는 어딘가 인간계를 벗어난 느낌, 가령 악마의 세계에 들어온 듯한 괴이한 느낌을 품고 있었습니다.

"당신 왜 그래? 어지러워?"

히로스케는 놀라서 쓰러질 것 같은 치요코의 몸을 떠받쳤습니다.

"네, 왠지 머리가 아파서……"

숨 막힐 것 같은 향기가, 예를 들면 땀이 밴 인간의 육체에서 발산되는 특이한 냄새와 비슷하지만 결코 불쾌하지 않은 향기가 먼저 그녀의 머릿속을 마비시켰습니다. 또 신기한 꽃으로 뒤덮인 산들이 교차하며 만들어낸 무수한 곡선들이 마치 작은 배 위에서 소용돌이치는 거친 파도처럼 엄청난 기세로 그녀를 향해 밀려오는 것 같은 의심이 들었습니다. 결코 움직임은 없습니다. 하지만 그 움직이지 않는 구릉의 교차에는 고안자의 섬뜩한 간계가 숨겨져 있다고 생각할 수밖에 없습니다.

"어쩐지 무서워요."

잠시 몸을 가눈 치요코는 눈을 가리듯이 하며 간신히 말했습니다.

"뭐가 그렇게 무서운데?"

히로스케는 입 꼬리에 희미한 웃음을 띠며 물었습니다.

"뭔지는 잘 모르겠어요. 이렇게 꽃에 둘러 싸여서 더없이 외로운 느낌이 들어요. 와서는 안 될 곳에 온 것 같은, 봐서는 안 될 것을 본 것 같은 느낌이에요."

"그건 틀림없이 경치가 너무 아름답기 때문일 거야."

히로스케는 태연하게 대답했습니다.

"그보다 저기를 봐. 저쪽에 우리를 마중하는 자들이 왔어."

꽃으로 뒤덮인 어느 산 뒤쪽에서 마치 축제의 행렬처럼 조용히 한 무리의 여자들이 나타났습니다. 아마 몸 전체를 화장했겠지요, 푸른빛이 도는 흰 피부에 몸의 굴곡에 따라 생긴 보랏빛 그늘 때문에 더욱 음영이 많아 보이는 나체가 새빨간 꽃 병풍을 배경으로 차례차례 떠오르기 시작했습니다.

어깨 너머로 출렁이는 검은 머리를 가진 그녀들은 춤추듯이 반지르르 기름기가 도는 튼튼한 다리를 움직이며 새빨간 입술을 반달 모양으로 벌리고 두 사람 앞으로 다가와 아무 말 없이 신기한 원형의 진을 만들었습니다.

"치요코, 우리는 이걸 탈 거야."

히로스케는 치요코의 손을 잡아 치요코를 몇몇 나부에 의해 만들어진 연화좌(蓮華坐)* 위로 밀어올리고 자기도 그 뒤를 따라 치요코와 나란히 살로 된 의자에 앉았습니다.

인육으로 된 꽃잎은 벌어진 모습 그대로 그 중앙에 히로스케와 치요코를 싣고 꽃의 산들을 돌기 시작했습니다.

치요코는 눈앞의 신기한 세계와 너무나도 무감각한 나부들의 모습에 현혹되어 어느새 이 세상의 수치를 잊어버린 모습이었습니다. 그녀는 무릎 아래로 느껴지는 살찐 복부의 폭신함을 오히려 즐겁게 느끼기까지 했습니다.

구릉과 구릉 사이의 계곡이라고 봐야 할 부분에서 좁은 길은 몇 번이고 굽이치며 이어졌습니다. 나부들의 맨발이 밟고 지나가는 곳에도 언덕과 마찬가지로 백화가 흐드러지게 피어 있었

* 불상을 안치하는, 연꽃 모양으로 만든 대좌

습니다. 육체라는 부드러운 스프링 장치에 더해진 푹신푹신한 이 꽃의 융단은 그들의 탈 것을 더욱더 부드럽고 기분 좋게 만들었습니다.

그러나 이 세계의 미는 끊임없이 그들의 코를 찌르고 있는 신기한 냄새보다, 유백색으로 가라앉은 이상한 하늘빛보다, 언제부터 시작됐는지 모르지만 봄의 미풍처럼 그들의 귀를 즐겁게 하고 있는 기묘한 음악보다, 혹은 천자만홍(千紫萬紅) 형형색색의 꽃으로 된 벽보다, 그 꽃에 둘러싸인 산들의 형언할 수 없는 신기한 곡선에 있었습니다. 사람은 이 세계에서 비로소 곡선이 나타낼 수 있는 미를 깨달았을 것입니다. 자연 속 산악, 초목, 평야, 그리고 인체의 곡선에 익숙해진 인간의 눈은 여기서 그것들과는 전혀 다른 곡선의 교차를 볼 수 있었습니다. 어떤 미녀의 허리 곡선이나 어떤 조각가의 작품도 이 세계의 곡선미와는 비교할 수 없습니다. 그건 자연을 그려낸 조물주가 아니라 그것을 멸망시킬 흉계를 꾸미는 악마만이 그릴 수 있는 선이었을 것입니다. 어떤 사람은 그 중복되는 곡선을 통해 비정상적인 성적 압박을 느낄지도 모릅니다. 그러나 그건 결코 현실적인 감정을 동반하지 않는 것입니다. 우리는 때때로 악몽 속에서만 이런 종류의 곡선과 사랑에 빠질 때가 있습니다. 히로스케는 틀림없이 그 꿈의 세계를 현실의 흙과 꽃을 통해 그려내려고 시도했을 것입니다. 그건 숭고하다기보다 오히려 오예(汚穢)하고, 조화롭기보다 오히려 난잡합니다. 하나하나의 곡선과 거기에 곪아 문드러진 백화의 배치는 쾌감보다는 더욱 더 무한한 불쾌함마저 줍니

다. 그런데도 그 곡선들에 가해진 불가사의하고 인공적인 교차
는 추함을 초월하여 불협화음뿐이지만 괴상하게 아름다운 대관
현악을 연주하고 있었습니다.

또 이 풍경을 만든 작가는 나부의 연화좌가 지나가는 골짜기
속 좁은 꽃길이 만드는 곡선 하나하나까지 이상(異常)한 주의를
기울이고 있었습니다. 거기에는 곡선 그 자체의 미가 아니라 곡
선을 따라 운동하는 자가 느끼는 소위 육체적인 쾌감이 계획되
어 있었습니다. 어떤 때는 완만하고 어떤 때는 급경사로, 어떤
때는 올라갔다 어떤 때는 내려가고, 길은 상하좌우로 다양한 아
름다운 곡선을 그렸습니다. 그건 가령 공중에서 비행사가 맛보
는 쾌감, 또 우리가 꼬불꼬불한 고갯길을 달리는 자동차 안에서
느끼는 곡선운동의 쾌감이 좀 더 느슨해지고 미화되었다고나
할까요?

때때로 오르막 고개가 있긴 하지만 길은 조금씩 어느 중심점
을 향해 내려가는 것처럼 보였습니다. 그리고 이상한 향기와 땅
밑에서 울려오는 듯한 음악은 점점 그 정도가 심해져 결국 그들
의 코와 귀가 그 아름다움에 무감각해질 정도로 끊임없이 이어
졌습니다.

때때로 계곡에는 드넓은 화원이 펼쳐지고 그 너머로는 하늘
로 가는 가교처럼 꽃의 산이 우뚝 솟아났으며 망막한 경사면에
는 요시노야마(吉野山) 산*의 꽃구름보다 몇 배는 더 불가사의한

---

* 나라(奈良)현 요시노(吉野)군 오미네야마(大峰山) 산 북쪽에 위치한 능선의 총칭. 벚
꽃 명소로 유명하다.

광경이 펼쳐졌습니다. 그리고 더욱 놀라운 것은 그 경사면과 광야의 무지개 같은 꽃을 헤치고 곳곳에 수십 명의 벌거벗은 남녀 무리가—멀리 있는 자는 흰콩처럼 작은데— 희희낙락거리며 아담과 이브처럼 술래잡기를 하고 있는 것이었습니다. 산을 오르내리고 들판을 가로지르며 바람에 검은 머리를 나부끼던 한 여자가 두 사람으로부터 1칸 쯤 떨어진 곳으로 오더니 픽 쓰러졌습니다. 그러자 그녀를 쫓아온 한 아담은 그녀를 안아 올려 그의 넓은 가슴 앞에 일자로 껴안더니 안은 자와 안긴 자 모두 이 세계에 가득 찬 음악에 맞춰 목청껏 노래하면서 얌전하게 저편으로 사라져갔습니다.

또 어떤 곳에는 군데군데 하얗게 얼룩진 유칼립투스 거목이 좁은 계곡 길을 뒤덮으며 아치처럼 가지를 뻗고 있었는데, 거기에는 그 가지가 휠 정도로 나부라는 과실이 많이 달려 있었습니다. 그녀들은 굵은 가지 위에 몸을 눕히거나 양손으로 매달려 바람에 살랑거리는 나뭇잎처럼 고개와 손발을 흔들면서 마찬가지로 이 세계의 음악을 합창하고 있었습니다. 나부의 연화좌는 그 과실 아래를 자못 무관심한 듯이 조용히 행진해가는 것입니다.

다 합쳐 1리는 족히 될 법한 길마다 꽃이 만들어내는 경치, 그 사이에서 치요코가 맛본 신기한 감정, 저는 그것을 그저 꿈, 혹은 괴려한 악몽으로 표현할 수밖에 없습니다.

그리고 결국 그들이 이동한 곳은 거대한 꽃으로 이루어진 사발 속이었습니다.

그곳의 이상한 경치를 말하자면 사발의 테두리에 해당하는 사각의 산 정상에서 미끈한 꽃의 경사면을 따라 눈처럼 하얀 몸뚱이가 경단처럼 줄줄이 굴러 떨어지고 떨어진 몸뚱이들은 그 바닥을 채운 욕조 안에서 물보라를 일으키고 있었습니다. 그리고 그녀들은 사발 바닥의 수증기 속을 철벅철벅 뛰어다니며 한가로운 노래를 합창하는 것입니다.

언제 기모노가 벗겨졌는지 신경쓸 틈도 없이 치요코 일행도 화려한 목욕객들 속에 섞여 기분 좋은 탕 속에 잠겨 있었습니다. 부자연스러운 의복을 걸치고 있는 게 오히려 부끄러워지는 이 세계에서 치요코는 자신의 나체에 거의 신경 쓰지 않고 있을 수 있었습니다. 그리고 그들을 태운 나부들은 바로 여기서 글자 그대로 연화좌 역할을 담당했는데, 길게 엎드려 누운 자세로 머리 아래쪽을 탕에 담근 두 주인을 지탱해야 했습니다.

그리고 이루 말할 수 없는 일대 혼란이 시작되었습니다. 몸뚱이로 이루어진 급류는 점점 더 그 숫자를 더하고, 길의 꽃들은 짓밟혀 흐트러지고, 눈에 보이는 모든 것은 꽃보라가 되어 꽃잎과 수증기, 그리고 물보라가 몽롱하게 뒤엉킨 가운데 나부의 몸뚱이는 서로 살과 살을 맞댄 채 통 안에 든 감자처럼 정신없는 상태로 간신히 숨을 쉬며 합창을 계속했습니다. 사람들이 한창 해일처럼 좌우로 밀려오고 밀려가기를 반복하는 가운데 모든 감각을 잃어버린 두 손님이 시체처럼 떠다니고 있었습니다.

21

그렇게 어느새 밤이 왔습니다. 유백색이던 하늘은 소나기구름처럼 시커멓게 변하고 백화가 만발한 요염한 언덕들도 지금은 무시무시한 검은 도깨비처럼 치솟아 있습니다. 저 소란스러운 인육의 해일과 합창도 썰물처럼 사라져 어두운 밤에도 희끄무레하게 피어오르는 수증기 속에는 히로스케와 치요코 두 사람만이 남겨졌습니다. 그들의 연화좌를 담당했던 여자들도 문득 정신을 차려 보니 이미 아무 흔적도 보이지 않았습니다. 또한 이 세계를 상징하는가 싶었던 일종의 괴이하고 요염한 음악도 한참 전부터 들리지 않는 것입니다. 끝없는 어둠과 함께 황천길의 정적이 온 세상을 차지하고 있었습니다.

"어머."

겨우 제정신을 차린 치요코는 몇 번이나 반복한 감탄사를 한 번 더 반복하지 않을 수 없었습니다. 그리고 휴우 하고 숨을 몰아쉬자 지금까지 잊고 있었던 공포가 구역질처럼 그녀의 가슴에 치밀어 올랐습니다.

"여보, 이제 돌아가요."

그녀는 따뜻한 탕 안에서 몸을 떨면서 남편을 달래 보았습니다. 수면 위로 검은 부표처럼 떠올라 있는 머리는 그녀의 말을 들어도 꼼짝도 하지 않거니와 아무 대답도 하지 않았습니다.

"여보, 거기 계신 거 당신 맞죠?"

그녀는 무서운 나머지 소리를 지르며 검은 물체 쪽으로 다가가 목처럼 보이는 부분을 잡고 힘껏 흔들었습니다.

"아아, 돌아가지. 하지만 그 전에 딱 하나 당신에게 보여주고 싶은 게 있어. 자, 그렇게 무서워하지 말고 가만히 좀 있어봐."

히로스케는 뭔가 생각을 거듭하며 천천히 대답했습니다. 그 모습이 더욱더 치요코를 무섭게 했습니다.

"진짜 더 이상은 참을 수가 없어요. 전 무서워요. 보세요. 이렇게 몸이 떨리고 있잖아요. 이제 이런 무서운 섬에서 잠시도 견딜 수가 없어요."

"정말 떨고 있군. 하지만 당신은 뭐가 그렇게 무서운 거지?"

"뭐가라니요, 이 섬에 있는 섬뜩한 장치가 무서운 거죠. 그걸 생각해낸 당신이 무섭단 말이에요."

"나 말이야?"

"네, 그래요. 하지만 화내지 마세요. 저는 이 세상에 당신밖에 없으니까요. 그런데 요즘은 우연한 계기로 문득 당신이 무서워 지는 거예요. 당신이 정말 나를 사랑하는지 의심스러웠죠. 이런 으스스한 섬의 어둠 속에서 혹시 당신이, 사실은 날 사랑하지 않 는다고 말씀하시는 건 아닐까 생각하니 전 너무 무서워서……"

"이상한 소릴 다 하는군. 지금 그런 말은 하지 않는 게 좋아. 당신의 심정은 나도 잘 알고 있으니까. 이런 어둠 속에서 혹시 머리가 어떻게 된 건 아니지?"

"하지만 때마침 그런 느낌이 들기 시작한 걸요, 아마 저런 여 러 가지 것들을 보고 흥분했나 봐요. 그리고 평소와는 달리 생각 한 걸 말할 수 있을 것 같은 기분이에요. 그렇다고 화내시면 안 돼요. 아셨죠?"

"당신이 나를 의심한 건 잘 알고 있어."

치요코는 히로스케의 말투에 깜짝 놀라 갑자기 입을 다물었습니다. 신기하게도 그녀는 언젠가, 현실인지 꿈속인지 알 순 없지만 이와 똑같은 정경을 경험한 적이 있는 듯한 생각이 들었습니다. 그건 왠지 그녀가 이 세상에 태어나기 전의 일인 것 같기도 합니다. 그때도 그들은 지옥 같은 어둠 속에서 탕 위로 고개만 내민 채 아주 작은 두 사람의 망자처럼 마주하고 있었습니다. 그리고 상대방 남자는 마찬가지로 "당신이 날 의심한 건 잘 알고 있어."라고 대답했던 것입니다. 그 다음에 그녀는 어떤 말을 했는지, 남자는 어떤 태도를 보였는지, 또는 어떤 무서운 결말에 이르렀는지, 그렇게 말한 후의 일은 확실히 아는 것 같으면서도 도저히 생각이 나질 않았습니다.

"잘 알고 있어."

히로스케는 입을 다문 치요코를 뒤쫓듯이 반복했습니다.

"아니, 아니요, 안 돼요. 이제 그만 하세요."

치요코는 히로스케가 말을 계속 하려고 하자 이를 제지하며 외쳤습니다.

"저는 당신과 이야기하는 게 무서워요. 그보다 아무 말씀 하지 마시고 빨리, 빨리 저를 데리고 돌아가주세요."

그때였습니다. 어둠을 가르는 듯한 격렬한 음향이 귀청을 찢는가 싶더니 갑자기 남편의 목에 매달렸던 치요코의 머리 위로 사각사각 불꽃이 흩어지면서 도깨비 같은 오색 발광체가 퍼졌습니다.

"놀랄 거 없어. 불꽃이야. 내가 고안한 파노라마 왕국의 불꽃이지. 저걸 봐. 보통 불꽃과 다르게 우리 불꽃은 저렇게 오랫동안, 마치 하늘에 비친 환등처럼 가만히 있잖아. 내가 좀 전에 당신에게 보여줄 게 있다고 한 건 바로 이거야."

올려다보니 그건 히로스케의 말대로 마치 구름에 비친 환등 같아서 금빛으로 빛나는 왕거미 한 마리가 하늘 가득히 펴져 있었습니다. 또 그 거미는 선명하게 그려진 다리 8개의 마디마디를 기이하게 꿈틀거리면서 서서히 그들 쪽으로 내려오는 것이었습니다. 비록 그것이 불을 통해 그려진 그림이라고 해도, 캄캄한 하늘을 뒤덮은 왕거미 한 마리가 제일 섬뜩한 복부를 드러낸 채 버둥거리며 머리 위로 다가오는 풍경은 누군가에게 더할 나위 없는 아름다움일지 모르지만, 본래 거미를 싫어하는 치요코에게는 숨 막힐 정도로 무서웠습니다. 하지만 아무리 보지 않으려고 해도 그 공포에 신기한 매력이 있는 건지, 걸핏하면 그녀의 눈은 하늘로 향하고 그때마다 전보다 훨씬 더 가깝게 다가오는 괴물을 쳐다봐야 했습니다. 그리고 그 풍경보다 훨씬 더 그녀를 벌벌 떨게 만든 것은 왕거미 불꽃도 언젠가 본 적이 있다는 것, 이 모든 것이 다 두 번째라는 의식이었습니다.

"이제 불꽃같은 건 보고 싶지 않아요. 그렇게 언제까지고 나를 무섭게 하지 말고 제발 돌아가게 해주세요. 자, 돌아가요."

그녀는 이를 악물고 겨우 말했습니다. 그러나 그때 불꽃 거미는 이미 흔적도 없이 어둠 속으로 사라져간 후였습니다.

"당신은 불꽃도 무서운 거야? 난감하군. 이번에는 저런 불쾌한 게 아니라 아름다운 꽃이 피어날 거야. 조금만 더 참고 봐봐. 자, 이 연못 건너편에 서 있던 검은 통 기억나? 그게 불꽃 통이야. 이 연못 아래 우리 마을이 있어서 거기서부터 내 종자들이 불꽃을 쏘고 있는 거지. 이상할 것도, 무서울 것도 전혀 없어."

어느새 히로스케의 양손이 철제 기름틀처럼 괴이한 힘으로 치요코의 어깨를 끌어안고 있었습니다. 그녀는 지금 고양이 발톱에 걸린 쥐처럼 도망치려고 해도 도망칠 수 없는 것입니다.

"앗."

그것을 느낀 그녀는 이제 비명을 지르지 않을 수 없었습니다.

"죄송해요, 죄송해요."

"죄송하다니, 당신이 사과할 일이라도 있어?"

히로스케의 말투는 점점 위압감을 더하기 시작했습니다.

"당신 생각을 말해봐. 나를 어떻게 생각하는지 솔직하게 말해보라고, 자."

"아아, 결국 당신은 그 말씀을 하셨군요. 하지만 전 지금 너무 무서워서."

치요코의 목소리는 흐느껴 울듯이 띄엄띄엄 이어졌습니다.

"하지만 지금이 제일 좋은 기회야. 우리 옆에는 아무도 없어. 당신이 무슨 말을 하든 당신이 무서워하는 것처럼 세상 사람들이 듣진 못할 거야. 나와 당신 사이에 숨길 게 뭐가 있겠어. 자, 과감하게 말해봐."

캄캄한 계곡의 욕조 속에서 신기한 문답이 시작되었습니다.

그 괴이한 정경만큼이나 두 사람의 기분에는 다소 광기에 가까운 요소가 더해져 있었다고 해야 할 것입니다. 특히 치요코의 목소리는 묘하게 상기되어 있었습니다.

"그럼 말씀드릴게요."

치요코는 갑자기 딴 사람이 된 것처럼 또박또박 말하기 시작했습니다.

"솔직히 말씀드리면 저도 당신에게 물어보고 싶어서 도저히 참을 수가 없었어요. 부디 애태우지 말고 진실을 말씀해주세요. ……당신은 혹시 고모다 겐자부로와는 완전히 다른 분이 아니신지요? 자, 말씀해주세요. 무덤에서 살아 돌아오신 후 오랫동안 저는 당신이 진짜 당신이 맞는지 의심하고 있었어요. 겐자부로는 당신처럼 무시무시한 재능이 전혀 없었거든요. 아마 당신도 눈치 챘겠지만 이 섬에 오기 전부터 저는 이미 반쯤 그 의심을 굳히고 있었답니다. 또 이곳의 섬뜩하지만 신기하게도 사람을 매료시키는 다양한 경치를 보고나니 나머지 절반의 의심도 확실히 풀린 것 같아요. 자, 거기에 대해 말씀해주세요."

"하하하하하, 당신은 결국 본심을 털어놨군."

히로스케의 목소리는 묘하게 침착하면서도 어딘가 자포자기한 듯한 어조를 감출 수 없었습니다.

"나는 터무니없는 실수를 했어. 사랑해선 안 될 사람을 사랑했지. 나는 그 사랑을 얼마나 참고 또 참았는지 몰라. 하지만 조금만 더 참아야지 하는 순간에 결국 참을 수가 없었어. 그리고 내 걱정대로, 당신은 내 정체를 깨닫게 된 거야. ……"

그리고 히로스케 또한 신들린 사람처럼 그의 대략적인 음모를 술술 이야기했습니다. 아무 것도 모르는 지하의 불꽃 담당자는 그 사이에도 주인들의 눈을 즐겁게 하고자 준비한 불꽃탄을 계속 쏘아 올렸습니다. 기괴한 동물 모양, 괴려한 꽃 모양, 또는 황당무계하고 다양한 모양의 불꽃들. 어두운 밤하늘 여기저기에서 강렬하게 반짝이는 파랑 빨강 노랑의 불꽃들은 그대로 계곡 밑바닥의 수면을 물들였습니다. 그리고 그 안에 두둥실 떠 있는 두 개의 수박 같은 그들의 얼굴은 무대 조명 색깔 그대로 미세한 표정까지 야릇하게 빛났습니다.

열심히 떠들고 있는 히로스케의 얼굴은 어떨 때는 술 취한 사람처럼 빨개졌다가 어떨 때는 죽은 사람처럼 창백해졌습니다. 또 어떨 때는 황달에 걸린 무시무시한 모습을 보여주기도 하고 어떨 때는 칠흑 같은 어둠 속의 유일한 목소리가 되기도 했습니다. 그 모든 것이 괴이한 이야기 내용과 한데 뒤섞여 치요코를 극도로 불안하게 했습니다. 치요코는 너무 무서운 나머지 견딜 수가 없어서 몇 번이나 그 자리에서 도망치려고 시도했지만 히로스케의 광적인 포옹은 도무지 그녀를 놓아주지 않았습니다.

22

"당신이 어느 정도까지 내 음모를 예상했는지는 모르겠어. 당신은 민감해서 아마 상당히 깊은 곳까지 상상하기도 했을 거야.

하지만 아무리 당신이라도 내 계획이나 이상이 이렇게까지 뿌리 깊을 거란 생각은 못했겠지."

이야기를 마친 히로스케는 마침 그때 아직 꺼지지 않은 새빨간 불꽃이 하늘을 물들이고 있었는데, 그렇게 시뻘건 도깨비의 형상을 하고 가만히 치요코를 노려보았습니다.

"보내줘, 보내줘요—"

치요코는 이미 아까부터 체면을 잊은 채 울부짖으며 그저 이 한마디를 반복할 뿐이었습니다.

"잘 들어, 치요코."

히로스케는 그녀의 입을 막듯이 큰 소리로 꾸짖었습니다.

"이렇게 다 털어놓고 나서 내가 당신을 그냥 돌려보낼 수 있겠어? 당신은 이미 나를 사랑하잖아? 어제까지, 아니 바로 좀 전까지 당신은 내가 진짜 겐자부로인지 의심하면서도 나를 사랑했잖아? 그랬다가 내가 솔직히 고백하니까 이제 나를 원수처럼 미워하고 두려워하는 건가?"

"놔줘요. 제발 보내주세요."

"그래? 그럼 당신은 역시 나를 남편의 원수라고 생각하는 거군. 고모다가의 원수라고 생각하는 거야. 치요코, 잘 들어. 나는 당신이 더할 나위 없이 사랑스러워. 차라리 당신과 함께 죽고 싶을 정도였어. 하지만 난 아직 미련이 있어. 히토미 히로스케를 죽이고 고모다 겐자부로를 소생시키기 위해 나는 얼마나 갖은 애를 썼는지 몰라. 그리고 이 파노라마 왕국을 세우기까지 얼마나 많은 희생을 치렀는지 몰라. 그런 생각을 하니 이제 한 달 정도면 완성되는 이 섬을 버리고 차마 죽을 수가 없어. 그래서 치요코, 나는 당신을 죽이는 것 외엔 방법이 없어."

"죽이지 말아주세요."

그 말을 들은 치요코는 잠긴 목소리를 쥐어짜 소리쳤습니다.

"죽이지 말아주세요. 뭐든지 당신이 말씀하시는 대로 할게요. 지금까지처럼 당신을 겐자부로로 섬길게요. 아무한테도 말하지 않을 거예요. 앞으로도 절대 입 밖에 내지 않을게요. 제발 살려주세요."

"그게 정말이야?"

불꽃으로 인해 새파랗게 물든 히로스케의 얼굴 중에서 유일하게 보랏빛으로 반짝이던 눈이 찌를 듯이 치요코를 노려봤습니다.

"하하하하하, 안 돼. 나는 이미 당신이 뭐라고 하든 당신을 믿을 수 없어. 어쩌면 당신은 나를 사랑해줄지도 몰라. 당신이 하는 말이 진심일 수도 있지. 하지만 그걸 어떻게 증명하겠어? 당신을 살려두면 내가 망할 거야. 그리고 당신은 다른 사람에게 이 사실을 알리지 않을 생각이라도, 내 고백을 들어버린 이상 여자인 당신 솜씨로는 도저히 나만큼 철저하게 사람들을 속일 수 없어. 어느덧 당신 행동이 그 사실을 털어놓게 될 거라고. 어느 쪽이든 당신을 죽이는 것 외엔 방법이 없어."

"싫어, 싫어요. 난 부모가 있어요. 형제가 있다고요. 도와주세요, 제발 부탁이에요. 무조건 당신이 하라는 대로 할게요. 놔줘요, 제발 놔주세요."

"이봐, 당신은 목숨이 아까운 거야. 나를 위해 희생할 마음이 없는 거지. 당신은 나를 사랑하지 않아. 겐자부로만 사랑하는 거라고. 아니, 설령 겐자부로와 같은 얼굴을 한 남자를 사랑할 수는 있어도 악인인 나는 도저히 사랑할 수 없는 거야. 이제 알았어. 난 무슨 일이 있어도 당신을 죽일 수밖에 없어."

그리고 히로스케의 양팔은 치요코의 어깨에서 서서히 위치를 바꿔 그녀의 목을 향해 다가갔습니다.

"아아아아아, 도와줘……"

치요코는 이미 제정신이 아니었습니다. 그녀는 그저 몸을 피하는 것 외엔 아무 생각도 할 수가 없었습니다. 그 옛날 조상에게 물려받은 호신 본능은 그녀로 하여금 고릴라처럼 이를 드러내게 만들었습니다. 그리고 거의 반사적으로 그녀의 날카로운 송곳니는 히로스케의 팔뚝 깊숙이 파고들었습니다.

"빌어먹을."

히로스케는 자기도 모르게 손에 힘을 빼고 말았습니다. 그 틈에 치요코는 평소의 그녀라면 도저히 상상할 수 없을 만큼 민첩하게 히로스케의 팔을 빠져나가더니 바다표범처럼 무시무시한 기세로 물속에서 튀어올라 캄캄한 건너편 물가로 도망쳤습니다.

"도와줘……"

찢어질 듯한 비명이 주변의 작은 산에 울려 퍼졌습니다.

"바보, 여기는 산 속이야. 누가 도와주러 오겠어? 낮에 본 여자들은 이제 이 땅 밑의 방으로 돌아가서 깊이 잠들어 있어. 게다가 당신은 빠져나가는 길도 모르잖아."

히로스케는 짐짓 여유를 보이며 고양이처럼 그녀에게 다가갔습니다. 이 왕국의 주인인 그는 지상에 아무도 없다는 것을 잘 알고 있었습니다. 다만 그녀의 비명이 불꽃통을 통해 저멀리 지하로 전해진 게 아닐까 걱정할 뿐이었습니다. 다행히도 그녀가 다다른 곳은 그 반대쪽이었고, 또 지하의 불꽃 발사장치 바로 옆에서는 발전용 엔진이 엄청난 소리를 내고 있어서 지상의 소리 같은 게 거의 들릴 리가 없었습니다. 더 안심이 되는 것은 때마침 열 몇 발 째 불꽃을 쏘아올린 터라 좀 전의 비명이 그 소리에 묻혀버린 것입니다.

채 가시지 않은 금빛 불꽃은 여기저기 출구를 찾아 헤매는 치요코의 애처로운 모습을 생생하게 비추었습니다. 단번에 그녀에게 달려든 히로스케는 그녀의 몸 위로 쓰러지더니 전혀 힘들이지 않고 그녀의 목에 양손을 두를 수 있었습니다. 그리고 그녀가 두 번째 비명을 지르기도 전에 이미 그녀의 호흡은 가빠져 있었습니다.

"제발 용서해줘, 난 지금도 당신을 사랑해. 하지만 난 너무 욕심이 많아. 이 섬에서 벌어지는 수많은 환락을 버릴 수 없어. 당신 한 사람을 위해 신세를 망칠 수는 없다고."

끝내 히로스케는 눈물을 뚝뚝 흘리며 "용서해줘."를 연발했습니다. 점점 힘이 들어가는 그의 손 아래서는 벌거벗은 치요코가 그와 살을 맞댄 채 그물에 걸린 물고기처럼 팔딱거리고 있었습니다.

인공 꽃동산의 골짜기 속 따뜻하고 향긋한 수증기 안에서 기괴한 불꽃의 오색 무지개를 띠고 미친 듯이 뛰노는 짐승처럼 두 사람의 나체가 뒤엉킵니다. 그건 무시무시한 살인이 아니라 오히려 벌거벗은 남녀의 도취된 몸짓처럼 보이기도 했습니다.

악착같이 뒤쫓는 팔, 갈팡질팡하며 도망치는 살덩이, 밀착된 뺨과 뺨 사이에 시큼한 눈물이 뒤섞이고 가슴과 가슴이 리듬에 맞춰 미친 듯이 뛰기 시작합니다. 급류를 이룬 진땀은 두 사람의 몸을 해삼처럼 걸쭉하게 풀어가는 것 같았습니다.

생존을 위한 투쟁이라기보다는 유희와 같은 느낌이었습니다. '죽음의 유희'라는 게 있다면 이런 게 아닐까요. 상대방의 배에 걸터앉아 그 가느다란 목을 조이고 있는 히로스케와 남자의 탄탄한 근육 아래 몸부림치고 있는 치요코 모두 어느새 고통을 잊고 황홀한 쾌감, 말로 표현할 수 없는 환희에 빠져들었습니다.

이윽고 치요코의 창백한 손가락이 단말마의 아름다운 곡선을 그리며 몇 번 하늘을 휘젓더니 그녀의 투명한 콧구멍에서 실 같은 붉은 피가 갈쭉하게 흘러나왔습니다. 그리고 때마침 약속이라도 한 것처럼 불꽃의 거대한 금빛 꽃잎은 검은 벨벳 같은 하늘을 선명하게 가르며 화원과 샘, 그리고 거기에 뒤엉킨 두 개의 몸뚱이를 쏟아지는 금빛 가루 속에 가뒀습니다. 치요코의 창백한 얼굴과 그 위에 흐르는 실처럼 가느다란 피, 붉은 옻칠을 한 것처럼 윤기가 흐른 한 줄기 피는 얼마나 고요하고 아름답게 보였는지 모릅니다.

23

히토미 히로스케가 T시의 고모다 저택으로 돌아오지 않게 된 것은 그 날부터였습니다. 그는 완전히 파노라마 왕국의 주인으로서—광적인 왕국의 군주로서— 오키노시마 섬에 영주하게 되었습니다.

"치요코는 이 파노라마 왕국의 여왕님이야. 인간계에는 결코 두 번 다시 모습을 보이지 않을 거라네. 유모 자네는 이 섬에 있는 군상의 나라를 봤겠지? 이따금 치요코는 어지럽게 숲을 이뤄 서 있는 저 나체상의 하나가 될 때도 있어. 그렇지 않을 때는 바다 밑 인어, 아니면 독사 나라의 뱀 부리는 사람, 아니면 화원에 흐드러지게 핀 꽃의 요정, 그리고 그런 놀이에도 다 질리면 이 웅장한 궁전 안쪽의 깊숙한 곳에서 비단 장막에 싸여 부귀영화를 누리는 여왕님이지. 그녀가 이 낙원 생활을 왜 싫어하겠어? 그녀는 마치 옛날이야기에 나오는 우라시마 다로(浦島太郎)*처럼 시간과 집을 잊고 이 나라의 아름다움에 도취됐으니 너희들은 조금도 걱정할 필요가 없어. 네 사랑스러운 주인은 지금 행복의 절정에 있으니까."

치요코의 늙은 유모가 주인의 안부를 염려하여 일부러 오키노시마 섬으로 그녀를 맞으러 왔을 때 히로스케는 섬 지하를 파서 건축한 웅장한 궁전의 왕좌에 앉아 마치 일국의 제왕이 그 신

* 일본 전설 속의 인물. 거북이를 살려준 주인공이 상자를 절대 열지 말라는 약속을 어기고 이를 여는 순간 노인이 되었다고 함.

하를 접견하듯이 엄숙한 예의를 차리며 고지식한 노파를 놀라게 했습니다. 노파는 히로스케의 흐뭇한 말에 안도한 건지, 아니면 그 자리의 엄숙한 광경에 충격을 받은 건지 대답할 말도 찾지 못하고 물러날 수밖에 없었습니다.

모두 이런 식이었습니다. 치요코의 아버지에게는 수차례 막대한 답례품을 보냈으며 그 밖의 일가친척 중 어떤 이에게는 경제상의 압박을 가하고 어떤 이에게는 그 반대로 아낌없는 선물을 보냈습니다. 그리고 관청에 보내는 사례 등도 쓰노다 노인의 손을 통해 빠짐없이 실행했습니다.

한편 섬사람들은 치요코 여왕의 모습을 훔쳐보는 것조차 허락되지 않았습니다. 그녀는 낮이고 밤이고 지하 궁전 안쪽 깊숙이, 히로스케의 방 안쪽 무거운 장막 뒤에 숨어 있었고, 누구든 그 방에 들어가는 것이 금지되었습니다. 하지만 주인의 이상한 기호를 아는 섬사람들은 필시 그 장막 뒤에는 왕과 여왕에게만 허락되는 환락과 꿈의 세계가 숨어 있을 것이라고 히죽거릴 정도로 누구 하나 의심을 품지 않았습니다. 원래 섬사람들 중에는 몇 명의 남녀를 제외하면 치요코의 얼굴을 확실히 아는 자도 없었고, 지나가다 우연히 여왕의 모습을 봤다고 한들 그것이 과연 진짜 치요코인지 구분할 힘도 없었습니다.

이리하여 거의 불가능한 일이 이루어졌습니다. 히로스케는 고모다가의 끝없는 재력을 통해 모든 곤경을 극복하고 모든 파탄을 넘길 수 있었습니다. 지금까지 가난했던 일가친척이 금세 벼락부자가 되었습니다. 또 비참했던 곡마단 무희, 영화 여배우,

가부키 여배우들은 이 섬에서는 일본 제일의 명배우처럼 훌륭한 대우를 받고 젊은 문학가, 화가, 조각가, 건축가들은 작은 회사의 중역 정도의 수당을 받았습니다. 설령 그곳이 무시무시한 범죄의 나라였다고 해도 그 사람들에게 과연 파노라마 섬을 버릴 용기가 있었을까요?

그리고 끝내 지상 낙원이 찾아왔습니다.

종을 초월한 카니발의 광기가 온 섬을 뒤덮기 시작했습니다. 화원에 피어나는 나부의 꽃, 탕의 연못에 흐드러진 인어의 무리, 끊이지 않는 불꽃, 숨 쉬는 군상, 미친 듯이 춤추는 강철로 된 금은 괴물, 만취하여 걸핏하면 웃어대는 맹수들, 독사의 뱀춤, 그 사이를 천천히 걸어가는 미녀의 연화좌, 그리고 연화좌 위에는 비단옷으로 감싼 이 나라의 왕 히토미 히로스케의 미친 듯이 웃어대는 얼굴이 있었습니다.

연화좌는 때때로 섬 중앙에 완성된 대형 콘크리트 원기둥의 나선 계단, 그곳은 온통 담쟁이덩굴로 덮여 있는 가운데 담쟁이덩굴 같은 철제 나선 계단이 꼬불꼬불 정상까지 이어져 있었는데, 그 계단을 기어오를 때도 있었습니다.

그곳 정상에 있는 기괴한 버섯 모양의 우산 위에서는 섬 전체를 저멀리 해변까지 한 눈에 조망할 수 있었습니다. 그런데 그 신기한 전망을 무엇에 비유하면 좋을까요? 하계(下界)의 모든 풍경은 나선 계단을 오르면서 사라지고 화원, 연못, 숲, 사람 모두 어디서나 볼 수 있는 몇 겹의 거대한 암벽으로 변해 정상에서는 그 적황색 암벽이 마치 각각의 꽃잎처럼 한 송이 꽃을 이루면서 저멀리 해변까지 겹쳐 보입니다. 파노라마 왕국의 여행자는 다양하고 기괴한 경치를 본 후 만나게 되는 이 생각지도 못한 전망에 다시 한 번 깜짝 놀라지 않을 수 없습니다. 그건 가령 섬 전체가 망망대해에 떠 있는 한 송이 장미랄까요, 거대한 아편의 꿈을 가진 진홍색 꽃이 하늘의 태양과 단둘이 대등한 교제를 하고 있는 것입니다. 유례없는 단조로움과 거대함이 자아내는 불가사의한 아름다움이란 무엇일까요? 자칫 어떤 여행자는 그의 멀고 먼 선조가 봤을 저 신화의 세계를 떠올릴 수도 있습니다만……

그 멋진 무대에서 밤낮 구분 없이 펼쳐지는 광기와 음탕, 난무와 도취의 환락경, 수많은 생사의 유희를 제가 뭐라고 이야기하면 좋을까요? 그건 아마 독자 여러분의 모든 악몽 중에서 가장 황당무계하고, 가장 필사적이며, 가장 진기하고 아름다운 것과 닮아 있지 않을까 싶습니다.

24

독자 여러분, 이 한 편의 동화는 여기서 화려한 대단원의 막을 내려야 할까요? 히토미 히로스케가 변신한 고모다 겐자부로는 이 상태로 100살까지 신기한 파노라마 왕국의 환락에 빠져 있을 수 있었을까요? 아니, 그럴 리가 없습니다. 고풍스러운 이야기의 특징이지만, 클라이맥스 다음에는 반드시 파국이라는 만만치 않는 것이 벼르고 있습니다.

어느 날 히토미 히로스케는 문득 이유를 알 수 없는 불안에 휩싸였습니다. 그건 어쩌면 세상에서 흔히 말하는 승리자의 비애였을지도 모릅니다. 끝없는 환락에서 오는 일종의 피로, 또는 과거의 죄업에 대한 마음 속 깊은 곳의 공포가 조용히 선잠을 자던 그의 꿈을 덮쳤는지도 모릅니다. 그러나 그런 이유 말고도 한 남자가 자기를 둘러싼 공기와 함께 조용히 이 섬에 가져온 이상한 흉조라고 해야 할까요, 혹시 그것이 히로스케가 느낀 불안의 가장 큰 원인이었던 건 아닐까요?

"이보게, 저 연못 옆에 멍하니 서 있는 남자는 도대체 누군가? 전혀 본 기억이 없는데."

처음에 그 남자를 화원의 탕 연못가에서 발견한 그는 옆에 있던 한 시인에게 이렇게 물었습니다.

시인이 대답했다.

"주인님, 잊어버리셨습니까? 저 사람은 저희 같은 문학자입니다. 두 번째로 고용하신 사람들 중 하나이지요. 요전에 잠시 고향에 돌아갔다든가 해서 보이지 않았던 것 같은데, 아마 오늘 배편으로 돌아왔나 봅니다."

"아아, 그랬나? 그럼 이름은 뭐라고 하지?"

"기타미 고고로(北見小五郞)라고 하던데요."

"기타미 고고로라, 나는 전혀 생각이 안 나는데."

신기하게도 그 남자가 기억에 남아 있지 않은 것도 일종의 흉조였던 게 아닐까요? 그 후로 히로스케는 어디에 있든지 기타미 고고로라는 문학자의 시선을 느꼈습니다. 화원의 꽃 속에서, 탕 연못의 수증기 저편에서, 기계국에서는 실린더 뒤쪽에서, 조각상 정원에서는 군상의 틈새로, 숲속 거목의 그늘에서, 그는 언제나 히로스케의 일거수일투족을 바라보고 있는 것 같았습니다.

그리고 어느 날 그 섬의 중앙에 있는 거대한 원기둥 뒤쪽에서 히로스케는 결국 그 남자를 붙잡았습니다.

"자네, 기타미 고고로라고 했나? 내가 가는 곳마다 항상 자네가 있다니, 좀 이상한 것 같군."

그러자 우울한 초등학생처럼 멍하니 원기둥에 기대 있던 상대는 창백한 얼굴을 살짝 붉히면서 공손하게 대답했습니다.

"아니요, 그건 분명히 우연일 겁니다, 주인님."

"우연? 아마 그렇겠지. 그런데 자네는 지금 거기서 무슨 생각을 하고 있었나?"

"옛날에 읽은 소설을 생각하고 있었습니다. 매우 감명 깊은 소설이었거든요."

"허, 소설? 그래, 자네는 문학자였지. 그건 누구의 무슨 소설인가?"

"주인님은 아마 모르실 겁니다. 무명작가의, 그것도 활자화되지 못한 소설이니까요. 히토미 히로스케라는 사람의 『RA 이야기』라는 단편소설입니다."

갑자기 호명된 옛날 이름 정도로 놀라기에 히로스케는 이미 너무 단련되어 있었습니다. 그는 상대방이 던진 의외의 말에 얼굴의 핏대 하나 꿈쩍하지 않았습니다. 핏대는커녕 뜻밖에 그의 옛날 작품을 아는 애독자를 발견했다는 신기한 기쁨에 반갑게 말을 이어갔습니다.

"히토미 히로스케라면 나도 알고 있네. 동화 같은 소설을 쓰는 남자였지. 이보게, 그 사람은 내 학창시절 친구였다네. 친구라고 해봤자 친하게 이야기한 적도 없지만 말이야. 그런데 『RA 이야기』라는 작품은 읽은 적이 없군. 자네는 어떻게 그 원고를 손에 넣었는가?"

"그렇습니까? 주인님의 친구였다고요? 그것 참 신기한 일도 다 있군요. 『RA 이야기』는 19○○년에 완성됐는데 그때 주인님은 T시로 돌아와 계셨죠."

"돌아왔지. 그때부터 2년쯤 전에 헤어진 이후로 히토미와는 완전히 연락이 끊어졌어. 그래서 그가 소설을 발표한 것도 잡지 광고를 보고 알았을 정도라네."

"그럼 학창시절에도 별로 친한 편은 아니셨습니까?"

"뭐 그렇지. 교실에서 얼굴을 마주하면 인사를 나누는 정도였어."

"저는 여기 오기 전까지 도쿄 K잡지 편집국에 있었습니다. 그런 관계로 히토미 씨와도 알게 되었고 그의 미발표 원고도 읽었던 겁니다. 이 『RA 이야기』라는 작품을 저희들은 정말 걸작이라고 생각했지만 편집장이 지나치게 농염한 묘사를 염려한 나머지 그만 묵살해버렸습니다. 그도 그럴 것이 히토미 씨는 아직 신출내기로 이름 없는 작가였으니까요."

"그거 안타깝군. 그래서 히토미 히로스케는 요즘 뭘 하고 있으려나?"

히로스케는 "이 섬에 불러도 좋은데."라고 덧붙이고 싶은 것을 겨우 참았습니다. 그는 자신의 구악(舊惡)에 대해 그 정도로 자신이 있을 만큼 완벽하게 고모다 겐자부로가 되어 있었습니다.

"아직 모르시는 것 같군요."

기타미 고고로는 감개무량한 듯이 말했습니다.

"그 사람은 작년에 자살했습니다."

"허어, 자살?"

"바다에 빠져 죽었습니다. 유서가 있어서 자살이라는 것이 밝혀졌죠."

"무슨 일이 있었나 보군."

"아마 그렇겠죠. 저는 모르지만. ······그건 그렇고 이상한 것은 주인님과 히토미 씨가 마치 쌍둥이처럼 꼭 닮았다는 사실입니다. 저는 처음에 여기 왔을 때 혹시 히토미 씨가 이런 곳에 숨어 있었던 게 아닐까 하고 깜짝 놀랐을 정도였습니다. 물론 주인님도 그 사실은 알고 계시겠지요?"

"주위에서 종종 놀리곤 했지. 하느님은 엉뚱한 장난을 하시는 법이거든."

히로스케는 자못 호방하게 웃어 보였습니다. 기타미 고고로도 그와 동시에 너무 우습다는 듯이 웃었습니다.

그날은 하늘이 온통 잿빛 비구름에 뒤덮여 폭풍전야처럼 묘하게 조용하고, 바람 한 점 불지 않으면서도 섬 주위에는 파도가 짐승처럼 으르렁거리며 섬뜩하게 거품이 이는 듯한 날씨였습니다.

그림자가 없는 대형 원기둥은 낮게 깔린 검은 구름으로 가는 악마의 계단처럼 우뚝 솟아 있고 다섯 아름이나 되는 그 밑 부분에서 두 사람이 쓸쓸하게 이야기를 나누고 있었습니다. 평소에는 나부의 연화좌를 타거나 몇 명의 하인을 거느리고 있던 히로스케가 이 날만은 혼자 여기에 온 것도, 일개 고용인에 불과한 기타미 고고로와 이런 긴 대화를 시작한 것도 신기하다면 신기한 일이었습니다.

"정말이지 거울을 보는 것 같습니다. 게다가 닮은 것도 닮은 것이려니와, 그밖에도 또 신기한 게 있습니다."

기타미 고고로는 점점 이야기에 열중하기 시작했습니다.

"신기하다니?"

히로스케도 왠지 이대로 헤어질 기분은 들지 않았습니다.

"지금 말한 『RA 이야기』라는 소설 말입니다. 주인님은 혹시 히토미 씨에게 그 소설의 줄거리 같은 걸 들은 적이 없으신지요?"

"아니, 그런 적은 없어. 좀 전에 말한 대로 히토미와는 그저 같은 학교에 다녔을 뿐이거든. 즉 교실에서나 만나는 사이였던지라 한 번도 깊은 이야기를 나눈 적이 없다네."

"정말입니까?"

"자네, 참 이상하군. 내가 거짓말을 할 이유가 없지 않은가?"

"하지만 그렇게 단언하셔도 될까요? 혹시 후회하실 일은 없겠습니까?"

기타미 고고로의 기이한 충고를 들은 히로스케는 왠지 등골이 오싹해졌습니다. 하지만 그 정체가 무엇인지, 당연한 일을 깜박한 것처럼 이상하게도 생각해낼 수 없었습니다.

"자네 도대체 무슨……"

히로스케는 말을 하다 말고 문득 입을 다물었습니다. 어렴풋이 어떤 일이 이해되기 시작한 것입니다. 그의 얼굴이 창백해지더니 호흡이 빨라지고 겨드랑이 밑에서는 식은땀이 흘렀습니다.

"이런, 이제 좀 이해가 되십니까? 저라는 남자가 무엇을 위해 이 섬에 왔는지."

"모르겠네, 자네가 하는 말은 전혀 모르겠어. 말도 안 되는 이야기는 그만 두게나."

그리고 히로스케는 또 웃었습니다. 그러나 그건 마치 유령의 웃음소리처럼 힘이 없었습니다.

"모르겠다면 말씀드리지요."

기타미 고고로는 조금씩 하인이 지켜야 할 예절을 잃어가는 것 같았습니다.

"『RA 이야기』라는 소설의 몇몇 장면과 이 섬의 경치는 처음부터 끝까지 완전히 똑같습니다. 그건 마치 당신이 히토미 씨를 쏙 빼닮은 것과 마찬가지예요. 만약에 당신이 히토미 씨의 소설을 읽지 않고 이야기도 듣지 않았다면 이 신기한 일치는 어떻게 생긴 걸까요? 우연의 일치라고 하기엔 그 도가 지나칩니다. 이 파노라마 섬의 창작은 『RA 이야기』의 작자와 완전히 똑같은 사상과 흥미를 가진 사람이 아니면 불가능합니다. 아무리 당신과 히토미 씨의 생김새가 똑같다고 해도 사상까지 완전히 똑같다는 건 너무 이상하지 않습니까? 저는 지금 그 생각을 하고 있었습니다."

"그게 뭐 어쨌다는 건가?"

히로스케는 숨을 죽이고 상대방의 얼굴을 쏘아보았습니다.

"아직도 모르시겠습니까? 당신은 고모다 겐자부로가 아니라 히토미 히로스케임에 틀림없다는 이야기입니다. 혹시 당신이 『RA 이야기』를 읽었다든가 들었다고 했다면 그것을 흉내 내어 이 섬의 경치를 만들었다고 발뺌할 수도 있었겠지요. 하지만 당신은 지금 그 빠져나갈 단 하나의 구멍을 스스로 막아버린 게 아닐까요?"

히로스케는 상대방의 교묘한 덫에 걸린 사실을 깨달았습니다. 그는 이 대사업에 착수하기 전에 일단 자작 소설류를 검토하여 특별히 화근을 남길 만한 것이 없다는 사실을 확인해두었지만, 묵살된 투고 원고까지는 미처 생각하지 못했던 것입니다. 『RA 이야기』 같은 소설을 썼다는 사실조차 거의 잊었을 정도입니다. 이 이야기의 초반에도 썼듯이 그는 쓰는 원고마다 대부분 묵살 당한 애처로운 저술가였기 때문입니다. 하지만 지금 기타미의 말을 듣고 떠올려보니 그는 확실히 그런 소설을 쓴 적이 있습니다. 인공 풍경의 창작은 그의 수년에 걸친 꿈이었기 때문에 그 꿈이 한편으로는 소설이 되고 또 한편으로는 소설과 똑같은 실물이 되어 나타났다고 해도 조금도 이상할 게 없었습니다. 그렇게나 생각을 거듭했던 그의 계획에도 실수가 있었던 것입니다. 그게 하필 투고된 원고일 줄은 생각도 하지 못했습니다. 그는 아무리 후회해도 모자란 느낌이었습니다.

'아아, 이제 끝장이다. 결국 이 녀석에게 정체를 간파 당했을지도 몰라. 아니, 잠깐만. 이 녀석이 쥐고 있는 건 기껏해야 소설 한 편이 아닌가. 아직 주저앉기엔 일러. 이 섬의 경치가 타인의 소설과 비슷하다고 한들 그건 어떤 범죄의 증거도 되지 않으니까.'

히로스케는 순간 마음을 가다듬고 여유 있는 태도를 회복할 수 있었습니다.

"하하하하……, 자네도 쓸데없는 고생을 하는군. 내가 히토미 히로스케라고? 뭐 히토미 히로스케라도 아무 상관없지만, 어차피 나는 틀림없는 고모다 겐자부로이니 어쩔 수가 없군."

"아니, 내가 쥐고 있는 증거가 그것뿐이라고 생각하면 큰 착각입니다. 저는 모든 걸 알고 있어요. 하지만 당신의 입을 통해 직접 자백을 듣기 위해 이렇게 번거로운 방법을 취한 겁니다. 느닷없이 경찰에서 시비를 가리거나 하고 싶지 않은 이유가 있었습니다. 왜냐면 저는 당신의 예술에 진심으로 탄복했거든요. 아무리 히가시코지(東小路) 백작 부인의 부탁이라고 해도 이 위대한 천재를 호락호락하게 속세의 법률 따위에 넘기고 싶지 않기 때문이죠."

"그러니까 자네는 히가시코지가 보낸 첩자로군."

히로스케는 겨우 그 의미를 깨달을 수 있었습니다. 겐자부로의 누이로 다른 집에 시집을 간 히가시코지 백작 부인은 숱한 친척 중에서 금전의 힘으로 좌지우지할 수 없는 단 한 명의 예외였습니다. 기타미 고고로는 바로 그 히가시코지 부인의 앞잡이인 것입니다.

"그렇습니다. 저는 히가시코지 부인의 의뢰를 받고 왔습니다.

평소 고향과는 거의 교류가 없는 히가시코지 부인이 멀리서 당신의 행동을 감시하고 있었다니, 당신도 의외일 겁니다."

"아니, 누이가 나에게 말도 안 되는 의심을 품고 있다는 게 의외네. 만나서 이야기를 해보면 금세 알 수 있을 텐데."

"그런 말씀을 하신들 이제 와서 무슨 소용이 있겠습니까? 『RA 이야기』는 제가 당신을 의심하기 시작한 아주 작은 계기에 불과하고 진짜 증거는 따로 있는 걸요."

"그럼 그걸 들어봐야 하지 않겠는가?"

"가령 말입니다."

"가령?"

"가령 이 콘크리트 벽에 달라붙어 있는 머리카락 한 올 말입니다."

기타미 고고로는 그렇게 말하면서 옆의 커다란 원기둥 표면을 덮은 담쟁이덩굴을 헤치고 그 사이로 보이는 흰 표면에서 우담바라처럼 자란 한 올의 긴 머리카락을 보여줬습니다.

"당신은 아마 이게 무엇을 의미하는지 알고 계시겠죠? ……, 앗, 안 됩니다. 이걸 보세요, 당신의 손가락이 방아쇠에 닿기 전에 제 총알이 먼저 날아갈 겁니다."

기타미는 그렇게 말하고 오른손에 들고 있던 반짝이는 것을 내밀었습니다. 히로스케는 주머니에 손을 넣은 채 돌이 된 것처럼 움직일 수 없었습니다.

"저는 요전부터 이 한 올의 머리카락에 대해 생각하고 있었습니다. 그리고 지금 당신과 이야기를 하면서 드디어 진상을 알게 되었죠. 이 머리카락은 한 올만 떨어진 게 아니라 안쪽에서 뭔가와 이어져 있다는 걸 확인할 수 있었습니다. 그럼 지금 그것을 시험해 보시겠습니까?"

기타미 고고로는 말이 끝나자마자 곧장 주머니에서 대형 잭나이프를 꺼내 머리카락 아래 부분을 힘껏 찌르고 또 찔렀습니다. 그러자 콘크리트가 산산이 부서지면서 잠시 후 실팍한 칼이 반쯤 들어가나 싶더니 그 칼끝을 타고 새빨간 액체가 뚝뚝 흘러나왔습니다. 순식간에 하얀 콘크리트 표면에 한 송이 선명한 모란꽃이 피었습니다.

"더 파볼 것도 없습니다. 이 기둥에는 인간의 시체가 숨겨져 있습니다. 당신, 아니 고모다 겐자부로 부인의 시체 말입니다."

유령처럼 창백해져서 당장이라도 그곳에 주저앉을 것 같은 히로스케를 한 손으로 그러안아 붙들면서 기타미 고고로는 평소와 다름없는 어조로 말을 이어갔습니다.

"물론 저는 이 한 올의 머리카락으로 모든 것을 추측한 건 아닙니다. 히토미 히로스케가 고모다 겐자부로가 되기 위해서는 필시 고모다 부인의 존재가 최대 장애물이라는 사실을 깨달았던 거죠. 그래서 당신과 부인 사이를 주의 깊게 관찰하는 동안 문득 부인의 모습이 우리의 시야에서 사라져버리는 일이 일어났습니다. 다른 사람은 속일 수 있어도 저는 속일 수 없습니다. 이건 틀림없이 당신이 부인을 죽인 거라고 생각했습니다. 죽인 이상 시체를 숨길 장소가 필요하겠죠. 당신 같은 분은 어떤 장소를 고르실까요? 그런데 이것 역시 당신은 잊으셨을지도 모르지만, 운 좋게도 『RA 이야기』에 그 장소가 확실히 암시되어 있었습니다. 소설에는 RA라는 남자가 그의 비정상적인 기호 때문에 콘크리트 대형 원기둥을 세울 때 옛날 다리 공사의 전설을 흉내내어(소설이기 때문에 사람을 죽이는 건 자유자재입니다) 그럴 필요도 없는데 콘크리트 안에 한 여자를 인간 기둥으로 생매장하는 내용이 쓰여 있었습니다. 혹시나 해서 부인이 이 섬에 오신 날을 세어보니 마침 이 원기둥의 판자 거푸집이 완성되어 시멘트를 붓기 시작했을 즈음이었다는 것을 알게 되었습니다. 정말 안전한 장소 아닙니까? 당신은 그저 사람이 없을 때를 노려 발판 위까지 시체를 안아 올린 후 거푸집 안으로 떨어뜨리고 그 위에 두세 통의 시멘트를 흘려 넣기만 하면 되니까요. 하지만 부인의 머리카락이 딱 한 올 콘크리트 밖으로 삐져나와 있었다니, 범죄에는 뭔가 생각지 못한 허점이 생기는 법인가 봅니다."

이제 히로스케는 맥없이 주저앉아 마침 치요코의 선혈로부터 가까운 원기둥에 기대어 있었습니다. 기타미 고고로는 그 비참한 모습을 불쌍한 듯 바라보았습니다. 하지만 머릿속으로 생각했던 말은 다 해버릴 생각이었습니다.

"그걸 반대로 생각하면, 즉 당신이 부인을 살해해야 했다는 건 당신이 고모다 겐자부로가 아니었다는 이야기입니다. 아시겠습니까? 부인의 시체가 좀 전에 말한 증거의 하나입니다. 물론 그게 다가 아닙니다. 저는 또 하나 가장 중대한 증거를 쥐고 있습니다. 아마 벌써 알고 계실 것 같은데, 그건 다름 아닌 고모다 일가 보리사의 묘지에 있습니다. 사람들은 고모다 씨의 무덤에서 시체가 자취를 감추고 다른 장소에 고모다 씨와 똑같이 생긴 인간이 나타나자 바로 고모다 씨가 소생했다고 믿어버렸습니다. 하지만 관 속에서 시체가 사라졌다고 해도 반드시 그 시체가 살아났다고 단정할 수는 없습니다. 시체를 다른 장소로 옮겨 놓았을지도 모르니까요. 다른 장소라, 가장 가까운 곳에 관이 몇 개씩이나 묻혀 있으니 시체를 옮겨낸 자가 그 시체를 어딘가에 숨기려고 한다면 그 옆에 묻힌 관만큼 안성맞춤인 장소는 없지요. 이 얼마나 멋진 마법입니까? 고모다 겐자부로의 무덤 옆에는 겐자부로의 조부에 해당하는 사람의 관이 묻혀 있습니다. 그런데 거기에는 지금 당신의 배려 깊은 조처로 할아버지와 손자가 서로 뼈를 맞댄 채 사이좋게 잠들어 있는 거죠."

기타미 고고로가 거기까지 이야기했을 때 주저앉아 있던 히토미 히로스케는 갑자기 벌떡 일어나 어딘지 모르게 섬뜩한 목소리로 웃기 시작했습니다.

"하하하하……, 잘도 조사를 했군요. 말씀하신 대로입니다. 틀린 건 하나도 없습니다. 하지만 사실 당신 같은 명탐정을 귀찮게 하지 않아도 저는 이미 파멸에 이르러 있었습니다. 시간문제일 뿐이죠. 아까는 저도 깜짝 놀라 잠시 당신에게 맞서려고 했지만, 다시 생각해보니 그런 일을 해봤자 지금의 환락을 그저 2주, 길어봤자 한 달 연장할 수 있을 뿐입니다. 그게 무슨 의미가 있을까요? 저는 이미 만들고 싶은 걸 다 만들고 하고 싶은 걸 다 했습니다. 미련은 없어요. 깨끗하게 원래의 나 히토미 히로스케로 돌아가 당신의 말에 따르겠습니다. 솔직히 말하면 제 아무리 엄청난 고모다가의 재산이라도 앞으로 이 생활을 겨우 한 달 유지할 정도밖에 남지 않았거든요. 그런데 당신은 좀 전에 나 같은 남자를 호락호락하게 세상의 법률에 넘기고 싶지 않다고 말씀하셨죠? 그건 무슨 뜻입니까?"

"고맙습니다. 저도 그 이야기를 하고 싶었습니다. ……무슨 뜻이냐고요? 그건 경찰 따위의 손을 빌리지 않고 깨끗이 처리했으면 좋겠다는 것입니다. 이건 히가시코지 백작 부인의 명령이 아닙니다. 똑같이 예술에 종사하는 한 사람으로서, 저라는 한 개인의 바람입니다."

"고맙습니다. 제 감사의 인사도 받아주세요. 그럼 잠시 나를 자유롭게 해줄 수 있겠습니까? 딱 30분만 있으면 되는데."

"그럼요. 섬에는 수백 명이나 되는 당신의 하인이 있지만, 당신이 무시무시한 범죄자라는 걸 안다면 설마 편을 들어주진 않겠죠. 또 당신은 편을 그러모아 저와의 약속을 휴지조각으로 만들 사람도 아닐 겁니다. 그럼 전 어디서 기다리면 될까요?"

"화원의 탕 연못에서."

히로스케는 그렇게 내뱉고 커다란 원기둥 건너편으로 사라져 버렸습니다.

25

그리고 10분쯤 지난 후 기타미 고고로는 숱한 나부들에 섞여 탕 연못의 향긋한 수증기 속에 몸을 반쯤 담근 채 한가로이 히로스케가 오길 기다리고 있었습니다.

하늘은 온통 검은 구름에 뒤덮여 바람 한 점 불지 않고 눈에 보이는 꽃동산은 온통 은회색으로 잠들어 있습니다. 탕 연못에는 잔물결도 일지 않고 거기에서 목욕중인 수십 명의 나부들조차 마치 죽은 듯이 침묵하고 있습니다. 기타미의 눈에는 전체적인 풍경이 왠지 우울한 천연의 오시에(押絵)*처럼 보이기도 했습니다.

그리고 10분, 20분이 지나가는 동안 이 시간이 얼마나 길게 느껴졌는지 모릅니다. 언제까지고 움직이지 않는 하늘, 꽃동산, 연못, 나부들의 무리, 그리고 그것들을 담은 꿈결같은 회색.

그러나 얼마 되지 않아 사람들은 연못 한쪽 구석에서 쏘아 올린 때 아닌 불꽃 소리에 불현듯 정신을 차렸습니다. 이어서 올려다본 하늘에서 너무나도 아름다운 빛의 꽃을 발견하고 다시 한 번 탄성을 지르지 않을 수 없었습니다.

그건 평상시 불꽃의 5배 정도의 크기로, 그로 인해 하늘 가득히 퍼진 불꽃은 하나의 꽃이라기보다는 온갖 꽃들이 모여 거대한 한 송이가 된 것 같았습니다. 그 오색 꽃잎은 마치 만화경처럼 아래로 내려오면서 제각각 색과 모양을 바꾸며 더욱 넓게 퍼져가는 것이었습니다.

밤의 불꽃이 아니고 낮의 불꽃과도 다릅니다. 검은 구름과 은회색을 배경으로 오색 꽃이 수상하게 흥을 깨고 시시각각 면적

* 두꺼운 종이를 꽃, 새, 사람 등의 모양으로 오리고, 솜을 넣어 높낮이를 지은 다음, 고운 빛깔의 천으로 싸서 판자나 판지에 붙인 장식물

을 넓히면서 쓰리텐조(釣天井)*처럼 조금씩 내려오는 모습은 정말 혼이 달아날 것만 같은 풍경이었습니다.

그때 기타미 고고로는 눈앞이 아찔해지는 듯한 오색 빛 아래로, 혹은 문득 몇몇 남녀의 얼굴과 어깨에서 붉은 색 물방울을 봤습니다. 처음에는 수증기 물방울에 불꽃 색깔이 비친 것인가 싶어 보고도 그냥 지나쳤지만, 이윽고 붉은 물방울은 점점 더 격렬하게 쏟아져 내렸습니다. 자신의 이마와 뺨에서도 묘하게 따뜻한 물방울을 느끼고 그것을 손으로 만져보니 틀림없는 붉은 색 물방울, 즉 사람의 선혈이었습니다. 그리고 눈앞의 탕 표면에는 어느새 무참하게 찢긴 인간의 손목이 두둥실 떠 있었습니다. 기타미 고고로는 그런 피비린내 나는 광경 속에서 신기하게도 소란을 떨지 않는 나부들이 의아했습니다. 그리고 그 역시 꼼짝도 하지 않고 연못 둔덕에 가만히 머리를 기댄 채 멍하니 그의 가슴 언저리를 떠다니는 싱싱한 손목의 새빨간 절단면을 바라보았습니다.

이렇게 히토미 히로스케의 오체는 불꽃과 함께 산산이 부서져 그가 창조한 파노라마 왕국의 풍경 구석구석까지 선혈과 살덩이의 비가 되어 쏟아져 내렸습니다.

---

* 매달아 두었다가 아래로 떨어뜨려서 방안에 있는 사람이 깔려 죽도록 장치한 천장

검은 도마뱀

에도가와 란포

암흑가의 여왕

이 나라에서도 하룻밤 사이에 칠면조 수천 마리의 목이 비틀린다는 어느 크리스마스이브의 일이다.

제국의 수도 최대의 번화가이자 어두운 밤 무지개 같은 네온 불빛이 수만 명의 통행인을 오색으로 물들이는 G가(街), 그 큰 길에서 한 발 뒤쪽으로 들어간 곳에 이 도시의 암흑가가 자리 잡고 있다.

밤에 활동하는 부류들이 볼 때는 실로 어이없는 일이겠지만, 제국의 수도를 대표하는 거리답게 G가 쪽은 밤 11시만 되면 거의 인적이 끊겨 조용해진다. 그러나 그와 동시에 이웃해 있는 암흑가는 붐비기 시작하고 밤 두세 시경까지 지칠 줄 모르는 남녀 향락주의자들이 창문이 닫힌 어두컴컴한 건물 속에서 꿈틀거리고 있다.

어느 크리스마스이브 밤 1시경 암흑가의 어느 거대한 건물, 외부에서 보면 마치 빈집 같은 컴컴한 건물 안에서는 엄청난 규모의 광기어린 무도회가 최고조에 달해 있었다.

관공서의 허락을 받은 댄스홀은 아니지만 그에 못지않게 널찍하고 매끄러운 바닥의 한 방에 수십 명의 남녀가 모여 있었다. 어떤 이는 잔을 들고 브라보를 외치고, 어떤 이는 얼룩덜룩한 가로줄무늬의 뾰족한 모자를 삐딱하게 쓴 채 미친 듯이 춤을 추고, 어떤 이는 이리저리 도망가는 소녀를 고릴라 같은 모습으로 쫓아다니고, 어떤 이는 울부짖는다. 미친 듯이 화를 내는 어떤 이의 머리 위로 오색 종이 가루가 눈처럼 흩날린다. 오색 테이프가 폭포처럼 쏟아지는 가운데, 빨갛고 파란 수많은 풍선들이 숨 막히는 담배 연기 속에서 이리저리 뒤섞여 날고 있었다.

"우와, 다크 엔젤이다. 다크 엔젤."

"흑천사가 왕림했다."

"브라보, 여왕님 만세!"

저마다 큰 소리로 외치는 주정뱅이들의 목소리가 뒤엉키면서 금세 우레와 같은 박수 소리가 일었다.

저절로 갈라진 인산인해 속에서 들뜬 모습으로 사뿐사뿐 스텝을 밟듯이 방 중앙으로 걸어 나오는 한 부인. 새카만 이브닝드레스에 새카만 모자, 새카만 장갑, 새카만 양말, 새카만 구두, 온통 검은색 일색인 가운데, 상기된 빛나는 얼굴이 붉은 장미처럼 탐스럽게 피어 있다.

"여러분, 안녕하세요? 저는 이미 완전히 취했답니다. 하지만 우리 마셔요. 그리고 춤을 춰요."

아름다운 부인은 오른손을 머리 위로 세게 흔들면서 귀엽게 혀끝을 말듯이 소리쳤다.

"마셔요. 그리고 춤을 춰요. 다크 엔젤 만세!"

"이봐, 웨이터, 샴페인 좀 갖다 줘, 샴페인."

이윽고 펑, 펑, 화려한 총소리가 울려 퍼지고 코르크 탄환이 오색 풍선들 사이를 뚫고 하늘로 솟아올랐다. 여기저기에서 쨍그랑 하고 잔이 부딪히는 소리, 그리고 또다시 합창한다.

"브라보, 다크 엔젤!"

암흑가 여왕의 이 인기는 도대체 어디서 나온 것일까. 설사 그녀의 내력을 전혀 모른다고 해도 그 미모와 빼어난 자태, 화려한 옷, 엄청난 보석 장신구 중 어느 하나만 봐도 여왕의 자격은 지나칠 만큼 충분했지만 그녀는 거기에 덧붙여 더 멋진 매력을 발산하고 있었다. 그녀는 대담무쌍한 노출증이 있었던 것이다.

"흑천사! 항상 추는 보석춤을 보여주시죠!"

누군가가 입을 열자 '와' 하고 울려 퍼지는 함성, 그리고 일제히 쏟아지는 박수.

한쪽 구석의 밴드가 음악을 연주하기 시작했다. 농염한 색소폰 소리가 묘하게 사람들의 귀를 자극했다.

사람들로 빙 둘러싸인 중앙에서는 이미 보석춤이 시작되었다. 흑천사는 바야흐로 백천사로 변신했다. 아름답게 상기된 그녀의 온몸을 뒤덮고 있는 것은 알이 큰 목걸이가 두 줄, 멋진 비취 귀걸이, 무수한 다이아몬드를 흩뿌린 좌우의 팔찌와 세 개의 반지뿐, 실오라기 하나, 천 조각 하나 걸치고 있지 않았다.

그녀는 지금 반짝반짝 빛나는 한낱 분홍색 살덩이에 불과했다. 그 살덩이가 손을 흔들고 다리를 들어 올리며 이집트 궁정의 요염한 춤을 능숙하게 추고 있는 것이다.

"어이, 저것 봐, 검은 도마뱀이 기어가기 시작했어. 정말 멋지군."

"응, 정말 저 작은 벌레 같은 게 살아 움직이기 시작하잖아."

혈기왕성한 턱시도 차림의 청년들이 서로 속삭였다.

아름다운 여자의 왼쪽 팔에 새카만 도마뱀 한 마리가 기어가고 있었다. 그녀가 팔을 흔들자 도마뱀 역시 빨판이 달린 발을 비틀비틀 움직이며 기어나가는 것처럼 보이는 것이다. 그건 당장이라도 어깨에서 목, 목에서 턱, 그리고 그녀의 새빨갛고 미끈한 입술까지 기어 올라갈 것 같은 모양으로 언제까지고 같은 팔에서 꿈틀거리고 있다. 살아 숨쉬는 듯한 한 마리의 도마뱀 문신이었다.

부끄러운 줄 모르는 몸짓은 4, 5분밖에 계속되지 않았다. 하지만 그것이 끝나자 감격한 주정뱅이 신사들이 우르르 몰려들어 저마다 뭔가 격정적인 소리를 내기 시작했다. 그러다 갑자기 벌거벗은 미인을 헹가래에 태우더니 가마꾼들처럼 우렁차게 구호를 외치며 실내를 빙글빙글 돌았다.

"추워, 춥다니까. 빨리 욕실로 데려다줘."

신탁에 따라 가마는 복도로 나와 준비된 욕실을 향해 천천히 행진했다.

암흑가의 크리스마스이브는 부인의 보석춤을 끝으로 막을 내렸다. 사람들은 삼삼오오 각자의 상대와 함께 호텔로, 혹은 집으로 돌아갔다.

축제 분위기가 지나간 방에는 오색 종이 가루와 테이프 등이 배 떠난 부두처럼 여기저기 지저분하게 깔려 있었다. 아직 바람이 덜 빠진 풍선이 드문드문 천정을 기어가는 모습은 웬지 쓸쓸했다.

그 무대 뒤 황량한 방 한 구석 의자에 한 무더기의 쓰레기처럼 애처롭게 남겨진 젊은이가 있었다. 어깨에 힘이 잔뜩 들어간 줄무늬 코트와 빨간 넥타이, 어쩐지 눈에 거슬리는 차림을 한 이 남자는 권투 선수처럼 찌부러진 코에 근골이 다부지고 성깔이 만만치 않을 분위기다. 그런 사람이 풍채와 어울리지 않게 의기소침한 모습으로 힘없이 고개를 숙이고 있으니 남들 눈에는 쓰레기 더미로 보였던 것이다.

(남의 속도 모르고 뭘 이렇게 우물쭈물하고 있는 거야. 난 목숨이 경각에 달렸단 말이다. 이러고 있는 사이에도 혹시 형사가 덮치진 않을까 초조해서 견딜 수가 없다고.)

그는 부들부들 몸을 떨며 덥수룩한 머리카락을 다섯 손가락으로 쓸어 올렸다.

그때 제복을 입은 남자 웨이터가 산더미 같은 테이블을 헤치고 위스키로 보이는 잔을 가져왔다. 그는 잔을 받아들며 "늦었잖아."라고 질책하더니 이를 단숨에 꿀꺽 들이키고 한 잔을 더 주문했다.

"준짱, 오래 기다렸지?"

그제야 젊은이가 애타게 기다리던 사람이 나타났다. 다크 엔젤이다.

"시끄러운 철부지들을 따돌리느라 고생 좀 했어. 자, 평생에 한 번이라는 당신 소원을 좀 들어볼까?"

그녀는 앞에 있는 의자에 앉아 진지한 표정을 지어 보였다.

"여기서는 안 됩니다."

준짱으로 불린 젊은이는 역시 얼굴을 찌푸린 채 침울한 목소리로 대답한다.

"다른 사람이 들으면 곤란해서?"

"네."

"범죄야?"

"네."

"상해라도 입혔어?"

"아니요, 그런 거라면 괜찮지만."

검은 옷의 부인은 알았다는 듯이 그 이상은 묻지 않고 자리에서 일어섰다.

"그럼 밖에서 하지. G가는 지하철 공사 인부들 외에는 아무도 다니지 않아. 거길 걸으면서 얘기하면 어때?"

"네."

그리하여 이 이상한 한 쌍, 보기 흉한 빨간 넥타이를 한 젊은이와 눈이 번쩍 뜨일 만한 아름다운 흑천사는 어깨를 나란히 하고 건물을 나섰다.

건물 밖에는 가로등과 아스팔트만이 눈에 띄는, 쥐 죽은 듯이

고요한 심야의 대로가 펼쳐져 있었다. 두 사람의 구두굽 소리가 또각또각 노래처럼 울려 퍼졌다.

"도대체 무슨 죄를 저질렀다는 거야? 준짱답지 않게 완전히 풀이 죽었는데."

검은 옷의 부인이 말을 꺼냈다.

"죽였습니다."

준짱은 발밑을 응시하면서 낮고 불안한 목소리로 딱 잘라 말했다.

" ? "

흑천사는 이 놀라운 대답에 그다지 마음이 동한 기색도 없었다.

"연적 말입니다. 기타지마(北島)라는 놈과 사키코(咲子)라는 계집이에요."

"이런, 결국 ······어디서?"

"그놈들 아파트에서요. 시체는 벽장 속에 처박아 두었습니다. 내일 아침이 되면 들통 날 게 틀림없어요. 우리 세 사람의 내막은 모두 알고 있고, 오늘밤 그놈들 방에 들어간 게 저라는 건 아파트 수위 등이 이미 알고 있으니 잡히면 끝장입니다. ······저는 조금 더 바깥 세상에 있고 싶어요."

"줄행랑이라도 치겠다는 거야?"

"네. ······마담, 당신은 항상 저를 은인이라고 말해줬잖아요."

"당연하지. 그 위기의 순간에 나를 구해줬는 걸. 그 이후로 난 준짱의 완력에 홀딱 반했지."

"그렇다면 이번에 저를 좀 도와주시죠. 도망칠 비용으로 천 엔만 빌려주세요."

"그깟 천 엔은 문제가 아닌데, 끝까지 도망칠 수 있다고 생각하는 거야? 안 돼. 요코하마(橫浜)나 고베(神戶) 항구에서 우물쭈물하는 사이에 붙잡히기 십상이야. 이런 경우에 겁을 집어먹고 도망을 친다는 건 어리석기 그지없어."

검은 옷의 부인은 그런 일에 매우 익숙한 듯한 말투였다.

"그럼 이 도쿄에 숨어 있으라는 겁니까?"

"아아, 하다못해 그 편이 낫다고 생각해. 그래도 위험하긴 위험하니까 더 좋은 방법이 있으면 좋을 텐데……."

검은 옷의 부인은 갑자기 멈춰 서더니 뭔가 생각에 빠진 모습이었다. 그러다 문득 묘한 질문을 했다.

"준짱의 아파트 방은 5층이었지?"

"네, 그런데 그건 왜 물어보십니까?"

젊은이는 초조해 하며 대답했다.

"뭐 그런대로 나쁘지 않네."

아름다운 사람의 입술에서 깜짝 놀랄 만한 목소리가 힘차게 튀어 나왔다.

"마치 짠 것처럼 괜찮은 방법이 있어. 준짱, 당신이 완전히 안전해질 수 있는 방법이 있는데 말이지."

"그게 뭡니까? 빨리 가르쳐주세요."

검은 천사는 뭔가 정체를 알 수 없는 희미한 웃음을 띠고, 상대방의 창백해진 얼굴을 가만히 들여다보면서 한마디 한마디 힘주어 말했다.

"당신이 죽으면 돼. 아마미야 준이치(雨宮潤一)라는 인간을 죽여버리는 거야."

"네? 뭐라고요?"

어리둥절한 표정의 청년 준이치는 멍하니 입을 벌린 채 암흑가 여왕의 아름다운 얼굴을 바라볼 뿐이었다.

지옥풍경

아마미야 준이치는 약속 장소인 교바시(京橋) 기슭에 우두커니 서서 검은 옷의 부인을 기다리고 있었다. 그런데 그때 자동차 한 대가 멈춰서더니 검은 양복에 헌팅캡을 쓴 젊은 운전사가 창문으로 손을 흔들었다.

"됐어, 필요 없어."

돌아다니는 택시 치곤 차가 너무 좋은 게 아닌가 생각한 준이치는 손짓으로 택시를 쫓아버리려 했다.

"나야 나. 빨리 타."

창문 너머에서 웃음을 머금은 여자 목소리가 들렸다.

"아아, 마담이군요. 당신 운전할 줄 알아요?"

청년 준이치는 보석춤을 추던 그 흑천사가 겨우 10분 만에 양복 차림의 남자가 되어 자동차를 끌고 온 것을 알고 놀라지 않을 수 없었다.

벌써 1년 이상 알고 지냈지만 이 부인의 정체는 그에게도 완전히 수수께끼였다.

"날 뭘로 보는 거야, 나도 운전 정도는 할 줄 알아. 그런 이상한 표정 하지 말고 빨리 타. 벌써 2시 반이야. 서둘지 않으면 날이 밝는다고."

준이치가 허둥대면서 뒷자리에 앉자 자동차는 거칠 것 없는 밤의 대로를 쏜살같이 달리기 시작했다.

"이 커다란 자루는 뭡니까?"

그는 문득 쿠션 구석에 둥글게 말아 놓은 커다란 포대자루의 존재를 알아채고 운전석을 향해 물었다.

"그 자루가 당신을 구해줄 거야."

아름다운 흑천사가 뒤돌아보며 대답했다.

"뭔가 이상한데? 도대체 이제 어디로 뭘 하러 가는 겁니까? 왠지 좀 으스스한데요."

"G가의 영웅이 약한 소릴 하는군. 아무것도 묻지 않기로 약속했잖아? 아니면 나를 못 믿는 건가?"

"아니, 그런 게 아니라요."

그 후에는 무슨 이야기를 해도 흑천사는 전방을 응시한 채 한마디도 대답하지 않았다.

차는 U공원의 커다란 연못가를 돌아 오르막길을 올라가더니 긴 담장만 이어질 뿐 인가 한 채 없을 것 같은 묘하게 한적한 장소에 멈춰 섰다.

"준짱, 장갑 갖고 있지? 외투를 벗고 장갑을 껴. 그리고 상의 단추를 완전히 채운 뒤 모자를 푹 눌러 써."

남장 미인은 그렇게 명령하면서 자동차 헤드라이트와 미등은 물론 차내등까지 완전히 꺼버렸다.

주변은 가로등 하나 없이 캄캄했다. 그 어둠 속에 완전히 빛을 없애고 엔진을 멈춘 차량이 장님처럼 꼼짝하지 않고 서 있었다.

"자, 그 자루를 갖고 차에서 내려 내 뒤를 따라와."

명령에 따라 준이치가 차에서 내리자 검은 양복 깃을 세운 서양 도둑 같은 모습을 한 검은 옷의 부인 역시 장갑을 낀 손으로 그의 손을 쭉쭉 잡아끌다시피 하며 열려 있던 문 안으로 들어간다.

하늘을 뒤덮은 거목 아래를 몇 번이고 지나갔다. 드넓은 공터를 가로질렀다. 뭔가 가로로 긴 서양식 건물 옆을 지났다. 드문드문 반딧불 같은 가로등이 어른거릴 뿐 전방은 계속 어둠이 이어졌다.

"마담, 여기는 T대학교 구내 아닙니까?"

"쉿, 소리내면 안 돼."

잡은 손끝에 꽉 힘을 주며 혼을 냈다. 얼어붙을 것 같은 추위 속에서 마주잡은 손바닥만이 두 겹의 장갑을 통해 훈훈하게 땀이 배었다. 하지만 살인범 아마미야 준이치는 이때 '여자'를 느낄 여유 같은 건 없었다.

어둠 속을 걷고 있으니 자꾸 문득 두세 시간 전의 격정이 되살아났다. 그의 전 애인 사키코가 목이 졸리면서 이 사이로 혀를 내밀고 입가에 주르르 피를 흘리며 소처럼 큰 눈으로 그를 노려보던 얼굴과 허공을 할퀴는 듯한 단말마의 손가락 다섯 개가 거대한 환상이 되어 그를 위협했다.

잠시 후 나타난 넓은 공터 한 가운데에 아카렌가(赤煉瓦)* 같은 단층 양옥집이 우뚝 서 있고 그 주변을 썩어가는 판자 울타리가 둘러싸고 있었다.

"그 안이야."

검은 옷의 부인은 낮은 목소리로 중얼거리며 판자문의 자물쇠를 찾았는데, 여벌 열쇠를 갖고 있었는지 찰칵거리는 소리가 나며 바로 문이 열렸다.

담 안으로 들어가 판자문을 닫더니 그녀는 비로소 준비해온 손전등을 켜고 지면을 비추면서 건물 쪽으로 나아간다. 지면에는 한 가득 마른풀이 흐트러져 있어 아무도 없는 폐가에 발을 들여놓은 느낌이다.

3단 정도 되는 돌계단을 올라가니 현관에 하얀 페인트가 군데군데 벗겨진 난간이 달려 있었다. 그 현관의 깨진 회반죽을 밟으며 대여섯 걸음 가니 거기에는 고풍스럽고 튼튼한 문이 닫혀 있다.

검은 옷의 부인은 다시 그 문을 여벌 열쇠로 열고 또 똑같은 문을 하나 더 열자 텅 빈 방이 나왔다. 외과 병원처럼 강렬한 소독약 냄새가 왠지 야릇하게 달콤새콤한 냄새와 뒤섞여 코를 찌른다.

"이제 다 왔어. 준짱, 뭘 보더라도 소리를 내거나 하면 안 돼. 이 건물에는 필시 아무도 없겠지만 가끔 담장 밖으로 순찰을 도

---

* 가나가와(神奈川)현 요코하마(橫浜)시에 있는 창고로 1911년에 준공된 2호관과 1913년에 준공된 1호관이 있다. 건설 당시에는 해상 무역을 통해 오가던 화물을 보관하는 창고에 불과했지만, 현재에는 노스탤지어의 상징으로 각광받고 있다.

는 사람이 지나가니까."

뭔가 정체를 알 수 없는 공포에 오싹해진 청년 준이치는 꼼짝없이 서 있을 수밖에 없었다. 이 폐가 같은 벽돌 건물은 도대체 어딜까. 코를 찌르는 이상한 냄새는 무엇일까. 말을 하면 사방의 벽에 메아리가 치는 듯한 이 큰 방에는 도대체 무엇이 있단 것일까.

또다시 어둠 속에 기타지마와 사키코가 보여준 단말마의 모습, 토할 것처럼 추괴하고 무시무시한 형상이 오버랩되며 생생하게 떠올랐다. 지금 놈들의 악령이 나를 가까이 불러들여 황천길의 어둠을 헤매고 있는 게 아닐까. 그는 태어나서 한 번도 경험한 적 없는 기괴한 착각에 빠져 온몸에 진땀을 흘리고 있었다.

검은 옷의 부인 손에 들린 손전등의 둥근 빛은 뭔가를 찾는 것처럼 천천히 마루 위를 기어갔다.

깔개가 없는 거친 나뭇결의 마루청이 한 장 한 장 후광 속을 지나간다. 이윽고 니스 칠이 벗겨진 튼튼한 책상 비슷한 것이 다리 쪽에서부터 점점 빛 안으로 들어온다. 길고 큰 책상이다. 아니, 인간이다. 인간의 다리다. 그럼 이 방에는 누군가 자고 있는 건가?

하지만 말라비틀어진 노인의 다리다. 게다가 발목에 끈으로 나무 팻말을 매어둔 건 도대체 무슨 뜻이란 말인가.

아, 이 노인은 추운데 알몸으로 자고 있는 건가?

후광은 허벅지에서 배, 배에서 갈비뼈가 훤히 들여다보이는 가슴으로 이동하고 이어서 닭다리 같은 목에서 푹 숙인 턱, 바보처럼 열린 입술, 드러난 이, 검은 입, 불투명한 유리처럼 광택이 없는 안구. ……시체다.

준이치는 조금 전 나타났던 환영과 지금 후광 속에 나타난 것의 불길한 조합에 바짝 움츠러들었다. 큰 죄를 범하고 마음이 어지러운 그는 아직 그 방이 어딘지 깨닫지 못하고 내가 미친 건 아닐까, 아니면 악몽에 시달리는 걸까 하며 갈피를 잡지 못했다.

하지만 이어서 손전등이 비춰낸 광경을 본 그는 검은 옷의 부인이 준 주의사항도 잊은 채 악 하고 소리를 지르고 말았다.

이게 지옥의 광경이 아니면 뭐란 말인가. 거기에는 한 평 정도 되는 크기의 욕조 같은 것 안에 벌거벗은 남녀노소의 시체가 이중 삼중으로 겹겹이 쌓여 있었다.

피의 연못에 모든 망자가 서로를 옥죄고 있는 지옥도를 연상케 하는 무시무시한 모습, 이것이 과연 현실이란 말인가.

"준짱, 겁쟁이구나. 놀랄 거 하나도 없어. 이건 해부실습용 시체 하치장이야. 어느 의학교에나 있는 거라고."

검은 옷의 부인이 대담무쌍하게 웃고 있었다.

아아, 그런 건가. 역시 여긴 대학교 구내였던 건가. 그렇다고 해도 도대체 무슨 용무가 있어 이런 으스스한 장소에 와야 했던 것일까. 제 아무리 불량한 청년이라도 아름다운 동반자의 너무나도 뜻밖의 행동에 눈이 휘둥그레지지 않을 수 없었다.

손전등의 후광은 산을 이룬 시체의 전경을 대충 이리저리 쓰다듬더니 그 꼭대기에 놓여 있는 한 젊은이의 생생한 나체 위에 멈췄다.

어둠 속에 한 청년이 괴이한 환등기 그림처럼 노란 피부를 드러낸 채 움직이지 않고 있다.

"이거야."

검은 옷의 부인은 젊은이의 시체에서 손전등을 떼지 않고 속삭였다.

"이 젊은 남성은 K 정신병원의 무료 치료 환자인데 바로 어제 죽었어. K 정신병원과 이 학교는 특약을 맺어서 죽으면 바로 시체를 여기로 가져오지. 이 시체실의 사무원은 내 친구…… 부하 같은 관계거든. 그래서 내가 이 젊은이의 시체가 여기 있다는 걸 안 거야. 이 시체 어때?"

"어때, 라뇨?"

준이치는 가슴이 두근거렸다. 도대체 이 여자는 무슨 생각을 하고 있는 걸까?

"체격이나 살집이 당신과 몹시 닮지 않았어? 다른 건 얼굴뿐이지 않아?"

듣고 보니 과연 연배나 몸집이 자신과 딱 비슷해 보였다.

(아아, 그런가. 이 녀석을 내 대신 앞세우라는 건가. 정말이지 이 여자는 마치 귀부인처럼 아름다운 얼굴을 하고 있으면서 이렇게 대담하고 무서운 생각을 해내다니.)

"자, 어때, 내 생각이? 마술사 같지? 하지만 사람 하나를 이 세상에서 없애버리는 일인 걸. 과감한 마법이라도 쓰지 않으면 가능할 리가 없어. 자, 자루를 내밀어 봐. 좀 메스껍겠지만 둘이서 이 녀석을 그 자루에 넣어서 자동차가 있는 곳까지 옮겨야 해."

청년 준이치는 시체 같은 것보다 그의 구세주인 검은 옷의 부인이 더 두려웠다. 도대체 이 여자는 정체가 뭘까. 돈 많은 유한마담의 잔학한 유희치고는 너무 세심한 데까지 공을 들인 게 아닐까. 그녀는 방금 시체 담당 사무원을 그녀의 부하라고 말했다. 이런 학교 안에도 부하가 있는 걸 보면 이 여자는 대단한 악당임에 틀림없다.

"준짱, 뭘 멍청히 서 있는 거야. 자, 빨리 자루를 줘."

어둠 속에서 호통 치는 여도둑의 목소리가 들려왔다. 호통을 들은 청년 준이치는 어딘가 이상한 위압감을 느끼고 마음이 마비된 듯 고양이 앞의 쥐처럼 그저 그녀의 말대로 움직일 뿐이었다.

호텔의 손님

제국의 수도 제일의 K호텔에서도 그날 밤 내외국인이 참석한 성대한 무도회가 열렸다. 끝까지 남아 밤새 춤을 추던 사람들도 돌아가고 호텔 현관의 보이들이 졸음을 느끼기 시작했던 새벽 5시경, 회전문 앞에 자동차 한 대가 와서 멈췄다.

미도리카와(綠川) 부인이 돌아왔다.

보이들은 이 사치스러운 미모의 손님에게 적지 않은 호의를 갖고 있었다. 재빨리 그녀임을 눈치 챈 보이들은 앞 다투어 자동차 문을 향해 달려갔다.

모피 코트로 몸을 감싼 미도리카와 부인이 내리고 그 뒤로 한 남성 동반자가 나타났다. 나이는 마흔 살 정도, 빳빳이 솟은 콧수염, 삼각형의 짙은 턱수염, 커다란 대모갑테 안경, 모피 깃이 달린 두툼한 외투, 그 아래로 예복용 줄무늬 바지가 엿보이는 정치인처럼 보이는 인물이다.

"이 분은 친구예요. 내 옆방 비어 있죠? 그 방을 준비해주세요."

미도리카와 부인은 마침 카운터에 있던 호텔 지배인에게 말했다.

"네, 비어 있습니다. 이쪽으로 오시죠."

지배인은 붙임성 좋게 대답하고 보이에게 방을 준비하도록 시켰다.

수염을 기른 손님은 말없이 거기 펼쳐진 장부에 서명하고 부인의 뒤를 따라 복도로 들어갔다. 서명에는 야마카와 겐사쿠(山川健作)라고 쓰여 있었다.

방이 정해지고 제각각 방에 딸린 욕실에서 목욕을 마친 두 사람은 미도리카와 부인의 침실에서 만났다.

예복 상의를 벗고 바지만 입은 야마카와 겐사쿠 씨는 연신 양손을 비비면서 위엄 있는 얼굴에 걸맞지 않은 어린애 같은 목소리로 말했다.

"아아, 죽겠네. 아직도 이 손에 냄새가 배어 있는 것 같아. 그런 잔혹한 일은 태어나서 처음입니다. 마담."

"호호호호호, 사람을 두 명이나 죽였다면서."

"쉿, 서슴없이 그런 말을 하면 어떡합니까? 복도에서 들리거나 하면 어쩌려고요."

"괜찮아, 이렇게 조용히 말하는데 들릴 리가 있겠어?"

"아아, 생각만 해도 소름 끼쳐요."

젠사쿠 씨는 부들부들 몸을 떨더니 말을 이어갔다.

"아까 제 아파트에서 시체의 얼굴을 쇠몽둥이로 사정없이 내리쳤을 때의 그 기분은 정말. 그러고 나서 그 녀석을 엘리베이터 구멍으로 떨어뜨렸을 때 저멀리 아래 쪽에서 퍽 소리가 났었죠. 으으, 미치겠군."

"겁쟁이군, 이미 끝난 일을 왜 생각해? 당신은 그때 죽은 거야. 여기 있는 건 야마카와 겐사쿠라는 어엿한 학자 선생님이라고. 정신 똑바로 차려."

"하지만 괜찮을까요? 대학교에서 시체가 없어진 게 탄로 나거나 하지 않을까요?"

"무슨 소릴 하는 거야? 내가 거기까지 생각 못할 것 같아? 그곳의 사무원은 내 수하라고 했잖아. 내 부하가 그런 실수를 할 리가 있겠어? 지금 학교는 방학이고, 선생님도 학생도 없어. 사환이래봤자 일일이 시체 얼굴을 기억하고 있을 리도 없고, 그렇게 많은 시체 속에서 하나 정도 없어진들 담당 사무원이 장부를 살짝 조작해두면 담당 직원 외에는 아무도 모를 거야."

"그럼 그 사무원에게 오늘밤 일을 알려 둬야겠군요."

"응, 그건 아침에 전화만 걸면 돼. ……그건 그렇고 준짱, 당신에게 묻고 싶은 게 있어. 자, 거기 좀 앉아봐."

미도리카와 부인은 그때 화려한 유젠(友禅)* 염색의 후리소데

* 날염법의 한 가지. 방염(防染) 풀을 사용하여 비단 등에 꽃, 새, 산수 등의 무늬를 화려하게 염색하는 방법

(振袖)* 나이트가운을 입고 침대 위에 앉아 있었는데, 그 옆 시트를 가리키며 야마카와 씨로 변장한 준짱에게 손짓을 보냈다.

"이 거추장스러운 가짜 수염이랑 안경 좀 벗어도 됩니까?"

"응, 그래. 문을 잠가 뒀으니 괜찮아."

그리고 두 사람은 마치 연인처럼 침대에 나란히 앉아 이야기를 시작했다.

"준짱, 당신은 죽었어. 그게 무슨 뜻인지 알아? 말하자면 지금 여기 있는 당신이라는 새로운 인간은 내가 낳아준 거나 마찬가지라는 뜻이야. 따라서 당신은 내가 내리는 명령은 뭐든지 따라야 해."

"만약에 거역하면?"

"죽여버리면 끝이야. 당신은 내가 무서운 마술사라는 걸 이 세상 누구보다 잘 알 거야. 또 야마카와 겐사쿠라는 인간은 내 인형과도 같아서 이 세상에 소속되어 있지 않아. 따라서 갑자기 사라진다고 해도 아무도 이의를 제기할 리가 없지. 경찰이라도 불가능해. 난 오늘부터 당신이라는 힘 센 인형을 손에 넣은 거야. 인형이라는 건, 즉 노예를 의미하는 거지, 노예."

이 요마에게 홀려 있던 청년 준이치는 그런 말을 들어도 전혀 불쾌감을 느끼지 않았다. 불쾌감은커녕 말로 표현할 수 없는 달콤하고 흐뭇한 느낌이 들었다.

"네, 저는 기꺼이 여왕님의 노예가 되겠습니다. 아무리 비천한

---

* 소맷자락이 긴 소매. 또는 그런 긴 소매의 일본 옷

일이라도 다 해야죠. 당신의 구두바닥에 입이라도 맞추겠습니다. 그 대신 당신이 낳은 아이를 버리지 마세요. 제발 부탁입니다."

그는 미도리카와 부인의 무릎에 손을 얹고 응석을 부리면서 점점 더 울먹이고 있었다. 흑천사는 부드럽게 미소 지으며 준이치의 넓은 어깨에 손을 두르고 어린애라도 달래듯이 장단을 맞춰 가볍게 두드려주었다. 기모노를 통해 부인의 무릎에 뜨거운 눈물방울이 뚝뚝 떨어지는 걸 느낄 수 있었다.

"하하하……, 바보 같으니. 둘 다 너무 감상에 젖었어. 그만 하지. 그보다 중요한 얘기가 있어."

미도리카와 부인을 손을 거두었다.

"당신은 내가 누구라고 생각해?"

"누구면 어떻습니까? 당신이 여도둑이건 살인자건 상관없습니다. 저는 당신의 노예니까요."

"호호호호호, 바로 맞췄어. 지금 말한 대로야. 나는 여도둑. 그리고 살인을 했을 수도 있어."

"앗, 당신이?"

"호호호호호, 역시 깜짝 놀랐군. 하지만 목숨을 맡아 놨으니 당신에겐 무슨 말을 해도 상관없어. 설마 도망치거나 하진 않겠지. 아니, 도망칠 건가?"

"저는 당신의 노예입니다."

그녀의 무릎에 놓여 있는 남자의 손가락에 꾹 힘이 실렸다.

"어머, 귀엽기도 해라. 오늘부터 당신은 내 부하 중 하나야. 할 일이 꽤 많다고. 그건 그렇고 내가 왜 이런 호텔 같은 데 묵고 있는 것 같아? 4, 5일 전부터 미도리카와 부인이라는 이름으로 이 방을 빌렸어. 그건 내가 노리는 목표가 같은 호텔에 묵고 때문이야. 그 목표가 대단한 거물이라 나 혼자서는 마음이 좀 불안했는데 기가 막힌 타이밍에 당신이 와줘서 참 든든하군."

"부자입니까?"

"아아, 부자도 부자지만 내 목적은 돈이 아니야. 이 세상의 아름다운 건 죄다 모아보는 게 내 소원이야. 보석이랑 미술품, 아름다운 사람……."

"네? 사람까지?"

"그래. 아름다운 인간은 미술품 이상이지. 이 호텔에 있는 새는 말이지, 아버지와 같이 온 정말 아름다운 오사카 아가씨야."

항상 예상을 벗어나는 흑천사의 말에 청년 준이치는 또 한 번 당황해야 했다.

"그래. 하지만 단순한 소녀 유괴와는 달라. 그 아가씨를 미끼로 아버지가 가진 일본 최고의 다이아몬드를 받으려는 거야. 아버지라는 사람이 오사카의 거물 보석상이거든."

"혹시 저 이와세(岩瀬) 상회를 말하는 겁니까?"

"잘 아네. 그 이와세 쇼베(岩瀬庄兵衛) 씨가 여기 묵고 있어. 그런데 좀 성가신 게 상대방에게는 아케치 고고로(明知小五郎)라는 사립 탐정이 붙어 있어."

"아아, 아케치 고고로 말이군요."

"좀 벅찬 상대지. 다행히 그자는 나를 전혀 모르니까 괜찮을 것 같긴 한데, 어쨌든 아케치는 주는 것 없이 미운 놈이야."

"어째서 사립탐정 따위를 고용한 걸까요? 눈치라도 챈 겁니까?"

"내가 그렇게 만들었어. 난 말이지 준짱, 기습 공격처럼 비겁한 짓은 하고 싶지 않아. 그래서 한 번도 예고 없이 도둑질을 한 적은 없어. 확실히 예고를 해서 상대방이 충분히 경계하도록 만들어놓고 대등하게 싸우지 않으면 재미가 없어. 물건을 차지하는 것보다 그 싸움에 가치가 있거든."

"그럼 이번에도 예고를 한 거군요."

"응, 오사카에서 확실히 예고해뒀지. 아아, 왠지 가슴이 두근거려. 아케치 고고로라면 내 상대로 부족함이 없거든. 그자와 일대일 승부를 한다고 생각하니 너무 즐거워. 어때 준짱, 멋지지 않아?"

자기가 한 말에 점점 흥분하기 시작한 그녀는 청년 준이치의 손을 잡았다. 그리고 감정에 따라 손을 꼭 움켜쥐거나 실성이라도 한 것처럼 세차게 흔드는 것이었다.

여자 마술사

하룻밤 사이에 청년 준이치는 야마카와 겐사쿠 씨 연기에 완전히 익숙해졌다. 다음날 아침 몸단장을 마쳤을 때는 로이드 안경이나 가짜 수염 모두 잘 어울려 마치 의학박사와도 같은 인물 행세를 하고 있었다.

식당에서 미도리카와 부인과 마주앉아 오트밀을 후르륵거리 며 나누는 대화나 태도에도 전혀 실수가 없었다.

식사를 마치고 방으로 돌아오니 기다리고 있던 호텔 보이가 물었다.

"선생님, 방금 짐이 도착했는데, 여기로 가져와도 될까요?"

준이치 청년은 태어나서 처음으로 선생님이라는 호칭을 들었 지만 애써 침착한 태도로 목소리마저 중후하게 대답했다.

"아아, 그렇게 해주게."

오늘 아침에 그의 짐이라고 해서 커다란 트렁크가 도착할 거 라는 사실은 어젯밤 미리 얘기를 나눠서 충분히 숙지하고 있었 던 것이다.

이윽고 보이와 포터가 대형 트렁크를 방안으로 가져왔다.

"점점 연기가 능숙해지네. 그 정도면 이제 됐어. 아케치 고고 로도 알아차리지 못할 거야."

보이들이 떠나는 모습을 지켜보던 옆방의 미도리카와 부인이 방으로 들어와 새로운 제자의 솜씨를 칭찬했다.

"후후, 저도 그런대로 괜찮아요. ……그건 그렇고 이 엄청나게 큰 트렁크에는 도대체 뭐가 들어 있습니까?"

"여기 열쇠가 있으니 열어봐."

위엄어린 수염의 부하는 열쇠를 받아들면서 살짝 고개를 갸 웃거렸다.

"제가 갈아입을 옷이 들어 있나요? 야마카와 겐사쿠 선생이라 는 자가 몸에 걸친 옷이 다르면 이상할 테니까요."

"후후, 그럴지도 모르지."

그때 열쇠를 돌려 뚜껑을 열어보니 트렁크 안은 천 조각으로 몇 겹씩 두껍게 싼 것들로 꽉 차 있었다.

"앗, 뭡니까 이건?"

야마카와 씨는 예상이 빗나간 듯이 중얼거리며 그 꾸러미 중 하나를 살그머니 열어보았다.

"뭐야, 돌멩이 아닙니까? 중요한 물건처럼 천으로 싸놓다니, 다른 것도 전부 돌멩이인가요?"

"그래, 갈아입을 옷이 아니어서 유감이네. 전부 돌멩이야. 트렁크에 무게를 좀 줄 필요가 있었거든."

"무게라뇨?"

"아아, 딱 사람 하나만큼의 무게 말이야. 돌멩이를 채우다니 세련된 방법이 아닌 것 같지만 알아둬. 이러면 뒤처리가 편해. 돌멩이는 창밖으로 내던지면 끝이고, 천 조각은 침대 쿠션이랑 요 사이에 깔아 두면 트렁크를 텅텅 비워도 그 후에 아무것도 남지 않거든. 이런 게 마술의 비결이지."

"아하, 그렇군요. 하지만 트렁크를 비우고 뭘 넣으려는 겁니까?"

"호호호호호, 덴카쓰(天勝)*도 트렁크에 넣는 건 대충 빤하잖아? 됐으니까 돌멩이 처리나 좀 도와줘."

그들의 방은 호텔 아래층 깊숙한 곳에 있었다. 따라서 창밖은 남의 눈에 띄지 않는 좁은 안뜰로, 거기에는 알이 굵은 자갈이

---

* 메이지(明治) 후반에서 쇼와(昭和) 초기에 걸쳐 흥행계에서 대성공을 거둔 여류마술사 쇼쿄쿠사이 덴카쓰(松旭斎天勝, 1886~1944)

깔려 있었다. 돌멩이를 내던지기엔 안성맞춤이다. 두 사람은 서둘러 돌멩이를 내던지고 천 조각들을 처리했다.

"자, 이제 완전히 비었군. 그럼 이제부터 마법의 트렁크 사용 방법을 가르쳐드릴까?"

미도리카와 부인은 당황해 하는 준쩡을 이상하다는 듯이 쳐다봤다. 하지만 재빨리 열쇠로 문을 잠그고 창문 블라인드를 내려 밖에서 엿볼 수 없도록 해놓더니 갑자기 새카만 드레스를 벗기 시작했다.

"마담, 왜 이래요. 설마 벌건 대낮에 예의 그 춤을 추려는 건 아니겠죠?"

"호호호호호, 놀랐나봐."

부인은 웃으면서 쉬지 않고 손을 놀려 옷을 하나하나 제거했다. 그녀의 기묘한 병이 도졌다. 노출증이 시작된 것이다.

전라의 미녀와 마주보고 있으니 제 아무리 불량 청년이라도 얼굴이 새빨개져서 머뭇거리지 않을 수 없었다. 거기에는 바람직한 곡선으로 마무리된 눈부시게 빛나는 아름다운 분홍빛 육체가 섬뜩하리만큼 대담한 포즈로 우뚝 서 있는 게 아닌가.

보지 않으려고 해도 시선이 그쪽을 향했다. 그리고 부인과 눈이 마주칠 때마다 그는 더욱 얼굴이 빨개졌다. 여왕은 노예 앞에 어떤 모습을 드러내도 전혀 기가 죽거나 부끄러워하지 않았다. 지나친 자극을 견디기 어려워 진땀을 흘리며 비명을 지르는 건 항상 노예 쪽이다.

"어머, 수줍어하긴. 사람의 알몸이 그렇게 보기 드문 일인가?"

그녀는 모든 곡선과 깊은 음영을 노골적으로 과시하며 트렁크 안으로 넘어가더니 마치 뱃속의 아기처럼 손발을 오그리고 그 안으로 쏙 들어갔다.

"이렇게 되는 거야. 이게 내 마술의 정체지. 어때, 이 모습은?"

트렁크 안에 웅크린 육체는 남녀가 뒤섞인 말투로 말을 던졌다.

구부린 다리의 무릎이 거의 가슴에 달라붙을 정도가 되자 허리 근처의 피부가 당겨지면서 엉덩이가 기묘하게 튀어나와 보였다. 머리 뒤로 마주잡은 양손이 머리카락을 헝클어뜨리고 겨드랑이는 무참하게 노출되었다. 어딘가 기형적인, 웅크린 자세의 매우 아름다운 분홍빛 생물이었다.

점점 대담해진 준짱은 괴로운 듯이 트렁크 위에서 엉거주춤한 자세로 눈 아래의 생물을 주시했다.

"마담, 트렁크에 담긴 미녀를 말하는 겁니까?"

"호호호호호, 그래. 이 트렁크에는 밖에서는 알 수 없도록 여기저기 작은 숨구멍이 뚫려 있어. 따라서 이렇게 뚜껑을 닫아도 질식할 염려는 없지."

이렇게 말을 하는가 싶더니 그녀는 트렁크 뚜껑을 닫았다. 그로 인해 생긴 미지근한 바람이 성숙한 여체의 향기를 품고 상기된 청년의 얼굴을 어루만졌다.

뚜껑을 닫으면 그건 딱딱하게 각이 잡힌 일개 검은 상자에 불과했다. 그 안에 농염하고 풍만한 분홍빛 육체가 숨어 있다고는 도저히 상상이 가질 않는 것이다. 예로부터 마술사들이 투박한 트렁크와 아름다운 여체의 특출한 배합을 즐겨 사용하는 이유는 여기에 있었다.

"어때? 이렇게 하면 아무도 사람이 들어 있다고 의심하지 않겠지?"

부인은 트렁크 뚜껑을 살짝 열더니 마치 조개 안에서 나타난 비너스처럼 아름다운 미소를 지으며 동의를 구했다.

"네. ……그럼 결국 저 보석상집 따님을 이 트렁크에 넣어 유괴하자는 겁니까?"

"그렇지. 바로 그거야. 이제 이해했어? 난 그저 본보기를 보인 거야."

잠시 후 다시 복장을 갖춘 미도리카와 부인이 야마카와 씨에게 그녀의 대담무쌍한 유괴 계획을 들려주었다.

"저 아가씨를 지금처럼 트렁크에 넣는 건 내 담당이야. 그걸 위한 확실한 방법도 있고 마취제도 준비됐어. 당신의 역할은 그 트렁크를 여기서 옮기는 거야. 솜씨를 시험해볼 첫 번째 기회지.

오늘 밤 당신은 9시 20분 하행 열차를 타는 걸로 해서 미리 나고야까지 가는 표를 사도록 해. 그리고 트렁크를 들고 호텔을 출발해서 트렁크는 수하물로 맡기고 호텔 포터의 배웅을 받으며 기차를 타는 거야. 즉, 당신이 나고야로 간 걸로 믿게 하고 실제로는 다음 역인 S역에서 도중에 하차하는 거지. 알겠어? 물론 급한 일이 생겼다는 식의 이유를 대고 차장에게 부탁해서 트렁크도 S역에서 같이 갖고 내려야 돼. 좀 수고스럽겠지만 당신이라면 실수하지 않을 거야.

그리고 S역에서 다시 트렁크와 함께 자동차를 타고 이번에는 서둘러 M호텔로 가. 거기서 제일 좋은 방을 고른 뒤 어깨에 힘 좀 주고 재력가 같은 얼굴로 머물러 있으면 돼. 나도 내일은 이곳을 떠나 M호텔에서 당신과 만날 생각이니까. 어때?"

"네, 재밌긴 하네요. 하지만 그런 짓을 하면 남들이 알아채지 않을까요? 나 혼자서는 좀 불안한데."

"호호호호호, 살인까지 한 사람이 꼭 아기처럼 겁먹은 모습을 하고 그래? 괜찮아. 나쁜 짓이라는 건 말이지, 뒤에서 몰래 하지 말고 과감하게 해치우는 게 가장 안전한 거야. 게다가 만에 하나 들키면 짐을 내던지고 달아나면 되잖아. 살인에 비하면 아무것도 아니지."

"그래도…… 마담도 함께 가면 안 될까요?"

"나는 아케치 고고로와 정면 대결을 해야 돼. 당신이 그쪽에 도착할 때까지 그 자에게서 눈을 뗐다간 일이 어떻게 될지 모른단 말이야. 난 방해물인 탐정님을 붙들어 놓는 역할이니까. 이게 트렁크를 나르는 것보다 훨씬 어려울 수도 있어."

"아, 그런가요? 그 편이 저도 안심할 수 있다는 거군요. 하지만…… 내일 아침에는 반드시 M호텔에 와주시는 거죠? 만일 그 사이에 아가씨가 눈을 떠서 트렁크 안에서 난리라도 치면 전 쳐다보지도 못할 거예요."

"그렇게 세세한 것까지 걱정하다니. 내가 그걸 소홀히 할 리가 있겠어? 아가씨에게는 재갈을 물리고 손발도 꽁꽁 묶어둘 거야. 마취제에서 깨어나 봤자 소리를 내는 건 물론 옴짝달싹도 못해."

"후후, 제가 오늘 머리가 어떻게 됐나 봅니다. 마담이 아까 그런 걸 보여줘서 그래요. 이제 그것만은 좀 참아주시죠. 전 젊단 말입니다. 아직도 가슴이 두근거려요. 하하하하하, 그건 그렇고 M호텔에서 만난 다음에는 어떻게 되는 겁니까?"

"그 후의 일은 극비사항이야. 부하는 그런 걸 물을 필요가 없어. 그저 두목의 명령에 잠자코 따르면 되는 거야."

이리하여 아가씨 유괴 계획은 차질 없이 진행되었다.

여도둑과 명탐정

그날 밤 호텔의 널찍한 휴게실은 저녁식사를 마친 후 잠시 담배나 잡담으로 시간을 보내는 사람들로 붐비고 있었다. 한쪽 구석에 놓여 있는 라디오에서는 뉴스가 흘러나오고 있었다. 여기저기 석간을 활짝 펼친 채 쿠션에 깊숙이 기대어 앉아 있는 신사들이 보였다. 원탁을 둘러싼 외국인 무리 속에서는 미국인인 듯한 부인의 목소리가 날카롭게 들려왔다.

그 손님들 중에 이와세 쇼베 씨와 딸인 사나에(早苗) 씨의 모습을 볼 수 있었다. 화려한 줄무늬가 있는 노란색 기모노에 은사가 반짝거리는 띠를 매고 오렌지색 하오리(羽織)를 입은 사나에 씨는 나이에 비해 몸집이 커서 기모노가 많지 않은 이 방에서 몹시 두드러져 보였다. 복장만이 아니다. 오사카풍의 의젓한 자태, 투명하리만큼 새하얀 얼굴에 근시인지 테 없는 안경을 쓰고 있는 모습은 유달리 남의 이목을 끄는 데가 있었다.

아버지 이와세 쇼베 씨는 반백의 까까머리에 수염이 없는 불그레한 얼굴을 한, 거상다운 풍채를 지닌 인물이다. 그는 마치 딸을 지키는 파수꾼처럼 그녀의 일거수일투족을 지켜보면서 그 뒤를 끈덕지게 따라다니고 있었다.

이번 여행은 비즈니스 이외에도 이 도시의 한 공작 가문과 진행중인 혼담에 딸을 소개하기 위해 사나에 씨를 데리고 온 것이다. 그런데 쇼베 씨는 마침 출장 2주쯤 전부터 거의 매일같이 배달되는 집요한 범죄예고 편지에 시달리고 있었다.

"따님의 신변을 경계하시오. 따님을 유괴하고자 계획 중인 무서운 악마가 있습니다."

그런 의미의 글이 매번 다른 문구와 다른 필적으로 자못 무시무시하게 쓰여 있었다. 편지의 숫자가 늘어남에 따라 유괴일이 하루하루 다가오는 것처럼 느껴졌다.

초반에는 누군가의 장난일 거라며 신경도 쓰지 않았지만 횟수가 반복됨에 따라 점점 불쾌해져서 결국은 경찰에도 알렸다. 하지만 어떤 경찰력도 이 정체를 알 수 없는 통신문의 발신자를 밝혀내지 못했다. 물론 편지에 보낸 사람의 이름은 쓰여 있지 않았고 소인도 한 번은 오사카 시내, 한 번은 교토, 한 번은 도쿄라는 식으로 그때마다 달랐다.

그런 때이긴 했지만 공작 가문과의 약속을 깨기도 꺼림칙하고 불쾌한 편지가 날아드는 자택을 잠시 떠나보는 것도 좋을 것 같아 쇼베 씨는 마음을 굳히고 여행을 떠나기로 했다.

그 대신 만에 하나, 라는 생각에 예전에 가게의 도난 사건을 의뢰하여 그 솜씨를 익히 아는 사립탐정 아케치 고고로에게 딸의 보호를 부탁하기로 했다. 탐정은 별로 내키지 않았지만 쇼베 씨의 간청을 거절하기가 어려웠다. 그래서 그들이 머무는 동안 옆방에 함께 묵으면서 이 기묘한 도난 예방 임무를 맡기로 했다.

탐정 아케치는 길고 가는 몸을 검은 양복으로 감싼 채 한쪽 구석 소파에 앉아 역시 온통 검은색 양장 차림의 한 아름다운 부인과 낮은 목소리로 이야기를 나누고 있었다.

"부인, 당신은 어째서 이 사건에 그렇게 깊은 흥미를 갖고 계십니까?"

탐정이 조용히 상대방의 눈을 들여다보며 물었다.

"저는 탐정소설 애독자입니다. 쇼베 씨의 따님에게 그 얘기를 듣고 마치 소설 같은 사건에 완전히 매료돼버렸어요. 게다가 유명한 아케치 씨와도 친해질 수 있으니 뭐랄까요, 저까지 소설 속 인물이 된 것 같은 기분이에요."

검은 옷의 부인이 대답했다. 이 검은 옷의 부인이야말로 다름 아닌 우리의 주인공 '검은 도마뱀'이라는 사실을 독자들은 이미 눈치 채셨을 것이다.

보석광인 그녀는 쇼베 씨의 고객으로 서로 아는 사이여서, 이 호텔에서 만난 후로는 한층 더 친밀해졌다. 그녀의 놀랄 만한 사교술은 이미 사나에 씨를 포로로 만들어 집안사람들만 아는 비밀까지 털어놓을 수 있을 정도의 사이가 되었던 것이다.

"하지만 부인, 현실은 그렇게 소설 같지 않습니다. 저는 이번

일도 불량소년 같은 이들의 집요한 장난이 아닐까 싶어요."

탐정은 자못 내키지 않는 것처럼 보였다.

"하지만 당신은 정말 열심히 탐정 일을 하고 계시잖아요? 한 밤중에 복도를 걷기도 하고 호텔 보이들에게 여러 가지를 물어 보기도 하고 말이죠. 저도 잘 알고 있답니다."

"당신은 그런 것까지 주의해서 보고 계신 겁니까? 보통내기가 아니시군요."

아케치는 빈정거리면서 부인의 아름다운 얼굴을 뚫어져라 쳐다보았다.

"전 이게 결코 장난 같지 않아요. 육감이라고나 할까요? 그런 느낌이 듭니다. 당신도 꽤 신경 쓰셔야 할 거예요."

부인도 지지 않고 탐정을 쳐다보면서 의미심장하게 응수했다.

"이거 고맙군요. 하지만 안심하세요. 제가 붙어 있는 이상 아가씨는 안전합니다. 어떤 흉적(凶賊)도 내 눈을 속이는 건 절대 불가능해요."

"네, 그야 당신의 능력은 잘 알고 있어요. 하지만 이번만큼은 왠지 다를 것 같은 생각이 자꾸 드네요. 상대방이 뛰어난 마력을 가진 무서운 자일 것 같아서……"

아아, 이 얼마나 대담무쌍한 여자인가. 그녀는 일대 명탐정을 앞에 두고 자기 자신을 찬미하고 있는 것이다.

"하하하하하, 부인은 가상의 도둑을 대단히 두둔하시는 것 같군요. 내기라도 할까요?"

아케치는 농담처럼 기묘한 제안을 했다.

"어머, 내기요? 아케치 씨와 내기를 하다니, 멋지네요. 저는 제일 소중히 여기는 이 목걸이를 걸겠어요."

"하하하하하, 부인은 진심인 것 같군요. 그럼 만약에 제가 실패해서 아가씨가 유괴된다면, 그래요, 저는 뭘 걸까요?"

"탐정이라는 직업을 거시는 건 어때요? 그럼 전 제가 가진 모든 보석을 걸어도 좋을 것 같아요."

그건 유한마담에게 흔히 볼 수 있는 엉뚱하고, 변덕스럽다고도 할 수 있는 말투였다. 하지만 그 뒤에 명탐정에 대한 여도둑의 불타는 투지가 숨어 있었다는 것을 아케치는 알아챌 수 있었을까.

"재밌네요. 그러니까 제가 지면 탐정 사무실 문을 닫으라는 말씀이시군요. 여자인 당신이 목숨 다음으로 아끼는 보석을 전부 내던지셨는데 남자인 제 직업 정도는 아무것도 아니지요."

아케치도 지지 않았다.

"호호호호호, 그럼 약속하세요. 전 아케치 씨를 폐업시키고 말겠어요."

"네, 약속하죠. 저도 당신의 막대한 보석이 굴러들어오기를 기대하겠습니다. 하하하하하."

그렇게 농담이 어느새 진지해지고 말았다. 마침 그 터무니없는 거래가 성립됐을 때 아무것도 모르는 당사자 사나에 씨가 다가와서 상냥하게 말을 걸었다.

"어머, 두 분이서 뭘 소곤소곤 이야기하시는 거예요? 저도 끼워주세요."

그녀는 매우 쾌활한 척하고 있었지만 안색에 어딘가 불안의 그림자가 떠도는 것을 감출 수는 없었다.

"어머, 아가씨. 자, 여기 앉으세요. 지금 말이죠, 아케치 씨가 무료하고 할 일이 없다고 푸념하고 계셨어요. 그런 협박은 틀림없이 누군가의 장난일 거예요."

미도리카와 부인은 사나에 씨를 위로하는 것처럼 마음에도 없는 말을 하며 안심시켰다.

그때 쇼베 씨도 다가와 좌중은 네 명이 되었다. 모두 하나같이 사건에 대해서는 언급하지 않고 편하게 세상 돌아가는 이야기를 시작했다. 하지만 자연스럽게 대화는 쇼베 씨와 아케치 탐정, 미도리카와 부인과 사나에 씨, 이렇게 남자 대 남자, 여자 대 여자로 나눠지게 되었다.

1인 2역

잠시 후 여자들은 한창 이야기 중인 남자들을 남겨두고 일어나더니 넓은 방의 의자 사이를 산책하듯이 어깨를 나란히 하고 천천히 걷기 시작했다. 새카만 비단 드레스와 오렌지색 하오리가 두드러진 대조를 이루고 있는 것 외에 두 사람은 체격, 머리 모양, 나이까지도 거의 비슷해 보였다. 미인에게는 나이가 없는 것일까, 서른을 넘긴 미도리카와 부인은 어쩔 땐 소녀처럼 천진난만하고 활기차게 보일 때가 있었다.

어느 쪽이 먼저랄 것도 없이 두 사람은 어느새 휴게실을 빠져나와 계단을 향해 복도를 걷고 있었다.

"아가씨, 내 방에 잠시 들리지 않을래요? 어제 말씀드린 인형을 보여드릴게요."

"어머, 여기 갖고 오신 거예요? 보고 싶어요."

"한 번도 떼놓은 적이 없답니다. 귀여운 내 노예인 걸요."

아아, 미도리카와 부인의 소위 인형이란 도대체 무엇일까? 사나에 씨는 조금도 눈치 채지 못했지만 '귀여운 노예'라니 실로 기묘한 표현이 아닌가. '노예'라고 했을 때 독자분들은 바로 준짱이 변장한 야마카와 겐사쿠 씨 역시 부인의 노예였다는 사실을 떠올렸을 것이다.

미도리카와 부인의 방은 아래층에 있고 사나에 씨 일행의 방은 2층에 있었다. 두 사람은 계단 초입에서 잠시 주저했지만, 결국 부인의 방으로 가기로 하고 곧장 아래층을 향해 내려갔다.

"자, 들어오세요."

방에 도착한 부인은 문을 열고 사나에 씨를 재촉했다.

"앗, 여기가 아니지 않아요? 당신 방은 23호 아닌가요?"

말 그대로였다. 문 위에는 24라는 번호가 보였다. 즉 그곳은 부인의 옆방인 야마카와 겐사쿠 씨의 방이었던 것이다.

저 살인자 권투 선수는 일찌감치 저녁 식사를 마치고 도망치듯이 이 방으로 돌아와 소리없이 그때가 오기를 기다리고 있는 게 아닌가. 거기에는 마취제를 흠뻑 적신 거즈와 관 같은 트렁크가 희생자를 기다리고 있을 터였다.

사나에 씨가 주저한 것도 무리는 아니다. 예감이 왔다. 뒤이어 일어날 지옥의 광경을 감지한 잠재의식이 알려주었던 것이다.

하지만 미도리카와 부인은 모르는 체하며 말했다.

"아뇨, 그렇지 않아요. 여기가 내 방입니다. 자, 빨리 들어가세요."

그녀는 사나에 씨 어깨를 감싸며 문 안으로 데리고 들어가버렸다.

두 사람의 모습이 사라지자 문은 다시 꽉 닫혔다. 닫혔을 뿐만 아니라 이상하게도 찰칵찰칵 열쇠로 잠그는 소리까지 났다. 안에서 자물쇠를 채운 것 같았다.

동시에 문 건너편에서 뭔가에 꽉 눌린 듯한, 희미하긴 하지만 실로 비통한 신음 소리가 들려왔다.

순간 방 안은 완전히 텅 빈 것처럼 조용해졌는데, 이윽고 사람이 나직하게 중얼거리는 소리, 바쁘게 돌아다니는 발소리, 뭔가가 부딪히는 소리 등이 약 5분 정도나 계속되었다. 하지만 그것도 조용해지더니 다시 열쇠를 돌리는 기척이 나고 문이 살짝 열리면서 안경을 쓴 하얀 얼굴이 몰래 복도를 엿보았다.

아무도 없는 것을 확인하고 나서 잠시 후 방 밖으로 전신을 드러낸 사람은 의외로 미도리카와 부인이 아니라 사나에 씨였다. 이미 트렁크 안에 들어 있을 것이라고 생각했던 사나에 씨였던 것이다.

아니, 그렇지 않다. 자못 사나에 씨와 같은 머리 모양, 같은 안경, 같은 기모노, 같은 하오리이긴 했지만 잘 보면 어딘가 다른 데가 있었다. 팔이 지나치게 팽팽했다. 키도 약간 컸다. 그보다 얼굴이…… 참으로 정교한 메이크업에 머리 모양과 안경으로 그 화장이 한층 그럴싸해 보였지만, 아무리 꾸민다고 해도 사람 얼굴이 바뀌진 않는다. 그건 사나에 씨와 똑같은 차림을 한 미도리카와 부인에 불과했다. 그렇다고 해도 그 정도의 변장을 불과 5분 사이에 해낸 솜씨는 역시 마술사라 자칭하는 그녀다웠다.

그럼 불쌍한 사나에 씨는 어떻게 된 걸까? 이미 의심할 여지가 없었다. 여도둑의 유괴계획은 순조롭게 진행되고 있었다. 사나에 씨는 트렁크에 들어가버린 것이다. 미도리카와 부인이 사나에 씨 복장을 완전히 빌려 입은 걸 보면 그녀는 오늘 아침 부인이 본보기를 보인 대로 완전히 알몸이 되어 재갈이 물려지고 손발이 묶인 채 비참하게도 트렁크 안에 구겨져 있을 게 틀림없다.

"그럼 잘 부탁해."

사나에 씨로 분한 미도리카와 부인이 문을 닫으면서 속삭이자 안에서 굵은 남자 목소리가 대답했다.

"네, 걱정 마십시오."

준짱이 변장한 야마카와 겐사쿠 씨다.

부인은 뭔가 부피가 큰 보자기를 겨드랑이에 끼고 있다. 그녀는 그것을 껴안고 남의 눈을 피해 계단을 올라갔다. 쇼베 씨 방에 도착하여 몰래 들여다보니, 예상대로 쇼베 씨는 아직 돌아오지 않았다. 그는 아래층 휴게실에서 아케치 고고로와 한창 이야기 중이었다.

방은 소파와 안락의자, 책상 등을 배치한 거실, 침실, 화장실, 이렇게 세 개가 이어져 있었는데, 거실에 들어선 부인은 책상 서

랍을 열고 쇼베 씨가 상용하는 칼모틴(Calmotin)[*]이 든 작은 상자를 꺼내 안에 든 알약을 빼내더니 준비해온 다른 알약으로 슬쩍 바꿔치기 한 뒤 원래대로 서랍에 넣었다.

그리고 다음 방인 침실에 들어가 벽에 달린 밝은 전등을 끄고 작은 스탠드만 켜둔 뒤 보이 대기실로 연결되는 벨을 눌렀다.

금세 노크 소리가 나더니 보이 하나가 거실 쪽으로 들어왔다.

"부르셨습니까?"

"네, 저기 아래 휴게실에 아버님이 계셔서요. 이제 주무시지 않겠냐고 좀 불러주시겠어요?"

부인은 침실 문을 살짝 열고 얼굴은 뒤로 한 채 기모노만 거실 전등에 비춰지는 식의 자세로 능숙하게 사나에 씨의 목소리를 흉내 내어 부탁했다.

보이가 알았다고 하며 자리를 떠났다. 잠시 후 거친 발소리가 들리면서 쇼베 씨가 들어와 혼내듯이 말했다.

"너 혼자였던 거냐? 미도리카와 씨랑 같이 있지 않았어?"

부인은 역시 어두운 침실에서 기모노만 보이도록 하면서 한층 더 능숙하게 사나에 씨의 말투를 흉내 내어 작은 목소리로 대답했다.

"네, 제가 컨디션이 별로 안 좋아서 아까 계단 근처에서 그 분과 헤어지고 혼자 돌아왔어요. 전 이제 자려고요. 아버지도 안녕히 주무세요."

---

[*] 브롬발레릴 요소의 상품명으로 냄새가 없는 흰색의 결정성 가루. 진정·최면 작용이 있어서, 불면증·신경 쇠약·구토·천식 따위를 치료하는 데 쓰인다.

"너도 참, 혼자 있으면 안 된다고 그렇게 얘길 했잖니. 만약에 무슨 일이라도 생기면 어떻게 하려고 그래?"

아버지는 침실의 목소리가 딸이라고 굳게 믿으며 거실 안락의자에 앉아 꾸지람을 하고 있다.

"네, 그래서 제가 아버지를 부른 거예요."

침실에서 천진난만한 목소리가 대답한다.

그때 아케치 탐정이 쇼베 씨의 뒤를 따라 들어왔다.

"따님은 주무십니까?"

"네, 지금 옷을 갈아입고 있나 봐요. 왠지 컨디션이 좋지 않다는군요."

"그럼 저도 제 방으로 물러가겠습니다."

아케치가 옆방으로 가버리자 쇼베 씨는 열쇠로 문을 잠그고 잠시 편지를 썼다. 이윽고 평소와 마찬가지로 서랍 속 칼모틴을 꺼내 탁상에 놓인 물병에서 물을 따라 함께 마신 뒤 침실로 들어왔다.

"사나에, 기분은 좀 어떠냐?"

그렇게 말하면서 그가 돌아서 침대 쪽으로 올 것처럼 굴자 사나에 행세를 하던 부인은 모포를 턱까지 덮어쓰고 얼굴을 전등 뒤로 돌려 뒤를 향한 채 자못 언짢은 듯이 대답했다.

"네, 이제 괜찮아요. 졸리니 저는 이만 잘게요."

"하하하하하, 너 오늘 좀 이상하구나. 화났니?"

하지만 이와세 쇼베 씨는 별로 의심하는 기색이 없었다. 기분이 언짢은 딸에게 방해되지 않도록 작은 목소리로 우타이(謠)* 같은 걸 읊조리면서 잠옷으로 갈아입더니 침대에 누웠다.

부인이 슬쩍 바꿔치기해둔 수면제의 강력한 효과는 즉시 나타났다. 그는 베개에 머리가 닿자마자 덮쳐오는 수마(睡魔)에 뭘 생각할 틈도 없이 바로 깊은 잠에 빠졌다.

그리고 한 시간 남짓 지난 밤 10시경, 자기 방에서 독서를 하던 아케치 고고로는 옆 방 문으로 보이는 곳에서 들려오는 거친 노크 소리에 놀라 복도로 나가 보았다. 그랬더니 호텔 보이가 한 통의 전보를 손에 든 채 계속 쇼베 씨를 깨우고 있었다.

"그렇게 불러도 대답이 없다니 이상한데?"

문득 불안감을 느낀 아케치는 다른 방에 폐가 됨에도 불구하고 호텔 보이와 함께 세차게 문을 두드렸다.

계속 두드리니 강한 수면제로 인해 깊이 잠들었던 쇼베 씨의 잠에서 덜 깬 목소리가 희미하게 들렸다.

"도대체 뭐야, 시끄럽게."

"좀 열어주세요. 전보가 왔습니다."

아케치가 소리치자 그제야 찰칵 하고 열쇠 소리가 나면서 문이 열렸다.

잠옷 차림의 쇼베 씨는 몹시 졸린 듯이 눈을 비비면서 전보를 열어 멍하니 쳐다보았다.

"젠장, 또 장난질이군. 이런 걸로 이제 막 잠이 든 사람을 깨우

* 노(能)의 가사, 또는 그것에 가락을 붙여 노래를 부름

다니."

혀를 차며 아케치에게 그것을 건넸다.

"오늘 밤 12시, 주의하라."

내용은 간단하지만 그 의미는 명료했다. "오늘 밤 12시에 사나에 씨 유괴가 이루어질 것이다"라는 예의 협박문구인 것이다.

"아가씨는 별일 없습니까?"

아케치는 다소 진지한 어조로 물었다.

"괜찮아요, 사나에는 내 옆에서 고이 자고 있소."

쇼베 씨는 비틀거리면서 침실 문 옆으로 가더니 거기서 침대를 보면서 안심한 듯이 말했다.

아케치도 그 너머로 살짝 들여다보니 사나에 씨는 맞은편을 향한 채 곤히 잠들어 있었다.

"사나에는 요즘 나처럼 매일 밤 칼모틴을 먹기 때문에 푹 잠들어 있습니다. 게다가 오늘 밤은 컨디션이 좋지 않다고 했거든요, 불쌍하기도 하지. 깨우지 말고 놔둡시다."

"창문은 닫았습니까?"

"그것도 걱정 말아요, 낮부터 단단히 걸쇠를 걸어 놓았습니다."

쇼베 씨는 그렇게 말하더니 이미 침대 위로 기어 올라가 있었다.

"아케치 씨, 미안하지만 입구를 닫고 열쇠는 당신이 맡아주지 않겠습니까?"

이미 눈이 감기기 직전인 그는 문을 잠그는 것조차 귀찮았다.

"아니, 그보다 저는 잠시 이 방에 있겠습니다. 침실 문은 연 채로 놔두세요. 그렇게 하면 당신이 주무셔도 여기서 창 쪽을 볼 수 있으니 만약 누가 창문을 부수고 침입해도 바로 알 수 있습니다. 창문만 주의하면 그밖에 다른 출입구는 없으니까요."

아케치는 어디까지나 한 번 맡은 사건에는 충실했다. 그는 바로 거실 쪽 의자에 앉더니 담배에 불을 붙이고 조용히 침실을 감시했다.

30분 정도 지났지만 아무 일도 일어나지 않았다. 가끔 일어나서 침실을 들여다봤는데, 사나에 씨는 같은 자세로 계속 자고 있다. 쇼베 씨도 코를 골며 깊이 잠들어 있다.

"어머, 아직 깨 있으셨어요? 호텔 보이가 좀 전에 이상한 전보가 왔다기에 신경이 쓰여서 올라와 봤는데."

목소리에 놀라 뒤를 돌아보니 반쯤 열린 문 밖에 미도리카와 부인이 서 있었다.

"아아, 부인이십니까? 전보가 오긴 왔는데 이러고 있으면 괜찮습니다. 저는 시시한 파수꾼 역할이죠."

"그럼 역시 이 호텔까지 협박 전보가 온 건가요?"

검은 옷의 부인은 이렇게 말하면서 문을 열고 방 안으로 들어왔다.

독자 여러분은 어쩌면 "작자가 말도 안 되는 실수를 하고 있어. 미도리카와 부인은 사나에로 변장해서 쇼베 씨 옆 침대에서 자고 있다고. 그런 미도리카와 부인이 복도에서 들어오다니 앞뒤가 전혀 맞질 않잖아."라고 이의를 제기할지도 모른다.

하지만 작자는 결코 틀리지 않았다. 양쪽 모두 진짜인 것이다. 그리고 미도리카와 부인은 이 세상에 단 한 사람밖에 없다. 그것이 무엇을 의미하는가는 이야기가 진행됨에 따라 차차 밝혀질 것이다.

암흑의 기사

"사나에 씨는 잘 주무시나요?"

미도리카와 부인은 문을 열더니 아케치 앞에 앉아 침실 쪽으로 흘긋 눈길을 주면서 낮은 목소리로 물었다.

"네."

아케치는 뭔가 생각에 잠긴 채 무뚝뚝하게 대답한다.

"아버님도 저쪽에서 함께 주무시고 계신 거죠?"

"네."

앞에서도 썼듯이 아버지 이와세 쇼베 씨는 마취제라는 수마의 습격을 받아 아케치에게 지켜봐달라는 부탁을 남긴 채 사나에 씨 옆 침대로 들어가 잠이 들어버린 것이다.

"어머, 이렇게 건성으로 대답하시다니. 무슨 생각을 그렇게 하세요? 이렇게 지켜보고 있어도 여전히 걱정되시는 건가요?"

미도리카와 부인이 방긋 미소 지으며 말했다.

아케치는 그제야 얼굴을 들어 부인을 보았다.

"아아, 당신은 아직도 좀 전의 내기에 대해 말하고 계시군요. 아가씨가 유괴당해서 제가 졌으면 좋겠다고, 나쁜 일이 일어나길 바라고 계신 건가요?"

그도 아름다운 사람의 야유에 이렇게 응수했다.

"어머, 쇼베 씨의 불행을 바라다니 말도 안 돼요. 저는 단지 걱정이 돼서 그래요. 그래서 그 전보에는 뭐라고 쓰여 있던가요?"

"오늘밤 12시를 조심하라고 하던데요."

아케치는 이상하다는 듯이 대답하고 벽난로 위쪽 선반의 탁상시계를 바라보았다. 시계바늘은 10시 50분을 가리키고 있었다.

"앞으로 한 시간 남짓 남았네요. 당신은 쭉 여기 계실 건가요? 지루하지 않으세요?"

"아뇨 전혀 그렇지 않아요, 저는 즐겁습니다. 탐정 일이라도 하지 않으면 이런 극적인 순간을 인생에서 몇 번이나 맛볼 수 있겠습니까? 부인이야말로 졸리시겠네요. 부디 잠자리에 드시죠."

"어머, 너무 본인 생각만 하시네요. 저도 당신 이상으로 즐거워요. 여자는 내기라면 사족을 못 쓰는 법이거든요. 방해가 되겠지만 같이 있어도 될까요?"

"또 내기 이야기입니까? 그럼 좋으실 대로 하세요."

그리하여 이 이상한 남녀 한 조는 잠시 침묵한 채 마주 앉아 있었다. 그런데 문득 책상 위에 트럼프 패가 놓여 있는 걸 알아차린 부인이 졸음도 쫓을 겸 게임을 하자고 제안했다. 아케치도 이에 동의하여 적을 기다리는 사이 기묘한 트럼프 놀이가 시작되었다.

불안한 만큼 몹시 지루했던 한 시간이 트럼프 덕분에 그럭저럭 지나갔다.

그 사이에도 아케치가 침실과 경계에 있는 활짝 열린 문 맞은편에서 쉴 새 없이 사방을 살피고 있었던 건 말할 필요도 없다. 하지만 침실 창문(만약에 도둑이 외부에서 침입한다면 이 창문이 남은 유일한 통로였다)에는 아무 이상도 일어나지 않았다.

"이제 그만하죠. 앞으로 5분만 있으면 12시예요."

미도리카와 부인이 더 이상 트럼프 같은 걸 가지고 놀 때가 아니라는 듯 초조한 표정을 지으며 말했다.

"네, 앞으로 5분입니다. 아직 한 게임 더 할 수 있어요. 그러는 사이에 아무 일 없이 12시가 지나갈 겁니다."

아케치는 카드를 섞으면서 느긋하게 권했다.

"아뇨, 그럼 안 됩니다. 도둑을 얕잡아 봐선 안 돼요. 좀 전에 휴게실에서도 말씀드렸듯이 제 생각에 이 도둑만큼은 약속을 어기지 않을 것 같아요. 반드시 곧……"

부인의 얼굴은 이상하게 긴장돼 있었다.

"하하하……, 부인, 그렇게 예민해지면 못 써요. 그 도둑이 도대체 어디로 들어온다는 겁니까?"

아케치의 말에 부인은 자기도 모르게 손을 들어 입구 문을 가리켰다.

"아아, 저 문으로 말입니까? 그럼 부인이 안심하도록 열쇠로 잠가 두지요."

아케치는 자리에서 일어나 문으로 가더니 쇼베 씨에게 받은 키로 문을 잠갔습니다.

"자, 이제 문을 부수지 않으면 아무도 사나에 씨 침대에 접근할 수 없습니다. 아시다시피 이 방을 통하는 것 이외에 침실로 가는 통로는 없으니까요."

그러자 부인은 괴담에 겁을 먹은 어린 아이처럼 다시 손을 올리더니 이번에는 희미하게 보이는 침실 창문을 가리키는 것이다.

"아아, 저 창문. 도둑이 안뜰에서 사다리를 걸고 저 창문으로 기어오르기라도 한다는 말씀이십니까? 하지만 저 창문에는 안에서 단단히 걸쇠가 걸려 있습니다. 또 만약에 창문을 깨고 들어온다고 해도 이 자리에서는 한눈에 알 수 있으니 여차 싶을 때는 제 사격 솜씨를 보시게 될 겁니다."

아케치는 이렇게 말하면서 오른쪽 주머니를 톡톡 두드려 보였다. 거기에는 소형 권총이 숨겨져 있었다.

"사나에 씨는 아무 것도 모르고 잘 주무시네요. 하지만 쇼베 씨는 어째서 일어나 계시지 않는 걸까요? 이런 상황에서 너무 느긋하신 것 같아요."

부인은 조용히 침실 안을 들여다보러 가더니 의아한 듯이 말했다.

"두 사람 모두 매일 밤 수면제를 먹고 잔다고 합니다. 무서운 예고장 때문에 신경쇠약에 걸린 거죠."

"어머, 이제 1분밖에 안 남았어요. 아케치 씨, 괜찮을까요?"
부인이 일어나 괴성을 질렀다.

"괜찮고 말고요, 보시다시피 지금 아무 일도 안 일어나지 않습니까?"

아케치도 엉겁결에 일어서서 묘하게 흥분한 부인의 얼굴을 신기한 듯이 들여다보았다.

"하지만 아직 30초 남았어요."

미도리카와 부인은 불타는 듯한 눈으로 아케치를 마주보면서 말했다. 아아, 여도둑은 지금 승리의 쾌감에 취해 있다. 명탐정 아케치 고고로를 상대로 한 싸움에서 마침내 개가를 올릴 때가 온 것이다.

"부인, 당신은 그토록 도둑의 솜씨를 믿으시는 겁니까?"

아케치의 눈에도 일종의 번뜩임이 깃들어 있었다. 그는 부인의 이해하기 어려운 표정에 담긴 수수께끼를 풀고자 고심하고 있는 것이다. 뭘까? 이 정체를 알 수 없는 미인은 도대체 무슨 생각을 하면서 이렇게 흥분하는 것일까?

"네, 믿어요. 너무 소설 같은 상상일지도 모르지만 당장이라도 어디선가 암흑의 기사가 몰래 숨어들어 와서 아름다운 아가씨를 유괴해가는 건 아닐까, 이렇게 눈에 보이는 것처럼 너무나도 선명하게 느껴지는 걸요."

아케치가 결국 웃음을 터뜨리고 말았다.

"우후후…… 이것 보세요, 부인. 당신이 그런 중세시대의 상상 속 이야기를 하시는 동안 시계는 이미 12시를 넘겼습니다. 역시 내기는 제가 이겼네요. 자, 당신의 보석을 넘겨주시겠습니까? 하하하……"

"아케치 씨, 당신은 정말 내기에 이겼다고 생각하시나요?"

부인은 붉은 입술을 표독스럽게 일그러뜨리며 일부러 천천히 말을 꺼냈다. 그녀는 순간적인 승리의 쾌감에 취한 나머지 그만 귀부인의 예절마저 잊어버린 것이었다.

"앗, 그럼 당신은……"

아케치는 민감하게 그 의미를 깨닫고 도저히 알 수 없는 공포에 안색이 확 변했다.

"당신은 아직 사나에 씨가 유괴당하지 않았는지 확인해보지 않았잖아요?"

부인은 의기양양하게 말했다.

"하지만, 하지만 사나에 씨는 분명히……"

천하의 명탐정도 횡설수설했다. 불쌍하게도 그의 넓은 이마에는 흥건히 진땀이 배어 있었다.

"분명히 침대에서 자고 있다는 거죠? 하지만 저기서 자고 있는 사람이 정말 사나에 씨일까요? 어쩌면 누군가 완전히 다른 아가씨일 수도 있잖아요?"

"그런, 그런 말도 안 되는 일이……"

입으로는 강하게 부인했지만, 아케치는 부인의 말에 겁을 먹은 게 분명했다. 그 증거로 그는 갑자기 침실로 뛰어 들어가 잠들어 있는 쇼베 씨를 흔들어 깨웠다.

"뭐, 뭡니까? 뭐예요? 무슨 일 있습니까?"

조금 전부터 수마와 싸우며 반쯤 의식을 회복해 있었던 쇼베 씨는 아케치가 흔들어 깨우자 벌떡 상반신을 일으키며 허둥지둥 물었다.

"따님을 좀 보세요. 저기 자고 있는 분은 확실히 따님이 맞으시죠?"

아케치답지 않은 우문이다.

"무슨 말씀을 하시는 건지? 딸입니다. 저게 딸이 아니라면 도대체 누가……"

쇼베 씨의 말이 돌연 뚝 끊어졌다. 그는 갑자기 뭔가 깨달은 것처럼 뒤돌아 누운 사나에 씨의 머리 부분을 응시했다.

"사나에! 사나에!"

쇼베 씨의 조급한 목소리가 따님의 이름을 계속 불렀다. 대답이 없다. 그는 침대에서 일어나 비틀거리며 사나에 씨의 침대로 다가가더니 그녀의 어깨에 손을 올리고 흔들어 깨우려고 했다.

하지만 아아, 도대체 이게 어떻게 된 일인가. 참으로 이상하게도 거기에는 어깨라고 해야 할 것이 없었다. 손으로 누르자 담요가 쑥 들어가버렸다.

"아케치 씨, 당했어요. 당했습니다."

이와세 노인의 입에서 말로 표현할 수 없는 노호(怒號)가 터져 나왔다.

"누굽니까? 거기서 자고 있는 건 따님이 아닙니까?"

"이걸 보세요. 사람이 아닙니다. 우리는 정말 말도 안 되는 속임수에 당한 겁니다."

아케치와 미도리카와 부인이 달려가 보니 과연 그건 인간이 아니었다. 사나에 씨라고 굳게 믿었던 건 그저 일개 무생물인 인형 머리일 뿐이었다. 종종 양품점 쇼윈도 등지에서 볼 수 있는 머리만 있는 인형에게 안경을 씌우고 사나에 씨와 꼭 닮은 서양식 가발을 씌운 것에 불과했다. 몸체 대신에 요를 그럴싸한 모양으로 말아서 담요를 덮어 놓았던 것이다.

명탐정의 폭소

아아, 인형 머리. 이 얼마나 뛰어난 사기인가. 사람을 완전히 얕본 빤한 속임수가 아닌가. 천하의 아케치 고고로도 범인에게 이렇게 대담한 치기가 있으리라고는 상상도 하지 못했던 것이다.

그건 그렇고 미도리카와 부인의 소위 '암흑의 기사'란 누구였을까? 사나에 씨를 유괴하고 그 대신 우스꽝스러운 인형 머리를 남기고 간 멋쟁이는 도대체 누구였던 것일까? 독자 여러분은 이미 잘 알고 계신다. 그 '암흑의 기사'는 다름 아닌 미도리카와 부인 자신이었다. 앞장에 썼다시피 사나에 씨로 변장한 그녀는 일단 그 침대로 들어가 잠이 든 척을 하며 쇼베 씨를 안심시켜 두고, 상대방이 수면제로 인해 깊이 잠들었을 때를 노려 준비한 인형 머리를 자기 대신 두고 몰래 자기 방으로 돌아왔던 것이다. 그녀가 쇼베 씨 방으로 숨어들 때 뭔가 부피가 큰 보자기를 옆구리에 끼고 있었던 건 독자들도 기억하실 것이다. 그것이 마술의 정체, 인형 머리였다.

아케치 고고로는 오랫동안 아마추어 탐정 생활을 하면서 이토록 비참한 입장에 놓인 적이 없었다. 쇼베 씨의 신뢰도, 미도리카와 부인에게 한 호언장담도 수습할 길 없이 물러설 수 없는 궁지에 놓여 있었다. 게다가 그 실수의 원인이 빤한 속임수인 인형 머리라니, 아무리 부끄러워해도 모자란 치욕이 아니겠는가.

"아케치 씨, 당신에게 부탁한 딸을 보시다시피 도둑맞고 말았습니다. 되찾아 주셔야 합니다. 빨리 손을 써주세요. 당신 혼자 힘으로 부족하다면 경찰의 힘을 빌려서, ······그래, 이렇게 되면 이제 경찰밖에 의지할 데가 없어. 경찰에 전화를 거세요. 아니면 제가 걸까요?"

이와세 쇼베 씨는 너무 흥분한 나머지 신사의 자제심을 잊고 그만 난폭한 말을 내뱉는다.

"아니, 기다리세요. 지금 난리를 피워봤자 도둑을 붙잡을 순 없습니다. 유괴는 적어도 두 시간 전에 일어났습니다."

아케치는 필사적으로 냉정함을 유지하면서 날카롭게 머리를 돌리며 말했다.

"제가 이 방에서 망을 보는 동안에는 아무 일도 일어나지 않았다고 단언합니다. 범죄는 그 전보가 배달되기 전에 일어났다고 생각할 수밖에 없습니다. 즉 그 전보의 진의는 범죄 예고가 아니라 이미 일어난 범죄를 앞으로 일어날 것처럼 보이게 해서 12시까지 우리의 주의를 이 방에 묶어두는 데 있었습니다. 그리고 그 동안 도둑은 충분히 안전한 장소로 도망치려는 계획이었던 것입니다."

"호호호호호, 어머, 죄송해요. 저도 모르게 웃고 말았네요. 하지만 명탐정이라고 불리는 아케치 씨가 두 시간이나 열심히 인형 머리를 지키셨다고 생각하니 우스워서······"

미도리카와 부인이 분위기 파악도 못하는 독설을 내뱉었다. 그녀는 바야흐로 완전히 승리를 얻었다. 솟구치는 환희를 억누를 방법이 없었던 것이다.

아케치는 이를 악물고 이 조소를 견뎌냈다. 그는 틀림없이 패자였다. 하지만 도저히 완전히 졌다고 생각할 수는 없다. 뭔가 마음 한 구석에 일말의 희망이 남아 있는 것 같은 기분이 들었다. 그는 그게 뭔지 확인할 때까지는 이 승부를 포기할 생각이 없었다.

"하지만 이렇게 기다려봤자 딸이 돌아올 리도 없지 않습니까?"

쇼베 씨는 미도리카와 부인의 쓸데없는 말에 더욱 초조해져 아케치에게 대들었다.

"아케치 씨, 나는 경찰에 전화를 걸겠습니다. 설마 따르지 않겠다는 건 아니겠죠?"

그는 아케치의 대답을 기다리지 않고 비틀거리며 거실로 갔다. 그리고 탁상 위의 전화기를 집어 들려는 순간, 마치 미리 약속이라도 한 것처럼 저쪽에서 먼저 따르릉 전화벨 소리가 울려 퍼졌다.

쇼베 씨는 칫 하고 혀를 차면서 어쩔 수 없이 수화기를 들어 올려 아무 죄도 없는 교환수에게 거칠게 욕을 하며 소리를 지르다가 잠시 후 짜증스러운 목소리로 아케치를 불렀다.

"아케치 씨, 당신 전화야."

아케치는 그 말을 듣더니 뭔가 잊었던 일이 생각나기라도 한 것처럼 깜짝 놀라 전화기를 향해 달려갔다.

무슨 용건의 전화였는지 열심히 대답하던 그는 마지막에 이렇게 말했다.

"20분? 그렇게 오래 걸린단 말이야? 15분? 안 돼, 안 돼, 그럼 늦어. 10분이야. 10분 안에 달려 와. 난 10분만 기다릴 거야. 알겠어?"

아케치는 이런 수수께끼 같은 말을 끝으로 전화를 끊었다.

"용건이 끝나면 내친김에 경찰을 부르라고 해주지 않겠소?"

아케치 옆에 서서 기다리던 쇼베 씨가 초조한 모습으로 반쯤 빈정거리듯이 이야기했다.

"경찰에 보고하는 건 그렇게 서두를 필요가 없습니다. 그보다 저에게 좀 생각할 시간을 주십시오. 저는 대단한 착각을 하고 있었습니다."

아케치는 쇼베 씨를 상대하려고 하지 않고 그 자리에 우두커니 선 채 천하태평하게 뭔가를 생각하기 시작했다.

"아케치 씨, 내 딸 생각도 좀 해주지 않겠소? 당신에게 확실히 말해두지만……"

아케치의 이해하기 어려운 태도에 쇼베 씨의 분노가 점점 끓어오르는 것도 무리는 아니었다.

"호호호호호, 쇼베 씨, 아케치 씨는 말이죠, 따님의 일 같은 건 생각할 여유가 없어요."

어느새 침실에서 거실로 들어온 미도리카와 부인의 명랑한 목소리가 들려왔다.

"네? 그, 그게 무슨 소립니까?"

쇼베 씨가 어리둥절한 표정으로 물었다.

"아케치 씨, 지금 무슨 생각을 하고 계신지 맞춰볼까요? 저와의 내기. 맞죠? 그거죠? 호호……"

여도둑은 바야흐로 명탐정에 대한 적의를 노골적으로 드러내며 대담무쌍한 태도를 보였다.

"쇼베 씨, 아케치 씨는 저랑 내기를 하셨어요. 아마추어 탐정이라는 직업을 걸고 내기를 했지요. 그리고 결국 아케치 씨의 패배로 끝이 났으니 저렇게 고개를 숙이고 생각에 잠겨 계신 거랍니다. 맞죠? 그렇죠, 아케치 씨?"

"아뇨, 부인, 그렇지 않습니다. 제가 고개를 숙이고 있었던 건 당신을 불쌍하게 생각했기 때문입니다."

아케치도 지지 않고 응수한다. 유괴당한 딸은 팽개쳐두고 이게 대체 또 무슨 일이란 말인가. 쇼베 씨는 심한 충격에 망연자실하여 두 사람의 얼굴을 번갈아 볼뿐이었다.

"어머, 제가 불쌍하다고요? 어째서요?"

부인이 다그쳤다. 제 아무리 대단한 여도둑도 명탐정의 눈 깊숙이 숨어 있는 불가사의한 미소를 꿰뚫어볼 수 없었던 것이다.

"그건 말이죠, ……"

아케치는 자신의 말을 즐기듯이 천천히 입을 떼었다.

"내기에 진 건 제가 아니라 부인, 바로 당신이기 때문입니다."

"어머, 무슨 말씀을 하시는 거예요? 지고도 그렇게 억지를 부려봤자……"

"분해서 억지를 부리는 걸까요?"

아케치는 몹시 즐거워 보인다.

"네, 억지고 말고요, 도둑을 잡지도 않고 그런 말씀을 하시다니."

"아아, 그럼 부인은 제가 도둑을 놓치기라도 했다고 생각하시는 겁니까? 절대 아닙니다. 전 분명히 그 만만치 않은 자를 잡았습니다."

그 말을 듣자 제 아무리 대단한 여도둑도 흠칫하지 않을 수
없었다. 이 정체를 알 수 없는 남자는 아까까지 그렇게 실망하고
있었으면서 갑자기 무슨 말을 꺼내는 것일까.

"호호호호호, 재밌네요. 농담도 잘하시네."

"농담인 것 같습니까?"

"네, 그렇게밖엔……"

"그럼 농담이 아닌 증거를 보여드릴까요? 좋습니다. 예를 들
어…… 당신의 친구인 야마카와 겐사쿠 씨가 이 호텔을 나가 어디
로 갔는지 그 행방을 제가 알고 있다면 당신은 어떨 것 같으세요?"

미도리카와 부인이 그 말을 듣더니 갑자기 얼굴이 창백해지
면서 자기도 모르게 비틀거린 건 결코 무리가 아니었다.

"야마카와 씨가 나고야까지 가는 표를 샀으면서 왜 도중에 하
차했을까. 그리고 왜 같은 시내의 M호텔에 숙소를 잡았을까. 또
그분의 대형 트렁크 안에는 도대체 뭐가 들어 있을까. 그걸 제가
알고 있다면 당신은 어떨 것 같습니까?"

"거짓말, 그건 거짓말이야."

여도둑은 이미 말할 힘도 없는 것처럼 보였다. 그저 입속에서
부정하는 말을 중얼거릴 뿐이다.

"거짓말이라고요? 아아, 당신은 좀 전의 전화가 어디서 걸려
왔는지 눈치 채지 못했군요. 그럼 설명해드리죠. 제 부하가 건
전화입니다. 저는 좀 전에 당신에게 매도당하면서도 오로지 그
전화만 기다렸습니다. 왜냐하면 만일 사나에 씨를 호텔에서 데

리고 나갔을 경우 호텔 사방에 배치해둔 5명이나 되는 제 부하가 그걸 놓쳤을 리 없기 때문입니다. 5명에게 조금이라도 수상한 인물은 모조리 미행하라고 단단히 일러뒀거든요.

아아, 그 전화를 얼마나 고대했던지요. 결국 승리는 제 것이었네요. 부인, 당신의 실수는 제가 혼자라고 지레짐작하신 겁니다. 저한테 부하 같은 게 있을 리 없다고 혼자 단정하신 거죠. 그럼 부인, 약속에 따라 당신의 보석을 전부 넘겨주시겠습니까? 하하하하……"

폭소가 끝없이 이어졌다. 바로 지금 승자와 패자의 위치가 역전된 것이다. 방금 전까지 미도리카와 부인이 맛본 것 같은, 혹은 그보다 더한 승리의 쾌감이 아케치의 가슴을 요동치게 만들었다. 아무리 웃지 않으려고 해도 웃지 않고는 견딜 수 없었다. 그러나 역시 여도둑은 좀 전에 아케치가 보여준 것과 비슷한 태도로 이 폭소를 견뎌냈다.

"그럼 사나에 씨는 되찾은 건가요? 잘됐네요. 그래서 야마카와 씨는 어떻게 됐나요?"

그녀는 목소리를 떨지 않으려고 애쓰면서 매우 냉정하게 물었다.

"유감이지만 도망쳤다고 합니다."

아케치가 정직하게 대답했다.

"앗, 범인은 도망쳐버렸군요. 어머나……"

미도리카와 부인은 안도의 기색을 숨기려고 해도 숨길 수가 없었다.

"이거야 원, 고마워요, 아케치 씨. 난 그것도 모르고 흥분해서 실례를 했군요. 용서해주시오. 하지만 아까 당신은 범인을 잡았다는 식으로 말씀하신 것 같은데, 지금 이야기로는 역시 놓쳐버린 것 같네요."

예상치 못한 낭보에 완전히 심기를 회복한 쇼베 씨가 이렇게 물었다.

"아뇨, 그렇지 않습니다. 야마카와라는 자는 이번 범죄의 주모자가 아닙니다. 제가 아까 범인을 잡았다고 한 건 결코 아무 생각 없이 한 말이 아닙니다."

아케치의 이 말은 미도리카와 부인의 얼굴을 보랏빛으로 만드는 힘을 갖고 있었다. 그녀는 금세 막다른 곳에 몰린 맹수처럼 무서운 표정을 지으며 두리번두리번 주위를 둘러보았다.

하지만 도망치려고 해도 입구 문에는 열쇠가 단단히 걸려 있었다.

"그럼 범인은 어디 있습니까?"

"여기, 우리 눈앞에 있습니다."

아케치가 단도직입적으로 말을 내뱉었다.

"오호, 눈앞에. 하지만 여기에는 당신과 나, 미도리카와 부인 외엔 아무도 없는 것 같은데……"

"미도리카와 부인이 바로 그 무시무시한 여도둑입니다. 사나에 씨를 유괴한 장본인이죠."

수십 초 동안 죽음 같은 침묵이 이어졌다. 세 사람이 각각의 시선으로 서로를 노려보았다.

이윽고 그 침묵을 깬 것은 미도리카와 부인이었다.

"어머, 말도 안 돼요. 야마카와 씨가 뭘 하셨든 전 모르는 일입니다. 그저 좀 아는 분이라는 이유로 호텔에 소개했을 뿐이에요. 너무하시네요. 그런, 그런……"

하지만 이것이 요부가 펼친 최후의 연기였다.

그녀의 말이 끝나기가 무섭게 똑똑 문을 두드리는 소리가 들렸다.

아케치는 그 소리를 몹시 기다렸다는 듯이 재빨리 문으로 다가가 손에 들고 있던 열쇠로 그 문을 열었다.

"미도리카와 부인, 당신이 아무리 발뺌하려고 해도 여기 살아 있는 증거가 있어. 당신은 사나에 씨 앞에서도 그런 속이 빤히 들여다보이는 거짓말을 할 건가?"

아케치가 최후의 일격을 가했다.

문 건너편에서 나타난 것은 아케치의 부하인 청년과 청년의 어깨에 기대어 겨우 서 있는 창백한 얼굴의 사나에 씨, 그리고 그들을 지키듯이 따라온 제복 차림의 경관, 이렇게 세 사람이었다.

여도둑 검은 도마뱀은 바야흐로 절체절명의 궁지에 빠졌다. 아군은 연약한 여자 한 사람, 적은 사나에 씨를 제외해도 경관까지 남자 네 명, 도망치려고 해도 도망칠 수가 없다. 하지만 이게 무슨 오기일까, 그녀는 아직 녹초가 되어 주저앉은 것처럼 보이진 않았다.

아니, 그뿐만이 아니다. 참으로 놀랍게도 그녀의 창백한 뺨에 한 줄기 혈색이 도나 싶더니 소름끼치는 미소가 떠오르고, 그것이 점점 크게 퍼져가는 게 아닌가.

아아, 무적의 여도둑은 최후의 결전을 앞두고 뭐가 그렇게 우스운지 기괴하게 웃기 시작했던 것이다.

"후후후후후, 이게 오늘밤 연극의 대단원인 건가? 명탐정이라고 불릴 만한 게 있긴 있었네. 이번에는 아무래도 나의 패배인 것 같군. 패배라고 해두지. 하지만 그래서 어쩌라는 거야? 날 체포라도 하겠다는 건가? 그건 너무 뻔뻔한 거 아닐까? 탐정님, 잘 생각해봐. 당신, 뭔가 실수한 거 없어? 응, 어때? 깜박한 사이에 뭔가 없어졌다든가, 호호호……"

그녀는 도대체 뭘 믿고 이렇게 큰소리를 치는 것일까?

아케치가 도대체 무슨 실수를 했다는 것일까?

명탐정의 패배

탐정이라는 직업을 가진 자가 만만치 않은 범죄자를 잡았을 때 느끼는 희열은 보통 사람의 상상을 뛰어넘는다. 그 희열에 지나치게 들뜬 나머지 그가 그만 방심했다고 해도 무리는 아니었다.

'검은 도마뱀'은 패배에 기세가 꺾이면서도 뛰어난 머리를 민첩하게 굴려 이 궁지에서 벗어날 계획을 곰곰이 생각했다. 그리고 순간 한 가지 모험을 떠올렸다.

그녀는 겨우 굳어진 표정을 누그러뜨리고 아케치 탐정을 향해 웃을 수 있었다.

"자, 어떻게 하겠다는 거야? 날 체포하기라도 하겠다는 건가? 호호호호호, 그건 너무 뻔뻔한 생각이 아닐까?"

이 얼마나 방약무도한가. 연약한 여자의 몸으로 아군은 혼자뿐이다. 상대방은 병자나 마찬가지인 사나에 씨를 제외해도 힘센 남자가 네 명, 그중에는 제복 차림의 위엄 있는 경관도 섞여 있지 않은가.

빠져나갈 구멍은 단 하나, 복도로 통하는 문밖에 없다. 게다가 그 문 앞에는 지금 막 들어온 아케치의 부하와 경관이 길을 막고 서 있다. 창문으로 뛰쳐나가려고 해도 이곳은 위층이고 바깥은 건물로 빙 둘러싸인 안뜰이다. 도대체 그녀는 어떤 방법으로 이 궁지를 탈출할 생각인 것일까?

"시시한 허세는 그만 둬. 자, 경관, 이 여자를 넘기겠습니다. 주저하지 말고 체포하세요. 이 자가 이번 유괴단의 주범입니다."

아케치는 '검은 도마뱀'의 도전을 묵살하고 입구에 서 있는 경관에게 말했다.

사정을 잘 모르는 경관은 이 아름다운 귀부인이 범인이라는 걸 듣고 당황한 것 같았다. 하지만 형사부에서도 신용이 두터운 아케치와는 면식이 있었기 때문에 아케치의 말대로 미도리카와 부인 옆으로 다가가려고 했다.

"아케치 씨, 오른쪽 주머니를 만져보세요. 호호호호호, 비어 있지 않나요?"

미도리카와 부인이자 '검은 도마뱀'인 여자는 다가오는 경관을 곁눈질 하면서 날카롭게 소리쳤다.

깜짝 놀란 아케치는 자기도 모르게 주머니로 손을 가져갔다. 없다. 확실히 넣어둔 브라우닝 자동권총이 없다. 여도둑 '검은 도마뱀'은 손끝의 마술에도 능했다. 좀 아까 침실에서 소동이 벌어지는 와중에 용의주도하게도 아케치의 주머니에서 그 권총을 확실히 빼놓았던 것이다.

"호호호호호, 아케치 씨, 소매치기 수법도 좀 연구하셔야겠어. 당신의 소중한 물건은 여기 있지."

여도둑은 방긋 웃으면서 품속에서 소형 권총을 꺼내더니 갑자기 앞으로 겨눴다.

"자, 여러분, 손을 들어주시겠어요? 나도 아케치 씨 못지않은 사격의 명수야. 또 난 사람 목숨 같은 건 아무렇지도 않게 여긴답니다."

그녀에게 덤벼들려고 했던 경관이 바로 코 앞에서 오도가도 못한 채 서 있었다.

유감스럽게도 이 방에 있는 네 명의 남자들은 아무도 총 같은 무기를 갖고 있지 않았다. 무기라고 해봤자 경관이 갖고 있는 단검이 전부였다.

"손 들어, 자, 손을 들라고 했을 텐데?"

검은 도마뱀은 눈 하나 깜짝하지 않고 붉은 입술을 핥으며 네 사람의 남자를 향해 차례차례 총구를 겨눴다. 방아쇠에 놓인 하얀 손가락이 당장이라도 힘을 줄 것처럼 부들부들 떨리고 있다.

그녀의 살기어린, 아니 그보다 다소 광적인 표정을 보니 시키는 대로 손을 들지 않을 수 없었다. 덩치 큰 남자들은 무기력하기 짝이 없었다. 경관도, 아케치의 부하도, 쇼베 씨도, 명탐정 아케치 고고로조차도 만세를 하다 만 것 같은 자세를 취하고 있었다.

미도리카와 부인은(그때도 예의 검은색 일색의 양장 차림이었는데) 별명인 검은 도마뱀을 연상케 하는 민첩함을 발휘하여 문 쪽으로 휙 달려갔다.

"아케치 씨, 이게 당신의 두 번째 실수야. 자, 이것 봐."

이렇게 말하면서 비어 있는 왼손을 뒤로 돌려 좀 전에 아케치가 문을 열었을 때 열쇠 구멍에 꽂은 채로 둔 열쇠를 뽑아내더니 얼굴 앞에 대고 달랑달랑 흔들어 보였다.

아케치는 설마 일이 이렇게 될 거라고는 상상도 하지 않았다. 그래서 마침 어수선하던 차에 열쇠를 그대로 둔 것이다. 그러나 그것을 놓치지 않고 순간적으로 이용할 생각을 해낸 여도둑의 예리한 기지.

"그리고 아가씨!"

그녀는 이제 문을 열고 한쪽 발을 복도로 내딛었다. 그러나 여전히 권총을 겨눈 채 이번에는 사나에 씨에게 말을 걸었다.

"당신에겐 정말 안 됐지만 일본 제일의 보석상을 하는 집안 따님으로 태어난 게 죄라고 생각하고 포기해. 게다가 당신은 지나치게 아름다워. 나는 보석에도 집착하지만 보석보다 당신 같은 몸이 갖고 싶어졌어. 결코 단념하지 않을 거야. 알겠어, 아케치 씨? 난 단념하지 않아. 아가씨는 다시 데리러 오죠. 그럼 안녕."

탕 소리와 함께 문이 닫히고 밖에서 찰칵찰칵 열쇠로 잠그는 소리가 들렸다. 사나에 씨와 네 명의 남자들은 방 안에 갇히고 말았다. 열쇠는 하나밖에 없다. 그것을 갖고 가버렸다면 문을 두들겨 부수든가, 높은 창문에서 뛰어내리는 것 외에는 이곳을 탈출할 방법이 없다.

하지만 단 하나, 전화라는 무기가 남아 있었다.

아케치는 탁상전화로 달려가 교환대를 호출했다.

"여보세요, 나 아케치야, 알지? 당장 호텔 출구라는 출구엔 전부 사람을 보내서 지키도록 해줘. 그리고 미도리카와 부인, 미도리카와 부인이야. 그 사람이 지금 나가니까 붙잡아야 해. 중대 범인이야. 무슨 일이 있어도 놓치면 안 된다고. 빨리 지배인이나 모두에게 그렇게 말해줘. 알겠어? 아아, 여보세요, 그리고 말이지, 호텔 보이에게 쇼베 씨 방으로 여벌 열쇠를 갖고 오라고 해줘. 당장 서둘러."

전화를 끊고 아케치는 발을 동동 구르며 방안을 왔다갔다 하더니 또 급하게 수화기를 들었다.

"여보세요, 좀 전에 말한 거 잘 처리했어? 지배인에게 그렇게 말했나? 응, 그러면 됐어. 고맙네. 이제 호텔 보이에게 여벌 열쇠를 빨리 가져오라고 하게."

그리고 그는 쇼베 씨를 향해 돌아서더니 이렇게 말했다.

"이 교환수는 꽤 영리하군요. 신속하게 처리해주었습니다. 모든 출구에는 지킬 사람을 보냈다고 합니다. 그 여자가 아무리 빨리 달려봤자 여기서부터 계단까지는 상당히 거리가 있고 계단을 내려가서 출구까지도 꽤 머니까 아마 괜찮을 겁니다. 설마 그 유명한 미도리카와 부인을 몰라볼 고용인은 없을 테니까요."

하지만 아케치의 이 기민한 연락 자체가 또 하나의 실수였다.

검은 도마뱀은 서둘러 계단을 내려가더니 예상과는 달리 출구로 향하지 않고 자기 방으로 들어가버렸다.

3분, 정확히 3분이었다.

다시 그녀의 방문이 열리더니 거기서 예상과 달리 한 청년 신사가 나왔다. 멋진 소프트 모자, 화려한 무늬의 양복, 점잖 뺀 코안경, 짙은 콧수염, 오른손에는 스네이크우드(snakewood)* 지팡이, 왼손에는 오버 코트.

이것이 불과 3분 동안 끝낸 변장이라니. 오소메의 일곱 가지 변신(お染の七化け)** 도 뺨칠 정도의 솜씨로, 마술사를 자칭하는 '검은 도마뱀'이 아니고서는 불가능한 재주이다.(그런 변장용 복장은 항상 여행가방 밑에 준비되어 있었다) 게다가 어찌나 빈틈이 없는지 트렁크 안의 보석류는 하나도 남김없이 그 양복 주머니에 들어 있었다.

청년 신사는 복도 모퉁이까지 오더니 잠시 망설였다. 정면 출입구로 나갈까, 아니면 뒷문으로 나갈까.

그때는 이미 아쉬운 대로 여벌 열쇠가 도착해 아케치 일행

* 남미가 원산지인 뽕나무과의 고목으로 딱딱하고 뱀 같은 모양이 있어서 귀한 지팡이 재료로 쓰인다.
** 가부키(歌舞伎) 「오소메히사마쓰우키나노요미우리(於染久松色読販)」에서 오소메(お染)를 비롯한 7인의 역할을 주인공이 재빨리 변장하여 연기하는 게 연출의 원칙이어서 통칭 이를 「오소메의 일곱 가지 역할(お染の七役)」이라고 한다.

은 아래층으로 내려가 있었다. 하지만 설마 정문 현관으로 도망치진 않겠지 싶어 그쪽은 지배인에게 맡기고 나머지를 분담하여 뒤쪽 출입구 몇 개를 지키고 있었던 것이다. 하지만 '검은 도마뱀'은 일찌감치 그것을 예측했는지 대담무쌍하게도 가슴을 쭉 펴고 지팡이를 흔들면서 드높은 구두소리와 함께 정면 현관을 통해 밖으로 나갔다.

거기에는 지배인을 비롯한 세 사람의 보이가 몹시 긴장한 모습으로 망을 보고 있었다. 하지만 아무리 그래도 백 명에 가까운 투숙객과 밖에서 들어오는 손님이 있기 때문에 한 사람 한 사람의 얼굴을 기억하고 있을 리가 없었다. 또 목표인 미도리카와 부인, 즉 여자 손님만 주의 깊게 보느라 생긋 인사를 하며 지나간 이 청년 신사가 설마 그 사람일 거라는 생각은 하지도 못한 채 "소란을 피워서 죄송합니다"라고 정중하게 인사까지 하며 배웅했던 것이다.

청년 신사는 현관의 돌계단을 탁탁 내려가더니 휘파람까지 불며 유유히 문밖으로 걸어갔다.

호텔 담장을 따라 어두컴컴한 포장도로를 조금 걸어나간 곳에서 담배를 피우며 사연이 있는 것처럼 서성거리고 있는 한 양복 차림의 남자를 만났다.

청년 신사는 무슨 생각을 했는지 갑자기 그 남자의 어깨를 툭 두드리며 쾌활하게 말했다.

"어이구, 당신 혹시 아케치 탐정 사무소 분 아닙니까? 뭘 멍하니 계시나요? 지금 호텔에서는 도둑이 잡혔다고 야단입니다. 빨리 가보세요."

그러자 아니나 다를까 그 남자는 아케치의 부하였던 듯 조심스럽게 대답했다.

"사람 잘못 보신 거 아닙니까? 아케치 탐정이라니, 전 모르는 사람입니다."

하지만 그 남자는 말과는 달리 청년 신사가 두세 걸음 옮기자마자 허둥지둥 호텔 쪽으로 달려갔다.

'검은 도마뱀'은 오른쪽으로 빙 돌아가서 그 뒷모습을 바라보았다. 그런데 갑자기 너무 우스운 나머지 자신도 모르게 기분 나쁜 웃음을 흘리는 것이었다.

"우후후후후……"

이상한 노인

아케치는 패배했다. 그러나 변명의 여지가 없는 건 아니었다. 적어도 의뢰를 받은 사나에 씨 보호 역할만큼은 완벽하게 수행했기 때문이다.

쇼베 씨는 여도둑을 놓친 일 같은 건 둘째 치고 그저 딸을 구한 것에 감사했다. 아케치의 수완을 찬미해 마지않았다. 게다가 이런 결과가 나온 대부분의 책임은 쇼베 씨에게 있다고 해도 될 것이다. '검은 도마뱀'의 변장을 자기 딸이라고 굳게 믿고 그 옆 침대에서 자면서도 도둑의 계략을 간파하지 못했던 것은 뭐니 뭐니 해도 쇼베 씨의 실수였던 것이다.

하지만 아케치에게 그런 건 위로가 되지 않았다. 연약한 여자를 상대로 이런 패배를 당했나 싶은 생각에 아무리 후회를 해도 모자란 심정이었다.

특히 망을 보던 부하 입에서 상대방이 재빠른 변장으로 도망쳤다는 사실을 들은 아케치는 자기도 모르게 "바보 같은 놈"이라고 그 부하에게 호통을 쳤을 만큼 화가 났다.

"쇼베 씨, 나는 졌습니다. 그 정도 녀석이 내 블랙리스트에 올라 있지 않았다는 게 신기하군요. 그 자를 우습게 본 게 잘못이었어요. 그러나 이제 이런 실수는 반복하지 않을 겁니다. 쇼베 씨, 지금 저는 제 이름을 걸고 맹세하겠습니다. 설령 그자가 다시 따님을 노린다고 해도 이번에는 결코 지지 않을 겁니다. 제가 살아 있는 동안 아가씨는 안전합니다. 이것만큼은 확실히 말씀드리겠습니다."

아케치는 창백한 얼굴에 무서울 정도의 열의를 담아 단언했다. 희대의 강적을 상대로 그의 투쟁심이 불타올랐던 것이다.

독자 여러분, 아케치의 이 말을 기억에 담아 두시라. 그의 서약은 과연 지켜질 것인가. 다시 실패를 반복하는 일은 없을 것인가. 만약에 그런 일이 있다면 그는 직업적으로 자멸할 수밖에 없지만 말이다.

다음 날 쇼베 씨 부녀는 일정을 변경하여 급히 오사카 자택으로 돌아갔다. 가면서 몹시 불안했지만, 호텔 생활을 계속하기보다는 빨리 자택으로 돌아가 일가 식구들 사이에 머물고 싶었기 때문이다.

아케치 고고로도 그것을 권했고 가는 동안 호위 임무를 맡았다. 호텔에서 역까지 가는 자동차, 기차 안, 오사카에 도착하여 마중 나온 자동차까지 도둑의 손길이 어디로 뻗어올지 알 수 없었기 때문에 그 점에는 재차 면밀한 주의를 기울였다.

결국 사나에 씨 일행은 무사히 자택에 돌아갈 수 있었다. 그리고 뒤이어 아케치는 이와세 가문의 손님이 되어 사나에 씨 주변을 떠나지 않았다. 그리고 며칠 동안은 아무 이변 없이 지나갔다.

독자 여러분, 이제 무대를 싹 바꿔 지금까지 이 이야기에 한 번도 나타나지 않았던 한 여성의 신기한 경험을 이야기할 순서가 되었다. 그건 검은 도마뱀이나 사나에 씨, 아케치 고고로와는 아무 관계가 없는 일처럼 보일지도 모른다. 그러나 민감한 독자라면 한 여성의 이 기이한 경험이 사건과 관련하여 어떤 깊은 의미를 갖고 있는지 쉽게 이해할 수 있을 것이다.

그건 사나에 씨가 오사카로 돌아온 지 얼마 안 되는 어느 날 밤의 일이었다. 오사카 시내의 번화가 S초(町) 거리에 양쪽 쇼윈도를 바라보면서 한가롭게 거닐고 있는 한 아가씨가 있었다.

옷깃과 소맷부리에 살짝 모피가 달린 외투가 상당히 잘 어울리고 하이힐을 신은 다리의 움직임도 경쾌해 보였지만 그녀의 아름다운 얼굴에는 왠지 생기가 없었다. 어딘가 모르게 자포자기한, '될 대로 되라'는 듯한 분위기가 풍겼다. 그 때문에 자칫하면 거리의 여자로 착각할 수도 있을 것 같았다.

실제로 그녀를 그런 부류의 여성으로 생각한 건지 아까부터 넌지시 그녀의 뒤를 따라가는 한 사람이 있었다. 갈색 소프트 모자에 두툼한 갈색 외투, 두꺼운 등나무 지팡이, 커다란 로이드 안경, 머리도 수염도 새하얗지만 얼굴만은 번들번들하고 불그레한 기분 나쁜 노신사다.

아가씨도 훨씬 전부터 그 사실을 눈치 채고 있었다. 하지만 그녀는 도망치려고도 하지 않았다. 쇼윈도의 거울을 이용하여 어쩐지 흥미가 있는 것처럼 그 노인의 모습을 쳐다보기까지 했다.

S초의 밝은 거리를 살짝 돌아간 어둑한 골목에 커피가 맛있기로 유명한 찻집이 있다. 아가씨는 갑자기 뭔가 생각난 것처럼 미행하는 노신사를 살짝 돌아보더니 그 가게로 들어갔다. 그리고 종려나무 화분으로 가린 구석 박스 자리에 앉은 이 안하무인인 아가씨는 커피를 두 잔 주문했다. 하나는 물론 뒤따라 들어오는 노신사를 위해서이다.

아니나 다를까 노인은 찻집으로 들어왔다. 그리고 어두운 가게 안을 두리번거리다가 아가씨를 발견하더니 이 노인 역시 그녀를 능가하는 뻔뻔함을 발휘하여 그 박스를 향해 다가갔다.

"어이구, 실례합니다. 아가씨 혼자인가?"

그렇게 말하면서 그는 아가씨 맞은편에 앉았다.

"아저씨, 꼭 오실 거라고 생각해서 커피를 주문해뒀어요."

아가씨가 노인보다 더 대담하게 응수했다.

제 아무리 뻔뻔한 노신사라도 이 말에는 당황한 것 같았지만, 이윽고 자기 뜻대로 되기라도 한 것인 양 싱글거리며 아가씨의 아름다운 얼굴을 똑바로 쳐다보면서 기묘한 질문을 했다.

"어때, 실업자가 된 소감은?"

그러자 이번에는 아가씨가 흠칫 놀란 듯 얼굴이 빨개져서 더듬더듬 대답했다.

"어머, 알고 계셨어요? 당신은 누구시죠?"

"후후후후후, 당신이 전혀 모르는 노인이지. 하지만 난 당신을 좀 알아요. 말해볼까? 당신의 이름은 사쿠라야마 요코(桜山葉子), 간사이(関西)상사 주식회사의 타이피스트 아가씨였지만 상사랑 싸우고 오늘 막 회사에서 잘렸지. 하하하하하, 어때, 맞지?"

"네, 맞아요. 당신은 탐정 같은 분이군요."

금세 좀 전의 자포자기한 표정으로 돌아온 요코는 그 정도에 놀라겠냐는 말투로 받아 넘겼다.

"아직 더 있어. 당신은 오늘 3시쯤 회사에서 나온 후 지금까지 한 번도 집에 가지 않았어. 친구를 찾아가려고도 하지 않았지. 그저 어슬렁어슬렁 오사카 이곳저곳을 돌아다니고 있었어. 도대체 이제부터 어쩔 셈인가?"

노인은 모든 걸 알고 있다. 그는 분명히 오후 3시부터 심야까지 계속 요코를 미행했던 게 틀림없다. 도대체 무슨 목적으로 그런 어리석은 수고를 했던 것일까.

"그걸 들어서 어쩌시려고요? 그리고 만일 제가 오늘 밤부터 거리의 여자로 전업했다고 하면……"

아가씨는 희미하게 자포자기한 웃음을 띠며 말했다.

"하하하하하, 내가 그런 불량 노인으로 보이는가? 아니야, 아니야. 게다가 당신은 그런 짓을 할 수 없는 성격이잖아. 내가 모른다고 생각하는 건가, 두 시간쯤 전에 자네는 약국으로 들어가 뭔가를 샀지."

노신사는 '어때?'라고 하듯이 똑바로 요코의 눈을 응시했다.

"호호호호호, 이거 말이에요? 수면제예요."

"당신은 그 젊은 나이에 벌써 불면증인가? 설마 그건 아니겠지. 또 아달린(adalin)*을 두 상자 샀다는 건⋯⋯"

"제가 자살할 거란 말씀인가요?"

"응, 난 젊은 여성의 마음을 전혀 모르는 남자가 아니야. 어른들은 상상도 못할 청춘의 심리지. 죽음이 아름다워 보이는 거야. 순결한 몸으로 죽고 싶다는 처녀의 순정이지. 그리고 그 옆에는 자포자기한 채 나와 내 육체를 수령에 빠뜨리려고 하는 마조히즘이 있어. 그 둘은 정말 종이 한 장 차이로 붙어 있지. 당신이 거리의 여자 같은 소릴 하는 거나 아달린을 산 것도 전부 청춘의 소행이야."

"그래서 결국 제게 조언을 해주시려고 했던 건가요?"

요코는 흥이 깨진 얼굴로 뿌리치듯이 말한다.

"아니, 왜? 조언 같은 촌스러운 짓은 하지 않아. 조언이 아니야. 당신을 궁지에서 구해줄까 하는 거지."

"호호호호호, 아마 그런 걸 거라고 생각했어요. 고마워요, 구해주시면 좋죠."

그녀는 아직도 오해를 하고 있는 건지 자못 우습다는 듯이 농

---

* 쓴맛이 있고 냄새가 없는 흰색의 가루로 최면제나 진정제로 쓰는 디에틸브롬아세틸요소로 만든 약품

담처럼 대답한다.

"아니, 그런 천박한 말을 하면 못써. 나는 진지하게 상담하는 거야. 당신을 첩으로 삼을까 한다든가 하는 이상한 뜻은 전혀 없어. 당신, 내 밑에서 일해볼 생각 없나?"

"죄송해요. 그거 진심인가요?"

요코도 겨우 노인의 진의를 이해하기 시작했다.

"진심이고말고. 그런데 실례지만 당신은 간사이상사에서 봉급을 얼마나 받았나?"

"40엔 정도······"

"그래, 좋아. 그럼 우리는 월급 200엔으로 합시다. 그밖에 숙소나 식사, 복장도 내가 부담하지. 무슨 일을 하는가 하니, 그냥 놀고 있기만 하면 돼."

"호호호호호, 정말 멋지네요."

"아니, 농담이라고 생각하면 곤란해. 여기에는 좀 복잡한 사정이 얽혀 있어서 고용주 입장에서는 그걸로도 부족하다는 생각까지 하고 있거든. 그건 그렇고 당신 부모님은?"

"안 계세요. 살아 계셨다면 이런 비참한 생각은 하지 않아도 됐겠죠."

"그럼 지금은······"

"아파트에 혼자 살아요."

"그래 좋아, 만사 오케이로군. 그럼 이대로 곧장 나와 동행해주지 않겠나? 아파트에는 나중에 내가 잘 이야기해둘 테니까."

참으로 기묘한 제의였다. 평소라면 도저히 승낙할 마음이 들지 않았을 게 분명하다. 하지만 사쿠라야마 요코는 그때 정조를 팔 생각까지 하고 있었다. 자살까지 생각하고 있었다. 그 자포자기 하는 마음이 그만 그녀로 하여금 고개를 끄덕이게 하고 말았다.

노신사는 찻집을 나오더니 택시를 잡아 그녀를 낯선 변두리 의 초라한 담배 가게 2층으로 데리고 갔다. 그곳은 불그죽죽하 게 퇴색한 다다미가 깔린, 아무 장식도 없는 세 평짜리 방이었 다. 물건이라고 해봤자 구석에 작은 경대와 트렁크가 하나 놓여 있을 뿐이다.

노인의 행동은 점점 더 기괴해졌지만 요코는 그곳에 도착할 때까지 차 안에서 노인에게 이 이상한 고용계약의 비밀을 어느 정도 들었기 때문에 이제 전혀 불안하지 않았다. 오히려 그녀의 기묘한 역할에 적지 않은 흥미를 갖기 시작했다.

"그럼 옷을 좀 갈아입도록 하지. 이것도 당신의 고용 조건 중 하나야."

노신사는 트렁크 안에서 딱 요코 나이에 어울리는 화려한 모 양의 기모노 한 벌과 띠, 나가쥬방(長襦袢),* 모피로 된 옷깃이 달린 검은 코트, 그리고 조리(草履)**까지 남김없이 갖춘 의상을 꺼냈다.

"거울이 작긴 하지만, 부디 잘 갈아입어 보게나."

노신사는 이 말을 남기고 아래로 내려갔다. 요코는 시키는 대 로 옷을 다 갈아입었다. 그렇게 고가의 기모노에 휩싸인 기분은

* 일본옷의 겉옷과 같은 기장의 속옷
** 일본식 짚신

결코 불쾌하지 않았다.

"좋아, 좋아. 그거면 됐어. 정말 잘 어울리는군."

어느새 올라온 노신사가 넋을 잃고 그녀의 뒷모습을 바라보고 있었다.

"하지만 이 기모노에 단발은 왠지 이상하네요."

거울을 들여다보던 요코는 조금 수줍어하며 말한다.

"그것도 다 준비되어 있어. 자, 이거야. 이걸 써야 돼."

노인은 그렇게 말하더니 좀 전의 트렁크에서 흰 천으로 감싼 것을 꺼냈다. 그것을 풀자 안에서 으스스한 머리카락 뭉치가 나왔다. 심지가 없는 올백 가발이다.

노인은 요코 앞으로 돌아서서 능숙한 솜씨로 가발을 씌워주었다. 거울을 보니 깜짝 놀랄 정도로 얼굴이 달라져 있다.

"그리고 이거. 도수가 좀 있지만 참게나."

그렇게 말하며 노신사가 내민 것은 테 없는 근시 안경이었다. 요코는 반문 하나 하지 않고 안경을 눈에 갖다 댔다.

"자, 이제 시간이 없어. 바로 나가지. 약속은 정확히 10시니까."

노인이 재촉하자 요코는 급히 서둘러 벗어버린 양복을 말아 트렁크에 쑤셔 넣은 뒤 계단을 내려왔다.

담배 가게에서 좀 떨어진 대로에 자동차 한 대가 기다리고 있었다. 좀 아까 타고 온 택시가 아니다. 역시 낡아빠진 고물 자동차긴 했지만 운전사는 꽤 훌륭한 남자로, 노신사와도 아는 사이인 것 같았다.

두 사람을 태운 차는 곧장 달리기 시작했다. 가로등이 환한 대로를 몇 차례 돌아 이윽고 캄캄한 교외에 다다랐다.

"다 왔습니다. 시간은 어떤가요?"

운전사가 뒤를 향해 묻는다.

"응, 딱 좋아. 정확히 10시야. 자, 불을 꺼주게."

운전사가 스위치를 돌리자 헤드라이트, 미등, 뒷좌석의 실내 등까지 모든 전등이 꺼지고 캄캄한 차가 어둠 속을 달려갔다.

자동차는 어느 대저택 콘크리트 담장을 따라 서행하고 있었다. 반 정(町)* 정도 간격으로 서 있는 안전등의 미광을 통해 겨우 그 사실을 알 수 있다.

"요코 씨, 마음의 준비를 하고 잽싸게 해치우는 거야. 알겠지?"

노인이 경기를 뛰는 선수에게 힘을 불어넣어 주듯이 말한다.

"네, 알겠어요."

요코는 이 신기한 모험에 가슴을 두근거리면서도 활기차게 대답했다.

갑자기 차는 그 저택의 통용문(通用門) 같은 곳에 정차했다. 동시에 밖에서 누군가가 자동차 문을 휙 열더니 딱 한마디 "빨리"라고 속삭였다.

요코는 입을 다문 채 정신없이 차에서 뛰어나오더니 미리 알아듣게 말한 대로 갑자기 그 작은 쪽문 안으로 쏜살같이 들어갔다. 그러자 바로 쪽문 안쪽에서 요코와 어깨에 부딪치며 공처럼 굴러 나와 지금까지 요코가 앉아 있던 자동차 좌석으로 뛰어 들

* 거리의 단위로 1정은 약 109미터 남짓

어온 사람이 있었다. 요코는 순간적으로 저멀리 희미한 전등불 속에서 그 사람을 봤다. 그리고 자기도 모르게 오싹해지지 않을 수 없었다.

그녀는 환영을 봤던 걸까? 아니면 지금까지의 일이 애초에 무서운 악몽 같은 건 아닐까? 요코는 또 한 사람의 요코를 봤던 것이다. 옛날에 이혼병(離魂病)*이라는 병이 있었다고 들었다. 어쩌면 그녀는 그 기이한 병에 걸린 건 아닐까?

사쿠라야마 요코는 둘이 되었던 것이다. 한 사람은 쪽문 안에, 또 한 사람은 그 울타리를 뚫고 자동차에 있었다. 머리 모양에서 의상까지 이렇게 꼭 닮은 인간이 둘이나 있을 수 있을까. 아니, 그뿐만이 아니다. 그녀를 진심으로 떨게 만든 것은 그 또 한 명의 여성이 얼굴까지 요코와 똑같아 보였다는 사실이다.

하지만 또 한 명의 여성을 태운 자동차는 끝을 알 수 없는 그녀의 공포를 뒤로 한 채 조금 전 왔던 길로 검은 바람처럼 사라졌다.

"자, 이쪽으로 나오세요."

문득 좀 전에 자동차 문을 연 남자의 검은 그림자가 어둠 속에서 그녀의 귓가에 얼굴을 대고 있었다.

---

* 혼이 몸을 빠져나가 방황하다고 하는 전설의 병. 이 병에 걸린 사람은 서양에서 말하는 도플갱어처럼 또 하나의 자기를 목격한다고 한다.

거미와 나비

오사카 남부 교외의 난카이(南海) 전차 연선 H초에 거물 보석상 이와세 쇼베 씨의 저택이 있다. 요즘 그 저택을 둘러싼 콘크리트 담장 맨 위에 유리 조각이 일렬로 가득 꽂혔다.

"어떻게 된 일이지? 쇼베 씨는 저런 고리대금업자 같은 짓을 할 사람이 아닌데."

주변 사람들은 의아하게 여기지 않을 수 없었다.

하지만 이와세 저택의 이변은 거기에 그치지 않았다. 제일 먼저 나가야몬(門長屋)*에 사는 사람들이 바뀌었다. 지금까지는 이와세 상회의 오래된 점원이 살고 있었는데, 그 대신에 검도의 일인자로 명성이 높은 그 지역 모 경찰 일가가 이사를 왔다.

정원에는 여기저기 기둥을 세웠다. 밝은 옥외 전등이 설치되고 건물 요소요소의 창문에는 아주 튼튼한 쇠창살이 끼워졌다. 또 예전부터 있었던 서생 외에 다부진 체격의 두 청년이 경호원으로 저택 안에서 살게 되었다.

이와세 저택은 이제 작은 성곽이었다.

도대체 무엇이 두려워서 이렇게까지 경계를 해야 했던 것일까? 다름 아닌 여자 아르센 뤼팽으로까지 불리는 여도둑 '검은 도마뱀'의 습격이 예고되었기 때문이다. 쇼베 씨가 가장 사랑하는 딸의 신변에 참으로 무시무시한 위험이 다가와 있었다.

* 문 양쪽이 나가야 구조인 대문. 에도 시대 상급 무사 저택 대문의 한 형식이며, 양쪽 나가야에는 가신이나 하인들을 살게 하였음

도쿄의 K호텔에서는 명탐정 아케치 고고로의 저지로 여도둑의 유괴 시도가 실패로 끝났지만 그걸로 포기한 것은 아니다. 그녀는 반드시 사나에 씨를 훔치겠다고 공언했다. 머지않아 이 오사카로 잠입할 게 틀림없다. 어쩌면 H초의 이와세 저택에 바싹 다가와 있을지도 모른다.

　K호텔 사건으로 마술사 같은 여도둑의 솜씨에 강한 충격을 받았다. 이와세 쇼베 씨가 아니라도 이 정도로 경계할 수밖에 없는 상황이었다.

　당사자인 사나에 씨는 불쌍하게도 안쪽 방 한 칸, 예의 쇠창살이 달린 방에 감금된 것이나 마찬가지인 신세가 되었다. 옆방에는 사나에 씨가 좋아하는 할멈이, 바로 앞에 있는 방에는 도쿄에서 출장 온 아케치 고고로가 머물고 있었다. 현관 옆에는 세 명의 서생과 그밖에도 몇몇 남녀 하인들이 사나에 씨 방을 멀찍이 둘러싸고, 무슨 일이 있으면 자기가 제일 먼저 달려가겠노라며 만반의 준비를 한 채 대기 중이었다.

　사나에 씨는 방에 틀어박힌 채 한 걸음도 밖으로 나가지 않았다. 가끔 정원을 산책할 때도 반드시 아케치나 서생이 따라갔다.

　아무리 마술사 검은 도마뱀이라도 이런 상태로는 도저히 어찌할 방법이 없다. 그 때문인지 사나에 씨 일행이 본가로 돌아온 지 벌써 2주 정도 지났건만 여도둑의 기척은 전혀 느껴지지 않았다.

　"아무래도 너무 겁을 먹었나봐. 그 자의 협박문을 곧이곧대로 받아들인 건 좀 어른스럽지 못했던 걸지도 몰라. 아니면 그 자는 이쪽의 경계 태세를 볼 때 도저히 손댈 수가 없다고 포기해버린 걸까?"

쇼베 씨는 점점 그런 식으로 생각하게 되었다.

하지만 도둑에 대한 걱정이 누그러지자, 이번에는 딸에 대한 일이 마음에 걸리기 시작했다.

"내가 좀 심하게 경계했나? 딸을 비좁은 감옥에 가둬두는 식의 조치는 무리였던 것 같아. 안 그래도 벌벌 떠는 딸을 더 무섭게 만들고 말았어. 요즘 우리 딸은 마치 사람이 달라진 것 같단 말이야. 파리한 얼굴을 하고 우울해 하고만 있어. 내가 말을 해도 대답하기도 싫은 것처럼 외면해버려. 어떻게든 용기를 북돋 위주고 싶은데."

그런 생각을 하던 쇼베 씨는 문득 오늘 배달 온 응접실의 서양식 가구를 떠올렸다.

"그래, 그거야. 그걸 보여주면 분명히 기뻐할 거야."

서양 가구란 호화로운 의자 세트를 의미하는 것으로, 한 달쯤 전에 그 의자를 주문할 때 의자에 깔 천을 사나에 씨가 골랐던 것이다.

쇼베 씨는 이 생각에 힘을 얻어 즉시 사나에 씨 방을 찾아갔다.

"사나에, 네 취향에 맞춰 주문한 의자가 도착했다. 벌써 응접실에 잘 놔두었단다. 한번 보고 오렴. 생각보다 훨씬 훌륭하구나."

장지문을 열고 방을 들여다보면서 말을 걸자 책상에 기대어 있던 사나에 씨가 깜짝 놀란 것처럼 뒤를 돌아봤다. 하지만 금세 다시 고개를 푹 숙이더니 전혀 내키지 않는다는 듯 말했다.

"네, 하지만 전 지금……"

"그런 무뚝뚝한 대답이 어딨어? 자, 괜찮으니까 보고 오렴. 할멈, 사나에를 좀 빌려 가겠네."

쇼베 씨는 옆방 할멈에게 그렇게 말해두고 내키지 않아 하는 사나에 씨의 손을 잡아채듯이 끌고 갔다.

할멈 방 옆인 아케치 탐정의 방은 활짝 열린 채 텅 비어 있었다. 그는 어쩔 수 없는 볼일이 있어서 오전부터 외출한 상태로 아직 돌아오지 않았다. 그는 외출할 때 당연히 쇼베 씨가 집에 있는 걸 확인하고 하인들에게도 사나에 씨에게서 눈을 떼지 말라고 지겹도록 주의를 주고 갔다.

이윽고 사나에 씨는 아버지의 뒤를 따라 넓은 응접실로 들어갔다.

"어떠냐? 좀 지나치게 화려한 것 같기도 하고."

쇼베 씨는 이렇게 말하면서 새 의자 중 하나에 앉았다.

둥근 테이블을 둘러싸고 소파, 안락의자, 등받이가 없는 부인용 의자, 목제 등받이의 소형 의자 등 용도에 맞춘 7개 의자 세트가 화려하게 늘어서 있었다.

"어머, 아름답네요. ……"

말이 없는 사나에 씨가 겨우 말을 꺼냈다. 그 의자가 몹시 맘에 들었던 것 같다. 그녀는 소파에 앉아 보았다.

"좀 딱딱한 것 같아요."

왠지 보통 소파와는 착석감이 다른 것 같았다.

"그야, 새 물건은 원래 좀 딱딱한 법이야. 조만간 익숙해지면 부드러워지겠지."

　만약에 그때 이와세 쇼베 씨가 사나에 씨와 나란히 그 소파에 앉아봤다면, 그도 틀림없이 수상쩍게 여겼을 것이다. 소파의 착석감은 그 정도로 이상했다. 하지만 그는 안락의자에 깊숙이 앉은 채 다른 의자에 앉아보려고도 하지 않았다.

　그때 하인 하나가 문틈으로 얼굴을 내밀고 전화가 왔음을 알렸다. 오사카 가게에서 걸려온 듯하다. 쇼베 씨는 안쪽 거실에 있는 탁상전화를 받으러 서둘러 나갔다. 하지만 역시 조심성 있는 태도로 서생들에게 응접실의 사나에 씨를 주의해서 보도록 지시하는 것을 잊지 않았다.

　주인의 목소리에 두 서생이 복도로 나와 그곳에서 망을 보았다. 그 복도의 막다른 곳이 응접실 문이었다. 서생들 앞을 지나가지 않으면 아무도 사나에 씨가 있는 방으로 들어갈 수 없었다.

　물론 응접실에는 정원을 마주보고 몇 개의 창문이 열려 있었는데, 그 창문에는 전부 엄중한 쇠창살이 달려 있다. 정원이든 복도든 가릴 것 없이 사나에 씨 신변에 접근하는 길은 전부 차단되어 있었다. 그렇지 않고서는 아무리 급한 용건의 전화라고 해도 쇼베 씨가 그 방에 사나에 씨를 혼자 남겨두고 갈 리가 없었다.

　전화를 받은 쇼베 씨는 서둘러 오사카 가게에 나가야 했다. 그는 급히 옷을 갈아입고 부인과 하인들의 배웅을 받으며 현관으로 나왔다.

　"사나에에게서 눈을 떼면 안 되오. 지금 응접실에 있는 서생들에게 망을 보라고 일러두긴 했지만 당신도 주의해서 보도록 해요."

그는 하인들에게 구두끈을 묶게 하면서 부인을 향해 수차례 확인을 했다.

부인은 남편이 차에 타는 것을 본 뒤 딸의 모습을 보려고 응접실로 향했다. 그런데 가까이 가니 문득 피아노 소리가 들려왔다.

"어머, 사나에가 피아노를 치고 있네. 근래에 없던 일이야. 기분이 좋은가본데 좀 가만히 둘까?"

왠지 마음이 가벼워진 그녀는 서생들에게 망을 보는 걸 게을리하지 않도록 주의를 준 뒤 거실 쪽으로 되돌아갔다.

응접실 안의 사나에 씨는 아버지가 가버리자 의자 하나하나에 앉으면서 느낌을 비교해보기도 하고 일어서서 창밖을 바라보기도 했다. 그리고 얼마 안 있어 피아노 뚜껑을 열고 아무렇게나 건반을 두드리기 시작했다. 건반을 두드리는 사이 흥이 올라 연주곡은 동요가 되기도 하고 어느새 오페라 한 소절로 바뀌기도 했다.

잠시 피아노에 열중해 있었지만, 그것도 질려 이제 거실로 돌아가려고 자리에서 일어나 획 뒤를 돌아봤을 때, 그녀는 거기서 생각지도 못한 참으로 무시무시한 것을 발견하고 흠칫 놀라 그 자리에 멈춰서고 말았다.

아아, 어떻게 이런 일이 일어날 수 있었던 것일까. 창문이건 복도건 간에 그 방으로 숨어들어갈 방법은 완전히 막혀 있었다. 피아노나 소파, 그 밖의 세간 뒤엔 사람이 숨을 정도의 틈이 없고, 요즘 의자는 낮아서 그 아래에 숨는 건 생각할 수도 없다. 방금 전까지 이 방에는 사나에 씨 외에 살아 있는 건 고양이 한 마리조차도 없었던 것이다.

그럼에도 불구하고 지금 사나에 씨 눈앞에, 한 이상한 인물이 우뚝 서 있는 게 아닌가. 덥수룩한 머리털, 얼굴 전체를 거무스름하게 뒤덮은 짧은 수염, 번쩍번쩍 빛나는 무시무시한 눈, 군데군데 찢어진 지저분한 양복. ……어디로 어떻게 들어왔는지 모르지만, 이 도깨비 같은 남자는 생각해볼 것도 없이 틀림없는 여도둑 '검은 도마뱀'의 수하이다.

아아, 드디어 예상했던 일이 찾아온 것이다. 게다가 사람들이 살짝 방심하기 시작한 틈을 노려 마술사 같은 괴도둑은 손쉽게 경계를 돌파하고 유령처럼 문 틈 사이로 숨어들어 왔다.

"쉿, 소리를 내면 안 돼. 난폭한 짓은 하지 않을 거야. 넌 우리에게도 소중한 아가씨니까."

수상한 자는 낮은 목소리로 사나에 씨를 위협했다. 하지만 그런 주의를 받을 필요도 없었다. 불쌍한 사나에 씨는 두려움에 온몸이 마비되어 운신은커녕 소리를 지르는 것조차 불가능한 상태였다.

도둑은 섬뜩한 미소를 띠며 재빨리 사나에 씨 뒤로 돌아갔다. 그리고 주머니에서 말아뒀던 손수건 같은 걸 꺼내더니 느닷없이 소녀에게 달려들어 그 손수건으로 입을 덮어버렸다.

사나에 씨는 어깨에서 가슴까지 뱀이 꽉 조이는 것 같은 불쾌한 압력을 느꼈다. 손수건으로 인해 갑자기 숨이 턱 막혔다. 아무리 그래도 가만히 있을 수는 없다. 그녀는 연약한 소녀가 가진 모든 힘을 다해 수상한 자의 손에서 벗어나고자 발버둥쳤다. 거미줄에 걸린 아름다운 한 마리 나비처럼 처참하게, 미친 듯이 이리저리 돌아다녔다. 하지만 얼마 안 있어 힘차게 움직이던 그녀의 손발이 서서히 힘을 잃고 어느새 축 늘어지더니 잠잠해졌다. 마취제의 효과이다.

수상한 자는 나비가 날갯짓을 멈추자 그 몸을 살그머니 융단 위에 눕혔다. 벌어진 기모노 옷깃을 여며주면서 곱게 잠든 사나에 씨의 얼굴을 바라보더니 다시 히죽히죽, 어쩐지 꺼림칙한 미소를 띠는 것이었다.

아가씨의 변신

응접실에서 새어나오던 피아노 소리가 멈춘 지 벌써 30분이 지났건만 사나에 씨는 전혀 나올 기색이 없다. 방금 전까지는 달그락달그락 물건을 움직이는 소리 같은 게 들렸는데 그것마저 뚝 끊긴 지금, 문 건너편은 쥐 죽은 것처럼 조용해졌다

"거참, 오래도 있네. 이제 슬슬 방으로 돌아가면 좋을 텐데."

"그래도 너무 조용한 거 아냐? 왠지 이상한데."

망을 보던 서생이 더 이상 참지 못하고 속삭이기 시작했다. 그때 마침 아가씨를 걱정한 할멈이 찾아왔다.

"아가씨는 응접실에 계시나? 주인님도 같이 계시겠지?"

할멈은 주인의 외출을 모르고 있었다.

"아니, 주인님은 좀 전에 가게에서 전화가 와서 오사카에 가셨습니다."

"아이고, 그럼 저기 아가씨 혼자 있단 말이야? 그럼 안 돼지."

할멈은 납득이 가지 않는 얼굴이다.

"그래서 저희가 망을 보는 중인데, 아까부터 시간이 꽤 지났건만 일절 나오질 않으세요. 게다가 너무 조용해서 좀 이상하게 생각하던 참입니다."

"그럼 내가 가보지."

할멈은 그렇게 말하더니 성큼성큼 문으로 다가가 넌지시 문을 열고 안을 들여다봤다. 그런데 들여다보나 싶던 할멈이 금세 다시 문을 닫고 갑자기 서생들이 있는 곳으로 달려왔다. 어찌된 일인지 그녀의 얼굴은 새파랗게 질려 있다.

"큰일이야. 좀 가 보라고. 이상한 놈이 소파 위에 엎드려 있어. 게다가 아가씨는 보이지 않아. 빨리 저놈을 붙잡아 끌어내요. 이거 왠지 불길한데."

서생들은 물론 그 말을 믿지 않았다. 이 할멈이 실성이라도 한 게 아닐까 의심했다. 그러나 어쨌든 가볼 수밖에 없다. 그들은 급하게 문을 열고 응접실로 뛰어들었다.

그랬더니 놀랍게도 할멈의 말은 결코 거짓이 아니었다. 확실히 소파 위에 죽은 듯이 축 늘어져 누워 있는 놈이 있다. 너덜너덜한 양복을 입고 얼굴 전체에 짧은 수염이 난 걸인 같은 남자다.

"네 이놈, 넌 뭐하는 놈이냐?"

유도 초단의 호걸 서생이 수상한 자의 어깨를 잡고 흔들었다.

"아이고 맙소사. 이 녀석 완전히 취했군. 소파 위에 토해 놨잖아."

그는 우스꽝스러운 몸짓으로 재빨리 물러서더니 코를 움켜쥐었다.

과연 술주정꾼이라도 되는지 남자의 얼굴은 이상하리만큼 창백했고 소파 아래에는 텅 빈 커다란 위스키 병이 나뒹굴고 있었다. 어쨌든 그 방에서 술을 마신 것 치고는 취기가 너무 빨리 오른 게 아닌가 싶은데 당황한 서생들은 거기까지 생각이 미치지 못했다.

서생들이 흔들어 깨우자 수상한 자는 가늘게 실눈을 뜨더니 더럽고 지저분한 입가를 빨간 혓바닥으로 할짝할짝 핥으면서 어지럽게 상반신을 일으켰다.

"미안. 이제 안 되겠어. 힘들어서 도저히 더 이상 못 마시겠네."

대상(大商)의 응접실을 술집으로 착각하고 있기라도 한 건지 남자는 술에 취해 횡설수설하기 시작했다.

"이런 얼간이 같으니라고, 여기가 어디라고 생각하는 거야? 네 놈은 도대체 여기 어떻게 들어온 거냐?"

"앗, 응? 어떻게 들어왔냐고? 왜 이래, 우리끼리. 척하면 척이지. 맛있는 술을 어디 숨겨 놓았는지 정도는 제대—로 알고 있다네. 헤헤헤헤헤."

"그보다 이보게, 아가씨 모습이 보이지 않아. 이 자식이 어떻게 한 거 아냐?"

또 다른 서생이 그 사실을 깨닫고 주의를 주었다.

참으로 불가사의하게도 방안을 샅샅이 찾아 봤지만 정체를 알 수 없는 주정뱅이 외에는 사람 그림자 하나 없었다. 도대체 이게 어찌 된 일일까. 저 아름다운 아가씨가 단 30분 만에 마치 덴가쓰 아가씨(天勝孃)의 마술처럼 이 지저분한 주정뱅이로 변해버린 걸까. 앞뒤 사정만 놓고 생각해보면 아무리 터무니없다고 해도 도저히 그렇게밖에 생각할 수 없었다.

"이봐, 당신 언제 여기에 온 거야? 여기 아름다운 아가씨가 계셨을 텐데 못 봤어? 어이, 확실히 대답하라고."

어깨를 수차례 밀쳐도 남자는 전혀 무감각하다.

"허, 아름다운 아가씨라고? 그거 반가운 소리군. 이리 데리고 와. 난 아름다운 아가씨 얼굴을 못 본 지 한참 됐어. 안 보여줄 거야? 자 빨리, 빨리 이리로 끌고 오라고. 우하하하하."

정말 종잡을 수가 없었다.

"이런 놈에게 물어봤자 소용없어. 어쨌든 경찰에 전화를 해서 넘기지 않겠나? 계속 여기 두면 온 방이 토사물 천지가 될 거야."

이와세 부인은 할멈에게 소식을 듣고 깜짝 놀라 달려왔다. 하지만 남달리 청결한 그녀는 걸인 같은 남자가 토하고 있다는 말을 듣더니 방으로 들어갈 용기가 없어 하녀들에게 둘러싸인 채 문 밖에서 조심스레 엿보고 있었다. 그런데 지금 서생의 말을 듣더니 이렇게 말했다.

"아아, 그게 좋겠어, 빨리 경찰을 불러줘요. 누군가 경찰에 전화를 해줘."

그래서 결국 그 정체를 알 수 없는 무뢰한은 그 지역 경찰 구치소에 잡혀 들어갔다. 경관 두 사람이 수상한 자의 양손을 붙잡고 끌고 간 자리에는 그의 구토물로 무참하게 더럽혀진 소파와 견디기 어려운 악취가 남았다.

"이제 막 배달 온 의자에 이게 뭐야, 아아 아까워."

할멈이 멀리서 바라보며 찌푸린 얼굴로 말했다.

"맙소사, 토한 게 다가 아니에요. 엄청나게 찢어졌네. 아아, 기분 나빠. 그자는 칼이라도 갖고 있었던 걸까요? 소파 천이 심하게 찢어져 있어요."

"모처럼 이제 막 꾸몄는데 이게 무슨 일이람. 그런 걸 응접실에 두면 안 되죠. 누구 좀 가구상에 전화해서 가지러 오라고 해주세요. 천을 새로 바꾸는 것 외엔 방법이 없어."

결벽증이 있는 이와세 부인은 한시도 그 더러운 것을 저택 안에 두고 싶지 않았다.

그런데 주정뱅이 소동이 일단락되자 이번에는 갑자기 사나에 씨가 마음에 걸리기 시작했다. 남편 쇼베 씨에게 이 일을 급하게 알린 건 말할 것도 없다. 아케치의 행선지도 알고 있었기 때문에 서둘러 돌아오라는 전화를 했다.

동시에 저택 안에서 대수색이 시작되었다. 출장 온 경관 세 사람과 서생을 비롯한 하인들을 총동원하여 응접실과 사나에 씨의 방을 시작으로 위층, 아래층, 정원, 마루 밑까지 남김없이 돌며 아가씨를 찾았다.

하지만 아름다운 아가씨는 아침 햇살에 사라지는 풀잎에 맺힌 이슬처럼 아지랑이가 되어 증발해버리기라도 한 것일까. 참으로 이상한 일이었다. 있어야 할 저택 안에 그 모습이 전혀 보이지 않았다.

마술사의 괴기(怪技)

주정뱅이 소동이 있은 지 두 시간쯤 지난 후 급한 소식을 접하고 오사카에서 돌아온 쇼베 씨 옆에는 이와세 부인과 할멈이 대기하고 있고 호출을 받은 책임자 서생 두 사람도 무릎을 꿇고 앉아 있었다.

"다 제 실수입니다. 제가 또다시 너무 방심한 것 같습니다."

아케치는 너무 미안해 하는 모습이었다.

"아니, 당신의 실수가 아니오. 이건 전적으로 내가 잘못한 겁니다. 딸이 너무 울적해 하니 나도 모르게 불쌍하다는 생각이 들어 응접실 같은 곳으로 데리고 나온 게 잘못이었어요. 저야말로 완전히 방심하고 있었습니다."

"저희도 부주의했습니다. 서생에게 맡겨두고 안심하고 있던 게 잘못이었어요."

이와세 부인도 같은 말을 한다.

"하지만 이제 와서 그런 말을 해봤자 소용없습니다. 그보다 우리는 아가씨가 언제 응접실을 나가셨는지, 그리고 어디로 끌려가셨는지 그 점을 확인해야 합니다."

아케치가 대답 없는 넋두리를 자르듯이 말했다.

"자, 바로 그겁니다. 그 점이 전 도저히 이해되질 않아요, 이보게 구라타(倉田), 자네들 혹시 한눈을 팔고 있었던 건 아니겠지? 아가씨가 그 방을 나가는 걸 눈치 채지 못했던 건 아닌가?"

이와세 쇼베 씨가 묻자 구라타라고 불린 한 서생은 약간 분개

한 표정으로 대답했다.

"아뇨, 결코 그런 일은 없습니다. 저희는 확실히 문 쪽을 계속 지키고 있었습니다. 게다가 아가씨가 응접실에서 다른 방으로 가기 위해서는 반드시 저희가 서 있는 복도를 지나야 합니다. 누가 뭐라 해도 아가씨가 눈앞에서 지나가는 것을 저희가 놓쳤을 리 없습니다."

"흥, 감히 그런 건방진 소릴 하다니. 그럼 어째서 사나에가 사라진 건가? 사나에가 저 튼튼한 쇠창살을 뜯고 뛰쳐나가기라도 했다는 건가?"

쇼베 씨는 감정이 격해지면 자기도 모르게 밉살맞은 말을 하는 버릇이 있는 듯하다.

서생은 금세 황송해하며 머리를 긁적이더니 빤한 일을 있는 그대로 대답한다.

"아뇨, 쇠창살은커녕 유리창조차도 걸쇠를 푼 흔적은 없었습니다."

"거봐. 그럼 결국 너희들이 놓친 거잖아."

"아, 기다려주세요. 아무래도 이 사람들이 놓친 것 같진 않습니다. 놓쳤다면 아가씨뿐만이 아니라 그 주정뱅이가 응접실에 들어오는 것도 못 보고 놓쳤을 것입니다. 아무리 부주의해도 사람이 둘씩이나 드나드는 걸 알아차리지 못했다는 건 도저히 있을 수 없는 일이에요."

아케치가 생각을 거듭한 끝에 말했다.

"도저히 있을 것 같지 않은 일이지. 하지만 그런 일이 일어났잖소."

쇼베 씨는 여전히 독설을 내뱉는다. 아케치는 상관하지 않고 말을 계속했다.

"쇠창살도 깨지지 않았고 서생들도 놓치지 않았다면 결론은 단 하나, 저 응접실로 들어온 것도 나간 것도 없었다는 말이 됩니다."

"흥, 그럼 사나에가 그 주정뱅이로 변하기라도 했다는 말씀이오? 당치도 않은 소리, 내 딸은 양성구유(兩性具有)가 아니요."

"주인님, 당신은 따님에게 새롭게 완성된 의자를 보여주셨죠? 그 의자는 오늘 도착했습니까?"

"그렇소. 당신이 나가고 바로 도착했다오."

"신기하네요. 그 의자가 도착한 것과 아가씨의 유괴 사이에 뭔가 우연이 아닌 연결고리가 있는 것 같지 않습니까? 저는 왠지……"

아케치는 그렇게 말을 하다 말고 눈을 가늘게 뜨며 잠시 생각에 잠겼다. 이윽고 고개를 번쩍 들더니 뭔가 의미를 알 수 없는 말을 중얼거렸다.

"인간 의자라…… 그런 소설가의 공상이 과연 실행가능하단 말인가?"

그리고 그는 벌떡 일어나 왠지 몹시 흥분한 모습으로 사람들에게 인사도 하지 않고 갑자기 방을 나가버렸다.

사람들은 너무나도 돌발적인 명탐정의 행동에 어안이 벙벙해졌다. 잠시 멍하니 서로 얼굴만 마주보고 있는데 금세 아케치가 달려오는 발소리가 나더니 복도에서 소리치는 게 들렸다.

"소파를 어디로 보냈습니까? 응접실에는 안 보이는데요."

"자 아케치 씨, 진정하시오. 의자 같은 건 아무래도 상관없어.

우리는 지금 딸 걱정을 하고 있단 말이오."

쇼베 씨의 말에 아케치는 겨우 방안으로 들어왔지만, 여전히 우두커니 서서 같은 말을 반복한다.

"아니, 저는 소파의 행방이 알고 싶은 겁니다. 어디로 보냈습니까?"

그러자 한 서생이 대답했다.

"그건 방금 전에 가구상 직원이 가지러 와서 건네주었습니다. 찢어진 곳을 새로 씌우라는 마님의 지시가 있으셔서요."

"부인, 그게 정말입니까?"

"네, 그 주정쟁이가 찢어놓고 더럽혀 놔서 어찌나 지저분하던지 빨리 가지러 오라고 했어요."

이와세 부인이 아직 아무 눈치도 채지 못하고 새치름하게 대답한다.

"그랬습니까? 아아, 난처하게 됐군. 이제 돌이킬 수가 없어. ……아니, 만약에. 그래, 어쩌면 내 착각일지도 몰라. ……잠시 그 전화를 좀 빌리겠습니다."

아케치는 미친 사람처럼 중얼거리는가 싶더니 갑자기 그곳에 있는 탁상전화에 매달려 수화기를 들었다.

"이보게, 그 가구상 전화번호를 가르쳐주게."

서생이 말해주는 전화번호를 그대로 누르며 아케치는 교환수에게 소리쳤다.

"아아, N 가구점입니까? 여기는 쇼베 씨 댁입니다. 좀 전에 소파를 가지러 와주셨죠? 그건 벌써 그쪽에 도착했습니까?"

"아, 예, 소파 말씀이시군요. 알겠습니다. 늦어져서 정말 죄송합니다. 실은 지금 사람을 보내려고 하던 참입니다."

수화기 저편에서 엉뚱한 대답이 들려 왔다.

"앗, 뭐라고요? 이제 가지러 온다고? 그게 정말입니까? 이쪽에서는 좀 아까 보냈는데요."

아케치가 답답한 듯이 소리치며 대답한다.

"네? 그럴 리가 없어요. 저희는 아직 아무도 댁으로 보내지 않았는 걸요."

"자네가 주인인가? 확실히 알아봐주게. 혹시 자네가 모르는 사이에 누군가 이쪽으로 온 건 아닌가?"

"아뇨, 그럴 리가 없습니다. 저는 아직 가게 사람들에게 댁으로 찾아가라고 전하지 않았거든요. 그러니 그 쪽으로 찾아갈 리가 없지요."

거기까지 들은 아케치는 수화기를 내려놓고 다시 일어나서 어딘가로 달려 나가려고 했다. 하지만 한 번 더 생각하더니 이번에는 그 지역 경찰서로 전화를 걸어 사법 주임을 호출했다. 아케치는 이와세 집안의 손님이 된 첫날 제일 먼저 이 사법 주임과 친분을 맺어두었던 터라 이럴 때 그 친분이 많은 도움이 됐다.

"저는 이와세 댁의 아케치인데요, 그 주정뱅이가 더럽힌 소파 말입니다. 가구점 이름을 사칭해서 그걸 저택에서 반출한 뒤 트럭에 싣고 도망친 자가 있습니다. 어디로 도주했는지는 모르지만 긴급 수배하여 그 녀석을 체포해주시지 않겠습니까? ……그렇습니다. 그 소파입니다. ……인간 의자, 네, 인간 의자. 아뇨,

농담일 리가 있겠습니까, ……네, 그렇겠지요. 그것 말고는 답이 없지 않습니까? 그럼 부탁드립니다. 제 예상은 결코 틀리지 않을 겁니다. 나중에 자세히 말씀드리겠지만 말입니다."

그렇게 전화를 끊으려고 하는데 이번에는 상대방에게서 중대한 보고가 들어왔다.

"앗, 도망쳤다고요? 그건 정말 큰 실수네요. ……주정뱅이라고 방심했다? 흠, 그것도 무리는 아니지만 그 녀석, 의외로 보통내기가 아닙니다. '검은 도마뱀'의 수하가 확실합니다. 아쉽군요. 아직 잡히지 않았습니까? ……아무쪼록 전력을 다해주세요. 사람의 목숨이 걸린 일이니. ……둘 다 부탁합니다. 소파와 취객 모두, ……그럼 나중에 또 뵙지요."

찰칵 하고 끊어지는 수화기 소리. 아케치는 실망한 듯이 그곳에 웅크려 앉았다. 그 자리에 있던 사람들은 기묘한 긴장감 속에서 전화 목소리를 경청하고 있었다. 그리고 한마디 한마디 흘러나올 때마다 명탐정이 왜 이런 돌발 행동을 했는지 알 것 같았다.

"아케치 씨, 말씀하시는 걸 들으니 저도 대충 어떻게 된 일인지 알 것 같군요. 저는 당신의 명석한 추리에 대단히 놀랐습니다. 아니, 그보다 도둑의 과감하고 뛰어난 마술에는 더더욱 벌어진 입을 다물 수가 없네요. 그 주정뱅이를 가장한 남자가 장치를 부착한 소파 안에 숨어 있다가 어딘가에서 가구점이 만든 진짜와 슬쩍 바꿔치기를 한 거군요. 그리고 응접실에는 사람이 들어간 소파가 놓이게 되었고요. 그 방에 사나에가 들어가고…… 남자가 의자 안에서 몰래 빠져 나와 딸을…… 아아, 아케치 씨, 그

자가 설마 딸을 죽인 건⋯⋯"

쇼베 씨는 흠칫 놀라 말을 멈췄다.

"아니, 결코 죽이는 일은 없을 겁니다. K호텔 경우에서도 알 수 있듯이 그 자는 살아 있는 따님을 원하고 있어요."

아케치가 안심하라는 듯이 대답한다.

"그래요, 저도 그럴 거라고 생각은 하지만. ⋯⋯그리고 정신을 잃은 딸을 지금까지 자기가 숨어 있던 소파 안 쪽 빈 곳에 집어넣고 덮개를 닫는다. 그리고 그 놈이 소파 위에 엎드려서 주정뱅이 흉내를 시작한 거군요. 하지만 그 구토물은?"

"아아, 훌륭합니다. 주인님도 '검은 도마뱀' 못지않은 공상가이시군요. 제 생각도 바로 그렇습니다. ⋯⋯그 녀석의 대단함은 이런 뛰어난 발상, 생각하기에 따라서는 어리석기 짝이 없는 트릭을 태연하게 실행하는 배짱에 있습니다. 이번 발상 같은 경우는 완전히 옛날이야기예요. 어느 소설가의 작품에 『인간의자』*라는 게 있습니다. 이것 역시 악인이 의자 안에 숨어서 장난을 치는 이야기인데, 그 소설가의 황당무계한 공상을 '검은 도마뱀'은 감쪽같이 실행해 보인 겁니다. 지금 말씀하신 구토물만 봐도 그래요. 미리 그런 액체를 준비해놓고 입이 아니라 병에서 소파 위에 흩뿌린 겁니다. 네, 병입니다. 저것 보세요, 저 커다란 위스키 병, 저 안에 남아 있는 액체를 조사하면 분명히 구토물 냄새가 날 겁니다. 사실은 오래 된 서양 동화에 있는 이야기입니다. 그 옛날이야

* 에도가와 란포(江戶川亂步) 자신의 초기(1925년) 대표 단편의 제목

기에서는 구토물이 아니라 더 더러운 것이었지만요."

"그래서 그 주정뱅이는 경찰 유치장에서 탈출했다는……"

"네, 도망쳤다고 합니다. 주정뱅이와 소파 모두 옛날이야기처럼 어딘가로 종적을 감추고 말았습니다."

아케치는 무심코 쓴웃음을 지었지만 다시 정색하며 덧붙였다.

"하지만 주인님, 저는 언젠가 K호텔에서 약속드린 것을 잊지 않았습니다. 안심하세요. 목숨을 걸고서라도 따님을 지키겠습니다. 돌이킬 수 없을 일은 결코 하지 않을 겁니다. 부디 저를 믿어주십시오. ……제 안색을 보세요. 창백한가요? 걱정이라도 하는 것처럼 보입니까? 그렇지 않지요? 저는 괜찮습니다. 보시다시피 아무렇지도 않아요."

아케치는 그렇게 말하고 싱긋 웃어 보였다. 허세를 부리는 것 같진 않다. 그는 진심으로 미소 짓고 있는 것이다. 사람들은 믿음직스럽다는 듯이 명탐정의 밝은 얼굴을 쳐다보았다.

'이집트의 별'

보석상 아가씨 유괴사건은 그 다음날 신문기사를 통해 전국에 널리 알려졌다. 그 지역 경찰서는 물론, 부(府) 경찰수사과도 전력을 다해 사나에 씨의 행방을 수색했다. 백화점 진열대, 가구점 쇼윈도, 역마다 있는 화물 창고, 장소에 상관없이 소파란 소파는 죄다 섬뜩한 혐의를 받았다. 예민한 사람들은 자택 응접실

소파조차도 일단 밑바닥 상태를 살펴보지 않으면 앉을 기분이
나지 않았다.

그렇게 사건으로부터 만 하루가 경과했지만 사람이 든 소파
의 행방은 묘연했다. 살았는지 죽었는지 아름다운 사나에 씨의
모습은 이 세상에서 완전히 지워진 것 같았다.

쇼베 씨나 부인의 탄식은 말할 것도 없었다. 사나에 씨를 위험
한 곳으로 이끈 것도 도둑을 놓친 것도 전부 쇼베 씨 부부의 실
수여서 다른 누구를 원망할 수도 없었다. 하지만 너무 슬프고 분
노한 나머지 그만 침착함을 잃고 아케치 탐정의 부주의한 외출
을 나무라고 싶은 마음이 들기도 했다.

물론 아케치가 그 마음을 헤아리지 못하는 건 아니었다. 또 본
인 스스로도 명탐정의 이름을 걸고 이 유괴 사건에 책임을 느꼈
고 돌이킬 수 없는 방심을 후회하기도 했다. 그럼에도 불구하고
과연 백전연마(百戰練馬)의 용장답게 그는 마음 속 깊숙이 벼른
것이 있는 것처럼 조금도 당황하지 않았다.

"쇼베 씨, 저를 믿으세요. 아가씨는 안전합니다. 반드시 되찾
아 보여드리겠습니다. 또 도둑의 수중에 있어도 아가씨가 위해
를 당하는 일은 결코 없을 겁니다. 그 자들은 분명히 사나에 씨
를 소중한 보물처럼 다루고 있을 거예요. 그렇게 해야 할 이유가
있을 테니까요. 조금도 걱정하실 필요가 없습니다."

아케치는 쇼베 씨 부부에게 이런 취지의 말을 반복하며 위
로했다.

"하지만 아케치 씨, 말은 되찾겠다고 하지만 딸은 도대체 지금 어

디에 있는 겁니까? 당신은 그 소재를 알기라도 한다는 말씀이오?"

이와세 쇼베 씨는 다시 예의 독설을 내뱉었다.

"그렇습니다. 알고 있다고 해도 좋을지 모릅니다."

아케치는 꿈쩍도 하지 않는다.

"흥, 그럼 왜 거기로 찾으러 가지 않으시는 겁니까? 보고 있자니 당신은 어제부터 마치 경찰에게 다 맡기고 아무것도 안 한 채 수수방관하고 있는 것 같은데, 그렇게 알고 있다면 빨리 적당한 조치를 해주셨으면 좋겠군요."

"저는 기다리고 있습니다."

"네? 기다리고 있다니요?"

"검은 도마뱀의 통지입니다."

"통지? 그거 이상하군요. 도둑이 통지를 보내기라도 한다는 말씀입니까? 아무쪼록 따님을 데리러 와주세요, 이렇게 말이오?"

쇼베 씨는 밉살스럽게 말하면서 후훗 하고 코웃음을 쳐보였다.

"네, 그렇습니다."

명탐정은 어린 아이처럼 천진난만하다.

"그자는 따님을 데리러 오라는 통지를 보낼 겁니다."

"네? 진심으로 하는 말씀입니까? 아무리 그렇더라도 도둑이 그런 일을. ……아케치 씨, 농담은 사양하겠소."

보석왕은 불쾌한 모습으로 잘라 말했다.

"농담이 아닙니다. 틀림없이 곧 아시게 될 겁니다. ……아아, 어쩌면 그 안에 통지장이 섞여 있을지도 모르죠."

그들은 그때 사나에 씨가 유괴된 응접실에 마주보고 앉아 있었는데, 마침 그곳으로 한 서생이 그날의 세 번째 서한을 정리하여 갖고 온 것이었다.

"이 중에요? 도둑의 통지장이 말입니까?"

서생에게 몇 통의 편지를 받아든 쇼베 씨는 무슨 말도 안 되는 소리를 하냐는 듯이 건성으로 대답하면서 하나하나 보낸 사람을 살펴보다가 갑자기 괴성을 질렀다.

"아니, 이게 뭐야. 이게 도대체 무슨 모양이야?"

그건 양질의 서양식 봉투에 담긴 한 통의 편지였다. 살펴보니 그 이면에는 보낸 사람의 이름은 없고 봉투 왼쪽 아래 구석에 한 마리의 새카만 도마뱀 모양이 정교하게 그려져 있었다.

"검은 도마뱀이네요."

아케치는 조금도 놀라지 않는다. 마치 거 보라는 듯한 모습이다.

"검은 도마뱀이야. 오사카 시내 소인이 찍혀 있어."

쇼베 씨는 과연 상인다운 빠른 눈치로 그 사실을 알아챘다.

"아아, 아케치 씨, 당신은 이걸 어떻게 미리 아신 겁니까? 확실히 도둑의 통지장이야. 흠. 이건 도저히……"

그는 몹시 감동한 모습으로 명탐정의 얼굴을 응시하고 있다. 화를 잘 내는 대신 기분도 금세 좋아지는 노인이었다.

"열어보세요. 검은 도마뱀은 뭔가를 요구해온 겁니다."

아케치의 말에 쇼베 씨는 조심스럽게 봉투를 열어 안에 든 편지지를 펼쳐보았다. 아무 표시도 없는 순백의 용지이다. 거기에 서툰 글씨체로—어쩐지 일부러 서툴게 쓴 것 같은 글씨체로—다음과 같은 말이 쓰여 있었다.

어제는 소란을 피워 죄송합니다. 따님은 잘 받았습니다. 경찰 수색으론 절대 찾을 수 없는 안전한 장소에 숨겨놓았습니다.

아가씨를 우리에게서 돌려받을 생각은 없습니까? 만일 그런 생각이 있다면 아래 조건에 따라 거래에 응해도 좋을 것 같습니다.

(대금) 소장 '이집트의 별'(1개).

(지불기일) 내일(20일) 오후 5시.

(지불장소) T공원 쓰텐카쿠(通天閣)* 정상 전망대.

(지불방법) 이와세 쇼베 씨 혼자서 앞의 시간까지 쓰텐카쿠에 현품을 지참하고 올 것.

위의 조건을 조금이라도 어길 경우, 또는 이 일을 경찰에게 알릴 경우, 또는 현품수수 후 나를 체포하려고 할 경우에는 딸의 죽음으로 이에 보복할 것임.

위의 조건이 정확하게 이행된 후에는 그날 밤 따님을 댁까지 보내드리겠습니다. 고견을 들려주십시오. 답장은 필요 없습니다. 내일 정해진 시간과 장소로 나오시지 않는다면, 이 거래는 불발되었다고 보고 즉시 예정된 행동에 들어가겠습니다.

이상

1월 19일

검은 도마뱀

이와세 쇼베님

* 오사카시 나니와구(浪速区)의 환락가, 신세계 중심에 있는 전망대

편지를 다 읽은 쇼베 씨는 몹시 당혹스러운 기색을 띠며 생각에 잠겼다.

"이집트의 별입니까?"

아케치는 그것일 거라고 짐작하며 물었다.

"그렇습니다. 난감하게 됐군요. 제 사유물이긴 하지만 그건 국보라고 해야 할 물건이라 꺼림칙한 도둑의 손에 넘겨주고 싶진 않습니다."

"몹시 고가의 물건이라고 들었습니다만."

"시가 25만 엔입니다. 하지만 25만 엔으로는 대체할 수 없는 보물입니다. 당신은 그 보석의 역사를 아십니까?"

"네, 들어서 알고 있습니다."

이 나라에서 가장 크고 귀한 다이아몬드 '이집트의 별'은 남아프리카산 브릴리언트컷 30여 캐럿의 보석으로, 그 이름이 나타내듯이 이전에는 이집트 왕족의 보고(寶庫)에 들어가 있던 것이다. 그것이 유럽 여러 나라의 고귀한 분들의 손을 거쳐 세계대전 당시 어떤 사정으로 보석상인의 손에 들어왔는데, 그 후에 또 이리저리 옮겨 다니던 것을 결국 수년 전에 이와세 상회 파리 지점이 매수하여 현재는 오사카 본점이 소유하고 있다.

"유서 깊은 보석이지요. 전 그걸 목숨 다음으로 소중히 여기고 있습니다. 도난에도 주의에 주의를 거듭하는지라 그 보석을 둔 장소는 저 이외에 점원은 물론 아내조차도 모릅니다."

"그럼 결국 도둑 입장에서는 일개 보석을 훔치기보다 살아 있는 인간을 훔쳐내는 게 손쉬웠다는 거군요."

아케치는 계속 고개를 끄덕이고 있다.

"그렇습니다. '이집트의 별'은 자주 도둑들의 표적이 됐어요. 그때마다 나는 더욱 영리해진 거죠. 그리고 마침내 그 숨긴 장소를 나만의 비밀로 삼았습니다. 아무리 대단한 도둑이라도 내 머릿속 비밀을 훔칠 수는 없으니까요. ……하지만 그 고심도 지금은 소용이 없네요. 제 아무리 나라도 딸의 몸값으로 보석을 요구할 것이라는 점은 전혀 알아차리지 못했어요. ……아케치 씨, 어떤 보물도 인간의 목숨과 바꿀 순 없지요. 유감이지만 저는 포기하겠습니다. 보석을 넘겨줍시다."

쇼베 씨는 초연하게 결의를 보였다.

"그렇게 소중한 것을 넘겨줄 필요는 없습니다. 아니, 그런 협박장 같은 건 묵살해도 상관없어요. 따님의 목숨과 관계될 일은 결코 없습니다."

아케치가 믿음직스럽게 위로해도 완고한 쇼베 씨는 그의 말을 믿지 않았다.

"아뇨, 저 엄청난 악당이 무슨 짓을 저지를지 빤하잖아요. 아무리 고가라고 해도 고작 광물입니다. 광물 따위를 아까워하다 딸에게 만에 하나 무슨 일이라도 생긴다면 돌이킬 수 없지요. 나는 도둑의 제안에 응하겠소."

"그 정도의 결심이라면 말리지 않겠습니다. 일단 적의 음모에 걸린 것처럼 보이게 하면서 보석을 넘겨주는 것도 한 가지 방법일 겁니다. 제 탐정기술 측면에서 말하면 오히려 그쪽이 편의상 좋습니다. 그러나 쇼베 씨, 결코 걱정하실 필요는 없습니다. 제가 확실히 약속하지요. 따님과 보석 모두 반드시 제 손으로 직접 되찾겠습니다. 그저 잠시 그 자에게 허무한 기쁨을 줄 뿐입니다."

아케치는 뭔가 믿는 구석이 있는지 자신에 찬 말투로 대수롭지 않게 잘라 말했다.

철탑 위의 검은 도마뱀

그 다음날 약속 시간인 오후 5시가 되기 조금 전, 이와세 쇼베 씨는 글자 그대로 적이 내건 조건을 지켰다. 아케치 외에는 아무에게도 알리지 않고 혼자서 T 공원의 입구, 하늘 높이 우뚝 솟은 철탑 아래에 도착했다.

T공원은 면적이 꽤 큰데다 매일 엄청난 사람들이 들락날락거리는 오사카 제일의 행락지였다. 늘어선 극장, 영화관, 음식점, 혼잡한 일대, 악대의 소리, 노점상인의 고함 소리, 고무풍선의 피리 소리, 아이들의 울음소리, 수만 개의 왜나막신이 연주하는 교향악, 흩날리는 모래 먼지. 그 한 가운데에 파리의 에펠탑을 본뜬 쓰텐카쿠의 철탑이 오사카를 내려다보며 구름 위로 우뚝 솟아 있다.

아아, 이 얼마나 대담무쌍하며 방약무인한가. 여도둑 검은 도마뱀은 고르고 고른 끝에 이 대규모 환락가의 한 가운데에 위치한 철탑 위를 몸값 거래 장소로 정했던 것이다. 이 연극적 분위기와 모험심. 이건 저 검은 옷의 부인이 아니고서는 부릴 수 없는 솜씨이다.

쇼베 씨는 대범한 상인이었지만 드디어 도둑과 대면할 시간이 다가오니 요동치는 가슴을 진정시킬 수 없었다. 그는 약간 긴장한 채 탑 위로 가는 엘리베이터로 들어갔다. 엘리베이터가 올라가면서 오사카 거리는 쭉쭉 아래로 내려간다. 겨울 해는 이미 지평선에 가깝고 온갖 지붕의 한쪽은 검은 그림자가 되어 아름다운 바둑판 무늬를 이루고 있었다.

겨우 정상에 도달하여 사방이 탁 트인 전망대로 나오자 아래쪽에서는 별로 세지 않았던 겨울바람이 가차 없이 뺨을 때렸다. 겨울의 쓰텐카쿠는 인기가 없다. 또 저녁인 탓도 있어 전망대에는 한 사람의 유람객도 보이지 않았다.

바람막이용 두꺼운 천을 둘러치고 과자나 과일, 그림엽서 등을 파는 매점에 가게를 보는 부부가 썰렁하게 앉아 있는 것 외에는 전혀 인기척이 없고 뭐랄까, 인간계를 떠나 천상의 무인경에 온 것 같은 쓸쓸한 느낌이었다. 난간에 기대어 아래를 내려다보니 이곳의 적적함과는 딴판인 혼잡한 모습, 수천 마리의 개미처럼 줄지어 오가는 사람들을 발 아래로 겸연쩍게 바라볼 수 있었다.

그렇게 차가운 바람을 맞으면서 기다리고 있으니 잠시 후 다음 엘리베이터가 도착했다. 덜컹덜컹 철문이 열리는 소리와 함께 한 여염집 부인 같은 차림의, 금테 안경을 쓰고 마루마게(丸髷)*를 한 아주머니가 전망대에 나타나 방긋 웃으면서 쇼베 씨

* 주로 결혼할 부인들이 하던 일본 여자 머리형의 하나

쪽으로 다가왔다.

이맘때 이 쓸쓸한 탑 위로 이런 고상한 부인이 홀로 올라오다니, 어쩐지 어울리지 않는 느낌이었다.

"별난 부인도 다 있군."

멍하니 바라보고 있는데, 놀랍게도 그 부인이 갑자기 쇼베 씨에게 말을 걸었다.

"호호호호호, 쇼베 씨, 몰라보시겠어요? 도쿄 호텔에서 초면에 인사를 드렸던 미도리카와입니다."

아아, 그럼 이 여자가 미도리카와 부인, 즉 검은 도마뱀이란 말인가. 정말 요괴 같은 여자가 아닐 수 없다. 기모노를 입고, 안경을 쓰고, 마루아게를 하니 완전히 다른 사람으로 바뀌지 않았는가. 이 고상한 부인이 여도둑 검은 도마뱀일 것이라고는 생각도 하지 못했다.

"……"

쇼베 씨는 상대방을 깔보는 상대의 거침없는 태도에 격렬한 증오를 느끼면서 잠자코 그 아름다운 얼굴을 쏘아보았다.

"이번에는 너무 가당치도 않은 소동을 피워서 죄송합니다."

그녀는 그렇게 말하며 마치 귀부인처럼 우아하게 인사를 했다.

"더 이상 할 말은 없네. 난 자네 조건을 조금도 어기지 않고 이행했어. 딸은 틀림없이 돌려주는 거겠지?"

쇼베 씨는 상대의 연기에 반응하지 않고 용건만 퉁명스럽게 말했다.

"네, 틀림없이…… 따님은 아주 건강하게 계십니다. 부디 안심하세요……. 약속한 물건은 갖고 오셨습니까?"

쇼베 씨는 품 속에서 작은 은상자를 꺼내 거리낌 없이 부인 앞으로 내밀었다.

"어머, 고맙습니다. 그럼 좀 봐도……"

검은 도마뱀은 침착하게 작은 상자를 받아 소매 안쪽에서 뚜껑을 열어 하얀 벨벳 안치대에 놓인 거대한 보석을 가만히 주시했다.

"아아, 정말 멋져. ……"

순식간에 그녀의 얼굴에 환희의 빛이 솟아올랐다. 희대의 보석에는 뻔뻔한 여도둑의 뺨조차 붉게 물들이는 신비의 매력이 담겨 있었다.

"오색의 불길, 정말 오색의 불길이 타오르는 것 같군요. 아아, 얼마나 애타게 그렸는지 모릅니다. '이집트의 별'에 비하면 제가 오랫동안 수집한 100과(顆)에 가까운 다이아몬드는 완전히 돌멩이나 마찬가지네요. 정말 고맙습니다."

그리고 그녀는 다시 가볍지만 공손하게 절을 하는 것이었다.

상대가 기뻐하면 기뻐할수록 쇼베 씨 입장에서는 목숨 다음으로 아꼈던 보물을 어이없이 이 여자에게 뺏긴다는 생각에 각오는 했지만 말로 다할 수 없는 애석함이 밀려오면서 눈앞에서 얌전을 빼고 있는 여자가 한층 더 밉살스러워 보였다. 그러자 예의 그 버릇이 발동하여 이런 경우에도 밉살스러운 말을 던지고 싶어졌다.

"자, 이걸로 대금 지불은 끝났네. 남은 건 자네가 보낼 물건이 도착하기를 기다리는 것뿐이야. 그런데 자네를 이렇게 신용해도 되는 걸까? 상대는 도둑이니까 말이야. 도둑과 선금 거래를 하다니 정말 위험천만한 이야기라고."

"호호호호호, 그건 벌써 틀림없이. ……그럼 먼저 돌아가시죠, 저는 한 발 늦게 돌아가겠습니다."

그녀는 상대방의 독설에 아랑곳하지 않고 이 기묘한 회담을 끝내려고 했다.

"흥, 물건을 받았으니 용건은 없다는 말씀이군. ……하지만 자네도 함께 가는 게 좋지 않을까? 나랑 같이 엘리베이터를 타는 게 싫은가?"

"네, 저도 함께 가고 싶은 마음은 굴뚝같지만 아무래도 용의자 신세인지라, 당신이 무사히 돌아가시는 걸 끝까지 지켜본 후가 아니면……"

"위험하다는 건가? 내가 미행이라도 할까 싶은가 보지? 하하하하하, 이거 참 우습군. 자네는 내가 무서운가? 그러면서 잘도 이 쓸쓸한 장소에서 나랑 단 둘이 만났군. 나도 남자야. 만약에, 만약에 말이지, 내가 딸의 목숨을 희생해서 천하에 해독을 끼치는 여도둑을 붙잡으려고 한다면 간단히 붙잡을 수도 있다네."

이와세 쇼베 씨는 여자의 밉살스러운 태도에 무심코 괴롭히고 싶은 마음이 들었다.

"네, 그래서 저도 확실히 준비를 해뒀지요."

권총이라도 꺼내는가 싶더니 그게 아니라 그녀는 성큼성큼 매점 쪽으로 걸어가 거기에 진열되어 있던 대여용 쌍안경을 갖고 돌아왔다.

"저쪽에 목욕탕 굴뚝이 있습니다. 저 굴뚝 바로 뒤에 있는 지붕 위를 보세요."

그녀는 손가락으로 그쪽을 가리키며 쌍안경을 쇼베 씨에게 직접 건넸다.

"그래, 지붕 위에 뭐가 있나?"

이와세 쇼베 씨는 문득 호기심에 사로잡혀 눈으로 쌍안경을 가져갔다.

철탑에서 3정 정도 떨어진 나가야(長屋)*의 큰 지붕이다. 목욕탕 굴뚝 바로 뒤에 빨래 건조대가 보이고 그 건조대 위에 한 노동자가 같은 남자가 웅크리고 있는 것을 똑똑히 볼 수 있다.

"건조대에 양복을 입은 남자가 있죠?"

"그래, 있네. 저게 왜?"

"잘 보세요. 그 남자가 뭘 하고 있습니까?"

"앗, 이거 신기하네. 저쪽에서도 쌍안경으로 이쪽을 쳐다보고 있어."

"그리고 한쪽 손에 뭔가 들고 있지 않습니까?"

"응, 들고 있네. 빨간 천 같은 거야. 저 남자, 우릴 보고 있는 것 같은데."

"네, 그렇습니다. 저건 제 부하입니다. 저렇게 우리의 일거수일투족을 지켜보다가 만일 저에게 위험한 일이라도 발생했을

---

* 칸을 막아 여러 가구가 입주할 수 있도록 지은 단층 연립 주택

경우에는 빨간 천을 흔들어 다른 장소에서 저 큰 지붕을 바라보고 있는 또 한 사람의 부하에게 통신을 보냅니다. 그러면 그 부하가 저멀리 따님이 계시는 집에 전화로 알립니다. 그 전화와 함께 사나에 씨의 목숨이 사라질 수도 있습니다. 호호호호호, 도둑이라면 사소한 일에도 이 정도 준비는 해야겠지요."

과연 참으로 뛰어난 발상이다. 여도둑이 불편한 탑 위를 회담 장소로 고른 또 하나의 이유는 여기 있었다. 저멀리 완전히 안전한 곳에서 망을 보도록 해두다니, 이는 평지에서 불가능한 일이기 때문이다.

"흠, 고생천만한 일이군."

이와세 쇼베 씨는 주눅 들지 않고 계속 입을 놀렸지만 내심 조금도 빈틈이 없는 여도둑의 경계를 찬탄하지 않을 수 없었다.

기묘한 도망자

하지만 쇼베 씨가 그녀의 말대로 한 발 먼저 탑에서 내려가 조금 떨어진 장소에 대기시켜 놓은 자동차를 타고 떠나도 검은 도마뱀은 아직 안심할 수 없었다. 상대방에게는 아케치 고고로라는 불쾌한 녀석이 붙어 있기 때문이다. 그 녀석이 어떤 지혜를 짜내어 어떤 무시무시한 일을 꾸미고 있을지 짐작하기 어렵다.

그녀는 쌍안경을 통해 난간에서 탑 아래의 엄청난 군중을 꼼꼼히 둘러보며 거동이 수상한 자가 없는지 조사했다. 그렇게 어지러이 움직이는 군중을 바라보는 사이 저절로 스스로의 약한 마음에 지고 만 그녀는 뭐라 표현할 수 없는 불안에 시달리기 시작했다.

저쪽에서 탑을 올려다보며 서성거리고 있는 양복 차림의 남자가 형사일지도 모른다. 아까부터 이쪽에 조용히 웅크리고 있는 부랑자도 왠지 수상하다. 아케치의 부하가 변장한 것일지도 모른다. 아니, 이 엄청난 군중 속에는 바로 아케치 고고로 본인이 모습을 바꾸고 잠입해 있지 않으리란 법도 없다.

초조해 하던 그녀는 쌍안경을 눈에 댄 채 전망대 주변을 몇 번이고 돌았다.

체포를 두려워할 필요는 전혀 없다. 그런 짓을 했다간 소중한 사나에 씨가 목숨을 잃게 된다는 걸 적들도 잘 알고 있을 터이다. 두려운 것은 미행이었다. 미행의 명인에게 걸리면 아무리 기민하게 처신해도 따돌릴 수가 없다. 아케치 고고로가 그 미행의 달인인 것이다. 만일 아케치가 저 군중 속에 섞여 남몰래 그녀를 미행하고 은신처를 알아낸다면, ……그런 생각을 하면 제 아무리 대단한 여도둑이라도 오싹하지 않을 수 없었다.

"역시 그 방법을 써보자. 조심하는 것보다 더 좋은 건 없어."

그녀는 성큼성큼 매점 앞으로 다가가 가게를 보는 안주인에게 말을 걸었다.

"부탁이 좀 있는데 들어주시겠어요?"

매점 진열대 뒤에서 화로를 둥글게 둘러싸고 있던 부부가 깜짝 놀라 고개를 들었다.

"뭘 드릴까요?"

마루아게를 한 귀여운 안주인이 상냥한 미소를 띠며 대답했다.

"아니요, 그런 게 아닙니다. 각별히 부탁드리고 싶은 게 있는데요. 좀 전에 저쪽에서 저와 이야기했던 남자 있죠? 그 사람은 엄청난 악인입니다. 제가 그자에게 협박을 받아 참혹한 꼴을 당할 것 같아요. 도와주시지 않겠습니까? 좀 전에는 잘 말해서 먼저 돌아갔지만, 그 자는 아직 탑 아래 숨어서 기다리고 있습니다. 제발 부탁이에요. 당신이 잠시만 제 대신 저쪽 난간에 서 있어주세요. 그 휘장 뒤에서 기모노를 서로 바꿔 입고 안주인이 저로, 제가 안주인으로 변신하는 겁니다. 다행히 나이도 비슷하고 머리 모양도 똑같으니 틀림없이 잘 될 겁니다. 그리고 정말 죄송하지만 남편 분은 안주인으로 변신한 저를 그 근처까지 데려다주시겠어요? 사례는 충분히 하겠습니다. 지금 가지고 있는 걸 전부 드릴게요. 제발 부탁입니다."

그녀는 자못 그럴싸하게 애원하면서 지갑을 꺼내 10엔짜리 지폐 7장을 사양하는 안주인의 손에 억지로 쥐어주었다. 나직한 목소리로 상의한 끝에 부부는 생각지도 못한 돈벌이에 크게 놀라 별 의심 없이 이 엉뚱하기 짝이 없는 제안을 승낙했다. 매점은 바람막이 천으로 빙 둘러싸여 있어서 밖에서는 아무도 모르게 그 안에 숨어 옷을 갈아입을 수 있었다.

살결이 흰 여주인이 검은 도마뱀의 옷을 입고 흐트러진 머리를 매만지며 금테 안경을 낀 뒤 복장을 매만지니 착각을 불러일으킬 만큼 고상한 부인의 모습으로 변신했다.

검은 도마뱀에게 변장은 식은 죽 먹기이다. 마루아게를 축 늘어뜨리고 귀밑머리를 흐트러뜨린 뒤 그 근처의 먼지를 손바닥에 문질러서 얼굴 여기저기를 쓰다듬으니 이제 어엿한 하급 상인 여주인 행세를 하게 되었다. 게다가 줄무늬 한텐(袢纏)*, 줄무늬 앞치마, 천을 대어 기운 곤색 버선을 신고 있다.

"호호호호호, 훌륭하네. 어때? 어울려?"

"말도 안 돼. 마누라는 완전히 귀부인 뺨치네요. 부인은 지저분해졌군요. 꽤 그럴싸해요. 그 정도면 남편분도 못 알아볼 거요."

매점 주인은 두 사람을 견주어보며 어안이 벙벙해져 있다.

"아아, 그래, 당신은 마스크를 쓰고 있었지. 딱 좋군. 그걸 좀 빌려줘요."

검은 도마뱀의 입가는 검은 색 공단 마스크로 가려졌다.

"그럼 안주인께서는 그곳 난간에 서서 쌍안경을 들여다보고 계시면 됩니다. 부탁합니다."

완벽하게 매점 주인의 아내가 된 여도둑은 그 남편과 함께 엘리베이터를 타고 혼잡한 지상으로 내려왔다.

"자, 서둘러주세요. 눈에 띄면 큰일이니까."

군중을 헤치고 거리를 빠져나간 두 사람은 한적한 곳을 향해 공원 나무숲 사이를 계속 걸어갔다.

"고마워요, 이제 괜찮아요. ……어머 이상해라. 우리 꼭 사랑의 도피자 같지 않아요?"

---

* 하오리(羽織) 비슷한 짧은 겉옷의 한 가지. 작업복, 방한복으로 입는다.

과연 그들은 기묘한 사랑의 도피자 같은 모습이었다. 남자는 귀가 좋지 않은지 머리에서 턱까지 둘둘 붕대를 감고 있었다. 그 위에 지저분한 헌팅캡을 쓰고, 줄무늬 무명천 기모노 위에 검은 겉옷을 입고, 가죽 허리띠를 매고, 맨발에 바닥이 나무로 된 짚신을 신은 차림새. 여자는 앞서 묘사한 대로 마누라의 모습. 둘 다 촌스러운 마스크를 쓰고 있다. 그 남자가 여자의 손을 잡아끌고 남의 눈을 피하듯이 숲에서 숲을 누비며 종종걸음으로 길을 재촉하고 있었다.

"헤헤헤헤헤, 정말 죄송합니다."

문득 정신이 든 남자는 쥐고 있던 여자의 손을 놓더니 조금 수줍어하며 웃었다.

"그런 건 상관없어요. ……그 붕대는 어떻게 된 건가요?"

검은 도마뱀은 위험한 상태를 벗어난 데 대한 감사의 마음으로 그런 질문을 해보았다.

"네, 중이염에 걸려서요. 이제 꽤 좋아졌지만."

"아아, 중이염이구나. 몸을 잘 챙겨야겠네요. 하지만 당신은 좋은 부인을 두셔서 행복하시겠어요. 저렇게 둘이서 장사를 하면 분명히 즐거울 거예요."

"헤헤헤헤헤. 무슨 말씀, 그 사람한테는 두 손 두 발 다 들었어요."

남자가 좀 칠칠맞다는 생각에 웃음이 나왔다.

"그럼 여기서 헤어지도록 하죠. 부인에게 인사를 전해주세요. 정말 이 은혜는 잊지 않겠습니다. ……아아, 그리고 낡긴 했지만 그 기모노는 부인에게 드리겠다고 전해주세요."

나무숲을 벗어나 공원을 세로로 관통하는 대로에 자동차가 한 대 서 있었다. 검은 도마뱀은 남자와 헤어지더니 그 자동차로 달려갔다.

자동차 운전사는 그녀를 기다리기라도 한 것처럼 급하게 문을 열었다. 여도둑은 갑자기 그 문 안으로 모습을 감추더니 뭔가 한마디 신호 같은 말을 했고 차는 바로 달리기 시작했다. 그 차의 운전사는 검은 도마뱀의 부하로, 미리 상의하여 두목을 기다리고 있었던 게 틀림없었다.

매점 주인은 여도둑의 차가 움직이는 것을 지켜보았다. 그리고 뭘 망설이는지 탑 쪽으로 돌아가지 않고 느닷없이 큰 길로 뛰어나가 두리번두리번 주위를 둘러봤다. 그런데 마침 빈 자동차 한 대가 그곳을 지나갔고, 그는 휙 손을 들어 그 차를 불러 세우더니 올라타자마자 아까와는 딴판인 시원시원한 말투로 외쳤다.

"저 차를 추적해주게. 나는 경찰 관계자야. 품삯은 충분히 낼 테니 잘 부탁하네."

차는 앞의 자동차를 쫓아가면서도 적당한 간격을 유지하며 달리기 시작했다.

"상대방이 눈치 채지 않도록 주의하고."

그는 때때로 지시를 내렸다. 그리고 엉거주춤한 자세로 용감한 기수처럼 전방을 계속 응시하고 있었다.

그는 '경찰 관계자'라고 했지만 과연 형사나 경찰이 맞을까. 아무래도 그렇지 않은 것 같다. 그의 목소리에는 왠지 우리에게

친숙한 울림이 담겨 있었다. 아니, 목소리뿐만이 아니다. 둘둘 감은 붕대 아래로 조용히 전방을 응시하는 저 예리한 두 눈은 어디선가 본 적이 있는 것 같지 않은가.

추적

잔뜩 흐린 겨울날, 어스름한 저녁 무렵 오사카시를 남북으로 관통하는 S 간선도로에는 일정한 거리를 유지하면서 신기한 질주와 추적을 하고 있는 두 대의 자동차가 있었다.

앞차에는 마루아게에 줄무늬 한텐, 줄무늬 앞치마, 하급 상인의 안주인이라는 젊고 아름다운 여인이 홀로 쿠션 구석 쪽에 숨듯이 타고 있었다. 언뜻 보기에는 택시 같은 걸 탈 것 같지 않은 초라한 안주인. 하지만 사실 이 여자가 바로 변장한 희대의 여도둑 '검은 도마뱀'이었다.

그러나 제 아무리 대단한 여도둑도 바로 뒤에서 또 한 대의 자동차가 기회를 노리는 이리처럼 집요하게 미행하고 있다는 사실을 전혀 눈치 채지 못했다. 그런데 그 미행 중인 차 안에는 역시 얼굴의 반을 붕대로 감은 하급상인 차림의 괴상한 남자가, 무시무시한 모습으로 앞차를 응시하면서 운전사에게 "더 빨리 가", "좀 천천히" 이렇게 거만한 명령을 내리고 있었다.

이 남자는 도대체 누구였을까.

그는 전방을 응시한 채 입고 있던 두꺼운 모직 외투와 줄무늬 기모노를 재빨리 벗어버렸다. 그러자 그 아래로 살짝 더러워진 카키색 상의와 바지가 나타나고 소상인은 금세 공장 노동자로 돌변했다. 직공으로 변신한 그는 서둘러 얼굴의 반을 감싼 붕대를 잡아 찢듯이 풀기 시작했다. 순식간에 감춰져 있던 얼굴의 나머지 절반이 나타난다. 귓병 같은 건 전혀 없었다. 그저 그렇게 보이도록 교묘하게 얼굴을 감추고 있었을 뿐이다.

반짝반짝 빛나는 두 눈과 짙은 일자 눈썹이 금세 이 불가사의한 인물의 정체를 드러냈다. 바로 아케치 고고로이다. 여도둑의 계략을 따돌리고 탑 위의 매점 주인으로 변장한 그는 오늘이야말로 검은 도마뱀의 비밀을 밝혀내어 그 본거지를 파헤치겠다고 만반의 준비를 한 채 기다리고 있었던 것이다.

여도둑은 그것도 모르고 아케치가 꾸며놓은 함정에 빠져 그에게 도주를 도와달라고까지 했다. 붙잡으려고 맘만 먹으면 언제든지 붙잡을 수 있었던 것이다. 그러나 유괴된 아가씨가 있는 곳을 확인하고 적의 본거지를 밝혀내기 전에는 함부로 손을 대면 안 된다. 조급한 마음을 가라앉힌 그는 어쩔 수 없이 느긋하게 미행해야 했다. 그리고 결국에는 일거에 아가씨와 보석을 되찾고 동시에 여도둑 검은 도마뱀을 경찰의 손에 인도하는 것이 그의 계획이었다.

밖은 이미 완전히 어두워져 있었다. 연신 뒤로 사라져가는 가로등 속에서 두 대의 차는 오사카 거리 여기저기를 빙글빙글 돌면서 신기한 레이스를 계속했다.

어느새 여도둑이 탄 차의 실내등이 꺼졌다. 빠르게 사라져가는 가로등빛을 받아 뒤쪽 유리창으로 그녀의 마루아게가 어렴풋이 보일 뿐이었다. 아케치는 위험하지 않을 정도로 두 사람의 거리를 가능한 한 좁혀야 했다.

차가 어느 길모퉁이를 돌자 거기에는 오사카의 명물인 운하 중 하나가 흐르고 있었다. 한쪽은 대문을 닫은 도이야(問屋)* 거리, 한쪽은 직접 강을 마주하고 군데군데 하역을 하기 위해 강기슭이 완만하게 이어지는 비탈로 기울어져 있었다. 시내에 이런 한적한 장소가 있었나 싶을 정도로 밤에는 칠흑 같이 어두운 거리이다.

어찌된 일인지 앞 차는 그 어둠 속을 천천히 달려갔다. 그런데 조금 앞에 떨어져 있는 다리 옆까지 가더니 그곳의 밝은 가로등 아래서 갑자기 정차했다.

"앗, 안 돼. 세워주게."

아케치가 운전사에게 명령하여 브레이크를 밟게 하는 사이 상대방의 차는 빙 돌아 방향전환을 하는가 싶더니 이쪽을 향해 되돌아왔다. 그 바람막이 유리창에 '공차'라는 빨간색 표시가 떠 있는 게 보인다. 어느새 실내등도 켜지고 그 아래 손님의 모습은 보이지 않는다. 뭘 생각할 틈도 없이 자동차는 이미 눈앞에 와 있었다. 느긋하게 경적을 울리면서 천천히 지나쳐 간다.

아케치는 불과 1척 거리에서 상대방 차 내부를 샅샅이 간파할 수 있었다. 확실히 빈 차였다. 좀 전까지 보였던 여자의 모습은

---

* 에도 시대에 항구에서 숙박업을 경영하며 화물의 운송이나 중개 매매를 하던 업자

온데간데 없었다. 운전사는 확실히 도둑의 수하이고 차도 도둑의 것임에 틀림없는데, 경찰의 의심을 방지하기 위해서인지 천연덕스러운 얼굴로 빈 택시를 가장하고 있는 것이다.

이 운전사를 붙잡아볼까. 아니야, 그건 일을 망치는 거야. 검은 도마뱀을 찾아내야 해. 그리고 끝까지 그 놈의 본거지를 밝혀내야 해.

그건 그렇고 여도둑은 도대체 어디로 숨어버린 것일까. 저 차가 다리 옆에 정차했을 때는 아무도 내리지 않았다. 그곳은 밝은 가로등 아래였기 때문에 못 보고 지나칠 리가 없다. 또 좀 전에 차가 강가를 돌 때까지 그 여자는 확실히 차 안에 있었다. 그 모퉁이의 가로등이 마루아게를 확실히 비추고 있었다.

그렇다면 여도둑은 그 모퉁이에서 다리 옆까지 불과 반 정 정도 되는 어둠을 이용하여 차를 서행하게 한 뒤 뛰어내려 어딘가로 모습을 감춘 것이리라. 하지만 어딘가라고 해봤자 한쪽은 문을 닫은 채 쥐죽은 듯 조용한 상가(商家)가 빽빽하게 늘어서 있고, 또 한쪽은 시커먼 물이 흐르는 운하이다. 아케치는 차에서 내려 그 수상쩍은 반 정 정도의 거리를 왕복하며 면밀하게 살펴봤지만 어느 구석에도 사람은커녕 강아지조차 눈에 띄지 않았다.

"이상하네요, 설마 이 강 속으로 뛰어든 건 아닐 테고."

원래 장소로 돌아오더니 운전사가 엉뚱한 소리를 했다.

"흠, 강 속으로 말이지. 그럴지도 몰라."

아케치는 그렇게 말하면서 선착장 아래쪽 어둠에 가려져 있는 한 척의 커다란 재래식 목조선을 응시하고 있었다.

인적도 없는 배 위에는 선미의 동체 부분에 있는 유지 장지문에 램프의 불빛이 빨갛게 비치고 있다. 그 안에는 뱃사공 일가족이 살고 있을 것이다. 디딤널도 아직 그대로 걸쳐져 있다. 어쩌면 저 빨간 유지 장지 뒤에 그 여자, 여도둑 검은 도마뱀이 숨죽인 채 몸을 숨기고 있는 건 아닐까?

실로 터무니없는 상상이었다. 하지만 그것 말고는 여도둑이 도피할 곳이 전혀 없었다. 게다가 검은 도마뱀의 경우에 한해 상식은 금물이다. 가능한 한 얼토당토않은 일을 생각하면 그게 딱 맞았던 것이다.

"이보게, 부탁 좀 들어주겠나?"

아케치는 한 장의 지폐를 쥐어주며 조용히 운전사의 귓가에 속삭였다.

"저 배에 불 켜진 장지문이 보이지? 일단 헤드라이트를 끄고 다음에 스위치를 켰을 때는 딱 저 장지문 근처를 비추도록 차를 돌려주게. 그리고 이건 좀 어려운 주문인데, 자네가 비명을 질러 줬으면 좋겠네. 살려줘, 라고 말이네. 가능한 한 크게 소리를 지르는 거야. 그리고 헤드라이트를 확 켜줬으면 하는데. 할 수 있겠나?"

"허, 이상한 걸 시키시네요…… 아아, 그렇습니까? 알겠습니다. 좋습니다. 해보지요."

지폐가 효력을 발휘하여 운전사가 바로 승낙했다. 헤드라이트가 꺼졌다. 차는 조용히 방향을 돌렸다. 직공 차림의 아케치는 그 근처에 떨어져 있던 큰 돌멩이를 양손으로 집어 올리더니 완만하게 이어지는 비탈의 선착장을 향해 강기슭을 내려간다.

"살려줘, 우와, 살려줘."

갑자기 들려오는 운전사의 쉿소리. 당장이라도 살해당할 것 같은 생생한 절규. 동시에 풍덩 하는 무시무시한 물소리. 아케치가 돌멩이를 물속에 던진 것이다. 소리만 들으면 누군가가 강으로 뛰어들었다고밖에 생각되지 않는다.

아니나 다를까 이 소동에 배의 장지문이 열렸다. 그리고 거기서 불쑥 내다보는 얼굴, 헤드라이트의 직사광선과 마주치더니 깜짝 놀라 들어간 얼굴을 아케치는 놓치지 않았다. 검은 도마뱀이다. 마루아게를 한 검은 도마뱀이다. 물론 상대방에게는 아케치의 모습이 보이지 않는다. 아까부터 이어진 미행을 눈치 채지 못한 것도 확실하다. 눈치 챘다면 저 여자가 장지문으로 얼굴을 내밀거나 할 리가 없기 때문이다.

큰 소리에 놀란 상가의 고용인들이 드르륵 문을 열고 도로로 뛰쳐나왔다.

"뭐야, 뭐야."

"싸운 거 아냐? 당한 거 아냐?"

"이상한 물소리가 났어."

하지만 그 무렵 운전사는 재빨리 차를 돌려 이미 반 정이나 달려나가고 있었다. 아케치는 아케치대로 어둠 속 강가를 달려 다리 옆 공중전화로 뛰어 들어갔다.

적은 물을 이용하려고 하고 있다. 추적은 어디까지 계속될지 모른다. 같은 편에게 이후의 일을 지시해두어야 했다.

괴담

다음날 새벽, 오사카의 하구를 출항한 200톤도 안 되는 소형 증기선이 있었다. 다행히 풍파가 없어 항해에 안성맞춤인 날씨였다. 그 배는 보기와는 달리 대단히 빠른 속력으로 드넓은 바다를 달려 오후에는 기이(紀伊)반도 남단에 다다랐는데 어느 항구에도 정박하지 않았다. 이세만(伊勢湾) 등지는 거들떠보지도 않은 채 쏜살같이 태평양 한 가운데를 달려 엔슈나다(遠州灘)를 목표로 전진해갔던 것이다. 배는 소형임에도 불구하고 대담하게 원양항로의 대규모 증기선과 같은 코스를 통과했다.

외관은 별 다를 게 없는 시커먼 화물선이었다. 하지만 배 안에 화물창고 같은 건 하나도 없고 승강구에서 내리면 초라한 겉모습과는 달리 놀랄 만큼 훌륭한 선실이 죽 늘어서 있다. 화물선을 가장한 여객선, 아니 여객선이라기보다 하나의 호화로운 주택이었다. 그 선실들 중에서도 선미에 가까운 한 방은 넓이와 세간 모두 유달리 화려하게 장식되어 있었다. 아마 이 배의 주인이 거처하는 방일 것이다.

빈틈없이 깔린 고가의 페르시안 융단, 새하얗게 바른 천정, 선내라고는 생각되지 않는 정교한 상들리에, 장식장, 천으로 덮인 원탁, 소파, 몇 개의 안락의자. 그 중에 딱 하나 모양이 다른 소파가 식객 같은 모습으로 방의 조화를 해치며 한쪽 구석에 놓여 있다.

앗, 이 소파는 어디선가 본 적이 있는 것 같은데…… 아아, 그렇다. 찢어진 곳을 꿰맨 자국이 있다. 확실히 그 소파다. 3일 전 이와세 저택 응접실에서 사나에 씨를 가두고 밖으로 실려나간 그 소파임이 틀림없다. 그것이 왜 이런 배 안에 놓여 있는 것일까.

여기에 이 소파가 있는 걸 보니 혹시…… 아니, 혹시가 아니다. 우리는 소파에만 정신이 팔려 그만 거기에 앉아 있는 한 인물을 관찰하지 않았다. 그 인물은 바로…… 반질반질 윤기가 흐르는 새카만 비단 양장, 귓불, 가슴, 손가락을 가리지 않고 반짝반짝 빛나는 보석 장신구, 어딘가 묘하게 섬뜩한 기운을 풍기는 미모, 검은 비단 옷 너머로 비쳐 보이는 풍만한 육체, 이걸 몰라볼 리가 있겠는가. 검은 도마뱀이다. 바로 꼬박 하루 전에 아케치 탐정이 미행하는 것도 모르고 대형 화물선의 장지문 속으로 모습을 감췄던 여도둑 검은 도마뱀이다.

장지문에 여도둑을 숨겨준 목조선은 밤새 지류에서 하류로 내려가 강어귀에 정박하고 있던 이 본선에 검은 도마뱀을 옮겨 태웠을 것이다.

그럼 이 작은 증기선은 도대체 어떻게 된 배일까? 보통 상선이라면 여도둑 따위가 가장 좋은 선실이 마치 제 것인 양 행동할 리가 없다. 혹시 이건 검은 도마뱀이 소유한 배가 아닐까. 그렇다면 여기에 그 '인간 의자'가 있는 이유도 이해가 된다. 그리고 '인간 의자'가 있는 이상 그 안에 갇혀 있던 사나에 씨도 지금은 이 선내 어딘가에 감금되어 있는 건 아닐까.

그건 그렇고 우리는 눈을 돌려 이번에는 방 입구를 바라봐야 한다. 거기에는 또 다른 인물이 막아서고 있었기 때문이다.

금몰*로 된 배지가 달린 선원 모자, 가장자리를 검게 감친 깃을 세운 옷, 보통 상선이라면 사무장 같은 풍채의 남자이다. 하지만 이 남자도 어딘가에서 본 적이 있는 것 같다. 찌부러진 코, 탄탄한 골격, 마치 권투선수 같은 남자인데……아아, 알았다. 그 녀석이다. 도쿄 K호텔에서 야마카와 박사로 변장하여 사나에 씨를 유괴했던 불량 권투 선수, 검은 도마뱀에게 목숨을 바친 수하 중 하나인 아마미야 준이치, 준짱이 변장한 모습이었다.

"어머, 당신까지 그런 걸 신경 쓰다니 어떻게 된 거야? 남자면서 귀신이 뭐가 무서워?"

검은 도마뱀은 예의 그 소파에 푹 기대어 아름다운 얼굴로 비웃음을 날렸다.

"기분이 나빠요. 왠지 이상하니까요. 게다가 배에 있는 놈들은 하나 같이 미신을 믿는 자들이에요. 당신도 그 자들이 뒤에서 소곤거리는 소릴 들으면 틀림없이 불쾌할 겁니다."

흔들리는 배를 따라 비틀거리던 사무장 준짱은 자못 불쾌한 듯한 표정을 지었다.

실내에는 좀 전에도 말한 샹들리에가 환하게 켜져 있지만, 철판으로 된 한 겹 벽 밖은 완전히 해가 저물었다. 보이는 건 전부 시커먼 물과 시커먼 하늘, 조용하면서도 태산 같은 물결이 간격을 두고 밀려온다. 그때마다 이 작고 애처로운 배는 무한한 어둠에 떠 있는 한 장의 낙엽처럼 정처없이 흔들리는 것이다.

* 금을 도금한 가느다란 줄

"도대체 무슨 일이 있었다는 거야? 자세히 말해봐. 그 귀신을 누가 봤어?"

"본 사람은 아무도 없습니다. 하지만 그 자의 목소리는 기타무라(北村)와 아이다(合田) 두 사람이 서로 다른 시간에 확실히 들었다고 합니다. 한 사람이라면 모를까 두 사람이나 같은 목소리를 들었다니까요."

"어디서?"

"그 손님 방입니다."

"아, 사나에 씨 방에서?"

"그렇습니다. 오늘 정오쯤에 기타무라가 문 앞을 지나는데 방 안에서 낮은 목소리로 조용히 수군거리는 자가 있었다는 겁니다. 당신도 저도 식당에 있었을 때입니다. 사나에 씨는 재갈을 물려놨기 때문에 말을 할 리가 없죠. 어쩌면 선원 중 누군가가 장난을 치는 게 아닌가 싶어서 문을 열려고 했더니 안에서 자물쇠가 걸려 있었다고 합니다. 기타무라는 이상해서 서둘러 열쇠를 가져와 문을 열어봤다고 합니다."

"재갈이 풀린 거 아냐? 그리고 그 아가씨가 무슨 주문이라도 외우고 있었던 거 아냐?"

"하지만 재갈은 확실히 물려 있었습니다. 양손을 묶은 끈도 느슨해졌다든가 하는 일은 없었습니다. 물론 방 안에는 사나에 씨 외에 아무도 없었죠. 기타무라는 그것을 보고 왠지 섬뜩했다고 합니다."

"사나에 씨에게 물어봤겠네?"

"네, 재갈을 풀어주고 물어보니 오히려 상대방이 깜짝 놀라면서 전혀 모른다고 대답했다는군요."

"이상한 이야기군. 정말일까?"

"저도 그렇게 생각했죠. 기타무라의 귀가 어떻게 된 거라고 가볍게 생각해서 그대로 두었습니다. 하지만 바로 한 시간쯤 전에, 신기하게 이번에도 다들 식당에 있었는데요, 아이다가 또 그 목소리를 들은 겁니다. 아이다도 열쇠를 가져와서 문을 열어봤다고 합니다. 그랬더니 기타무라의 경우와 마찬가지로 사나에 씨 외에는 인적도 없고 재갈에도 별 이상이 없었던 거죠. 이 두 번의 기묘한 사건이 어느새 선원들 사이에 퍼져 괴담이 완성된 겁니다."

"무슨 소릴 하는 거야?"

"모두 떳떳하지 못한 신분을 짊어지고 있는 자들이니까요. 살인 전과자도 두세 명 있지 않습니까? 원령(怨靈) 같은 걸 느끼는 거죠. 이 배에는 사령(死靈)이 씌어 있다는 식의 이야기를 들으니 저도 왠지 불길한 기분이 들더라고요."

또 한 번 커다란 물결이 밀려와 구궁 하고 이상한 소리를 내면서 선체를 더 높이 떠올리는가 싶더니 이윽고 끝없는 나락으로 가라앉는다. 마침 그때 발전기가 고장이라도 난 건지 샹들리에 빛이 스윽 하고 검붉게 퇴색하고 마치 무슨 신호라도 보내는 것처럼 으스스하게 명멸하기 시작했다.

"불쾌한 밤이군요."

청년 준이치는 겁먹은 눈으로 가쁘게 숨 쉬는 전등을 바라보면서 자못 불안한 듯이 중얼거렸다.

"다 큰 남자가 무슨 겁이 그렇게 많아. 호호호……"

검은 옷의 부인이 웃는 소리가 벽 철판에 메아리치며 괴이하게 울려 퍼졌다.

그러자 그때 마치 그녀의 웃음소리가 남긴 여운이라도 되는 것처럼 하얀 물체가 스윽 문을 열고 들어왔다. 흰 대흑천(大黑天) 두건*, 흰 옷깃을 세운 옷, 흰 에이프런, 대흑천처럼 통통한 얼굴이 묘하게 긴장되어 있다. 이 배의 주방장이다.

"아아, 너야? 무슨 일이야? 깜짝 놀랐잖아."

준이치가 혼을 내자 주방장은 낮은 목소리로 대단히 큰일이 일어난 것처럼 보고했다.

"또 갑자기 이상한 일이 일어날 것 같습니다. 귀신이 취사실까지 숨어들어 왔어요. 닭 한 마리가 통째로 보이지 않습니다."

"닭?"

검은 옷의 부인이 의아한 듯이 묻는다.

"그게 말이죠, 살아 있는 닭이 아닙니다. 털을 뽑아서 통째로 삶은 놈을 일곱 마리 정도 선반장 안에 매달아 놨는데 점심을 할 때는 확실히 있었던 일곱 마리가 지금 보니 한 마리 부족한 거예요. 여섯 마리밖에 없습니다."

"저녁 식사로 닭은 나오지 않았잖아."

"네, 그러니까 이상하죠. 이 배에 먹을 것에 집착하는 사람은 한 사람도 없으니까요. 귀신이 아니고서야 그런 걸 훔칠 놈이

---

* 칠복신중 하나인 대흑천(大黑天)이 쓰고 있는 것 같은 모양의 두건. 둥글고 납작하며 주위가 부풀어 오른 모양이다.

없어요."

"착각한 거 아냐?"

"아닙니다. 전 이래 봬도 기억력이 꽤 좋은 편이에요."

"이상하네. 준짱, 다 같이 나눠서 배 안을 살펴보는 게 어때? 어쩌면 뭔가 있을지도 몰라."

여도둑도 거듭되는 괴상한 일에 묘한 불안감을 느끼지 않을 수 없었다.

"네, 저도 그렇게 해보려고 했습니다. 말을 하고 먹을 것을 훔치는 걸 보면 뭔가 형체가 있는 놈인 게 틀림없으니까요. 엄중하게 살핀다면 귀신의 정체를 확인할 수 있을지도 모릅니다."

그때 준이치 사무장은 선내 수색 명령을 내리기 위해 허둥지둥 방을 나갔다.

"아아, 그리고 예쁜 손님의 전언이 있었는데요."

"아, 사나에 씨 말이야?"

"네. 방금 전에 식사를 갖고 갔는데 끈을 풀고 재갈을 풀어주니 오늘은 어찌된 일인지 그 아가씨가 대단히 맛있다는 듯이 식사를 다 먹어치웠습니다. 그리고 이제 날뛰거나 소리치지 않을 테니 묶지 말아달라고 하는 겁니다."

"얌전히 있겠다는 건가?"

검은 옷의 부인은 의외라는 듯이 되묻는다.

"네, 그렇습니다. 생각이 완전히 바뀌었다며 몹시 명랑해 보였어요. 어제까지와 같은 아가씨라고는 생각할 수 없을 정도로 변했습니다."

"이상한데. 기타무라에게 사나에를 여기로 좀 데리고 오라고
해주겠어?"

주방장이 그 뜻을 받들고 물러난 뒤 금세 포박을 푼 사나에
씨가 기타무라라는 선원에게 끌려 들어왔다.

무시무시한 수수께끼

사나에 씨는 심하게 초췌해져 있었다. 유괴 당했을 때 입었던
메이센(銘仙)* 평상복은 쭈글쭈글 주름이 지고 머리도 산발이 된
채 귀밑머리가 창백한 이마를 가리고 있었다. 뺨도 홀쭉해져 한
층 더 높아 보이는 코 위에 귀걸이 부분이 비뚤어진 안경이 초라
하게 걸려 있다.

"사나에 씨, 기분은 좀 어때? 그런 데 서 있지 말고 이쪽에 앉
아요."

검은 옷의 부인이 자신의 소파를 가리키면서 상냥하게 말했다.

"네."

사나에 씨는 그녀가 말하는 대로 순순히 두세 걸음 앞으로 나
왔다. 하지만 검은 옷의 부인이 앉아 있는 그 소파가 무엇인지
알아차린 후 유령이라도 본 것처럼 깜짝 놀라 두려워하는 표정
으로 뒷걸음질 치기 시작했다. 인간 의자, 3일 전에 이 안에 갇혔

---

* 굴고 마디가 많은 쌍꼬치 실이나 방적견사 등으로 촘촘하게 짠 평직의 견직물

던 무시무시한 기억이 생생히 떠오른 것이다.

"아아, 이거? 이 의자가 무서워? 무리도 아니지. 그럼 그쪽 안락의자에 앉아도 돼."

사나에 씨는 그녀가 말한 의자에 조심스럽게 앉았다.

"그렇게 난동을 부려서 죄송했어요. 이제 앞으로는 뭐든지 말씀하시는 대로 하겠습니다. 죄송해요."

고개를 숙인 채 다소곳하게 사과를 하는 것이다.

"마침내 포기했군요. 그게 좋아. 이제 이렇게 됐으니 얌전히 구는 게 당신을 위한 거야. ……그런데 신기하네, 어제까지 그렇게 반항했던 사나에 씨가 갑자기 이렇게 얌전해지다니. 무슨 일 있었어? 뭔가 이유가 있나?"

"아니요, 별로……"

여도둑은 예리한 눈으로 고개 숙인 상대방을 찌르듯이 응시하면서 다음 질문으로 넘어갔다.

"기타무라와 아이다에게 들었는데 말이지. 당신 방에서 사람 목소리가 났다는 거야. 누군가 당신 방으로 들어온 거 아냐? 사실대로 얘기해줘."

"아뇨, 저는 전혀 눈치 채지 못했습니다. 아무것도 못 들었어요."

"거짓말 하는 거 아니지?"

"아뇨, 결코……."

"……"

검은 도마뱀은 사나에 씨를 가만히 응시한 채, 뭔가 생각에 잠겨 있다. 기묘한 침묵이 잠시 이어진다.

"저기, 이 배는 어디로 가나요?"

사나에 씨가 벌벌 떨면서 가까스로 물었다.

"이 배?"

여도둑은 퍼뜩 명상에서 깨어난 것처럼 되물었다.

"이 배의 행선지를 가르쳐 드릴까? 우리는 지금 도쿄를 향해 엔슈나다를 지나고 있어. 도쿄에는 말이지, 어떤 비밀 장소에 내 사설 미술관이 있거든. 호호호호호, 사나에 씨에게 보여주고 싶네. 그게 얼마나 멋진 미술관인지. ……그곳에 당신과 '이집트의 별'을 진열하기 위해 이렇게 서두르고 있는 거야."

"……."

"그야 기차를 타면 확실히 빠르겠지만, 당신이라는 살아 있는 짐이 있는 한 육로를 택할 수는 없었어. 배는 좀 느리지만 정말 안전하니까. 사나에 씨, 이건 내 배야. 검은 도마뱀 언니는 증기선까지 착착 준비해둔 거지. 놀랐지? 하지만 나도 이런 배 한 척 정도는 자유롭게 구할 자금력이 있어. 우리는 육로를 택할 수 없을 때 항상 이 배를 이용해. 이런 멋진 도구가 없으면 경찰의 눈을 오랫동안 피할 생각 같은 건 할 수도 없지."

"하지만 나는……"

사나에 씨가 어딘가 완강한 모습을 보이며 치켜 뜬 눈으로 검은 옷의 부인을 흘깃 쳐다봤다.

"하지만 어떻다는 말씀이신지?"

"그런 곳에 가고 싶지 않아요."

"그야 나도 당신이 굳이 좋아서 간다고 생각하진 않아. 싫겠지만 난 데리고 갈 거야."

"아뇨, 난 안 갈 거예요. 절대……"

"어머, 대단히 자신 있어 보이네. 이 배에서 도망칠 수 있다는 생각이라도 하는 거야?"

"난 믿고 있어요. 분명히 구해주실 거예요. 난 조금도 무섭지 않아요."

이 확신에 찬 목소리를 듣고 검은 옷의 부인은 어쩐지 흠칫 놀라지 않을 수 없었다.

"믿고 있다니, 누굴 말이야? 누가 당신을 구해준다는 거야?"

"모르시겠어요?"

사나에 씨의 말투에는 풀기 어려운 수수께끼와 신기하게도 강한 확신이 들어 있었다. 연약한 아가씨를 이 정도로 강하게 만든 건 도대체 누구의 힘이었던 것일까?

혹시, 혹시…… 검은 옷의 부인은 순식간에 무참하리만큼 창백해졌다.

"그래, 모를 리가 없지. 말해볼까? ……아케치 고고로!"

"앗……"

사나에 씨는 허를 찔린 듯 오히려 당황한 기색이었다.

"그렇지? 맞지? 당신 방에서 몰래 당신을 위로해준 사람. 모두 귀신이니 뭐니 했지만, 귀신이 말을 할 리가 없지. 아케치 고고로지? 그 탐정님께서 당신을 구해준다고 약속한 거지?"

"아니요, 그런……"

"속이려고 해도 소용없어. 자, 이제 당신에게 들을 건 아무 것도 없군."

검은 옷의 부인은 몹시 경직된 얼굴로 벌떡 일어섰다.

"기타무라, 이 계집애를 원래대로 묶어서 재갈을 물리고 저 방에 가둬버려. 그리고 너도 방으로 들어가서 안에서 열쇠를 잠그고 됐다고 할 때까지 망을 보도록 해. 권총은 준비됐겠지? 무슨 일이 있어도 놓치거나 하면 용서하지 않을 거야."

"알겠습니다. 확실히 처리하겠습니다."

기타무라가 사나에 씨를 질질 끌다시피 하며 데리고 가고 뒤이어 검은 도마뱀도 황급히 복도로 뛰어나갔다. 마침 그곳에서 선내 수색을 마치고 돌아오는 준이치 사무장과 맞닥뜨렸다.

"아, 준짱. 귀신의 정체는 바로 아케치 탐정이야. 아케치가 뭔가 수를 써서 이 배에 잠입한 것 같아. 자, 한 번 더 찾도록 해. 빨리."

그래서 다시 선내 대수색이 이루어졌다. 10명의 선원이 분담하여 이리저리 손전등을 비추며 갑판, 선실, 기관실은 말할 것도 없고 통풍구 안에서 석탄 저장실 바닥까지 살폈다. 하지만 제대로 된 인적은 물론 이렇다 할 단서조차도 얻을 수 없었다.

수장(水葬)

아무 소득 없이 원래 있던 선실로 철수한 검은 옷의 부인은 예의 소파에 축 늘어진 채 이 이해하기 어려운 수수께끼를 풀고자 오랫동안 명상에 잠겨 있었다.

이 사건들과는 상관없이 기관은 끊임없이 움직이고 배는 전속력으로 동쪽을 향해 어두운 하늘과 물속을 헤치고 나아갔다. 배 전체를 가늘게 진동시키는 기관의 울림, 쉴 새 없이 뱃전을 때리는 파도소리, 잊었다 싶으면 덮쳐오는 커다란 물결의 엄청난 동요.

검은 도마뱀은 소파의 한쪽 팔걸이에 기대어 뭔가 무서운 것이라도 보는 것처럼 그 소파 표면의 찢어진 흔적을 응시하고 있었다.

아무리 뿌리쳐도 솟구쳐 오르는 무서운 의혹을 어찌 할 수 없었다. 이제 그것 말고는 남은 게 없지 않은가. 모든 곳을 구석구석 다 찾아봤지만 단 하나 남은 것은 사람들의 시야에서 벗어난 것처럼 수색을 잊고 있는 이 소파 안이었다.

마음을 차분히 가라앉혔다. 그러자 증기기관의 진동과는 다른 아주 희미한 고동이 쿠션 아래서부터 그녀의 피부로 전해져 오는 것 같았다.

인간의 심장이 고동치고 있다. 의자 안에 숨어 있는 누군가의 고동이 들려오는 것이다. 하지만 그렇게 가만히 있는 사이 의자 안에서 전해져 오는 고동은 시시각각 그 진폭을 더해가는 것 같았다. 그녀에게는 이미 파도 소리나 증기기관의 울림이 들리지 않았다. 오로지 엉덩이 아래 정체를 알 수 없는 고동만이 마치 북 소리처럼 기묘하게 확대되어 울려 퍼졌다.

이제 더 이상 참을 수 없었다. 누가 도망칠까봐? 설령 그 녀석이 이 안에 숨어 있었다고 해도 독 안에 든 쥐가 아닌가. 두려워할 필요 없어, 조금도 두려워 할 필요가 없다고.

"아케치 씨, 아케치 씨."

그녀는 과감하게 큰 소리로 이름을 부르면서 소파 쿠션을 똑똑 두드렸다.

그러자 아아, 과연 의자 속에서 음침한 목소리가 대답했다.

"나는 그림자처럼 당신 주변을 떠나지 않을 거예요. 당신이 만든 속임수 장치가 큰 도움이 됐어."

땅 속, 혹은 벽 안에서처럼 울려오는 그 음침한 목소리가 검은 옷의 부인으로 하여금 자기도 모르게 몸서리치게 만들었다.

"아케치 씨, 무섭지 않나요? 여기는 내 편뿐이에요. 경찰의 손이 닿지 않는 바다 위라고요. 무섭지 않아요?"

"무서워하는 건 당신이 아닐까? 후후후……"

이 얼마나 불길한 웃음소리인가. 의자에서 나오려고 하지도 않고 태연하게 머물러 있다. 속을 알 수 없는 남자다.

"무섭지는 않지만 감탄하고 있어요. 당신은 어떻게 이 배를 아셨죠?"

"배는 몰랐지만 당신 옆에 딱 붙어 있었더니 저절로 여기까지 오게 됐지."

"내 옆에? 무슨 말인지 모르겠네요."

"쓰텐카쿠 위에서 당신을 미행할 수 있었던 남자는 딱 한 사람밖에 없었을 텐데."

"아아, 그랬구나. 훌륭해요. 칭찬해드리죠. 매점 주인이 아케치 고고로였군. 난 진짜 멍청이였군요. 그 붕대가 중이염 때문이라는 소릴 듣고 당신을 믿어버리다니. 참 우스웠겠네요."

어쩐지 기묘한 감동을 받은 검은 옷의 부인은 그녀의 엉덩이 아래 가로놓여 있는 인물이 적이 아니라 연인이라도 된 것 같은 기묘한 착각에 빠졌다.

"응, 그랬지. 날 속일 생각인 자네가 나에게 속고 있던 모습이 살짝 유쾌하기도 했네."

참으로 이상한 대화가 여기까지 진행됐을 때 갑자기 문이 열리더니 사무장 차림의 아마미야 준이치가 들어왔다. 그는 실내에서 들려오는 이상한 이야기 소리에 의심을 품었던 것이었다.

검은 도마뱀은 상대방이 입을 열기 전에 재빨리 입술에 손가락을 대고 신호를 보냈다. 그리고 조용히 손짓으로 준이치를 부르더니 옆 테이블에 있던 핸드백에서 연필과 수첩을 꺼냈다. 그녀는 입으로는 아무렇지도 않게 아케치에게 말을 걸면서 손은 바쁘게 수첩 종이 위를 오갔다.

(수첩의 글자) 이 의자 안에 아케치 탐정이 있어.

"그럼 혹시 S다리가 있는 강가에서 이상한 소리를 내고 물소리를 낸 것도 당신의 소행이었나요?"

(수첩의 글자) 빨리 모두 불러. 튼튼한 밧줄을 가져와.

"짐작대로야. 그때 당신이 장지문으로 얼굴만 내밀지 않았으면 이렇게 되지 않았을지도 모르지."

"역시 그랬군. 그래서 그 후에 어떻게 미행하셨나?"

이런 대화가 오가는 동안 준이치는 살금살금 방 밖으로 사라졌다.

"자전거를 빌려서 당신 배를 놓치지 않도록 강가를 따라 육지로 미행했어. 밤이 깊어지기를 기다렸다가 작은 배를 구해서 이 본선까지 왔지. 그리고 어둠 속에서 곡예에 가까운 짓을 해서 겨우 갑판 위를 올라온 거야."

"하지만 갑판에는 망보는 자가 있었을 텐데?"

"있었지. 그래서 선실로 내려가는 게 몹시 번거로웠어. 그리고 사나에 씨가 감금되어 있는 방을 찾는 게 힘들었지. 겨우 발견했나 싶었더니 하하하…… 배는 벌써 출항한 거야."

"어째서 빨리 도망가지 않았지? 이런 곳에 숨어 있으면 눈에 띄는 게 당연하잖아?"

"이 추위에 차디찬 물속은 사절이야. 난 그렇게 수영을 잘하지 못해. 그보다는 이 따뜻한 쿠션 아래 누워 뒹구는 게 훨씬 편하니까."

참으로 기묘한 대화였다. 한 사람은 어두운 의자 속에 누워 있었다. 한 사람은 그 몸 위에 쿠션을 사이에 두고 앉아 있는 것이다. 서로 체온을 느끼지 않을 뿐이다. 게다가 이 두 사람은 깊은 복수심에 불타는 원수다. 틈만 나면 적의 숨통을 향해 달려들려고 하는 두 마리의 맹호임에도 불구하고 대화만큼은 이상하게 부드러워서 마치 남편과 아내가 베갯머리에서 이야기를 나누는 것 같았다.

"이봐, 난 저녁 식사 때부터 여기서 쭉 잤더니 이제 지겨워. 또 자네의 아름다운 얼굴이 보고 싶기도 하고. 그래서 말인데 여기서 나가도 될까?"

어떤 기묘한 계략과 음모가 있는지 아케치는 점점 더 대담무쌍해졌다.

"쉿, 안 돼요. 거기서 나오지 마세요. 남자들 눈에 띄면 당신 목숨은 끝이에요. 조금만 더 가만히 계세요."

"허, 당신이 나를 감싸주는 건가?"

"네, 호적수를 잃고 싶지 않아요."

그때 청년 준이치를 선두로 다섯 명의 선원이 긴 밧줄을 들고 소리가 나지 않게 주의하면서 조용히 들어왔다.

(수첩의 글자) 아케치를 의자 안에 가둔 채로 밖에서 밧줄을 휘감아서 의자를 통째로 바다에 던져버려.

남자들은 무언의 명령에 따라 소파 끝에서부터 조용히 밧줄을 감기 시작했다. 검은 옷의 부인은 히죽히죽 웃으면서 작업에 방해되지 않도록 의자에서 일어났다.

"어이, 어떻게 된 거야? 누가 왔나?"

그런 것도 모르고 아케치는 의자 밖의 이상한 기색에 어수룩한 의심을 보였다.

"네, 지금 밧줄로 감고 있어요."

밧줄은 거의 의자 전체를 감쌌다.

"밧줄이라니?"

"응, 그래요. 명탐정을 둘둘 말고 있는 참이죠. 호호호……"

바야흐로 검은 도마뱀은 악마의 본성을 드러냈다. 그녀는 시커먼 귀신의 형상을 하고 벌떡 일어서더니 여자라고는 생각할 수 없는 격한 어조로 지시를 내렸다.

"자, 모두 그 의자를 들어. 그리고 갑판으로……"

여섯 명의 남자는 밧줄로 둘둘 감싼 소파를 가볍게 들어 올리더니 우당탕 소리와 함께 복도에서 계단으로 바쁘게 움직였다. 의자 안에서는 불쌍한 탐정이 그물에 걸린 물고기처럼 팔딱팔딱 몸부림치고 있는 게 느껴졌다.

갑판 위는 별 하나 없는 어두운 밤이었다. 하늘도 물도 그저 온통 칠흑같이 컴컴하다. 그 속에서 스크루 프로펠러로 거품이 일어난 야광충의 인광(燐光)이 한 줄기 띠를 이루어 기묘하고 새하얀 긴 꼬리를 끌고 있었다.

여섯 명의 남자가 관 같은 소파를 짊어지고 뱃전에 섰다.

"하나, 둘, 셋."

맥없는 구호와 함께 뱃전을 미끄러지는 검은 그림자. 풍덩 하고 솟아오르는 인광의 물보라. 아아, 명탐정 아케치 고고로는 결국 너무나도 허무하게 드넓은 바다 밑으로 가라앉고 말았다.

지하의 보물창고

아케치가 갇힌 소파는 순간 선미에 이는 인광 속에서 살아 있는 것처럼 빙글빙글 회전했다. 하지만 금세 그 검은 그림자는 수면 아래로 가라앉고 말았다.

"수장됐군요. 이걸로 우리의 방해자는 사라졌어요. 하지만 저 활기찬 아케치 선생이 허무하게 바다 밑으로 가라앉았다고 생각하니 좀 불쌍하기도 하네요, 마담."

아마미야 준이치가 검은 도마뱀의 얼굴을 가까이서 살피며 밉살스럽게 말했다.

"됐으니까 너희들은 빨리 아래로 내려가."

검은 옷의 부인은 야단치듯이 말하며 남자들을 선실로 쫓아버리더니 홀로 선미의 난간에 기대어 소파를 삼킨 수면을 조용히 내려다보고 있었다.

같은 리듬을 반복하는 스크루 소리, 같은 모양으로 흘러가는 파도, 피어오르는 야광충의 인광. 배가 달리는 건지 물이 흐르는 건지 알 수 없는 그곳에는 영겁의 세월동안 변함없는 흔들림이 무심하게 반복되고 있을 뿐이었다.

검은 옷의 부인은 차가운 밤바람 속에서 거의 30분 정도 꼼짝도 하지 않고 우두커니 서 있었다. 그리고 겨우 선실로 내려왔을 때 그곳의 밝은 전등에 비춰진 그녀의 얼굴은 무서우리만치 창백해져 있었고 뺨에는 눈물자국이 선명하게 남아 있었다.

일단 선실로 들어왔지만 그녀는 거기에서도 참을 수 없는 듯

다시 복도로 나와 사나에 씨가 감금되어 있는 방으로 휘청휘청 걸어갔다.

노크를 하자 기타무라라는 선원이 문을 열고 얼굴을 내밀었다.

"넌 저쪽에 가 있어, 사나에 씨는 내가 보고 있을 테니까."

기타무라를 물러가게 하고 그녀는 방 안으로 들어갔다.

불쌍한 사나에 씨는 손이 뒤로 묶이고 재갈이 물린 채 방구석에 쓰러져 있었다. 검은 도마뱀은 그 재갈을 풀어주고 말을 걸었다.

"사나에 씨, 당신에게 알려줘야 할 게 있어. 정말 미안하지만 이 소식을 들으면 당신은 분명 울음을 터뜨릴 거야."

사나에 씨는 일어나서 적의에 가득 찬 눈으로 여도둑을 노려볼 뿐 대답을 하지 않았다.

"무슨 일인지 알아?"

"……"

"호호호호호, 아케치 고고로, 당신의 수호신 아케치 고고로가 죽었어. 그 소파 안에 갇혀서 밧줄에 휘감긴 채 바다 속으로 가라앉아버렸다고. 바로 지금 갑판에서 풍덩, 수장되고 말았지. 호호호호호."

사나에 씨는 흠칫 놀라 히스테릭하게 웃고 있는 검은 옷의 부인 얼굴을 쳐다보았다.

"그게 정말이에요?"

"거짓말에 내가 이렇게 기뻐할 것 같아? 내 얼굴을 봐. 기뻐서 참을 수가 없는 게 보이지? 하지만 당신은 분명 실망했을 거야. 의지할 수 있는 단 한 명의 아군이 완전히 사라져버렸으니 말이야. 이제 이 넓은 세상에 당신을 구해줄 사람은 하나도 없어. 앞으로 영원히 내 미술관에 갇힌 채 두 번 다시 햇빛을 볼 수 없을 거야."

상대방의 안색을 살피며 그 말을 듣고 있는 사이 사나에 씨는 이 슬픈 소식이 결코 거짓이 아님을 알게 되었다. 그리고 명탐정의 죽음이 그녀에게 무엇을 의미하는가를 확실히 이해했다.

절망적이다. 아케치에 대한 신뢰가 강했던 만큼 그 절망 또한 참담했다. 그녀는 바야흐로 무서운 적들 사이에 오로지 혼자라는 사실을 확실하게 깨달았다.

잠시 입술을 깨물고 꾹 참고 있었지만 마침내 더 이상 참을 수 없게 되었다. 양손이 뒤로 묶인 그녀는 무릎 위로 고개를 떨어뜨리고 얼굴을 감춘 채 훌쩍훌쩍 울기 시작했다. 무릎 위에 뜨거운 눈물이 쉴 새 없이 떨어졌다.

"그만 울어. 꼴사납게 그게 뭐야. 정말 한심해서 못 봐주겠군."

검은 도마뱀은 그 모습을 보더니 묘하게 카랑카랑한 목소리로 질타했지만, 어느새 그녀도 사나에 씨 옆에 털썩 주저앉고 말았다. 그리고 이 요부의 뺨에도 끊임없이 눈물이 흘러내렸다.

둘도 없는 호적수를 잃은 쓸쓸함인가. 아니면 뭔가 또 다른 이유가 있었던 것인가. 여도둑은 매우 불가사의한 슬픔에 그 기세가 꺾여 있었다.

유괴하는 자와 유괴당하는 자, 검은 도마뱀과 그 먹잇감, 어느새 원수 사이인 두 사람이 마치 사이좋은 자매처럼 손을 맞잡고 울고 있었다. 슬픔의 의미는 서로 달랐지만 슬픔의 깊이와 격렬함은 조금도 다르지 않아 보였다.

검은 옷의 부인은 어린아이처럼 엉엉 소리 내어 울었다. 그러자 사나에 씨도 덩달아 목 놓아 울기 시작했다. 이 얼마나 예상치 못한 비상식적인 광경이란 말인가. 지금 그녀들은 가엾은 두 소녀에 불과했다. 혹은 천진난만한 두 짐승에 불과했다. 모든 이지와 감정이 완전히 그 그림자를 숨기고 그저 비통한 감정만이 애처로울 정도로 드러났다.

이 불가사의한 슬픔의 합창은 엔진의 단조로운 울림과 뒤엉켜 언제까지고 계속되었다. 울고 또 울었다. 여도둑의 가슴에 평소의 악마가 눈을 뜨고 사나에 씨의 마음에 적개심이 솟구칠 때까지.

다음날 저녁 무렵 도쿄만에 진입한 증기선은 T라는 매립지 해안가에 닻을 내렸다. 어둠이 깊어지길 기다려 보트를 내리고 거기에 탄 몇몇 사람들이 보트를 저어 남의 눈이 없는 매립지 한 구석에 배를 댔다.

노 젓는 세 사람을 보트에 남겨 두고 검은 옷의 부인과 사나에 씨, 아마미야 준이치가 상륙했다. 사나에 씨는 양손이 묶인 채 재갈을 물고 있는 데다 두꺼운 천으로 눈까지 가리고 있다. 마침내 검은 도마뱀의 소굴에 가까이 왔으니 그 경로를 알아채지 못하도록 경계하는 것일 것이다. 아마미야 준이치는 선원복을 벗고 콧수염과 구레나룻으로 얼굴을 가린 뒤 카키색 직공복을 입었다. 겉으로 보기에는 기계 공장 노동자 같은 모습이다.

T매립지는 드넓은 공장가로 주택이 거의 없었다. 업계가 부진한 요즘에는 야간작업을 하는 공장도 전무했기 때문에 밤이 되면 드문드문 서 있는 푸르스름한 가로등 외에는 등불 하나 보이지 않는 폐허 같은 곳이었다.

세 사람은 해안으로 이어지는 넓은 초원을 가로질러 공장가의 도로를 빙빙 돌아다닌 끝에 몇 개의 건물을 거느린 어느 폐공장으로 들어갔다.

허물어진 담에 문기둥은 기울고 문 안에는 잡초가 무성하게 우거진 흉가 같은 빈 공장이다. 물론 등불 같은 건 하나도 없어서 검은 옷의 부인이 준비한 손전등을 켜고 조용히 지상을 비추면서 잡초를 짓밟으며 앞장섰다. 그 뒤로 눈이 가려진 사나에 씨의 등을 끌어안고 있는 직공복 차림의 준이치가 따라간다.

문에서 5, 6칸 정도 가니 커다란 목조 건물이 나왔다. 손전등 불빛이 그 건물의 측면을 스윽 어루만지듯이 지나갔다. 수많은 유리창, 하지만 그 유리는 모두 깨져서 온전한 것은 하나도 없다. 검은 옷의 부인은 건물의 부서진 문을 열고 거미집 투성이인 안쪽 방으로 들어갔다.

망가진 기계, 천정을 가로지른 기다랗고 녹슨 축, 축바퀴, 떨어져나간 벨트 등을 차례차례 스치듯 지나간 손전등이 마지막으로 멈춘 곳은 건물의 구석, 감독자가 머물렀던 사무실 같은 작은 방이었다.

세 사람은 그곳의 깨진 유리문을 열고 판자를 깐 마루 위로 올라갔다.

"똑똑, 똑똑, 똑똑……"

검은 옷의 부인이 장단에 맞춰 구두 뒤축으로 바닥을 친다. 설마 흔해 빠진 모스 신호는 아닐 것이다. 하지만 어떤 신호임에는 틀림없었다. 그 구두 소리가 멈추는가 싶더니 손전등의 둥그런 빛 안에 있는 마루청이 사방 3척 정도 소리도 없이 스윽 옆으로 열리고 그 아래서로 콘크리트 바닥이 나타났다. 그런데 놀랍게도 바닥 자체가 창고 입구처럼 두꺼운 문이어서 그것이 아래로 떨어져 내리자 쩍 하고 지하도의 시커먼 입구가 열렸다.

"마담?"

지하에서 수하의 낮은 목소리가 들려온다.

"아아, 오늘은 중요한 손님을 데리고 왔어."

그러자 말없이 사나에 씨 등을 끌어안고 있던 준이치가 지하도 계단을 조심스럽게 한 계단 한 계단 내려갔다. 검은 옷의 부인도 지하로 모습을 감췄다. 은밀한 콘크리트 문과 마루청도 원래대로 닫히고 그곳은 다시 아무 일도 없었다는 듯이 어둠 속 폐공장으로 돌아갔다.

공포 미술관

사나에 씨는 본선에서 보트로 옮겨 탈 때 눈이 단단히 가려진 상태였기 때문에 보트가 어디에 도착해서 어디로 걸었는지, 여기가 지상인지 지하인지조차 가늠하지 못했다.

"사나에 씨, 갑갑했지? 이제 괜찮아. 준짱, 완전히 놔줘도 돼."

검은 도마뱀의 친절한 목소리가 들리는가 싶더니 눈가리개, 재갈, 양손의 밧줄이 차례대로 풀리고 시야가 갑자기 밝아졌다. 오랫동안 눈가리개를 쓰고 있던 그녀로서는 눈이 부실 정도였다.

그곳은 천정, 마루, 좌우의 벽 모두가 콘크리트로 이루어진 길고 구불구불한 복도 같은 밀실이었다. 천정에는 화려한 컷글라스 샹들리에가 매달려 있었다. 반짝반짝 눈부신 빛을 받으며 좌우 벽 가장자리에 죽 늘어선 유리 진열대. 그 안에는 온갖 종류의 다양한 보석들이 샹들리에 빛을 받아 무수한 별처럼 반짝이고 있었다.

이곳이 한없이 아름답고 호화로운 나머지 사나에 씨는 자기가 잡혀온 신세라는 것도 잊고 무의식중에 앗 하고 감탄사를 내뱉었다. 평소 보석류는 질리도록 봐서 익숙해졌을 대보석상의 딸이 소리를 지르며 놀랐을 정도니 거기에 모여 있던 보석의 질과 양이 얼마나 대단했는지는 장황하게 설명할 필요도 없을 것이다.

"아아, 감탄했군. 이건 내 미술관이야. 아니, 미술관 입구에 불과하지. 어때? 당신 가게의 진열실과 비교하면. 설마 못해 보이는 건 아니겠지? 십 수 년 동안 목숨을 걸고 지혜란 지혜는 다 짜내고 위험이란 위험은 죄다 무릅써가며 수집했는걸. 이 세상 어떤 고귀한 분의 보석 창고도 이만큼 모으진 못했을 거야."

검은 옷의 부인은 자랑스럽게 설명하면서 소중히 끌어안고 있던 핸드백을 열더니 '이집트의 별'을 넣은 작은 은상자를 꺼냈다.

"당신 아버님께는 좀 미안하지만 이건 내가 오랫동안 염원했던 거야. 바로 오늘 그게 이 미술관에 들어가게 됐군."

짤가닥 하는 소리와 함께 작은 상자의 뚜껑이 열렸다. 샹들리에 빛을 받아 오색 불길로 타오르는 보석. 검은 도마뱀은 자못 기쁜 듯 그것을 이리저리 살폈다. 그러더니 잠시 후 핸드백에서 열쇠 꾸러미를 꺼내 한 장식대의 유리문을 열더니 은 그릇 뚜껑을 열어 '이집트의 별'을 중앙에 안치했다.

"봐, 얼마나 멋져? 다른 보석 같은 건 모두 돌멩이 같군. 이걸로 내 미술관의 명물이 하나 더 늘어난 거지. 고마워, 사나에 씨."

비아냥거린 건 아닌지만 사나에 씨에게 무슨 할 말이 있겠는가. 그녀는 슬픈 듯이 눈을 내리깐 채 침묵했다.

"자, 그럼 좀 더 안쪽으로 가지. 당신에게 보여줄 게 아직 산더미거든."

지하 회랑을 따라가다 보니 고풍스러운 명화를 줄지어 건 구역이 나오고 그 옆에는 불상들이 모여 있다. 그리고 서양의 대리석상, 사정이 있는 듯한 고대 공예품, 실로 미술관이라는 이름에 어긋나지 않는 대단한 진열품이었다.

또 검은 옷의 부인의 설명에 따르면 그 미술공예품들의 대부분은 각지의 박물관, 미술관, 귀족 부호의 보물창고에 들어 있던 저명한 물건을 교묘한 모조품과 바꿔치기하여 진짜를 이 지하 미술관에 넣어둔 것이라고 한다.

만일 이게 사실이라면 박물관은 모조품을 득의양양하게 전시하고 귀족 부호는 모조품을 가보로 소중히 간직하고 있는 셈이 된다. 또 세상 사람들도 그것을 전혀 의심하지 않는다니 이 얼마나 놀랄만한 속임수인가.

"하지만 이걸로는 잘 지어진 사설 박물관에 불과해. 머리를 좀 쓸 줄 아는, 자금력이 있는 도둑이라면 누구라도 흉내 낼 수 있지. 난 이런 걸로 자랑할 생각은 없어. 사나에 씨가 꼭 봤으면 하는 건 이 앞에 있거든."

그리고 그녀들이 회랑 모퉁이를 돌자, 거기에는 지금까지와 전혀 다른 신기한 광경이 펼쳐져 있었다. 아니 이건 밀랍 인형이 아닌가. 하지만 이 얼마나 잘 만들어진 밀랍 인형이란 말인가.

한쪽 벽 길이가 3칸 정도 되는 공간에 쇼윈도 같은 유리가 끼워져 있고, 그 안에 서양인 여자가 한 사람, 흑인 남자가 한 사람, 일본인 청년과 소녀가 한 사람씩 도합 네 명의 남녀가 있었다. 그들은 벌거벗은 채 어떤 이는 우뚝 서 있고, 어떤 이는 웅크리고 앉아 있고, 어떤 이는 엎드려 누워 있었다.

굵고 거친 두 팔을 꼬고 인왕(仁王)*처럼 무섭고 억센 모습으로 버티고 선 권투선수 같은 흑인. 웅크린 무릎 위에 양 팔꿈치를 기댄 채 턱을 괴고 있는 금발 아가씨. 어깨 너머로 치렁치렁한 흑발이 탐스럽게 출렁이고 포개놓은 팔에 턱을 올린 채 길게 드러누워 가만히 이쪽을 응시하는 일본 아가씨. 원반 던지기 자세로 온몸의 근육을 힘껏 드러낸 일본 청년. 그 남녀들은 얼굴과 육체가 하나 같이 비교할 수 없을 만큼 아름다웠다.

---

* 반나체의 씩씩하고 힘센 역사상으로 절의 출입문과 입구를 지키는 한 쌍의 수호신

"호호호호호, 잘 만들어진 생인형(生人形)*이지. 하지만 지나치게 잘 만들어지지 않았어? 좀 더 유리에 가까이 가봐. 자, 이 사람들의 몸에는 자잘한 솜털이 자라 있지? 솜털이 자란 생인형은 들어본 적도 없을 거야."

사나에 씨는 문득 호기심이 솟구쳐 그 유리판에 다가갔다. 자신의 혹독한 운명조차 깜박 잊을 정도로 인형들에게는 불가사의한 매력이 있었다.

"어머, 진짜 솜털이 나 있네. 게다가 이 피부색이며 자잘하고 가느다란 주름을 봐. 이렇게 진짜에 가까운 밀랍 인형이 있단 말이야?"

"사나에 씨, 이게 밀랍 인형 같아?"

검은 옷의 부인이 어쩐지 기분 나쁜 미소를 머금고 약 올리듯 묻는다. 그 말이 왠지 사나에 씨 가슴을 철렁하게 만들었다.

"어딘가 보통 인형과는 다른 섬뜩한 구석이 있지? 사나에 씨는 박제 동물 표본을 본 적이 있어? 딱 그런 식으로 인간의 아름다운 모습을 영구히 보존하는 방법이 발명된다면 멋질 것 같지 않아? 바로 그거야. 내 부하가 인간의 박제라는 걸 고안했어. 여기에 있는 건 그 사람의 시작(試作)품이야. 아직 완벽하다고는 할 수 없지만 밀랍 인형처럼 생명이 없는 건 아니야. 살아 있지. 내용물은 역시 밀랍이지만 피부와 머리카락은 진짜 인간이거든. 거기에 인간의 영혼이 늘 따라다니니까 인간의 냄새가 남아 있는 거지. 멋지지 않아? 젊고 아름다운 인간을 그대로 박제해서, 살아

---

* 에도(江戸)시대 말기부터 구경거리의 하나로 만들어진 등신대의 사실적인 인형 세공

있었으면 점점 잃어갔을 그 아름다움을 영원히 보존해두다니 말이야. 어떤 박물관도 흉내는커녕 생각해내지도 못할 거야."

검은 옷의 부인은 스스로 자기 말에 도취되어 점점 더 열변을 토해갔다.

"자, 이쪽으로 와. 이 안에는 더 멋진 게 진열되어 있어. 이게 아무리 진짜에 가깝고 영혼을 갖고 있다고 해도 움직이는 건 불가능하지. 하지만 이 안에는 팔딱팔딱 살아 움직이는 게 있거든."

그녀가 이끄는 대로 모퉁이를 한 걸음 돌자 지금까지의 정적인 풍경과는 180도 달라진 그곳에는 움직이는 미술품이 진열되어 있었다.

두꺼운 철봉으로 된 사자나 호랑이 우리 같은 게 있고 그 안에 붉게 타오르는 전기 스토브와 함께 한 사람의 인간이 갇혀 있는 것이다.

이 사람은 T라는 영화배우와 꼭 닮은 24, 25살의 빼어난 미청년으로 일본인이었다. 깔끔하게 균형 잡힌 몸을 그대로 드러낸 그 사람은 한 마리의 아름다운 야수처럼 우리 안에 들어가 있다.

그는 치렁치렁한 머리를 양손으로 쥐어뜯으며 우리 안을 초조하게 돌아다니고 있었는데, 검은 옷의 부인을 발견하더니 동물원의 원숭이처럼 철봉을 흔들면서 큰 소리로 외쳤다.

"기다려라, 독부! 넌 날 미치게 할 셈이냐. 어서 빨리 죽여줘. 난 이제 하루도 우리 같은 곳에서 살고 싶지 않아. 이봐, 이걸 열어. 열어 달라고!……"

그는 하얀 팔을 철봉 사이로 불쑥 내밀어 여도둑의 검은 옷을 붙잡으려고 했다.

"어머, 그렇게 화낼 필요 없어. 아름다운 얼굴이 망가지잖아. 그래, 원하는 대로 이제 곧 숨통을 끊어드리지. 그리고 요전까지 이 우리 안에 같이 있던 K씨처럼 영원히 나이를 먹지 않는 인형으로 만들어주겠어. 호호호호호."

검은 옷의 부인이 잔인한 조소를 날렸다.

"뭐, 뭐라고? K씨가 인형이 됐다고? 빌어먹을, 결국 그 사람을 죽였구나. 그리고 박제인형으로 만들었군. ……누가, 누가 인형 같은 게 되겠어. 난 네 장난감이 아니야. 나한테 가까이 오기만 해봐. 누구든 가차 없이 닥치는 대로 잡아 죽여주지. 숨통을 물어뜯어 버리겠어."

"호호호호호, 자, 지금 실컷 날뛰어두는 게 좋아. 인형이 되면 돌처럼 움직일 수 없게 되니까. 또 아름다운 남자가 그렇게 날뛰는 걸 보는 게 나에겐 더할 나위 없는 즐거움이거든. 호호호호호."

검은 옷의 부인은 청년의 악전고투를 즐기면서 또 새로운 공포를 설명했다.

"당신, K씨가 없어져서 외로웠지? 어느 동물원엘 가봐도 맹수 우리에는 대부분 암수가 함께 있는 법이야. 난 예전부터 당신에게 짝을 지워줘야겠다는 생각에 여러모로 신경을 쓰고 있었거든. 그리고 오늘 겨우 그 신부님을 데리고 왔어. 이것 봐. 아름다운 신부님이지? 어때, 마음에 드시나?"

사나에 씨는 그 말을 듣더니 오한이 느껴지면서 턱 언저리가 덜덜 떨리기 시작하는 것을 도저히 참을 수 없었다.

바로 지금 검은 도마뱀이 세운 사악한 계획의 전모가 밝혀졌다. 여도둑은 아름다운 사나에 씨를 발가벗겨서 이 우리 안에 던져 넣기 위해, 그리고 나중에 그녀의 생가죽을 벗겨 무시무시한 박제인형으로 만들어 악마의 미술관을 장식하기 위해 그렇게나 고심하여 그녀를 유괴해온 것이었다.

"어머, 사나에 씨, 왜 그래? 떨고 있잖아? 갈대처럼 바들바들 떨고 있어. 잘 봐둬, 당신 역할이 뭔지. 하지만 이 신랑님은 그런대로 괜찮지 않아? 마음에 안 드나? 마음에 들건 안 들건 내가 그렇게 정했으니까 이제 어쩔 수 없어."

사나에 씨는 너무나도 섬뜩한 나머지 말할 기력도 없었다. 겨우 서 있을 뿐이었다. 머릿속이 텅 비면서 휘청거리며 주저앉을 것 같았다.

대수조

"사나에 씨, 아직 보여줄 게 더 있어. 자 이쪽으로 와. 이번에는 동물원이 아니라 수족관이야. 내가 자랑하는 수족관이지."

검은 도마뱀은 부들부들 떠는 사나에 씨 손을 잡아끌면서 또 다음 모퉁이를 돌았다.

그곳은 이 긴 지하도의 막다른 곳으로, 그 안에는 유리를 끼운 대형 수조가 놓여 있다. 수조 맨 위에 아주 밝은 전등이 달려 있어서 정면의 두꺼운 유리판을 통해 물속의 모습을 손바닥 보듯 훤히 바라볼 수 있었다.

수조는 폭, 높이, 깊이 모두 1칸 정도의 크기로, 그 밑에는 신기한 해초가 무수한 뱀처럼 뒤엉켜 흔들리고 있다. 하지만 이게 왜 수족관이란 말인가. 해초 말고는 어류의 그림자조차 보이지 않았다.

"물고기가 없지? 하지만 의아해할 건 없어. 내 동물원에 짐승 같은 건 없거든. 수족관에 물고기가 없다고 해서 조금도 이상할 건 없단 말이지."

검은 옷의 부인은 엷은 웃음을 지으며 다시 무시무시한 열변을 토하기 시작했다.

"이 안에도 인간을 넣어서 노는 거야. 물고기 같은 것보다 훨씬 더 재밌어. 우리 안에서 흥분한 인간도 아름답지만, 이 물 속에 던져져 몸부림치는 인간의 모습은 얼마나 멋지겠어? 사나에 씨는 스테이지 댄스의 아름다움을 잘 알 거야. 그건 발을 바닥에서 뗄 수 없다는 제한이 있지만 수중 댄스에는 그런 제한 같은 게 없어. 발도 손도 허공에 띄우고 신체의 모든 부분을 보이면서 마음껏 몸부림칠 수 있는 거야. 예를 들어 그 댄서가 사나에 씨처럼 아름다운 사람이라면 얼마나 멋지겠어?

아아, 상상해봐. 악전고투하는 수중 댄스. 당신은 악전고투의 아름다움이 뭔지 알아? 괴로움에 몸부림치는 인간의 표정과 자태만큼 아름다운 건 세상에 없을 거야. 이 유리 상자 안으로 알몸의 아름다운 아가씨가 풍덩 하고 내던져지는 거지. 그러면 저

뱀 같은 해초가 낫처럼 굽은 목을 나란히 하고 환영의 뜻을 나타내. 아가씨의 하얀 몸 주위로 수백 수천의 진주 같은 기포가 아름답게 솟아오르는 거야.

얼마 지나지 않아 아가씨는 괴로워하기 시작해. 양팔과 양다리가 잔학한 리듬에 맞춰 제각각 기묘한 생물처럼 팔딱팔딱 뛰어다니지. 배가 아름답게 떨리기 시작하고 온몸 여기저기가 창백하고 매끈한 과일처럼 가늘게 떨려. 그리고 아가씨의 얼굴. 아아, 젊은 아가씨가 필사적으로 몸부림치는 표정이 얼마나 멋진지 몰라."

검은 옷의 부인은 눈앞에 그 아름다운 광경이 연출되고 있기라도 한 것처럼, 멍하니 꿈을 꾸는 눈빛으로 그녀만의 환상의 시를 노래하고 있었다.

어느새 이야기에 빨려든 사나에 씨도 마치 자기가 수중에서 악전고투하는 알몸의 여인이기라도 한 것처럼 검은 도마뱀의 한마디 한마디에 가끔은 눈썹을 찌푸리며 숨이 가빠지고, 가끔은 양손을 허공에 뻗은 채 상반신을 꼬아가며 무의식적으로 악전고투의 몸짓을 보이고 있었다.

"어느 순간 이 아가씨의 얼굴이 앞 유리판에 찰싹 달라붙으면서 영화처럼 클로즈업되는 거야. 미세한 주름 하나까지도 알 수 있을 만큼 크게, 더 크게 비춰지는 거지. 자, 봐봐. 확 찌푸려진 두 눈썹, 튀어나올 정도로 크게 뜬 눈, 공포 그 자체 같은 두 눈동자. 그리고 저 입은 어떨까? 희고 아름다운 치아가 드러나고 입술은 괴로운 단말마의 곡선을 그리며 떨리고 있어. 혀가 한 마리의 생물처럼 뛰어다니고 목의 깊숙한 곳까지 훤히 다 보이지.

숨 쉴 때마다 그 목 안으로 엄청나게 많은 물이 쭉쭉 흘러들어 가는 거야. 그럼 아가씨는 양쪽 젖가슴이 짓이겨질 만큼 몸부림치며 괴로워하는 거지. 어때, 멋질 것 같지 않아? 이 얼마나 아름다운 연극이야. 어떤 명화와 어떤 조각도, 그리고 어떤 무용의 천재도 이 정도의 미를 표현한 적이 있을까? 목숨과 바꾼 예술이지. ……"

하지만 사나에 씨는 이미 이 기괴한 열변을 듣고 있지 않았다. 거기까지 숨이 이어지지 않았던 것이다. 그녀는 환상 속에서 엄청난 양의 물을 마셨다. 몸부림칠 만큼 몸부림쳤다. 그리고 마침내 힘이 다했다. 과분한 공포와 악전고투가 끝내 그녀를 실신하게 만들었다.

문득 이 사실을 깨달은 검은 옷의 부인이 그녀를 떠받치고자 양손을 내밀었을 때 사나에 씨는 이미 해파리처럼 맥없이 콘크리트 바닥 위에 주저앉고 말았다.

하얀 짐승

어느 정도 시간이 지났는지 확실히 모르지만, 이윽고 정신이 들어 눈을 떴을 때 사나에 씨는 가장 먼저 온몸이 직접 공기에 노출되어 있는 듯한 느낌이 들었다. 어딜 만져봐도 모두 매끈매끈하고 걸리는 게 전혀 없다. 그녀는 완전히 알몸으로 거기에 누위 있었던 것이다.

문득 정신을 차리니 눈앞에 두꺼운 철봉이 줄무늬처럼 늘어서 있다. 아아, 알았다. 여기는 우리 안이다. 그녀가 정신을 잃은 동안 우리 안에 갇힌 것이다.

분명히 그 우리다. 정신을 잃기 전에 봐야 했던, 젊은 남자가 갇혀 있던 우리임에 틀림없다. 그럼 여기에는 그녀 혼자가 아닌 것이다. 역시 알몸이 된 젊고 아름다운 남자가 어딘가 근처에 있을 터였다.

사나에 씨는 거기까지 생각이 미치자 고개를 들어 주위를 둘러볼 용기를 잃고 말았다. 아아, 어떻게 하면 좋단 말인가. 그녀는 몸에 실오라기 한 올도 걸치고 있지 않다. 그 부끄러운 모습으로 젊고 아름다운, 게다가 알몸인 남자 앞에 누워 있는 것이다.

그녀는 이제 얼굴이 빨개지기는커녕 창백해져서 벌떡 몸을 일으키더니 원숭이 인형처럼 움츠린 채 구석으로 뒷걸음질 쳤다. 그리고 눈을 피하려고 했지만 그래 봤자 어차피 좁은 우리 안이다. 자연히 시야에 들어오는 것을 막을 수는 없다. 그녀는 결국 그것을 보고 말았다. 알몸의 남자를 보고 만 것이다.

에덴동산의 아담과 이브 같은 두 사람이 지하 감옥에서 지금 눈과 눈을 마주쳤다. 어떻게 하면 좋단 말인가. 무슨 말을 해야 한단 말인가. 너무 부끄러운 나머지 사나에 씨의 두 눈에는 어린 아이처럼 눈물이 가득 차올랐다. 반짝거리는 눈물방울이 남자의 하얀 몸을 감싸며 일그러져 빛나는 것 같았다.

"아가씨, 기분은 좀 어떠세요?"

갑자기 낭랑한 저음의 목소리가 울려 퍼졌다. 청년이 말을 하고 있었다.

사나에 씨는 깜짝 놀라 눈물을 닦기 위해 눈을 깜박거리며 청년의 얼굴을 바라보았다.

바로 눈앞에 기름칠을 한 것처럼 매끄러운 하얀 얼굴이 있었다. 높고 넓은 이마, 치렁치렁한 검은 머리, 쌍꺼풀이 진 투명한 눈, 그리스형의 높은 코, 붉고 팽팽한 입술. 그러나 그 청년이 미남이면 미남일수록 사나에 씨는 더욱 더 무서워졌다.

검은 도마뱀은 그녀를 이 청년의 신부에 비유하지 않았던가. 청년도 그럴 생각인 게 아닐까. 그렇게 생각하니 그 상대는 물론 자신조차 짐승처럼 알몸이 되어 도망치려고 해도 도망칠 수 없는 우리 안에 갇혀 있는 모습이 온몸의 핏기가 사라질 만큼 비참하게 느껴졌다.

"아니, 아가씨, 결코 걱정하실 건 없습니다. 이런 모습을 하고 있지만 전 야만인이 아니니까요."

청년은 말하기 거북한 듯 더듬더듬 그렇게 말했다. 그 역시 몹시 부끄러워하고 있었다. 그 말을 들은 사나에 씨는 휴 하고 가슴을 쓸어내릴 수 있었다.

이윽고 그들은 점점 서로의 속내를 알게 되었다. 그러면서 신세 이야기를 하거나 여도둑의 광적인 소행을 저주하는 등, 남이 봤을 땐 사이좋은 하얀 암수 한 쌍이라도 된 것처럼 바싹 달라붙어 귓속말을 계속했다.

그러는 사이에 어느새 날이 밝았는지 움막 밑에도 사람들이 웅성거리는 기색이 느껴졌다. 잠시 후 검은 도마뱀의 부하인 우락부락한 남자들이 줄지어 우리 안의 새로 온 손님을 구경하러 모여들기 시작했다.

사나에 씨가 이 무례한 구경꾼들로 인해 얼마나 부끄러움을 당해야 했는지, 청년이 얼마나 야수처럼 분노했는지, 도둑의 무리가 얼마나 가혹한 모욕의 말을 입 밖에 냈는지는 독자 여러분의 상상에 맡기겠다. 그렇게 지하실에 머물렀던 부하들 너덧 명이 와글와글 떠들고 있는 동안 예의 모스 부호 같은 신호 소리가 희미하게 들려오고, 이윽고 한 선원풍의 남자가 어딘가 심상치 않은 기색을 풍기며 움막 안으로 들어왔다.

인형 이변(異變)

그 선원풍의 남자는 검은 도마뱀의 부하 중에서도 앞바다의 증기선 안에서 먹고 자는 사람 중 하나였는데, 그는 지하도 안에 있는 두목 검은 도마뱀의 전용실 앞으로 다가가더니 역시 암호 같은 방식으로 그곳의 문을 두드렸다.

"들어와."

여도둑은 권위를 위해 우락부락한 남자들 사이에 있어도 문을 잠그거나 하는 경망한 짓은 하지 않는다. 시간에 상관없이 "들어와"라는 한마디로 문은 언제든지 열리게 되어 있다.

"그래, 이른 아침부터 무슨 일이야? 이제 겨우 6시잖아?"

하얀 침대 위에 흰색 비단 파자마 한 장 차림으로 건방지게 엎드려 있는 검은 도마뱀은 들어온 남자를 곁눈질하면서 궐련에 불을 붙였다. 포동포동 풍만한 육체가 매끈한 흰색 비단 위에 그대로 드러나 있다. 두목이 그런 모습으로 있을 때만큼 남자 부하들이 난감할 때는 없었다.

"좀 이상한 일이 있었습니다. 그래서 서둘러 알리러 온 겁니다."

남자는 가능한 한 침대 쪽은 보지 않도록 애쓰면서 머뭇머뭇 말했다.

"이상한 일이라니, 뭐가?"

"기관실 화부(火夫)를 담당하는 마쓰코(松公)말입니다. 그 녀석이 어제 밤사이에 사라져버렸습니다. 배를 샅샅이 찾아봤지만 어디에도 없어요. 설마 도망쳤을 리는 없겠지만, 혹시 육지에서 붙잡힌 게 아닌가 싶어서요. 그게 걱정이 돼서."

"흠, 그럼 마쓰코를 상륙시킨 건가?"

"아니요, 결코 아닙니다. 어젯밤 일단 배로 돌아갔던 준짱이 다시 이쪽으로 돌아왔잖아요? 그때 보트를 젓는 사람 중에 마쓰코가 섞여 있었는데 보트가 본선으로 돌아와 보니 마쓰코만 없는 거예요. 모두의 착각이 아닐까 싶어 배 안을 샅샅이 뒤진 후에 이쪽으로 와서 물어보니, 마쓰코 같은 사람은 오지 않았다는 겁니다. 그렇다면 녀석은 어딘가 그 근처 마을을 어슬렁거리다가 순경한테 붙잡히기라도 한 건 아닐까요?"

"이거야 원. 마쓰코는 이상하게 멍청해서 이렇다 할 도움이 되지 않는 놈이라 화부 같은 걸 시킨 건데 말이야. 붙잡히기라도 하면 그 녀석은 어차피 바보 같은 소릴 할 게 뻔해."

검은 도마뱀은 자기도 모르게 침대에서 일어나 눈썹을 찌푸린 채 취해야 할 조치를 생각했다. 마침 그때 또 다시 기묘한 보고가 날아들었다.

갑자기 문이 열리고 세 사람의 부하가 얼굴을 내밀더니 그 중 한 사람이 빠르게 지껄여댔다.

"마담, 좀 와보세요. 이상한 일이 있어서요. 인형이 옷을 입고 있어요. 그리고 온몸이 보석으로 반짝반짝 빛나고 있다니까요. 도대체 누가 저런 장난을 했냐고 동료들에게 물어봤지만 아무도 모른다는 겁니다. 설마 마담은 아니겠죠?"

"정말이야?"

"정말이고말고요. 준짱도 어찌나 놀랐는지 아직까지 거기 서 있을 정도예요."

뭔가 상상도 할 수 없는 기묘한 일이 벌어진 것이다. 마쓰코의 행방불명과 이 일 사이에 어떤 관계가 있을지 모르지만, 하필이면 지금 두 가지 이변이 같이 일어나리라고는 생각도 하지 못했다. 지하 왕국의 여왕도 더 이상 가만히 있을 수 없었다. 그녀는 일동을 밖으로 내보내고 재빨리 평상시 입는 검은색 일색의 복장을 갖춘 뒤 박제 인형이 진열된 현장으로 서둘러 갔다.

가보니 과연 여우에게 홀리기라도 한 것 같은 기묘한 일이 벌어져 있었다. 인왕처럼 무섭고 억센 모습으로 서 있던 흑인 청년이 룸펜 같은 카키색 옷을 입고 가슴에는 '이집트의 별'을 마치 일급 훈장처럼 자랑스럽게 빛내고 있는가 하면, 무릎 위에 턱을 괴고 있던 금발 아가씨는 일본 아가씨의 소매가 긴 기모노를 입고 양 손목과 발목에 수갑과 족쇄 모양으로 다이아몬드 장식과 진주 목걸이를 차고 있다. 엎드려 있던 일본 아가씨는 몸통에 낡은 담요를 휘감고 치렁치렁한 흑발 위로 다양한 보석을 영락(瓔珞)*처럼 늘어뜨린 채 히죽히죽 웃고 있으며, 원반던지기 일본 청년은 새카맣게 때가 탄 메리야스 셔츠 차림으로 역시 보석 목걸이와 팔찌를 찬 채 반짝반짝 빛나고 있었다.

검은 옷의 부인은 거기 서 있던 준이치와 얼굴을 마주보았다. 얼마나 놀랐는지 말조차 나오지 않을 정도였다.

도대체 사람을 얼마나 우습게 봤길래 이런 장난을 친단 말인가. 박제 인형의 기묘한 의상과 소매가 긴 기모노는 사나에 씨가 어젯밤까지 입고 있던 것이고 그 밖의 것은 모두 그녀의 남자 부하들 것이었다. 침실 선반장 안이나 고리짝에 넣어둔 것을 누군가가 꺼내 인형에게 입힌 것이다. 그리고 보석류는 모두 보석 진열장 유리 상자 안에서 갖고 온 것으로, 그곳의 유리 상자는 거의 텅 비어 있는 상황이었다.

"누가 이런 바보 같은 짓을 한 걸까?"

"그걸 전혀 모르겠어요. 지금 여기에 남자는 저 말고 다섯 명밖에 없지만 모두 믿을 수 있는 녀석들뿐인 걸요. 한 사람 한 사람 물어봤지만 아무도 기억이 없다고 합니다."

"입구에서 밤새 망을 본 자는 별 일 없고?"

---

* 인도의 귀족 남녀가 몸에 두르던 구슬이나 귀금속을 실에 뀐 장신구

"네, 이상한 일은 전혀 없었다고 합니다. 게다가 동료가 아닌 사람이 들어오려고 했어도 그곳 마룻바닥의 널빤지는 안에서 나오지 않으면 열리지 않으니까요. 장난질을 한 자가 외부에서 침입하는 건 완전히 불가능합니다."

그런 말을 서로 나직하게 속삭인 뒤 두 사람은 다시 말없이 얼굴을 마주보고 있었는데, 잠시 후 검은 옷의 부인은 갑자기 뭔가 깨달은 것처럼 "앗, 혹시?"라고 중얼거리면서 안색이 확 바뀐 채 인간 우리 앞으로 달려갔다. 하지만 그 우리의 작은 출입구를 살펴봐도 딱히 자물쇠를 부순 흔적은 없다.

"너희가 여기를 어떻게 한 거 아니야? 사실을 말해줘. 그런 장난을 친 건 너희들이지?"

검은 옷의 부인이 날카로운 목소리로 외쳤다. 그곳에는 우리 안의 아담과 이브가 사이좋게 마주보며 뭔가 빈번하게 속삭이고 있었는데, 갑자기 여도둑이 들이닥치자 금세 각자 방어 자세를 취했다. 사나에 씨는 구석에서 다시 원숭이 인형 형상이 되었고 청년은 느닷없이 일어나 주먹을 휘두르면서 검은 옷의 부인 쪽으로 다가갔다.

"왜 대답하지 않는 거야? 인형에게 옷을 입힌 건 너희가 맞지?"

"바보 같은 소릴 하는군, 난 우리 안에 갇혀 있잖아. 머리가 이상해진 거 아냐?"

청년이 온몸에 노기를 띠고 맞받아쳤다.

"호호호호호, 아직도 큰 소리를 치고 있군. 네가 아니면 됐어. 나도 생각이 있으니까. 그건 그렇고 신부님은 마음에 드시나?"

검은 옷의 부인이 어쩌된 일인지 다른 이야기를 꺼냈다. 청년이 침묵하자 다시 말을 꺼낸다.

"마음에 드는지 묻잖아."

청년은 구석의 사나에 씨와 슬쩍 시선을 교환했다.

"응, 마음에 들어. 마음에 들어서 이 사람만은 내가 보호할 거야. 너 따위가 손가락도 하나 대지 못하게 할 거라고."

청년은 소리쳤다.

"호호호호호, 아마 그럴 거라고 생각했어. 그럼 힘껏 보호해주는 게 좋을 거야."

검은 옷의 부인은 조소를 날리면서 마침 그곳에 온 직공 차림의 준이치를 돌아보았다.

"준짱, 저 아가씨를 끌어다 탱크에 처넣어버려."

검은 옷의 부인은 과격한 명령을 내린 뒤 주머니에서 우리 열쇠를 꺼내 준이치에게 건넸다.

"너무 이르지 않습니까? 아직 하룻밤밖에 지나지 않았어요."

"됐어. 내 변덕이 어제 오늘 일이야? 당장 해치워버려. ……알았지? 난 방에서 식사를 하고 있을 테니 그 사이에 확실히 준비를 해둬. 그리고 저 보석들을 진열 상자에 원래대로 돌려놓으라고 해. 부탁해."

그렇게 말을 내뱉은 검은 옷의 부인은 뒤도 돌아보지 않고 자기 방으로 돌아갔다.

그녀는 격노해 있었다. 정체를 알 수 없는 인형의 이변이 그녀를 극도로 불쾌하게 한데다 지금 우리 안의 남녀가 매우 정답게 이야기하는 모습을 보란 듯이 내보이자 짜증이 폭발한 것이다.

여도둑은 결코 사나에 씨를 시집보낼 생각이 없었다. 그저 그녀를 겁주고 부끄럽게 만들어 그녀가 벌벌 떨면서 슬퍼하는 모습을 보고 즐기려고 했던 것이다. 그런데 완전히 예상이 빗나가 남자는 몸 바쳐 사나에 씨를 지키려고 하고, 사나에 씨는 사나에 씨대로 그 모습이 몹시 흐뭇한 듯 감사에 가득한 눈길로 남자를 보고 있으니 검은 옷의 부인이 질투에 가까운 격렬한 불쾌감을 느낀 것도 무리는 아니었다.

어려운 명령을 받은 청년 준이치는 달갑지 않은 듯 잠시 주저했지만, 이윽고 어쩔 수 없이 우리의 출입구로 다가갔다.

"네 이놈, 이 아가씨를 어떻게 하려는 거냐?"

우리 안의 청년은 무시무시한 얼굴로 고함을 치면서 들어오면 붙잡아 죽이기라도 할 것 같은 자세로 입구 앞을 가로막고 서 있었다. 하지만 권투 청년 준이치는 그다지 무서워하는 기색도 없이 자물쇠에 열쇠를 넣어 절컥절컥 소리를 내는가 싶더니 문을 획 열고 우리 안으로 뛰어들었다.

텁수룩한 콧수염의 직공과 전라의 미청년이 서로의 팔을 붙잡은 채 서슬 시퍼렇게 노려보았다.

"어딜, 그렇게는 안 되지. 내가 살아 있는 동안에는 아가씨에게 손가락도 대지 못하게 할 거야. 데리고 나갈 수 있으면 어디 데리고 나가봐. 하지만 그 전에 네놈은 질식해 죽을 준비를 하는 게 좋을 거야."

청년의 필사적인 양팔이 아마미야 준이치의 목을 섬뜩하게 휘감기 시작했다.

그러자 신기하게도 준이치는 전혀 저항하는 기색도 없이 팔이 뒤엉킨 채 목을 앞으로 쭉 내밀었다. 그리고 청년의 귓가로 입을 가져가자마자 뭔가 속삭이기 시작했다.

청년은 처음에 고개를 저으며 들으려고도 하지 않았지만, 잠시 후 그의 얼굴에는 말로 표현할 수 없는 놀라움의 기색이 떠올랐다. 그와 동시에 그는 돌변한 것처럼 얌전해졌고, 상대의 목에 휘감고 있던 두 팔을 축 늘어뜨렸다.

이혼병

아마미야 준이치는 우리 안의 청년을 도대체 어떤 구실로 속여 넘긴 것일까. 잠시 후 청년은 정신을 잃은 것처럼 축 늘어진 전라의 아가씨를 겨드랑이에 끼고 예의 유리를 끼운 대수조 윗부분의 발판에 서더니 철판으로 만들어진 수조 덮개를 열고 그녀를 물속에 던져 넣었다. 그리고 덮개를 원래대로 닫고 사다리를 내려와 검은 도마뱀의 전용실 문을 살짝 열더니 그 틈에 대고 말했다.

"마담, 명령하신 대로 아가씨를 옮겼습니다. 사나에 씨는 지금 한창 탱크 속에서 몸부림치고 있는 중입니다. 빨리 보러 오세요."

그리고 그는 직공복 주머니에서 작게 접은 한 장의 신문지를 꺼냈다. 그것을 펼쳐 탱크 옆 의자 위에 살그머니 올려두고 어찌된 일인지 발걸음을 서둘러 복도 쪽으로 물러갔다. 그와 엇갈리듯이 문이 열리고 검은 옷의 부인이 나타나 성큼성큼 수조 앞으로 다가갔다.

푸른빛을 띤 수조의 물은 유리판 저편에서 심하게 요동치고 있었다. 바닥에는 크고 작은 다양한 해초가 무수한 뱀처럼 고개를 쳐들고 부산하게 흔들리고 있고 거기에 몸부림치며 괴로워하는 나체녀의 꼬이고 비틀어진 모습……. 전날 밤 검은 옷의 부인이 환상 속에서 봤던 광경이 그대로 실현된 것이다.

그녀의 두 눈은 잔학함으로 빛나고 창백해진 볼은 흥분으로 인해 기묘하게 떨렸다. 두 주먹을 꽉 쥔 채 이를 악물고 수조를 바라보던 그녀는 문득 나체녀의 고투하는 모습이 평소처럼 활발하지 않다는 사실을 깨달았다. 활발하기는커녕 사실 몸부림 같은 건 치고 있지도 않은 것이다. 그렇게 보였던 건 흔들리는 물 때문이었다. 아가씨의 하얀 몸은 그저 물이 움직이는 대로 흔들린 것에 불과했다.

심약한 사나에 씨는 수조에 들어가기 전 이미 실신한 상태였기 때문에 물속의 악전고투를 맛보지 않아도 됐던 것일까. 하지만 아무래도 그뿐만이 아닌 듯하다. 보고 있자니 물속 아가씨의 몸이 서서히 회전하면서 지금까지 맞은편에 있던 얼굴이 정면 유리판에 나타났다. 앗, 이게 사나에 씨의 얼굴인가? 아니, 아무리 물속이라고 해도 이렇게 얼굴이 달라질 리는 없다. 아아, 알았다. 이건 사나에 씨가 아니라 그 인형 진열장에 장식해 놓았던 박제

된 일본 아가씨가 아닌가. 하지만 도대체 어떻게 이런 실수가 벌어진 것일까.

"거기 누구 없어? 준짱은 어디 간 거야?"

검은 옷의 부인은 정신없이 큰 소리로 외쳤다. 그러자 남자 부하들이 박제 인형 진열장 쪽에서 우르르 몰려 왔다. 하지만 그들에게도 뭔가 이변이 있었는지 모두 안색이 변해 있었다.

"마담, 또 기이한 일이 시작됐습니다. 인형이 하나 모자라요. 좀 전에 기모노를 벗기고 보석을 정리할 때는 분명히 있었는데 지금 보니 엎드려 있던 아가씨가 없는 겁니다. 그 사람만 행방불명입니다."

한 남자가 황급히 보고했다. 하지만 그건 검은 옷의 부인도 이미 알고 있는 일이었다.

"너희들, 혹시 우리 안 못 봤어? 사나에 씨는 아직 우리 안에 있나?"

"아니요, 남자 혼자뿐이에요. 사나에 씨는 준짱이 그 탱크 안에 던져 넣은 거 아닙니까?"

"아아, 던져 넣기는 했는데, 잘 봐, 사나에 씨가 아니라 너희들이 찾고 있는 그 박제 인형이야."

그 말을 듣고 남자들은 수조를 들여다봤다. 과연 그 안에 떠있는 것은 틀림없이 사라진 박제인형이었다.

"허, 이거 참 이상하네. 대체 누가 이런 짓을 한 겁니까?"

"준짱이야. 너희들 준짱 못 봤어? 여기 있었을 텐데."

"못 봤어요. 선생님은 오늘 걸핏하면 성을 내시던데요. 무슨 일인지 우리가 방해물인 것처럼 저리 가라고 막 쫓아내셨어요."

남자들이 물러가자 검은 옷의 부인은 뭔가 불안한 듯 가만히 허공을 응시하며 생각에 잠겨 있었다.

도대체 이게 어찌 된 일일까. 기관실의 화부가 행방불명이 되었다. 그리고 박제인형의 이변이 일어났다. 지금은 또 사나에 씨여야 할 아가씨가 박제인형으로 돌변하고 말았다. 이 기묘한 사건들 사이에 뭔가 연관성이 있는 건 아닐까? 우연의 일치라고 할 수 없는 게 있지 않을까?

뭔가 사람의 힘 이상으로 무시무시한 힘이 작용하고 있는 것 같은 느낌이 든다. 그건 도대체 무엇일까. ……아아, 혹시. 아니 그런 말도 안 되는 일이 있을 리가 있나. 절대, 결단코 그런 일은 있을 리가 없어.

검은 옷의 부인은 마음속에 끓어오르는 커다란 의혹을 필사적으로 억눌렀다. 제 아무리 대단한 여도둑이라고 해도 온몸에 식은땀이 촉촉하게 배어나올 만큼 엄청난 불안에 시달리고 있었다.

잠시 후 그녀는 거기에 있던 의자에 앉으려다가 문득 그 위에 놓인 신문을 발견했다. 좀 전에 아마미야 준이치가 뭔가 의미심장하게 펼쳐 두었던 신문이다. 처음에는 아무 생각 없이, 하지만 잠시 후 매우 심각한 표정을 지으며 검은 옷의 부인은 그 신문기사로 시선이 빨려들어갔다.

"아케치 명탐정의 승리 — 이와세 사나에, 무사히 돌아오다 — 보석왕 일가의 기쁨"

믿기 어려운 내용을 담은 삼단짜리 큰 제목이 여도둑을 사로잡았던 것이다. 그녀는 급히 서둘러 신문을 주어들더니 그 의자에 앉아 열심히 읽기 시작했다. 기사의 내용은 대략 다음과 같았다.

괴도 검은 도마뱀에게 유괴당했다고 추정되던 보석왕 쇼베 씨의 딸 사나에 씨가 어제 21일 오후 이와세가 본가로 돌아왔다. 탐문한 바에 의하면 쇼베 씨는 딸의 몸값으로 대보석 '이집트의 별'을 도둑에게 준 상황이라는데, 도둑은 약속을 지켜 딸을 돌려보낸 것일까? 기자는 그렇게 생각하고 이와세 쇼베 씨와 사나에 씨를 면회했지만, 두 사람 모두 이건 다 사립탐정 아케치 고고로 씨가 애쓴 덕분이지 결코 도둑이 약속을 지킨 게 아니라고 했다. 그러나 자세한 사정은 지금 말씀드리기 어려우니 더 이상 묻지 말아달라는 의외의 말이 이어졌다. 괴도 검은 도마뱀은 도대체 어디에 모습을 감추고 있는 것일까? 문제의 아케치 탐정은 단신으로 검은 도마뱀의 뒤를 추적하다 현재 행방불명이라는데, 명탐정과 괴도의 일대일 승부는 과연 어느 쪽의 승리로 끝나는 것일까? 값을 따지기 어려운 '이집트의 별'은 다시 쇼베 씨 손으로 돌아오게 될까? 우리는 끝없는 불안을 안고 다음 소식을 기다리고 있다.

그리고 '기쁨의 부녀'라는 제목으로 사진이 크게 실렸는데, 이와세 쇼베 씨와 사나에 씨가 응접실 의자에 기대어 방긋방긋 웃고 있는 얼굴이 또렷하게 인쇄되어 있었다.

마치 괴담처럼 믿기 어려운 이 신문기사와 사진 덕분에 제 아무리 대단한 여도둑도 그 아름다운 얼굴에 지금까지 한번도 보여준 적 없는 낭패의 기색을 드러내지 않을 수 없었다. 낭패라기보다는 뭐라 형용할 수 없는 공포였다. 그건 어제 날짜 오사카 대신문이었는데, 기사 속에 '어제 21일'이라고 쓰여 있는 날은 정확히 전전날, 검은 도마뱀의 증기선이 오사카만을 항해하고 있을 때이다. 그날 사나에 씨는 확실히 배 안에 있었다. 아니, 그날뿐만이 아니다. 어제, 오늘, 바로 방금 전까지 우리 안에서 알몸으로 떨고 있지 않았던가.

이게 도대체 어떻게 된 일이란 말인가. 설마 그렇게 큰 규모의 신문이 잘못된 기사를 실을 리가 없다. 아니, 무엇보다 확실한 건 사진이다. 배 안에 붙잡혀 있었을 사나에 씨가 같은 날 동시에 오사카 교외 이와세가 저택에서 방긋방긋 웃으며 앉아 있다니, 이런 기괴한 일이 어떻게 있을 수 있단 말인가.

총명한 검은 옷의 부인도 이 기기괴괴한 수수께끼만큼은 도저히 풀 재주가 없었다. 그녀는 지금 태어나서 처음 경험하는, 도저히 정체를 알 수 없는 공포에 충격을 받아 얼굴은 시체처럼 창백해지고 이마에는 진땀이 무수히 배어나왔다.

'이혼병'이라는 기묘한 말이 문득 그녀의 머리에 떠올랐다. 한 사람이 두 사람이 되어 각각 다른 행동을 한다는 불가사의한 전설이다. 아득히 먼 옛날 이야기 책에선가 읽은 적이 있다. 외국의 심령학 잡지에서도 본 적이 있다. 검은 옷의 부인은 심령현상 같은 걸 전혀 믿지 않는 현실주의자였지만, 지금은 그 믿기 힘든 사실을 믿는 것 말고는 달리 생각할 방법이 없었다.

그러던 차에 청년 준이치를 찾으러 간 남자들이 한꺼번에 돌아와서 아무리 찾아봐도 준이치의 모습이 보이지 않는다고 보고했다.

"지금 입구는 누가 지키고 있지?"

검은 옷의 부인은 힘없는 목소리로 물었다.

"기타무라입니다. 아무도 지나가지 않았다고 합니다. 그 남자만큼은 틀림없으니까요."

"그럼 이 중에 있을 거 아냐? 설마 연기처럼 사라져버릴 리도 없고. 한 번 더 잘 찾아봐. 그리고 사나에 씨도 찾아보고. 이 탱크 안이 아니라면 그 아가씨도 어딘가에 숨어 있을 테니까."

남자들은 두목의 창백해진 얼굴을 의아한 듯 빤히 쳐다보았지만, 마지못해 다시 복도 쪽으로 돌아가려고 했다.

"아아, 잠깐 기다려. 너희들 중에 두 사람만 남아서 이 탱크 안의 인형을 꺼내줘. 만약을 위해 잘 살펴보고 싶으니까."

그렇게 해서 남은 두 남자가 사다리를 타고 올라가 대수조 속에서 박제인형을 끌어내려 바닥 위에 길게 눕혀 놓았다. 하지만 축 늘어진 인형을 아무리 꼼꼼하게 살펴봐도 사나에 씨가 아닌 건 말할 것도 없을 뿐더러 무시무시한 수수께끼를 풀 단서 같은 건 어디에도 없었다.

검은 옷의 부인은 초조하게 그 근처를 맴돌았지만 또 다시 원래 의자에 앉아 한 번 더 신문 기사를 읽기 시작했다. 몇 번을 읽어도 똑같다. 사나에 씨는 둘이 된 것이다. 사진 속 얼굴도 틀림없는 사나에 씨다.

그때 갑자기 그녀의 의자 뒤에서 마담, 하고 부르는 소리가
났다.

검은 옷의 부인은 흠칫 놀라 뒤돌아봤는데 거기에 서 있는 남
자는 준이치였다.

"아아, 준짱, 너 어디 갔던 거야?"

검은 옷의 부인은 다그치듯이 말했다.

"그리고 이건 도대체 어떻게 된 상황이야? 사나에 씨 대신 이
런 인형을 던져 넣어두다니 장난도 적당히 해야지."

하지만 청년 준이치는 우두커니 선 채 아무 대답도 하지 않았
다. 약을 올리듯 히죽히죽 웃으면서 언제까지고 검은 옷의 부인
의 얼굴을 바라보고 있었다.

둘이 된 남자

"왜 잠자코 있는 거야? 무슨 일이 있었구나. 다른 사람이 된
것 같아. 왜 그래? 아니면 나한테 반항이라도 하는 거야?"

준짱의 태도가 너무 뻔뻔스러워서 검은 옷의 부인은 자기도
모르게 목소리를 높였다. 그렇지 않아도 아까부터 벌어진 여러
가지 이변에 마구 짜증이 나 있던 참이었기 때문이다.

"사나에 씨는 도대체 어디 있는 거야? 너도 모른다고 할 참이야?"

"그렇습니다. 저는 전혀 모릅니다. 우리 안에 있는 거 아닐
까요?"

준짱이 가까스로 대답했다. 하지만 이 얼마나 무뚝뚝한 말투란 말인가.

"우리 안이라니, 네가 우리 안에서 꺼냈잖아."

"그 점을 도저히 모르겠습니다. 한 번 살펴보지요."

준이치는 그렇게 말을 내뱉고 느릿느릿 걷기 시작했다. 정말 우리 안을 살펴볼 생각인 듯하다. 이 남자는 미치기라도 한 걸까. 아니면 뭔가 다른 이유라도 있는 걸까. 검은 옷의 부인은 묘하게 마음에 걸려 준이치의 거동을 감시하면서 그 뒤를 따라갔다.

인간 우리의 철책 앞에 가보니 출입구 자물쇠가 걸린 채였다.

"열쇠를 그대로 두다니 너, 오늘 정말 어떻게 된 거 아냐?"

검은 옷의 부인은 이렇게 중얼거리면서 어두컴컴한 우리 안을 들여다보았다.

"역시 사나에 씨는 없잖아?"

맞은편 구석에 나체인 남자가 혼자 웅크리고 있을 뿐이다. 어떻게 된 일인지 오늘은 몹시 기운이 없는 모습으로 축 늘어져 고개를 숙이고 있다. 아니면 잠들어 있는 걸까.

"저 녀석에게 물어봅시다."

준이치는 혼잣말처럼 중얼거리더니 철책을 열고 우리 안으로 들어갔다. 아무래도 하는 짓이 평소와는 달랐다.

"이봐, 가가와 씨, 사나에 씨 어디 있는지 몰라?"

가가와는 우리에 들어가 있는 미청년의 이름이다.

"이봐, 이봐, 가가와 씨, 자고 있나? 좀 일어나봐."

아무리 불러도 대답을 하지 않자 준이치는 미청년 가가와의 어깨에 손을 얹고 세게 흔들었다. 하지만 상대방의 몸은 아무런 저항 없이 흔들릴 뿐 조금도 반응이 없다.

"마담, 이상해요. 이 녀석 죽은 거 같은데?"

검은 옷의 부인은 범상치 않은 예감에 전율했다. 도대체 무슨 일이 일어났단 말인가.

"설마 자살한 건 아니겠지."

그녀는 우리 안으로 들어가 청년 가가와 쪽으로 다가갔다.

"얼굴을 들어봐."

"이렇게 말입니까?"

준이치가 청년의 턱에 손을 대고 숙이고 있던 얼굴을 확 들었다.

"아아, 그 얼굴!"

제 아무리 여도둑 검은 도마뱀이라도 앗 하고 비명을 지르며 비틀비틀 뒷걸음질을 치지 않을 수 없었다. 악몽이다. 악몽에 시달리고 있다고 생각할 수밖에 없다. 거기에 웅크리고 있던 남자는 미청년 가가와가 아니었다. 정말 뜻밖이지만 여기에도 풀기 어려운 이변이 있었다. 그럼 그 알몸의 남자는 도대체 누구였단 말인가.

검은 옷의 부인은 광기어린 불안에 전율했다. 하나가 둘로 보인다는 정신병이 있다면 그녀는 그 무시무시한 병에 걸린 것일지도 모른다.

준이치가 고개를 잡고 위로 확 쳐든 그 남자의 얼굴 역시 준이치였다. 준이치가 둘이 된 것이다. 알몸의 준이치와 직공복 차림에 가짜 수염을 붙인 준이치. 눈에 보이지 않는 가상의 큰 거울이 나타나 한 사람의 모습을 둘로 보여주고 있는 듯했다. 하지만 어느 쪽이 본체이고 어느 쪽이 그 그림자인 걸까.

좀 전에는 사나에 씨가 둘이 되었다. 그건 신문 사진이었지만 이번에는 실물인 것이다. 게다가 그 두 사람의 준이치가 눈앞에 얼굴을 나란히 하고 있지 않은가!

그런 말도 안 되는 일이 현실에서 벌어질 리가 없었다. 어딘가에 커다란 트릭이 숨어 있는 것이다. 하지만 그런 터무니없는 트릭을 도대체 누가 생각해냈단 말인가. 그리고 무엇 때문에…….

얄밉게도 수염이 덥수룩한 준이치가 어안이 벙벙해진 검은 옷의 부인을 비웃듯이 마치 귀신처럼 웃고 있다. 뭘 비웃는 거지? 이 남자야말로 놀라야 하는 거 아닌가. 그런데 마치 미친 사람, 혹은 바보처럼 히죽히죽 웃고 있다니.

준이치는 웃으면서 다시 격렬하게 벌거벗은 준이치를 흔들었다. 그러자 이윽고 흔들리던 준이치가 묘한 신음소리를 내며 끔뻑 눈을 떴다.

"아아, 겨우 일어났군. 정신 차려. 이런 데서 뭘 하고 있는 거야?"

직공복 차림의 청년 준이치가 또 비상식적인 말을 했다.

벌거벗은 준이치는 잠시 뭐가 뭔지 모르는 것처럼 졸린 눈을 깜박거리다 문득 앞에 검은 옷의 부인이 서 있다고 깨달았다. 그리고 그게 정신 차리는 약이기라도 한 건지 갑자기 확 제정신으로 돌아왔다.

"아아, 마담, 전 엄청난 일을 당했습니다. ……아아, 이 놈이다.

이 놈이에요."

직공복 차림의 준이치를 보자마자 그는 미친 사람처럼 달려들었다. 준이치가 또 하나의 준이치에게 달려들어 무시무시한 격투를 시작한 것이다. 하지만 이 악몽 같은 싸움은 오래 가지 않았다. 벌거벗은 준이치는 순식간에 콘크리트 바닥 위로 내동댕이쳐졌다.

"젠장, 빌어먹을, 네 놈이 나로 변장을 했구나. 마담, 방심하면 안 됩니다. 이 녀석은 엄청난 배신자입니다. 화부 마쓰코가 변장을 한 거야. 이 녀석은 마쓰코라고요."

바닥에 납작 엎드린 채 벌거벗은 준이치가 마구 소리쳐댔다.

"어이, 그쪽 분은 손들고 있어. 준이치 이야기를 듣는 동안 얌전히 있어야 돼."

심상치 않은 사태를 관찰하던 검은 옷의 부인은 재빨리 준비한 권총을 움켜쥐고 직공복 차림의 준이치를 향해 겨눴다. 말은 부드러웠지만 반짝반짝 빛나는 눈빛에는 그 굳은 결심이 드러나 있었다.

직공복 차림의 준이치는 검은 옷의 부인이 말한 대로 얌전히 두 손을 들었지만 얼굴은 변함없이 히죽히죽 웃고 있다. 불쾌한 남자다.

"자, 준짱, 말을 해봐. 도대체 이게 어떻게 된 거야?"

준이치는 갑자기 나체인 게 부끄러운 듯 몸을 움츠리면서 이야기를 시작했다.

"다들 어젯밤 여기에 도착하고 나서 저만 한 번 더 배로 돌아간 건 알고 계시죠? 그때였습니다. 본선에서 볼일을 마치고 보트로 상륙하자 어느새 이 녀석이—화부 마쓰코가 어둠 속에서 저를 느릿느릿 따라오는 거 아닙니까? 제가 호되게 꾸짖었는데, 이 녀석이 갑자기 저에게 덤벼들었어요.

얼간이 마쓰코가 그렇게 강하리라고는 생각도 못했습니다. 제가 사정없이 당했다니까요. 끝내 급소를 맞고 정신을 잃고 말았지요. 그리고 얼마나 흘렀는지 문득 눈을 뜨니 저는 손발이 묶이고 발가벗겨져 이곳 곳간에 쓰러져 있던 겁니다. 소리를 지르려고 해도 재갈이 물려 있어서 어쩔 방법이 없었어요. 몸부림을 치고 있는데 이 녀석이 곳간으로 들어오길래 봤더니 제 직공복을 입고 있는 겁니다. 옷뿐만이 아니라 가짜 수염까지 붙이고 있었어요. 얼마나 변장에 능한지 저랑 똑같은 얼굴을 하고 있는 게 아닙니까?

아하, 이 녀석 나로 변장하고 뭔가 일을 꾸미고 있구나. 겉만 보고서는 알 수 없는 악당이라고 느꼈지만 묶여 있어서 어떻게 할 방법이 없는 거예요. 그러더니 이 녀석, 조금만 더 참으라고 입을 놀리더니 또 급소를 질렀어요. 한심한 이야기지만 한 번 더 정신을 잃고 말았습니다. 그리고 지금 겨우 제정신으로 돌아온 겁니다.

마쓰코, 네 이놈! 꼴좋다. 네 녀석도 운이 다 됐군. 이제 실컷 복수해줄 테니 기대하는 게 좋을 거다."

준이치의 이야기를 다 들은 검은 옷의 부인은 경악스러움을 애써 숨기며 자못 유쾌한 듯이 웃기 시작했다.

"호호호호호, 솜씨 좀 부렸네. 마쓰코가 그런 대단한 악당인 줄은 몰랐어. 칭찬해주지. 그럼 아까부터 일어난 괴이한 사건은 전부 네 소행이었군. 탱크 안에 인형을 던져 넣은 것이나 박제 인형들에게 이상한 옷을 입힌 것도 말이야. 하지만 도대체 뭣 때문에 그런 짓을 한 거지? 상관없으니까 말해봐. 이봐, 히죽히죽 웃지 말고 대답을 하는 게 어때?"

"대답 안 하면 어떻게 할 건데?"

직공복 차림의 남자가 마치 야유하듯이 말했다.

"목숨을 내놔야겠지. 넌 네 주인의 취향을 아직 모르는 거야? 주인이 피 보는 걸 제일 좋아한다는 걸 말이야."

"결국 그 권총을 쏘겠다는 거군. 하하하하하."

방약무인한 웃음소리가 크게 울려 퍼졌다.

그러고 보니 그는 어느새 올리고 있던 두 손을 내려 아무렇게나 바지 주머니에 쑤셔넣고 있었다.

부하에게 생각지도 못한 모욕을 받은 검은 옷의 부인은 바득바득 이를 갈았다. 이제 더 이상 참을 수가 없었다.

"웃어? 그럼 이거나 한 번 받아보시지."

검은 옷의 부인은 갑자기 권총을 겨누고 방아쇠를 힘껏 당겼다.

두 번째 인형 이변

직공복 차림의 남자는 시시한 독설을 했다는 이유만으로 끝내 목숨을 잃은 것인가. 아니, 결코 그런 일은 일어나지 않았다. 그는 여전히 바지 주머니에 두 손을 찔러 넣은 채 자못 재미있다는 듯이 웃고 있었다.

방아쇠를 당겼지만 '찰칵' 소리가 났을 뿐 총알은 발사되지 않았던 것이다.

"이런, 묘한 소리가 나네요. 권총이 실성한 거 아닙니까?"

남자의 비웃음을 받으며 검은 옷의 부인은 당황하기 시작했다. 두 발, 세 발, 연신 방아쇠를 당겼지만 역시 '찰칵' '찰칵' 하는 부질없는 소리가 날 뿐이다.

"빌어먹을, 네가 총알을 빼났구나."

"하하하하하, 겨우 이해가 됐군요. 암요, 말씀하신 대롭니다. 이걸 보세요."

그는 주머니에서 꺼낸 오른손 손바닥을 펼쳐 보였다. 거기에는 몇 개나 되는 작은 총알이 귀여운 유리구슬처럼 놓여 있었다.

마침 그때 우리 밖에서 분주한 발소리가 나더니 우락부락한 검은 도마뱀의 부하들이 달려왔다.

"마담, 큰일입니다. 입구를 지키던 기타무라가 묶여 있습니다."

"게다가 기절해 있어요."

그러고 보니 이것도 마쓰코의 짓인 게 틀림없다. 하지만 왜 기타무라만 묶고 다른 사람은 그대로 둔 것일까. 여기에도 뭔가 특별한 이유가 있는 걸까.

"어라, 그 녀석은 도대체 누굽니까?"

남자들은 두 사람의 청년 준이치를 알아차리고 놀라움에 눈이 휘둥그레졌다.

"화부 마쓰코야. 모든 게 이 마쓰코의 짓이라는 게 밝혀졌어. 빨리 이 녀석을 묶어."

원군에게 힘을 얻은 검은 옷의 부인이 날카로운 목소리로 외쳤다.

"뭐, 마쓰코라고? 이런 제길."

남자들은 우르르 우리 안에 발을 들여놓으며 직공복 차림의 마쓰코를 붙잡으려고 했다. 하지만 얼마나 재빠른지 마쓰코는 한꺼번에 밀려오는 남자들 사이를 홀쩍 빠져나가 눈 깜짝할 사이에 우리 밖으로 뛰어나갔다. 그리고 역시 히죽히죽 웃으면서 '나 잡아 봐라' 하는 모습으로 손짓을 하며 점점 뒷걸음질을 치기 시작했다. 끝을 알 수 없을 만큼 대담하다.

검은 옷의 부인과 우락부락한 남자들은 무언가에 이끌리듯이 우리에서 나와 그 뒤를 쫓아갔다. 콘크리트 벽의 지하도에서 마치 으스스한 이동촬영이라도 하듯이, 도망치는 자는 뒷걸음질치고 뒤쫓는 자는 서슴없이 정면을 향해 달린다. 분노에 불타는 무서운 얼굴들이 털이 무성한 팔로 복서 같은 자세를 취하면서 천천히 쫓아갔다.

이윽고 이 이상한 행렬이 박제 인형 진열장 앞에 도달했을 때 직공복을 입은 마쓰코는 갑자기 딱 멈춰 섰다.

"이봐, 너희들은 기타무라가 왜 묶여 있었는지 알아?"

그는 역시 느긋하게 양 손을 주머니에 넣은 채 왠지 기분 나쁜 질문을 했다.

"좀 비켜줘, 이 사람에게 묻고 싶은 게 있어."

검은 옷의 부인은 무슨 생각을 했는지 남자들을 제치고 마쓰코의 앞으로 다가갔다.

"혹시 네가 마쓰코라면 그 정도의 인물을 알아보지 못한 것에 대해 진심으로 사과하지. 하지만 너 정말 마쓰코 맞아? 생각하면 생각할수록 믿을 수가 없어. 당신은 마쓰코가 아니죠? 아니라면 그 거추장스러운 가짜 수염을 언제까지 그대로 둘 셈인가요? 수염을 떼세요. 빨리 그 수염을 떼라고요."

그녀는 비참하게도 마치 애원하는 듯한 어조로 말했다.

"하하하하하, 수염 따윌 떼지 않아도 당신은 이미 확실히 알고 있을 거야. 알고 있어도 내 이름을 맞추기가 두려울 겁니다. 그 증거로 당신 얼굴은 마치 유령처럼 창백해져 있지 않습니까?"

직공복 차림의 남자는 과연 마쓰코가 아니었다. 말투조차도 이미 도적의 수하가 하는 말이 아니다. 게다가 그 목소리! 그 시원시원한 말투에는 어딘가 귀에 익은 데가 있지 않은가. 검은 옷의 부인은 격정에 복받친 나머지 온몸이 부들부들 떨리기 시작했다.

"그럼, 그럼 당신은……"

"뭘 주저하는 겁니까? 계속해서 말해보세요."

직공복 차림의 남자는 이제 웃지 않았다. 그의 몸 전체에 어딘가 엄숙한 분위기가 느껴졌다.

검은 옷의 부인은 겨드랑이에 식은땀이 흘러내리는 것을 느꼈다.

"아케치 고고로…… 당신은 아케치 고고로지?"

단숨에 말해버리니 한숨 돌린 느낌이었다.

"그렇습니다. 당신은 그 사실을 훨씬 전부터 눈치 채고 있지 않았나요? 눈치 챘으면서도 당신의 공포심이 그 생각을 억지로 누르고 있었던 겁니다."

직공복 차림의 남자는 이렇게 말하면서 얼굴 전체에 붙인 수염을 잡아뗐다. 그러자 그 아래로 나타난 것은 준이치 같은 혈색에 메이크업은 했지만 틀림없는 아케치 고고로, 반가운 아케치 고고로였다.

"하지만 어떻게, ……그런 일이 있을 수 있는 거죠?"

"그 엔슈나다 한 가운데 던져졌던 내가 어떻게 살아남았냐는 거겠죠? 하하하하, 당신은 그때 나를 던져 넣었다고 생각했습니까? 거기에 치명적인 착각이 있는 겁니다. 저는 그 의자 속에는 있지 않았습니다. 의자 안에 갇혀 있던 건 불쌍한 마쓰코였습니다. 설마 그렇게 되리라는 생각은 하지 못했기 때문에 화부로 변장한 저는 탐정 일을 계속하기 위해 마쓰코를 묶고 재갈을 물려 숨기기에 절호의 장소인 그 인간 의자 속에 가둬 두었습니다. 그로 인해 마쓰코가 그런 최후를 맞이한 것은 정말 미안하게 생각합니다."

"아아, 그럼 그게 마쓰코였단 말이에요? 그리고 당신은 마쓰코로 변장해서 쭉 기관실에 계셨다?"

제 아무리 여도둑이라도 독기가 빠지니 마치 귀부인처럼 부드러운 말투로 바뀌어 있었다.

"그게 정말인가요? 하지만 재갈이 물려 있던 마쓰코가 어떻게 나에게 말을 한 거죠? 그때 우리는 쿠션을 사이에 두고 의자 안팎에서 여러 가지 이야기를 나눴잖아요."

"이야기를 한 건 저였습니다."

"그럼……"

"그 선실에는 커다란 옷장이 놓여 있습니다. 나는 그 안에 숨어서 말을 했던 거죠. 그게 당신에게는 의자 안에서 하는 것처럼 들린 겁니다. 실제로 의자 안에서 구무럭구무럭 대고 있는 놈이 있으니 당신이 착각을 한 것도 무리는 아니지요."

"그럼 사나에 씨를 어딘가에 숨기고 저 오사카 신문을 의자 위에 올려놓은 것도 다 당신 소행이군요."

"맞습니다."

"세심한 데까지 공을 들였군요. 신문 위조까지 하고. 나를 괴롭히고 싶었나요?"

"위조? 바보 같은 소릴 하는군. 그런 신문에 급하게 위조 같은 걸 할 수 있겠어요? 그 기사와 사진은 모두 틀림없는 사실입니다."

"호호호호호, 아무리 그래도 사나에 씨가 둘이 되다니, 그건 말도 안 돼. ……"

"둘이 된 게 아니오. 여기로 유괴되어 온 사나에 씨는 가짜야. 가짜 사나에 씨를 찾느라 내가 얼마나 고생을 했는지 몰라. 물론 무사히 구해낼 자신은 있었어. 하지만 친구의 외동딸을 그런 위험에 노출시킬 마음은 들지 않아서 말이야. 당신이 사나에 씨라고 굳게 믿었던 그 아가씨는 말이지, 사쿠라야마 요코라는 부모도 친척도 없는 고아야. 게다가 다소 불량기가 있는 요즘 아가씨지. 그렇기 때문에 이 엄청난 연기를 감쪽같이 해낼 수 있었고, 그 정도 일을 당해도 끝까지 분발하는 배짱이 있었던 거야. 요코는 저렇게 울거나 아우성을 치면서도 나를 굳게 믿었어. 내가 반드시 구하러 올 거라고 확신한 거지."

독자 여러분은 이 이야기 초반에 나왔던 '괴노인'을 기억하시는지. 명탐정 아케치 고고로의 속임수는 바로 그때 이루어진 것이었다. 괴노인은 다름 아닌 아케치가 변장한 모습이었다. 그리고 그날 밤부터 진짜 사나에 씨는 아케치만 알고 있는 다른 장소에 숨고, 그와 동시에 완전히 사나에 씨가 된 사쿠라야마 요코가 이와세가에 들어온 것이었다.

그 다음날부터 사나에 씨는 방 한 칸에 갇혀 집안사람들에게 얼굴을 보이는 일조차 꺼리는 기색을 보였다. 쇼베 씨 부부는 사나에 씨가 계속되는 검은 도마뱀의 박해로 인해 일종의 우울증에 걸렸다고 단정 짓고 그녀가 가짜라는 의심조차 하지 않았다. 요코의 명배우다운 모습은 이때부터 이미 발군이었다.

반전에 반전을 거듭하는 명탐정의 이야기를 들으면서 검은 옷의 부인은 이제 진심으로 이 대적(大敵) 앞에 두 손을 들었다. 아케치 고고로라는 불가사의한 인물을 진심으로 숭배하고 싶을 정도였다.

하지만 그녀의 부하인 무지몽매하고 난폭한 남자들은 결코 그를 숭배하지 않았다. 숭배는커녕 두목에게 보기 좋게 한방 먹인 쾌씸한 놈, 혹은 그들의 동료 마쓰코를 바다 속 해초로 만든 원수로 보고 한없는 증오와 격분을 느꼈다.

이 긴 이야기를 바작바작 애태우며 듣고 있던 그들은 문답이 일단락됐다고 보이는 순간 더 이상 참을 수 없었다.

"성가신 놈 같으니라고, 해치워버려."

한 사람의 외침이 도화선이 되어 총 4명의 거한들이 고립무원의 명탐정을 향해 달려들었다. 여도둑의 위세로도 이 기세를 꺾을 수 없었다.

뒤에서 목을 조르는 자, 양손을 비트는 자, 발을 잡아당겨 쓰러뜨리려고 하는 자. 아무리 아케치 고고로라고 해도 이 필사적인 적에게는 전혀 힘을 발휘할 재간이 없었다. 위험하다. 모처럼 여기까지 와서 마지막 순간에 형세가 역전하는 건 아닐까. 희대의 명탐정도 끝내 이 우락부락한 사내들 때문에 목숨을 잃는 처지가 되는 건 아닐까.

하지만 정말 기묘하게도 이 격정의 한 가운데서 방약무인하고 명랑한 폭소가 울려 퍼졌다. 게다가 그 폭소의 주인은 네 남자들에게 깔린 아케치 고고로, 바로 그 사람이었다.

"아하하하하하, 너희들은 눈이 없는 거냐? 잘 좀 봐봐, 여기 이 유리 안을 꼼꼼히 보라고."

유리라니, 바로 그 박제 인형 진열장의 쇼윈도를 말하는 게 틀림없다.

사람들은 무심코 그쪽으로 눈을 돌렸다. 그들은 멍청하게도 그 유리 안에서 어떤 일이 일어나고 있는지 조금도 눈치 채지 못했던 것이다. 격분한 탓도 있다. 또 진열장은 격투가 일어난 곳에서 비스듬한 방향에 있었기 때문에 시선이 닿지 않았던 탓도 있다.

그 유리 안에서는 또 놀랄 만한 이변이 일어나 있었다. 인형들이 이번에는 하나 같이 남자 양복을 입고 있는 게 아닌가. 원래 자세로 돌아가 점잔을 뺀 양복을 입은 박제 남녀가 몹시 새침해 보였다.

물론 아케치의 소행임에 틀림없지만 한 번도 아니고 두 번씩이나 이렇게 시시한 장난을 치다니. 하지만 기다리시라. 아케치라는 자가 그런 무의미한 장난을 할 리가 없다. 이 기묘한 의상 교체에도 뭔가 터무니없는 의미가 있을지도 모른다.

가장 빨리 그것을 눈치 챈 건 역시 검은 옷의 부인이었다.

"앗, 안 돼."

깜짝 놀라 달아나려고 할 틈도 없이 인형들이 부스스 일어났다. 의상만이 달라진 게 아니라 내용물까지 완전히 다른 것으로 바뀌어 있었다. 거기에는 박제 인형이 아니라 살아 있는 인간이 자못 인형 같은 포즈를 취하고 때가 오길 기다리고 있었던 것이다. 자, 양복 차림의 남자들 손에는 예외 없이 권총이 쥐어져 있고, 그 총구는 도둑들에게 향해 있는 게 아닌가.

금세 쨍그랑 하고 뭔가 깨지는 소리가 나더니 쇼윈도 유리에 떡하니 커다란 구멍이 생겼다. 그 구멍에서 양복 차림의 남자들이 재빨리 뛰어 나온다.

"체포한다! 꼼짝 마라, 검은 도마뱀."

몹시 예스러운 질타의 소리가 울려 퍼졌다. 요즘 경찰관에게도 유효한 이 구호는 의외로 종종 사용되고 있다. 말할 것도 없이 양복 차림의 사람들은 아케치의 안내에 따라 지하로 잠입한 경시청의 유능한 형사들이었다.

좀 아까 아케치는 왜 입구에서 망을 보던 기타무라만 묶여 있는지 그 의미를 아냐고 물었는데, 그건 넌지시 경찰관의 내방을 암시한 것이었다. 입구를 여는 신호는 아케치가 전화로 경시청에 통보해두었다. 그 신호에 의해 형사들은 무난히 지하로 들어올 수 있었다. 그리고 입구로 들어감과 동시에 그곳에서 망을 보던 기타무라를 적당히 처리했을 따름이었다. 내부에서 아케치가 도와준 건 말할 필요도 없다. 조금 전 잠시 준이치가 행방불명이 됐을 동안 일어난 일이다. 그럼 그들은 왜 바로 검은 도마뱀 체포에 나서지 않았던 것일까. 그건 이 체포를 충분히 효과적으로 만들기 위한 아케치의 사주였다. 형사 역시 멋을 이해하지 못하는 벽창호는 아니었다.

말할 것도 없이 다른 한 무리는 해상 경찰과 협력하여 바다 위의 도적선을 향하고 있었다. 지금쯤 검은 도마뱀의 부하들은 증기선과 함께 한 사람도 남김없이 체포되었을 것이다.

지하의 도둑 일당도 금세 형사들의 권총 앞에 굴복했다. 그토록 맹렬하고 난폭한 사내들도 이 악몽 같은 기습에는 저항할 틈도 없이 모조리 체포되고 말았다. 알몸의 준이치도 예외가 아니었다.

하지만 두목 검은 도마뱀만은 역시 민첩했다. 제일 먼저 양복 인형의 의미를 알아챈 그녀는 도망가는 발걸음도 빨랐다. 형사 하나가 붙든 팔을 뿌리치고 날아가는 새처럼 복도 안쪽에 있는 그녀의 방으로 도망가더니 안에서 자물쇠를 잠가버렸다.

꿈틀거리는 검은 도마뱀

검은 옷의 부인은 지하 왕국의 여왕이라는 자부심 때문에 체 포되는 치욕을 견딜 수 없었을 것이다. 어차피 도망칠 수 없는 운명이라고 해도 적어도 최후의 순간만큼은 밀실에 틀어박혀 스스로 목숨을 끊으려고 했던 게 틀림없다. 그걸 눈치 챈 아케치 고고로는 소란한 체포 현장을 뒤로 하고 홀로 그녀의 방으로 달 려갔다.

"이봐, 문을 열게. 나 아케치야. 하고 싶은 말이 하나 있어. 부 디 이 문을 열어주게."

재촉하듯이 소리치자 안에서 힘없는 목소리가 대답했다.

"아케치 씨, 당신 혼자뿐이라면……"

"응, 나 혼자야. 빨리 열어주게."

자물쇠를 돌리는 소리가 났다. 문이 열렸다.

"앗, 늦었군. ……독을 삼킨 건가?"

발을 들여놓자마자 아케치가 소리쳤다. 검은 옷의 부인은 간

검은 도마뱀 429

신히 문을 연 채 그 자리에 쓰러져 있었던 것이다.

아케치는 마루에 꿇어 앉아 무릎 위에 여도둑의 상반신을 안아 올리고 하다못해 단말마의 고뇌라도 누그러뜨려 주려고 시도했다.

"이제 와서 무슨 말을 해도 소용없겠지. 편히 쉬게나. 자네 때문에 난 목숨을 건 상황과도 맞닥뜨려야 했어. 하지만 내 직업상 그것이 귀중한 경험이 되기도 했지. 이제 자네를 미워하거나 하지 않아. 불쌍하다고까지 생각하네. ……아아, 그래그래, 자네에게 한마디 양해를 구해둬야 할 게 있어. 자네가 그렇게나 고심해서 손에 넣은 물건 말인데, 쇼베 씨의 '이집트의 별'은 내가 잘 챙겨서 가져가겠네. 물론 본래 주인에게 돌려주기 위해서지."

아케치는 주머니에서 보석을 꺼내 여도둑의 눈앞에 내밀었다. 검은 도마뱀은 억지로 미소를 띠며 두세 번 고개를 끄덕여 보였다.

"사나에 씨는?"

그녀는 가련하게 묻는다.

"사나에 씨? 아아, 사쿠라야마 요코 말이군. 안심하게, 가가와 군과 함께 이제 이 움막에서 나와 경찰의 보호를 받고 있어. 그 아가씨도 고생이 많았지. 이번에 오사카로 돌아가면 쇼베 씨에게 충분히 사례를 하게 할 생각이야."

"난 당신에게 졌어요. 이것도 저것도 전부 다."

싸움에만 진 게 아니다. 그녀는 다른 의미에서도 졌다는 사실을 넌지시 드러내더니 문득 흐느껴 울기 시작했다. 이미 붉어진 두 눈에서 눈물이 끊임없이 넘쳐흘렀다.

"내가 당신 팔에 안겨 있군요. ……기뻐요. ……이렇게 행복하게 죽을 수 있으리라고는 상상도 하지 못했어요."

아케치가 그 말의 의미를 깨닫지 못한 건 아니었다. 일종의 불가사의한 감정을 맛보기도 했다. 하지만 그건 소리 내어 대답할 수 없는 감정이었다.

여도둑이 내뱉은 단말마의 고백은 수수께끼처럼 이상했다. 스스로도 깨닫지 못한 채 그녀는 언제부터 이 원수를 사랑했던 걸까. 그래서 어둠 속에서 바다 속에 아케치를 묻었을 때 그렇게 격정에 휩싸여 눈물을 쏟았던 것일까.

"아케치 씨. 이제 이별이군요. ……헤어지기 전에 소원 하나만 들어주시겠어요? ……입술, 당신 입술을……"

검은 옷의 부인은 이미 사지를 떨며 경련하기 시작했다. 이제 마지막이다. 아무리 여도둑이라고 해도 이 가련한 최후의 소원을 거절할 마음은 들지 않았다.

아케치는 말없이 차가워진 검은 도마뱀의 이마에 살며시 입술을 댔다. 그를 죽이려고 했던 살인귀의 이마에 최후의 입맞춤을 했다. 여도둑의 얼굴에 진심에서 우러나오는 미소가 번졌다. 그리고 그 미소가 채 가시기도 전에 그녀는 더 이상 움직이지 않았다.

그때 체포를 마치고 우르르 들어온 형사들이 이 이상한 정경을 보더니 잠시 입구에 멈춰서고 말았다. 귀신으로 불리는 형사들에게도 감정은 있었다. 그들은 뭔가 엄숙한 분위기에 충격을 받아 말할 힘조차 잠시 잃어버린 것이다.

시대를 풍미한 희대의 여도둑 검은 도마뱀은 이렇게 숨이 끊어졌다. 명탐정 아케치 고고로의 무릎을 베개 삼아 자못 기쁜 듯한 미소를 띠며 이 세상을 떠난 것이다.

좀 아까 형사의 손을 뿌리치고 도망쳤을 때 검은 옷의 소매가 찢어진 듯하다. 문득 그녀의 아름다운 두 팔이 드러나 있는 게 보였다. 거기에는 그녀의 별명인 검은 도마뱀 문신이 여전히 살아 있는 것처럼, 마치 주인과의 이별을 슬퍼하듯이 희미하게 꿈틀거리고 있었다.

1. 들어가며

에도가와 란포(江戸川乱歩)라는 이름을 어디선가 들어본 적이 있다고 생각하는 사람들이 많을 것이다. 요즘 한국에서는 일본 소설과 애니메이션의 인기가 높은데 그중에서도 '명탐정 코난'을 좋아하는 사람이 많다. '명탐정 코난'의 주인공인 '에도가와 코난(江戸川コナン)'의 이름은 일본과 영국의 거장 에도가와 란포와 아서 코난 도일(Arthur Conan Doyle)에서 유래한 것이다. 그럼 '명탐정 코난'의 저자는 왜 이 두 사람의 이름을 쓰게 되었을까? 그것은 이 두 사람이 각 나라를 대표하는 미스터리계의 공로자이기 때문이다. 특히 란포는 일본에서 '추리소설계의 아버지'로 불릴 만큼 유명한 인물이라고 볼 수 있다. 여기에서는 란포라는 인물, 그리고 그가 일본 미스터리계에서 이룬 업적과 위치, 그리고 이 책에 수록된 작품에 대하여 설명하도록 하겠다.

2. 인물

에도가와 란포(본명:히라이 타로, 平井太郎)는 1894년 미에현(三重縣)에서 히라이 집안의 장남으로 태어났다. 당시 란포의 아버지는 군청에 근무하고 있었지만 란포가 만 3살 때 아버지가 직장을 옮기면서 가족이 모두 나고야(名古屋)로 거처를 옮기게 된다. 란포는 어려서부터 어머니를 통해 신문에 게재된 번역 탐정소설을 읽고 있었다. 바로 이것이 란포의 탐정소설에 대한 감각을 키워낸 것이라고 볼 수 있다. 란포는 초등학교 6학년 때 친구들과 함께 소년 잡지를 만들기도 했다. 그 후 그는 중학교에 입학하지만 당시 몸이 너무 허약해서 달리기나 운동을 잘 할 수 없었다. 그런 란포는 일본 추리소설 시리즈 제1권에서 번역 소개한 구로이와 루이코(黒岩涙香)의 번안 소설을 애독하게 되었다.

란포가 만 14세 때, 그의 아버지는 나고야 시내에 '히라이 상점'(수입 기기의 중개 판매, 외국 보험 대리, 석탄 판매업)을 열었고 란포 일가는 그 덕분에 경제적으로 부유하게 지내게 되었다. 란포 역시 용돈을 넉넉히 받아 많은 추리 잡지를 사서 읽을 수 있었다. 란포는 독서를 좋아한다는 내향적인 성격뿐 아니라 친구들을 이끌어 함께 인쇄 잡지 만들기에 열중하는 외향적인 통솔력도 가지고 있었다. 또한 란포는 해외에 깊은 흥미를 갖고 있었다. 심지어 15세 때 중국 밀항을 시도하였으나 실패하고 학교에서 닷새 동안의 정학 처분을 받았다는 일화까지 있다.

1912년 3월 란포가 중학교를 졸업하고 난 뒤 '히라이 상점'

의 경영이 어려워지자 란포는 제8고등학교(현재 나고야 대학의 전신) 진학을 포기하였다. 그 해 6월 '히라이 상점'은 파산하고 란포를 포함한 가족 5명은 한국 마산으로 이사한다. 란포의 아버지는 마산에서 토지 개간 사업에 종사하지만 란포는 6개월 만에 마산 생활을 정리하고 홀로 일본으로 귀국하였다. 그는 도쿄(東京) 홍고(本郷)에 있는 인쇄 회사에 입주해 살면서 일을 하는 동시에 와세다(早稲田)대학 진학 시험 준비를 하였다. 그리고 그는 1913년 와세다 대학 정치경제학부에 진학하고 와세다 대학 재학 중 처음으로 에드거 앨런 포(Edgar Allan Poe)와 아서 코난 도일(Arthur Conan Doyl)의 영어 원문을 접하게 된다. 원문 탐정소설의 재미를 알게 된 그는 탐정소설 탐독을 위해 대학 도서관에 다니면서 영어 원문을 읽고 스스로 셜록 홈즈(Sherlock Holmes)의 작품들을 번역하기도 하였다.

와세다 대학교를 졸업한 후에 그는 무역 회사 직원, 헌책방, 포장마차, 국수 가게 등을 전전했다. 어느 직장이든 오래 다니지 못했던 그는 전직을 거듭하면서 일자리가 없을 때는 방랑 여행을 떠나곤 하였다. 그러던 란포는 1923년 잡지 『신청년(新青年)』에 게재된 「2전짜리 동전(二銭銅貨)」를 통해 작가로 데뷔하게 된다. '에도가와 란포'라는 필명은 그가 가장 존경하는 미국의 탐정소설가 에드거 앨런 포의 이름을 본떠 만든 것이다. 란포는 초기에 서양 탐정 소설의 영향을 받아 본격(本格)* 탐정소설을 쓰며 여명기의 일본 탐정소설계에 큰 족적을 남겼다. 한편 중기의 변격(変格)** 통속 탐정소설은 당시의 일반 대중에게 환영을 받왔다. 이 외에도 란포는 해외 작품에 정통하였고 그의 작품 중에는 번안적 성격이 짙은 작품도 많다. 또한 그는 청소년을 위한 추리 작품도 많이 발표하였다.

3. 란포가 일본 미스터리에서 이룬 업적

전술한 바와 같이 란포는 창작 활동 초기에는 본격 추리 단편 소설을 집필하고 이 작품들이 일본 추리소설의 토대가 되었다. 그 후에는 스릴과 서스펜스의 통속 장편들을 잡지 『킹(キング)』과 『고단클럽(講談俱楽部)』 등, 당시 널리 읽히던 대중 잡지에 연재하여 추리소설을 인기 있는 장르로 격상시키는 데 지대한 역할을 하였다. 이러한 통속 장편은 초기 작품과 비교하면 파탄도 많았고 미스터리의 저속화를 불렀다는 비판도 있지만 추리소설 시장 확대에 큰 역할을 한 것은 사실이다. 실제로 이 시기에 다수 발표되었던 통속 장편 탐정소설 중 전후(戰後)에도 계속해서 책으로 출간된 것은 그의 작품뿐이었다.

또한 란포는 미스터리라는 장르뿐만 아니라 괴기 환상 문학에 있어서도 중요한 존재였으며 훗날 같은 종류의 소설에도 큰

---

* 본격 탐정소설은 서양 탐정소설의 전통적인 스타일에 따라 '수수께끼 제출', '추리', '합리적인 해결'이라는 세 가지 단계를 갖추고 범죄 수수께끼를 논리적으로 풀어가는 것을 말한다.
** 변격 탐정소설은 괴기, 환상, 공상 과학, 모험, 비경 등을 다룬 것으로 본격에 대비되는 조어이다.

영향을 남겼다. 뿐만 아니라 아이들을 대상으로 출판된 '소년 탐정단 시리즈'는 현재까지 누계 부수가 1500만 부를 뛰어넘는 스테디셀러가 되었으며, 전후에는 추리소설을 둘러싼 평론 활동과 일본추리작가협회의 설립에 전력을 기울였다. 그는 신인 발굴에도 열심이었는데 그의 노력으로 추리의 재능을 발견하게 되어 작가로 성장하게 된 이들도 많이 있다. 그가 잡지 『보석(宝石)』의 편집장으로 있던 시절에는 많은 일반 작가들에게 추리소설 발표의 장을 제공하곤 하였다.

그리고 란포는 일본 국외 추리 작가와의 교류에도 적극적이었다. 미국탐정작가클럽의 회원이기도 하였던 그는 프랑스, 네덜란드, 러시아의 작가들과 적극 교류하였다. 특히 한국의 김내성(金來成) 등과는 편지를 주고받으며 그들을 통해 각국의 추리소설 사정을 일본에 소개하였다. 만년에는 공상 과학 소설에 흥미를 느끼게 되어 여명기의 일본 SF 관계자에게 도움을 주었고 그 작품이 상업적으로 출판될 수 있도록 지원을 아끼지 않았다. 생전과 사후를 통틀어 전집과 선집이 네 번이나 출간된 작가는 란포가 유일하다. 또한 생전에 일본탐정작가클럽의 창립과 재단법인화에 노력했던 그가 그 클럽에 기부했던 사재 100만 엔으로 '에도가와 란포 상'이 제정되게 되는데, 이 상은 제3회부터 장편 추리소설 공모상으로 바뀌면서 현재는 추리 작가 최고의 등용문이 되었다.

4. 작품 해설

「심리시험(心理試驗)」

란포는 1923년에 탐정소설가로 데뷔하였다. 그의 작품 「심리
시험」은 1925년 1월 잡지 『신청년』에 게재되었는데 이 작품은
명탐정 아케치 고고로(明智小五郎)가 등장하는 이른바 아케치 작
품 중의 하나이다. 란포가 작가로서 성공한 요인 중 하나로 아
케치라는 캐릭터를 만든 것을 들 수 있는데 이는 아케치의 개성
적인 캐릭터가 당시의 독자들에게 강렬한 인상을 주었기 때문
이다. 또한 교묘한 내용 전개로 인해 이 작품을 초기 걸작으로
보는 사람들도 많다. 이 「심리시험」에서 란포가 참고로 한 책은
도스토예프스키의 『죄와 벌』, 그리고 휴고 뮌스터베르크(Hugo
Münsterberg)의 『심리학과 범죄』이다. 이는 란포가 직접 수필에
서 밝히고 있는 사실로, 자세한 내용은 다음과 같다.

> 「심리시험」이 만들어진 과정을 밝히자면 오래전부터 프로이트
> 의 정신분석학이라는 것에 주목하고 있었기 때문에 이것을 어떻
> 게든 사용하고 싶었다. 그렇게 생각하고 있던 시기에 고베(神戶)
> 에 놀러 갔다가 헌책방에서 뮌스터베르크의 『심리학과 범죄』라
> 는 책을 발견하였다. 나는 매우 기뻐서 그 책을 샀고 집에 돌아가
> 서 읽어보니 꽤 재미있었다. 또 같은 시기에 도스토예프스키의
> 『죄와 벌』을 처음부터 끝까지 정독하였다. 자백하자면 사실 나는
> 그 책의 훌륭한 착상을 고스란히 빌린 셈이다.[*]

작중에서 시행된 심리 테스트는 언어 연상 테스트이다. 사건과 관련 있는 단어를 섞어서 말하고 사건과 관련 있는 단어의 반응 속도를 알아내는 방법이다. 이 작품은 일본의 '도서(倒叙) 미스터리'의 원조로 불리기도 한다. '도서(倒叙) 미스터리'란 처음부터 범인을 알고 있고 범인은 완벽해 보이는 범죄를 저지르지만 탐정 역할을 하는 인물이 그가 저지른 범행의 빈틈을 발견하여 사건을 해결하는 것이다.

이 작품은 숙련된 트릭을 지니고 있으며 단편이지만 전체적으로 복선을 두른 형태로 구성되어 있다. 그리고 해외 본격 탐정소설의 전통적인 형체를 가지면서도 인간이 가진 내면의 변질과 해학을 표현하고 있다. 사실 이러한 부분들이 란포 작품의 매력이며 단지 트릭을 밝혀내는 여타 미스터리 작품들과는 전혀 다른 점이다. 란포 작품 내의 등장인물인 명탐정 아케치 고고로는 다음과 같이 말한다. "가장 좋은 추리는 심리적으로 사람의 속마음을 알아보는 것입니다." 그의 말처럼 란포의 작품 「심리시험」은 인간 심리를 전면에 내세우고 있다. 이에 대하여 스즈키 사다미(鈴木貞美)는 다음과 같이 언급하고 있다.

초기의 에도가와 란포가 어떻게 당시의 심리학 지식을 응용했는지 여기에서 다시 열거할 필요는 없다. 란포가 말하는 소위 탐정소설, 즉 '예술과 과학의 결혼'의 과학은 주로 심리학, 특히 프로

---

* 에도가와 란포 『에도가와 란포 전집(江戸川乱歩全集)』 제1권 (講談社, 2004) p.264

이트 심리학을 염두에 두고 있다. 완전한 속물적 이해의 범위이기는 하지만 초기의 에도가와 란포의 세계는 일본의 프로이트 수용사에 꼭 필요한 한 페이지를 제공할 것이다.[*]

이상심리나 심층심리학은 그 시대의 유행이었다. 그 당시 란포는 프로이트(Sigismund Schlomo Freud) 정신분석에 주목하였고 '정신분석연구회'라는 모임의 일원이었다. 이「심리시험」은 란포의 7번째 작품이지만 당시 란포는 아내와 아이를 데리고 부모님이 계시는 오사카(大阪) 집에 살고 있던 상태였다. 또 여전히 한 직장에 오래 다니지 못하며 불안정한 생활을 하고 있던 때였으므로 란포의 생애에서 가장 가난한 생활을 했던 시기였다. 그러한 가운데 란포는「심리시험」을 쓰고 이를 선배 작가와 잡지『신청년』의 편집장에게 보여주며 과연 자신이 작가로서 입지를 굳혀나갈 수 있는지에 대하여 상담하였다. 그리고 두 사람의 지지를 받은 란포는 가족들을 데리고 오사카에서 도쿄로 이사하여 전업 작가가 되었다.

「지붕 속 산책자(屋根裏の散步者)」

이 작품은 란포의 단편 소설로 잡지『신청년』 1925년 8월호에 발표되었다. 란포가 미에현 토바(鳥羽)의 조선소에서 근무하던 시절에 사원 기숙사 벽장에서 자던 경험과 오사카집 다락방

---

[*] 스즈키 사다미『현대 도시의 표현(モダン都市の表現)』(白地社, 1992) p.54

에 들어가 배회한 경험에서 영감을 얻었다고 한다. 주인공의 직업관은 란포의 속내를 그대로 표현하고 있는데 그것은 일상으로부터의 이탈을 의미한다. 또한 이야기로서의 환상적인 세계를 그려내어 '현세는 꿈, 밤의 꿈이야말로 진실'이라는 란포의 좌우명을 단적으로 표현한 초기 대표작으로 알려져 있다.

원래 란포의 초기 작품은 서양의 전통적인 방법으로 쓰인 본격 추리 작품이 많지만, 이 작품은 변격의 이미지가 강하게 드러나는 것이 특징으로, 어둡고 기괴한 세계를 만들어내고 있다. 천장에서 독을 흘려 사람을 죽인다는 것은 현실적으로 불가능한 트릭이지만 란포의 필력과 엽기적인 분위기는 그러한 우려를 뛰어넘고 있다. 여기에서도 범죄를 파헤치는 인물은 경찰이 신뢰하는 명탐정 아케치 고고로였다.

란포가 쓰는 소설에 나오는 청년의 대부분은 란포 자신이 모델이라고 한다. 주인공인 고다 사부로(鄕田三郞)는 부모가 송금해준 돈으로 아무런 불편 없이 도시에서 생활하는 사람으로, 직장 없이도 생활이 어렵지 않은 고등유민(高等遊民)이었다. 사부로는 대학교를 졸업하고 나서 할 만한 일은 뭐든지 해보았다. 그러나 만족스러운 직업은 없었고 많은 직장을 전전하다가 결국은 포기하고 아무것도 하지 않은 채 살고 있었다. 사부로가 제대로 직업을 갖지 못한 것, 다양한 놀이에도 흥미를 느끼지 못했던 것, 자주 숙소를 바꾼 것은 금세 싫증을 내는 성격 때문일 것이다.

마찬가지로 란포 자신도 수차례 직업을 바꾸며 부양할 가족이 있음에도 불구하고 한때는 일하지 않고 부모님의 신세를 지던 시기가 있었다. 또 란포는 심한 이사 버릇이 있어서 40세가 되어 도쿄 이케부쿠로(池袋)에 정착하기 전까지 무려 45번이나 이사를 하였다. 작품 속에서 사부로가 "도쿄에 있는 모든 하숙집을 하나도 빠짐없이 다 알고 있으며 보름이나 한 달 정도 있으면 바로 다음 하숙집으로 옮긴다"고 한 것은 란포 자신의 이사 버릇과 관련이 있다고 볼 수 있다.

그리고 란포는 오래전부터 고독을 사랑하는 습성이 있어서 질병에 걸렸을 때 혼자 잠드는 것을 좋아하였다. "병상의 외로움은 오히려 나에게 상상의 날개를 펼칠 좋은 기회였다"고 말한 것처럼, 란포의 고독해지고 싶어 하는 습성은 소년 시절 앓았던 질병에 의해 심해진 것이라고 할 수 있다. 회사에서 일을 하게 되면 매일 반드시 누군가와 대면해야 하기 때문에 고독을 사랑하는 란포가 이를 싫어한 건 무리도 아니었다. 따라서 그는 혼자 있고 싶을 때면 벽장에 들어가곤 했다. 란포는 "인간의 마음속에는 현실의 자신과 전혀 다른 무언가가 되어보고 싶은 욕구가 있다"고 말한다.

벽장에 들어가면 왠지 나 자신이 탐정소설 속 인물이 된 것 같은 생각이 들었고 거기서 제 방을 도둑이 엿보고 있는 기분으로 여러 장면을 상상하면서 지켜보는 것도 재미있었습니다.[*]

[*] 에도가와 란포 전술서 pp.42-43

벽장에 들어가면 밖에서는 내 모습이 보이지 않는다. 그리고 거기서 다양한 망상을 하다 보면 금세 나와 다른 무언가가 될 수 있었다. 이 작품의 무대가 된 것은 사부로가 돌아다니는 다락방이다. 사부로가 사는 '도에이칸(東栄館)'이라는 하숙집은 도쿄의 인구가 급증하는 다이쇼(大正) 중기 이후에 많이 지어진 아파트 형식의 건물이다. '도에이칸'은 당시 건물 중에서는 가장 최근에 지어진 것으로 서양식 구조로 되어 있었다. 이른바 각 방에 열쇠가 달려 있는 것이다. 열쇠가 있었기 때문에 사부로는 사람들 모르게 벽장에 들어가 다락방 산책을 즐길 수 있었다. 열쇠가 생기면서 거주자는 개인 생활의 보호(Privacy)를 획득하였다. 지금까지 일본은 에도시대의 '연립 주택'처럼 사람들의 생활이 주변에 개방되어 있었다. 그러나 다이쇼 시대에 들어와 '열쇠'가 보급되면서 기존의 개방된 생활은 '사생활'의 형태로 바뀌게 되어 개인 생활을 누릴 수 있게 된 것이다. 이 작품은 이와 같은 생활 시스템의 변화라는 측면에서 보아도 흥미롭다.[*]

「도플갱어의 섬(パノラマ島奇談)」

「도플갱어의 섬」은 1926년 10월부터 1927년 4월까지 잡지 『신청년』 연재된 란포의 장편 소설이다. 이 작품은 에드거 앨런 포의 『애른하임의 땅(アルンハイムの地所)』과 이 책을 바탕으로 쓴 다니자키 준이치로(谷崎潤一郎)의 『금색의 죽음(金色の死)』을

---

[*] 마쓰야마 이와오(松山巌) 『란포와 도쿄(乱歩と東京)』(双葉社, 1999) p.63

참고하였다. 『금색의 죽음(金色の死)』은 오카무라(岡村)의 독단적인 예술관에 의한 '외모 지상주의'를 그린 이야기다. 오카무라(岡村)는 막대한 재산을 기반으로 하여 자신의 예술 사상을 모두 구현한 이상향(Utopia)을 건설한 후 전신에 금가루를 바르고 다음날 피부로 호흡을 할 수 없게 되어 죽음을 맞이한다는 내용이다.

『애른하임의 땅』은 막대한 재산을 얻은 청년 앨리슨이라는 주인공이 평소에 품고 있던 '자연'에 대한 불만을 '조경(造園)'으로 나타낸다. '조경(造園)'이야말로 본인에게 주어진 최대의 기회라고 말하며 인공적으로 풍경을 만들어서 자연을 완성했다는 이야기이다. 『애른하임의 땅』의 앨리슨, 『금색의 죽음』의 오카무라, 「도플갱어의 섬」의 히토미 히로스케(人見広介) 이 세 사람은 오직 자신의 예술 사상인 '유토피아(Utopia) 건설'을 위해 일생을 바쳐 막대한 재산을 쓰다 죽어간 주인공들이다. 「도플갱어의 섬」 속에 나오는 파노라마섬은 막대한 자산을 투자한 환상의 메커니즘이지만, 화학, 공학 등을 이용하여 지극히 인공적으로 만들어진 자연의 낙원이다. 그곳에는 야생적이지 않은 자연이 있고 모든 것이 돈에 의해 통제되고 있다. 란포는 자신의 작품에 대한 해설을 다음과 같이 쓰고 있다.

일상생활과는 전혀 다른 '또 하나의 세계'를 동경하는 나의 소년시절은 성인이 되어도 고쳐지지 않았다. 그래서 나는 '또 하나의 세계'와 '활자 = 문학(活字 = 文學)'을 같은 것으로 생각하게 되었다.

그래서 일상생활을 떠난 아름다운 배(船)로서 활자 = 문학에 애착을 갖게 되어 활자 = 문학과 결혼하였다. 어린 시절 나를 유혹한 또 다른 것은 외국인에 의해 발명되었고 메이지(明治) 초기에 일본에 수입된 파노라마관이라는 구경거리였다. 나의 소설 「도플갱어의 섬」은 그런 이상한 이중 세계를 무인도에 창출하려는 것이었다.*

영화가 등장하기 전에 일본 국내에서 크게 유행하였던 구경거리가 위의 '파노라마관(パノラマ館)'이었다. 현재는 넓은 경관을 표현하는 단어로 정착되었지만, 당시에는 이러한 것들을 보여주는 기존의 흥행관인 '파노라마관'이 일본 각지에 생겨나 사람들에게 참신한 시각적 경험을 제공하였다. 최초로 일본에 등장한 '파노라마관'은 1890년에 도쿄 우에노(上野) 공원 내에 개관한 '우에노 파노라마관'이었다. 1894년에 태어난 란포는 소년시절의 자아 형성 시기에 이러한 고밀도 근대 문명의 세례를 받았다고 볼 수 있다. 이를 바탕으로 란포는 자신이 꿈꾸던 환상의 세계, 일상생활과 전혀 다른 '또 하나의 세계'에 대한 동경을 그렸던 것이다.

오카무라 타미오(岡村民夫)는 "란포는 탐정소설가가 되기 전에 전문 직업으로 풍자만화(風刺漫畵)를 그렸던 시기가 있었다"고 지적하였다. 실제로 란포는 오사카매일 신문(大阪毎日新聞)

* 에도가와 란포 『도플갱어의 섬』(光文社, 2004) pp.492-493

에 근무하고 있었을 때 신문 광고 디자인을 담당하거나 자신이 쓴 탐정소설에 표, 그림, 지도 등을 훌륭히 그려내곤 하였다. 따라서 란포는 이 소설에 나오는 파노라마섬의 광경을 묘사한 부분에 힘을 싣고 있다. 하지만 란포의 시대를 앞선 감각은 당시의 독자에게 좀처럼 받아들여지지 않았고 연재 중에도 그다지 호평은 없었다고 전해진다. 그러나 해가 갈수록 이 작품은 점점 호평을 듣게 되었다. 특히 같은 시기에 문학 활동을 했던 시인인 하기와라 사쿠타로(萩原朔太郎)에게 극찬을 받아 란포 본인도 자신감을 갖게 되었다고 언급하였다.

「검은 도마뱀(黑蜥蜴)」

「검은 도마뱀」은 란포의 장편 추리소설이며 잡지 『일출(日の 出)』에 1934년 1월부터 12월까지 연재되었다. 명탐정 아케치 고고로가 등장하는 마지막(14번째) 작품으로, 이 시기의 란포는 대중 통속물을 철저히 고수하고 있었다. 그래서 이 작품의 내용은 서양의 전통적인 방법으로 쓰인 본격물이라기보다 흥행을 중심으로 한 대중 오락물이라고 할 수 있다. 그 후 1957년 12월 '검은 도마뱀'을 청소년용으로 다시 쓴 '검은 마녀'가 간행되고 스테디셀러가 되었다.

이 작품은 란포의 작품으로서는 유일하게 여도둑(검은 도마뱀 =미도리카와 부인(綠川夫人))이 등장한다는 점이 특징으로, 작품 자체가 그녀의 관점을 통해 그려지고 있다. 특히 의자에 아케치를 넣은 상태로 바다에 흘려보냈다고 여기며 추억에 잠기는 장면이나 마지막에 아케치가 그녀의 이마에 입맞춤하는 장면 등에서 엿볼 수 있듯이, 그녀는 란포 작품 속에서 특별한 위치에 있다고 할 수 있다. '검은 도마뱀'의 내용은 여도둑 미도리카와 부인과 명탐정 아케치 고고로의 지혜 겨루기이다. 상대방의 태도나 생각을 예측하고 분석하는 사이에 서로 사랑하게 된다는 설정이다.

또한 「검은 도마뱀」은 미시마 유키오(三島由紀夫)를 비롯한 많은 작가에 의해 연극화되고 많은 단체들이 이를 무대에서 상연하고 있다. 따라서 「검은 도마뱀」은 현재에 이르러서도 높은 지명도를 가지고 있다고 해도 과언이 아니다. 미시마는 어린 시절 이 작품을 읽었는데, 란포의 작품 중에서 이 작품이 가장 로맨틱해서 언젠가는 이것을 각본화하고 싶었다고 말했다. 또한 미시마는 「검은 도마뱀」을 연극화할 때 란포의 원작을 기반으로 하여 연애적 요소를 전면에 내세웠다고 한다. 다음 문장은 미시마의 각본으로 「검은 도마뱀」이 상연될 때 란포가 쓴 선전용 문장이다.

아름다운 여도둑과 아케치 고고로의 무서우면서도 서로 속고 속이는 모험 이야기이다. 이 두 사람―도망치는 자와 뒤쫓는 자―은 앙숙을 이루다 서로 애정을 느끼게 된다. 미시마 유키오 군은 그 여도둑과 탐정의 연애에 중점을 두고 각색한 듯하다. 개요는 원작을 거의 그대로 따르면서 대화는 미시마식 경구(警句)*의 연

* '경구'는 짧은 피상적 표현으로 여기서는 '진리'를 말한 것. '잠언'이라고도 한다.

속으로 내 소설을 변형시켜 독특한 풍미를 만들어내고 있다.[*]

여기에서도 란포는 역시 대중 통속을 의식한 발언을 하고 있다. 그리고 미시마의 자질과 그 문장 능력을 칭찬하면서 관객들이 더욱 기대하도록 유도하는 것을 알 수 있다. 「검은 도마뱀」이 처음으로 무대에 오르게 된 것은 1962년으로, 이 무대는 오늘날까지도 계속 상연되고 있다. 그 외에도 세 차례의 만화화, 두 차례의 영화화 과정이 있었고 드라마에서도 종종 방영되고 있다. 하지만 그중에서도 유명한 것은 역시 미시마의 각본이다.

5. 나가며

이상의 인물 해설과 작품 소개를 통해 란포가 일본 미스터리계에서 '거장'으로 불린 이유가 어느 정도 설명되었을 것이다. 란포가 담당했던 역할 중에서도 중요한 내용은 다음의 네 가지로 요약된다. ①평론을 통한 계몽 활동 ②'일본추리작가협회'의 설립 ③'에도가와 란포 상' 제정 ④소년물의 제작이다. 란포의 다양한 활동은 한때는 편견 어린 시선에 놓여 있던 미스터리물에 확고한 위치를 부여했고, 본서에 실린 작품을 비롯한 여러 작품을 통해 일본 특유의 미스터리 스타일을 확립하였다. 그것은

[*] 에도가와 란포 『검은 도마뱀』 (光文社, 2003) p.235

서양의 본격물을 바탕으로 하면서 여러 방면의 요소를 도입한 폭넓은 장르라고 할 수 있다. 또한 란포의 작품을 통해 다른 분야와 협력하는 작업은 그 후에도 계속 이어져, 란포의 작품은 소설뿐 아니라 영화와 TV 드라마, 연극, 만화, 애니메이션, 게임 등 다방면으로 파급되어 표현의 폭을 넓혀갔다.

만년에는 젊은 시절과 반대로 일본추리작가협회와 관련된 강연 여행, 협회 회원들의 연극 활동 등에도 적극 참여하면서 친목을 도모하였다. 그밖에도 란포가 살고 있던 도쿄 이케부쿠로(池袋)의 동네 회장을 역임하였으며 개인적인 취미로 샤미센(三味線)이나 장기(將棋)를 배우고 좋아하는 가부키(歌舞伎) 배우의 후원회장까지 맡았다. 다음 문장은 란포 수필집에 있는 작가들의 연극 활동에 관한 것이다.

회사원이 소설을 좀 써보고 싶을 때가 있듯이 소설가가 연극을 좀 해보고 싶을 때도 있다. 작년에 했던 문사극(文士劇)* 체험을 통해 아마추어 연극은 연습할 때가 재미있다는 것을 알았기 때문이다. 대기실의 분위기가 재미있어서 연습을 하는 게 아니라 노는 것이다. 어떠한 상황 속에서도 유희 없이는 견딜 수 없다.**

위의 문장에서도 란포의 사고방식을 엿볼 수 있다. 란포는 팬들이 사인을 요구하면 반드시 '현세는 꿈, 밤의 꿈이야말로 진

* 문사극(文士劇)은 작가들에 의해 이루어지는 연극 활동을 말한다.
** 에도가와 란포 『우리 꿈과 진실(わが夢と真実)』(光文社, 2005) p.277

실'이라는 좌우명을 썼다. 재미없는 현실은 꿈에 지나지 않으며 밤에 보는 요염한 꿈이야말로 진정한 현실이라는 뜻이다. 이 말은 현실 속에 환상이 있고 환상 속에서도 현실이 혼재하는 란포 소설의 세계관을 표현한 말로 유명하다. 어떤 것에서든지 놀 여유가 필요하다고 생각했던 란포는 그 말에 따라 윤활유적 역할을 충분히 수행했다고 할 수 있을 것이다.

⊙ **임가영**(林佳映)

고려대학교에서 일본문학으로 박사학위를 취득했다. 현재는 고려대학교 글로벌 학부 초빙교수로 일본어, 일본문학, 일본문화를 가르치고 있다. 일본대중문학에서는 추리소설을 사랑하고, 연구 및 집필중이다.

1894년   (1세) 10월 21일 미에현(三重県)에서 히라이 시게오(平井繁男)의 장
         남으로 출생한다.
         본명은 히라이 타로(平井太郎).
1897년   (4세) 아버지의 전직으로 나고야(名古屋)에 이사한다.
1902년   (9세) 어머니가 란포에게 신문소설을 읽어 주기 시작한다.
1905년   (12세) 친구들과 함께 소년잡지를 만든다.
1907년   (14세) 아이치 현립 제5중학교(愛知縣立第5中學校=현 즈이료고교(瑞陵
         高校))에 입학하지만 몸이 허약해서 학교를 자주 결석한다.
         구로이와 루이코(黒岩涙香)의 『유령탑(幽靈塔)』을 애독한다.
1912년   (19세) 6월 아버지의 사업인 히라이상점(平井商店)이 파산하고 가족
         은 한국 마산에 이주한다.
         아버지는 토지개간사업에 종사하지만 란포는 단신 귀국하여 도쿄
         (東京)에 거주한다.
1913년   (20세) 와세다 대학(早稻田大學) 정치경제학부에 입학한다.
1915년   (22세) 아버지의 귀국으로 인해 도쿄에서 가족과 함께 살게 된다.
         해외 탐정소설을 다수 읽으며 암호의 역사를 연구한다.
         셜록 홈즈의 단편소설 3편을 번역한다.
1916년   (23세) 와세다 대학(早稻田大學)을 졸업한다.
         오사카(大阪)의 무역회사에 취직하지만 지속하지 못하고 방랑 여행

을 떠나지만 그 후에도 취업과 실업을 반복한다.

1918년　(25세) 도스토예프스키를 처음 읽고 심취한다.

미에현(三重県) 토바(鳥羽) 조선소에서 동료와 함께 '토바 이야기 모임'을 조직한다. 극장과 초등학교를 돌며 순회공연 중 마을 초등학교 교사인 무라야마 타카코(村山隆子)를 알게 된다.

1919년　(26세) 초등학교 교사인 무라야마 다카코(村山隆子)와 결혼하여 도쿄(東京)에 거주한다.

1923년　(30세)『신청년(新青年)』에 발표한 「2전짜리 동전(二銭銅貨)」으로 데뷔, 탐정소설 작가로서의 지위를 확립한다.

1925년　(32세) 「D언덕의 살인사건(D坂の殺人事件)」을『신청년』에 발표한다. 「심리시험(心理試験)」, 「붉은 방(赤い部屋)」, 「지붕 속 산책자(屋根裏の散歩者)」, 「인간의자(人間椅子)」

1926년　(33세) 「거울지옥(鏡地獄)」, 「도플갱어의 섬(パノラマ島奇談)」

1927년　(34세) 첫 번째 휴필을 선언하고 일본 동북지방(東北地方)으로 방랑 여행을 떠난다.

1928년　(35세) 도쿄　도쓰카(戸塚)에서 하숙집을 개업한다.

「음울한 짐승(陰獣)」을『신청년』에 연재한다.

1929년　(36세) 「외딴섬 악마(孤島の鬼)」, 「누름꽃과 여행하는 남자(押絵と旅する男)」, 「거미 인간(蜘蛛男)」

1932년　(39세) 두 번째 휴필을 선언하고 간사이(関西) 지방, 동북지방(東北地方)으로 방랑여행을 떠난다.

1934년　(41세) 「검은 도마뱀(黒蜥蜴)」을『일출(日の出)』에 연재한다.

7월 도쿄 이케부쿠로(池袋)에 이사한다. 이것으로 란포의 이사버릇은 막을 내리고 이 집에서 끝까지 살게 된다.

1936년　(43세) 최초의 소년물 「괴인20면상(怪人20面相)」을『소년클럽(少年倶楽部)』에 연재한다.

1946년　(52세) 탐정작가친목회 '도요회(土曜会)'를 창설한다.

이 친목회가 이듬해 '탐정작가클럽(探偵作家クラブ)'으로 개편되어 초대 회장에 취임한다.

1954년　(61세) 환갑 축하 석상에서 '에도가와 란포상(江戸川乱歩賞)' 제정을 발표했다.

란포의 소년물이 처음으로 라디오 방송과 영화로 제작된다.

1961년   (68세) 탐정소설 분야에 오랫동안 공헌한 사실을 인정받아 시쥬호쇼
          (紫綬褒章)를 수상한다.
1963년   (70세) 일본추리작가협회(日本推理作家協会)를 창설하여 초대 이사
          장에 취임한다.
1965년   (72세) 7월28일 뇌출혈로 사망.

⊙ 옮긴이 **채숙향**(蔡淑香)

고려대학교에서 일본 근현대 문학으로 박사학위를 받고 현재 백석대학교 관광학부 조교수로 재직중이다. 주요 논문으로『제국의 이동과 식민지 조선의 일본인들』(공저, 문, 2010)이 있으며, 역서로는『조선 속 일본인의 에로경성 조감도』(문, 2012),『국경기행 외』(역락, 2017) 를 비롯하여『약해지지 마』(지식여행, 2010),『타력』(지식여행, 2012),『신의 카르테 1』(아르테, 2018),『제멋대로 떨고 있어』(창심소, 2019) 등이 있다.

도플갱어의 섬

초판 1쇄 펴낸날 2019년 4월 1일

지은이 에도가와 란포
펴낸이 이상규
주간 주승연
디자인 엄혜리
마케팅 김선곤

펴낸곳 이상미디어
등록번호 209-06-98501
등록일자 2008. 09. 30.
주소 서울시 성북구 정릉동 667-1 4층
대표전화 02-913-8888
팩스 02-913-7711
e-mail lesangbooks@naver.com

ISBN 979-11-5893-084-4 04830
     979-11-5893-073-8 (세트)